十年一梦

The Ten-year Nap

Meg Wolitzer

[美] 梅格·沃利特兹——著　王颖——译

上海译文出版社

Meg Wolitzer
The Ten-Year Nap
Copyright @ 2008 Meg Wolitzer
All Rights Reserved

图字：09-2022-0050 号

图书在版编目（CIP）数据

十年一梦/（美）梅格·沃利特兹（Meg Wolitzer）著；王颖译. — 上海：上海译文出版社,2024.2
书名原文：The Ten-Year Nap
ISBN 978-7-5327-9320-4

I.①十… Ⅱ.①梅…②王… Ⅲ.①长篇小说—美国—现代 Ⅳ.①I712.45

中国国家版本馆CIP数据核字（2024）第020996 号

十年一梦

[美]梅格·沃利特兹　著　王　颖　译
责任编辑/吴洁静　装帧设计/柴昊洲
上海译文出版社有限公司出版、发行
网址：www.yiwen.com.cn
201101　上海市闵行区号景路159 弄 B 座
启东市人民印刷有限公司印刷

开本890×1240　1/32　印张 11.75　插页 2　字数 342,000
2024 年 2 月第 1 版　2024 年 2 月第 1 次印刷
印数：0,001—6,000 册

ISBN 978-7-5327-9320-4/I · 5810
定价：68.00 元

本书中文简体字专有出版权归本社独家所有，非经本社同意不得转载、摘编或复制
如有质量问题，请与承印厂质量科联系。T：0513-83349365

目 录

第 一 章 ...1

第 二 章 蒙特利尔,1972 年 ...44

第 三 章 ...52

第 四 章 伦敦,1981 年 ...91

第 五 章 ...96

第 六 章 费城,1962 年 ...141

第 七 章 ...147

第 八 章 伊利诺伊州,内波威尔市,1969 年 ...179

第 九 章 ...182

第 十 章 法国,卡尔卡松,1950 年 ...206

第十一章 ...208

第十二章 旧金山,1975 年 ...237

第十三章 ...240

第十四章 蒙特利尔,1973 年 ...279

第十五章 ...284

第十六章 罗马尼亚,奥内斯蒂,1976 年 ...310

第十七章 ...314

第十八章 洛顿镇,南达科他州,2007 年 ...336

第十九章 ...339

第一章

全国上下的女人们正在从睡梦中苏醒过来。她们的闹钟一个接着一个地轻声作响,发出舒缓的或刺耳的叫声,播放起女人钟爱的旋律。嗡嗡嗡、嘟嘟嘟,甚至是任意频道响起的广播声。叮叮当当的风铃,咆哮如雷的海浪声,类似鸟鸣和其他动物轻柔叫喊的电子声正在此起彼伏。随着液晶显示屏上数字的闪动,时间在滴滴答答中流逝。几乎所有女人家的闹钟均需要插电。电压顺着弯弯曲曲的电线汩汩流淌,如果把耳朵凑近任何卧室里工艺复杂的闹钟旁,你可以听到从深处传来的工业搏动声。不知不觉间,世界正在改变。

哔哔哔。秋天的一个清晨,在一处光线通透的位于小郊区的雪松木瓦房里,随着闹铃的第一次响起,一个女人在床上坐直了身子,她的一天慢慢地拉开了序幕。*咘咘咘*。三个城镇之外,又传来一阵低八度的闹铃声,一个身着束腰睡裙的女人被吵醒了,她眨了眨眼。看看外面那些车。兰迪,发生什么事了?这个地区,以及其他差不多的地方,在那些更宽敞、更稀疏分布的房子,或更狭窄、更密密麻麻伫

1

立的房子里的女人都醒来了。更远处，穿过不适合游泳的水面，跨过一条条公路、一座座桥梁，在城市的住宅楼里，响起一片闹铃声，嘀嘀嘀，唧唧唧，它们在哀鸣，它们在召唤。

不论在郊区，还是在城市，摆在单人床头柜上的闹钟旁边倒扣着一些读书俱乐部的书，书脊都破损了，例如《大脚怪来了：一位来自伊拉克的父亲写给未来儿子的信》，以及蜷曲的学校活动家长同意书（"我，×××，同意我的孩子×××参加废品回收厂的实地考察旅行。"）。越来越尖利的闹铃奏鸣曲催促着女人们起床，开始一天的征程。有些女人把孩子带进美国家庭巨大的老式车里，里面堆满了东西，调整后视镜，倒车冲进外面的车流世界；另一些女人则会抓起孩子柔软的小手，像拉玩具一样把他们拖进城市拥挤的人潮中。

女人们一个接一个地开始了她们各自熟悉的生活，日复一日。她们不像过去一样要准备演示文稿，不用花费整个上午记住大量的数据，就为了必须在上午十一点，对着整个屋子的同事大声地背诵出来，她们无需再忧心忡忡。此刻，同事们已经成为了过眼云烟，电话会议也成为过去时，更无需跟"客户"共进午餐。一切都过去了，当早上的闹铃响起，被惊醒的女性们偶尔想起过去的会议，随后，或许松一口气，或许带着些许遗憾，将过去抛诸脑后。

咕咕，咕咕，咕咕，咕咕，咕咕咕。纽约市第三大道上新建了一幢出租公寓大厦，镶嵌着棕色的釉面砖，随着闹铃的响起，住在这里的租客艾米·兰姆的卧室灯火通明。如往常一样，闹铃响的时候床上只剩她一个人了，因为早在一小时前，利奥已经被自己的天美时手表叫醒，他像一个新生的怪物踉跄着穿过紫色的阴影，到了浴室，随即搭电梯前往健身房，最后抵达办公室。等到鸽子的咕咕声吵醒艾米的时候，利奥·巴克纳已经坐在市中心的办公桌前，盯着摄像头，

第一章

眼前的视频设备将他微微凸出的影像发送给远在匹兹堡工业园区会议室的客户们,他们正围坐在一大盘糕点旁。

当利奥开始一天的工作时,艾米慢慢地醒了过来。闹钟是她丈夫最近送的生日礼物,选购自《家政实录》邮购目录。你可以将闹钟设置成不同的动物叫声,今天听起来像一群鸽子在哀鸣。由于利奥和他们的儿子梅森二人痴迷于这些小玩意儿,因此,这间公寓里充斥着时不时闪一下、嗡嗡叫、发出动物叫声的怪东西,还有一些真的可以说话,它们像机器人那样毫无情感地说:你的——钥匙——在——这——里。而实际上你的钥匙根本不在这里。但父子俩对缺乏人情味的电子产品感到心满意足;他们不需要这些玩意儿爱他们,拥抱他们,因为艾米爱他们,给他们拥抱,这就够了。

"梅森!"她喊道,由于刚醒来,她的声音干瘪瘪的,收效甚微,"该起床了!"没有回应。如果她采取一些妈妈的做法,直接冲进儿子的房间,像爬上树的豺狼一样扒着他的床,效果会更好。"**梅森!**"她又吼了一声,嗓音粗哑却洪亮。依然没动静,卧室的墙刷的是淡色的漆,艾米站在正中央歇了一会儿,左右摆动着脑袋,听到颈部关节发出吱吱嘎嘎的声响。年过四十的她发现,对比之前,自己的身体发出了更多的嘈杂声,需要更多的关注。她身上穿着利奥的宽松汗衫,底下是挺拔的乳房,她双臂向上举过头顶,虽然人近中年,她仍然十分苗条。不知为何,一般的男人都喜欢女人的换装秀,自打他们相识起,利奥便喜欢她穿着自己的男式衣服,他夸她性感,所以她已经习惯了每晚穿着他的衣服入睡,虽然她早已不记得上次利奥被自己的着装吸引是多久之前的事情了。她想,或许应该在自己的身上装些电子玩意儿。结婚十三年,当共同迈入中年阶段的他们晚上躺在床上的时候,就像两只各自在外为生存拼搏好几个小时的史前动物,疲

3

惫不堪。

"真是白费时间的一天,"昨晚熄了灯后,利奥说着,手漫不经心地、几乎是不小心地撞到了她的胸部,顺势搭在了上面,"斯图兹曼想知道我们什么时候可以上庭。我告诉他,我已经仁至义尽了。我不是毗湿奴①。然后他问:'那是谁,新来的律师吗?'"

"噢天啊,"她说,"我懂你的意思。"

"现在情况更糟了。你总是要停下来解释你说过的话。而且你必须满足所有人的要求。这场战争太猛烈。科琳娜和我只能对望一下,翻翻白眼。"

科琳娜·贝里是他在办公室最亲密的朋友,虽然艾米没见过她。很久以前,艾米曾经是利奥工作上最主要的倾诉对象,他也和她一起翻过白眼,但她早已失去了这本属于她的温柔身份。"很抱歉听到你这么说。"她对他说。

"其他人都熬过来了,"利奥说,"就好像有人朝他们扔了些骨头,但没人扔给我,"他悲伤地补充道,"我一直在等那块骨头。"

每当利奥发泄对工作的不满时,艾米总会试图说些安慰的话,甚至提到她自己的经历,从而显得他们在婚姻中的关系是对等的。"我今天过得也够糟糕了,"她会说,"儿科医生的候诊室,简直就是感冒病毒聚集地!我们还在那儿坐了整整一个小时。"

这就好像他们在床上为彼此重演各自白天的经历,描述自己不同的生活。当他聊到自己在肯利·舒伯律师事务所的遭遇时,她一下子回忆起烤面包色的走廊、摆着柚木桌子和安装着嵌壁灯的会议室,她也曾在那里工作过,那是他们第一次见面的地方。她明白他很

---

① 毗湿奴,印度教中维护宇宙秩序的三大神之一。——译注,下同。

第一章

难想象安德里亚·维什斯坦医生候诊室的情景：一群调皮、难对付的孩子趴在地板上玩着串珠百宝箱的游戏，墙上陈列着一排排骑着独轮车的小丑们，即使他想象得出，也不愿真的费这个神去想。

利奥非常爱她，但对她的日常生活却不怎么感兴趣，这就是矛盾所在。艾米自大学以来的闺蜜吉尔·哈姆林在去年春天从城里搬到了冬青山郊区，她最近提到一件趣事，她认识的一个朋友说丈夫坦白自己在每晚下班回来的火车上偷吃多动症儿子的利他林[①]，这样当妻子谈论这一天的生活时，自己就可以专心听讲了。吉尔跟艾米说，他不吃药就听不进去妻子的话。他说自己那么爱妻子，但每次当她一开口，他就控制不住地走神，考虑别的事情。他感到非常羞愧。

"是不是男人说的话本身更有趣？"

"是的。"

"是的？你是认真的吗？"

"在我非常短暂的电影从业经历中，"吉尔说，"至少在这经历的最后阶段，他们一直在强调四象限的概念，就好像这是亚里士多德的经典理论一样。四象限包括：年长男性、年轻男性、年长女性和年轻女性。实际上，不管你年龄长幼，全部四个象限的男性和女性均选择观看描写男性的影片，但只有年长和年轻这两个象限的女性会选择关于女性的影片。巨大的差距。但事实就是如此。"

此时，眼前的大银幕中出现了艾米的身影，一个阳光灿烂的午后，她沿着城市的街道走去干洗店，随后，她又出现在儿子的学校，坐在一张小椅子上参加一个为应对恐怖主义而召开的有关于最新疏散政策的会议。这些平平淡淡的场景几乎没有什么戏剧高潮，观众中

[①] 利他林，一种药物，临床上主要被用于治疗注意缺陷多动障碍。

的男人们开始骚动不安,最终一个接一个地离开影院。

梅森依旧躺在床上,动也没动。公寓里一片寂静。艾米在早上总是预留多一点时间,所以她现在拿起自己的笔记本电脑,坐在床沿,在清晨光线熹微的房间里查收电子邮件。邮箱里躺着几封来自这个城市和别处的朋友的邮件,还有一封来自她儿子学校,标题是"**提醒:今天有安全巡逻**",但她只点开了来自母亲的邮件。在蒙特利尔的家里,安东尼娅·兰姆基本每周给女儿写一封自由发挥的电子邮件。作为一名小说家,她也是最近才抛弃打字机,用上了电脑,就像几十年前答录机的出现一样,电子邮件对她来说同样是件新鲜事物,而且安东尼娅曾将自己背诵西尔维亚·普拉斯的《拉撒路夫人》[①]中的一个诗节设置为语音留言的提示音:"'……我披着一头红发,从灰烬中升起,像呼吸空气一样吃人。'请在嘀声之后留言。谢谢。"

光看她今天发来邮件的主题就颇具挑衅的意味,而她女儿看到内容之后更是恼火:

关于你接下来该做什么的一个想法

艾米点开了邮件,读起来:

艾,

　　我突然想到,你要不要试试公设辩护律师?我们谈一下吧。

[①] 西尔维亚·普拉斯(1932—1963),美国自白派女诗人,普利策文学奖获得者。《拉撒路夫人》创作于1962年,是她关于自杀美学一场淋漓尽致的大爆发以及对男权社会的控诉。

第一章

我正在准备今年冬天的 NAFITAS（我在纽约市举办的妇女大会）。我等不及来你家的充气床垫上过夜，跟你和利，特别是我的小甜心梅森一起生活。

爱你的

妈

她母亲有种错觉，认为艾米肯定曾向自己坦白过：人近中年，我在生命的森林里迷路了。你也曾迷失过，所以告诉我该怎么办吧。由于安东尼娅·兰姆满脑子都是自己的二女儿辞职在家，也许她将来永远会是这样子，不会改变了。艾米的姐妹们留在了加拿大；詹妮弗是一名老年社会工作者，娜奥米致力于慢食运动①，推动农业生态的多样性。尤其是娜奥米，她无时无刻不在谈论着自己的工作；她为人不太好相处，做事拘泥古板，但如果你参与加拿大的慢食运动，那么她会是你理想中的代言人，因为她愿意花很长时间思考鲱鱼卵和红小麦，而且除了短暂地回家生个孩子以外，她一直在工作，一旦孩子被送去托儿所，她立即回归工作，永不离开。

"无论你们想做什么，都可以去做。"在三个女儿年幼时，安东尼娅曾经对她们说，同时点燃了她一天里的第一根烟。那时的女权主义运动在加拿大才刚刚兴起；显然，安东尼娅内心从未放弃过写小说的念头，她也具备能力，但她需要一场政治运动去释放自己压抑已久的渴望。一旦付诸行动，房子里的生活发生了天翻地覆的变化。安东尼娅警告女儿们，学校下午放学后，她再也不能陪她们了。她现在要工作，她说，跟其他人的工作一样。她将客房改造成自己的办公

---

① 慢食运动，起源于意大利，反对按标准化、规格化生产的汉堡等单调的快餐食品，提倡有个性、营养均衡的传统美食。

室,并且告诉女儿们:"现在是属于我自己的时间。"说完便走进去关上了门。

一开始她们都被妈妈离得这么近却又无法亲近的事实震惊了。她的缺席仿佛是一种侮辱,深深地刺痛了她们。艾米、娜奥米和詹妮弗在一起学会了做无需烘烤的无花果棒、烤奶酪三明治以及给房子吸尘。没有母亲照顾的她们疯狂地打架,在屋子里横冲直撞,对着彼此尖叫。

她们为自己感到难过。她们时不时地假扮成盲人,在房间里徘徊,差点儿撞到家具。她们也会坐在一起唱起自己所熟知的最悲伤的歌曲——《船夫号子》,还有唱片集里那首关于售卖海贝和蚌壳的小女孩鬼魂的歌,演绎着《简·爱》中孤儿院的场景。安东尼娅明确表示,除非事关生死,否则她们不准在白天打扰自己的母亲。事实上,她们在没有妈妈照顾的情况下度过了一个又一个月,一年又一年,只在偶尔发生大事的时候才去打扰她,而且每当这种情况发生时,她们在门前犹豫不决,不敢敲门,因为她们明白,如果打断妈妈专注的状态,肯定会惹她生气。

在一天下午,接近傍晚时分,艾米第一次来例假,当时她妈妈正在工作。这算不算生死攸关的大事?阳光透过高高的单扇窗斜照进来,她和娜奥米站在阳光中低声讨论着这个问题。

"你会流血而死的,"比艾米大一岁的娜奥米镇定自若地说,"你会因失血过多身亡。之前就发生过。虽然这种可能性很小。你量多吗?"

但其实艾米并不懂"量"是什么意思;她还没有接触过成年女性词汇,也没意愿去了解。谁想啊?她也不想姐姐在这里帮她,这让她显得像个孤儿似的。她脑中浮现出一个画面,一天早上,简·爱在洛

第一章

伍德学校发现了自己内裤上的血迹,只能指望不幸的小海伦·伯恩斯来帮她。两个姑娘不得不砸开水池里的冰,好给简弄点水洗漱。此刻,姐妹俩站在母亲的房门外,紧握的拳头停留在半空中。犹豫再三,最终,她们敲了敲门。无人应答,她们又敲了一下,随后咚咚咚地敲个不停。

"谁啊?"安东尼娅问。

"是我们,艾米和娜奥米。"

"什么事?"

"我们需要跟你谈谈。"

安东尼娅拉开门。她嘴里叼着一支铅笔,仿佛那是她正在跳探戈舞曲时衔着的一枝玫瑰。就在三人相视的一瞬间,女儿们像是撞上了正在进行的性欲场景。她们的母亲赶紧拿走铅笔说:"发生什么事了,姑娘们?你们知道我正在工作。工作的时间才刚刚过半。"

"艾米被诅咒了。"娜奥米脱口而出。

"什么?"

"我来例假了。"艾米嘟囔着,带着一种莫名的羞愧感盯着地板。

"你来了吗?噢。那个,你从我的浴室里拿卫生巾了吗?就在柜台下面。"

"没有。"艾米说,虽然她已经十二岁了,但还是哭了起来。她站在母亲办公室敞开的门外,眼前是写字台、打字机和几个 TaB 无糖汽水的粉色空罐子,眼泪簌簌地落了下来。她知道,自己只是想要母亲带她去那个秘密基地——藏着当时女性所使用的像潜艇大三明治那么厚的卫生巾的地方,而且,她只想要母亲陪自己坐在一起,告诉她一些老掉牙的性成熟的词汇,虽然之后艾米会跟姐妹们拿这开玩笑。她想要一切,就像过去一样,在所有被催眠的母亲消失在客房、房地

十年一梦

产中介或旅行社之前,在母亲们告诉她们的孩子"这是属于我自己的时间"之前。

安东尼娅清了清嗓子;她的脸上泛起了血色,声音也变得温柔:"亲爱的,"她说,"噢,亲爱的,你有点烦躁。"

"不,我没有。"艾米哭着说。

她母亲一下子把她拉到身边安抚起来:"看,我没注意,我刚才走神了。这件事情非常非常重要,我很高兴你来找我了。"

"是吗?"

"当然了,"她母亲说,"恭喜你,你是个真正的女人了,哇噢!"

当天下午,三个姑娘跟着母亲去了罗布劳超市①买了超长卫生巾以及像调酒棒一样细的青少年专用卫生棉条,安东尼娅不仅停下了手头的工作,还陪女儿们做爆米花,帮她们烫头发。虽然第二天早晨,她又回到书房,关上了门,她的女儿们在未来很长时间之内都不会再来打扰自己的工作了。

随着年龄的增长,小时候的记忆——妈妈也曾像自由女神像这样的标志性人物一样无时无刻不在身边,她总是平静地端起一杯牛奶递过来——变得模糊不清。安东尼娅真的曾经属于她们吗? 是的,没错,她曾属于她们,从属关系非常明确,但她们没当回事,把妈妈看成理所当然的存在。白天,妈妈是她们的;晚上,妈妈的所有权在爸爸,相处十分融洽。可现在她属于所有人——属于她口中开玩笑提到的"缪斯",属于她的出版商以及她那唤醒意识团体中最诚挚的朋友们。她的女儿们再没真正地得到母亲的专属权。不管怎么样,正如娜奥米所说的,现在的她们变得更加独立。两个姐姐已经开

---

① 罗布劳超市,加拿大大型连锁超市,隶属于加拿大最大的食品零售商罗布劳公司。

10

第一章

始关注男孩的习惯和特点了,三姐妹都可以自己准备零食,并帮助彼此检查家庭作业。然而,这种失去的痛苦就像内裤沾染的经血那般真实,过了一段时间,如同这种关系所遭受的其他伤害和侮辱一样,慢慢地消散。就像哭着从一段噩梦中惊醒,你不确定自己为何如此伤心,但你大大地松了一口气,因为一切都结束了。

如今,六十九岁的安东尼娅·兰姆依旧高产,虽然她最主要的女性读者数量不断减少,也许是厌倦了她那些充满智慧、政治意味强烈又一成不变的女权主义小说,她的小说一部接着一部地出版,就好像一个正在倒塌的书架,不管你想不想看,书中的内容都会无情地砸落在每个人的头上。她拿遍了加拿大知名的文学奖;二十世纪七十年代中期,在多伦多的一个图书节的讲台上,评奖委员会的评委曾这么评价安东尼娅的第一部小说《转身回家》:"她的作品反映了世界各地女性经历的挫折和内心的渴望。"

安东尼娅·兰姆当晚身着一件银灰色的轧纹天鹅绒晚礼服走上了台,用她缓慢且睿智的语调讲道:"我今晚会讲到性别、权力和自我审查的潜移默化。你们或许认为这些话题跟自己没什么关系,那是错误的。"坐在观众席的女人们仰着脸,虔诚无比地聆听着演讲,因为在那个时代,女权主义仿佛一股电流不停地震撼着世界,而安东尼娅对她们来说是一个女英雄。但最终,当观众们从昏暗的礼堂回归到现实生活中时,有些人过得还不错,也有一些境遇很糟糕的人,她们中的大多数人都知道自己身上慢慢发生了什么。

多年后一个秋天的周一早上,安东尼娅·兰姆的二女儿也已经迈入人生四十岁的门槛,不同于自己的母亲,她从未真正喜欢过自己的工作。律师的职业曾经让艾米很长一段的人生有了些许的意义;她在高中参加过辩论队,她很享受每次对阵时的刺激和紧张,并且沉浸在俱乐部自相残杀式的内斗剧中。她跟队长保持了一段很长时间的暧昧关系,他叫艾伦·布莱德洛,跟艾米住在同一条街,是个自负的呆瓜,背得出《风的传人》①整部剧的台词。他们就安乐死、杀虫剂和魁北克的主权等问题互相辩论并且嘲弄彼此;"世界上有一种叫爱的可量化的东西吗"这个论题最后演变成在布莱德洛家的沙发上一个漫长的吻,两个人的手不老实地在彼此的衣服下面摸来摸去。

艾米欣赏辩论的美感,在对着别人疯狂争论直到把他们辩得哑口无言后,你就赢了。"布莱德洛,你的推理充满错误,太可悲了。"她对艾伦说,他随后接口道:"你是这样认为的吗,兰姆?你真的这么想?""是的,我碰巧是这么想的,"她说,"而且,我将在接下来的两分钟里证明我的观点。"他们那年才十五岁,采取的还是高中辩手辩论的方式,但他们都觉得,此刻的辩论是在为日后更激烈的辩论场合进行训练。每当艾米辩论时,她的脸微微发烫,体内散发的那股洋洋自得的活力,就跟刚刚锻炼完或做爱后的感觉一样。

多年后,在完成高中和大学的学业后,艾米跟班上其他英语文学专业的同学一样,勇敢地申请了法学专业的研究生。这些英语专业的学生明白,文学的领域是开放的,法学的界限却很明确,他们也很务实。没人会永远照顾你;世界不会像母亲那样爱着你、保护你。你必须掌握一门技能。这不同于你对工作的激情,虽然拥有激情总是好事情,但没人能够赋予你激情,也不会教你如何获得激情。

进入法学院读书后,多年之前青春洋溢的辩论中迸发的较量精神几乎消失殆尽,她再也不能安静地坐在椅子上阅读伟大小说并且进行自我反省了。相反,你得被动地接受一个观念,那就是法律的无

---

① 《风的传人》,由斯坦利·克雷默执导、于1960年上映的一部法庭剧情片。

限广大以及自我的渺小。你需要学会怎么像律师一样思考问题。有些人只是浮于表面。艾米法学院的几个女同学一直梦想成为律师；早在六岁的时候，她们就在心底埋下了这个梦想，随时随地找机会辩论，对此，她们的母亲既惊讶又自豪，称她们为"克莱伦西娜·达罗"①。或许她们的母亲本人曾是律师——这批《劳动法》领域出现的先驱人物，因为埃舍尔②画的台阶、角楼和不可能的角度创建的"体系"很难掌握，总是表现出愤愤不平。艾米还在法学院中遇到了一个名叫莫拉的女同学，她脑子里被灌输的全是正义的概念，因为在她年幼的时候，自己的父亲曾因贩毒被判刑四十年。他现在变成了一个头发花白的老骗子，早已面目全非。莫拉后来在美国最高法院担任书记员一职，目前是中西部一所法学院的院长。她之所以对法律产生浓厚的兴趣，是因为她父亲将大麻一捆捆地藏在家里，好像整个郊区的房子是一个储藏散装物料的筒仓一样。

一天晚上，在密歇根修读一年级学业的艾米跟另一个同是英语专业出身的同学在一起吃披萨时，同学说，如果没有激情，你最终会有麻烦的。法律并非像艾米期待的那样本身自带激情。你需要自己培养并且提升对法律的激情。没有激情，你就不得不假装深爱着自己的职业，虽然现实并非如此。但英语专业的毕业生能干什么呢？另一个在一起吃披萨的法律专业学生问道：为贝奥武夫打工吗？没错，有人回答，为贝奥武夫、格伦德尔和施瓦茨③工作。他们同时苦

---

① 此处是将美国已故传奇律师克莱伦斯·达罗（1857—1938）的名字进行了女性化改编。
② 埃舍尔（1898—1972），荷兰画家，因其绘画中的数学性而闻名。
③ 贝奥武夫与格伦德尔是长篇英雄诗《贝奥武夫》中英雄和怪物的角色，而施瓦茨可能是指经典著作《美国法律史》的作者伯纳德·施瓦茨。作者将这三者并列，颇具讽刺意味。

笑起来，随后他们说了些与法律相关的文学玩笑，竭力挽救那本就脆弱且正在消逝的优越感。"'库尔茨先生，他死了。他在上契约课时无聊死了。'艾米说。另一个人说："'我在非洲有座农场。在法学院精神崩溃后，我就去了那里。'"①

噢，他们笑了又笑，随着英语专业课像潮水般在他们的生命中退去后，他们在一起沉默地祭奠着。但后来，法律课占据了上风；整个冬天，密歇根校园大雪纷飞，这些英语专业的毕业生在分道扬镳后，现在只承认自己是法律专业的学生。他们和其他人一样疲惫而能干，坐在法学院的图书馆里，湿漉漉的外套搭在椅背上，低着头苦读法律文书，但无论他们多么努力地阅读，上面的字终究是韵律缺失，也没有隐喻了。

艾米在肯利·舒伯的信托资产部工作——负责的领域叫作信托资产——这个领域更容易吸引女性，而不是男性，有人猜测是因为这个领域牵扯到很多私人业务。从某个角度看，艾米在法学院三年的学习经验在公司派上了用场，虽然后来，她却为了母亲这个需要长期投入心血的角色，主动放弃了律师事务所的工作，而随着时间的推移，母亲的角色变得轻松起来。她的儿子梅森今年已经十岁了，不需要时时刻刻的看护和照料了。她也没必要随时随地都陪在儿子身边，虽然她仍然是随叫随到。尽管每天早上是一场恶战，但她仍然享受放学后与儿子的相处时光，慢节奏的生活。

---

① 以上两句玩笑分别是对两部伟大的文学作品《黑暗的心》和《走出非洲》的戏谑性改写。

第一章

"你知道阿喀琉斯①的故事吗？你知道他儿时被浸入水中，只有脚后跟没湿的事吗？"梅森在回家的路上会突然提出问题，她总说不知道，请告诉我。听儿子讲述勇敢但脆弱的悲剧人物阿喀琉斯的故事，并不是一个阻止她重返职场的理由；换句话说，至少她自己不这么认为。但下午三点到六点是他思维最清晰、最灵敏的一段时间，对她来说也是一样的。

然而，最近有关阿喀琉斯的故事越来越少了。每天空出的大把时间也引起了艾米的高度关注。她很少后悔留在家里陪伴梅森度过童年；当然，这段岁月存在让她厌烦和发狂的时刻，但想想那些他只需要她陪伴的时刻，想想那些突然迸发的光辉时刻——那是只有可以改变人生的真爱才能带来的事业高度啊！她的母亲安东尼娅有时不理解一些事情。比如，不管你有没有一份真正的工作，事情总是堆成山的；照料好一个家，要完成各种各样的清单、计划和安排，虽然内容看上去很可笑，甚至无聊至极。是你，只有你这个聪明、不知疲倦的女人，才能保证整个家的生活步调像坦克一样稳步前进。是你，是那个众人里管理零食的人。你在撕开六盒装果汁盒上的玻璃纸的同时，侧着头夹住一个无线电话，对着它说："莫林吗？你好，我是梅森·巴克纳的妈妈。我打来是想邀请贾里德参加儿童聚会。"

你不得不使用"儿童聚会"——这个很容易被收入词典的新造词——而且要说得自然。当然，如果你愿意，你也可以调动自己敏锐的学者气质去关注更深奥的主题。你可以为另一个遥远大陆上的战争感到悲伤——艾米白天确实有时候这么想，无可救药地——但你

---

① 阿喀琉斯，在围攻特洛伊一战中名震天下的希腊英雄。儿时被其母放入冥河得以刀枪不入，但被其母抓住的足跟并没有获此神力，后被特洛伊王子刺伤足跟而死。

必须在你的独处时间,在各项计划之间做这件事。因为你是整个家庭的守门人、神经中枢和搏动的心脏,每个人都来找你帮忙,向你索要东西。你是那个日复一日地把床上那个睡得不省人事的孩子哄起来的人。

此刻,她吸了一口气,喊道:"**梅森!我告诉过你,要起床了,兄弟!**"

令她惊讶的是,近来每天早上她都是用这种不耐烦的语气吼儿子的。你也是这样说话的吗?最近,艾米问坐火车进城的吉尔。她们俩坐在金角湾咖啡馆靠后的卡座,这群女人每周相聚在金角湾吃几次早饭,在吉尔逃离城市搬去冬青山郊区之前,她们经常坐这个卡座。直到现在,艾米仍对吉尔搬家的事情耿耿于怀。

快接近中午的时候,当一切都平静下来之后,玻璃前门后的店面笼罩在一片蒸汽中,空气中弥漫着香味,这群女人们在店里会待上很长一段时间。店主和服务员知道她们的习惯,从不去打扰,也不会催她们让出卡座。"你有没有发现自己像教官一样对娜迪亚大喊大叫,"艾米问,"即使你痛恨自己的声音,也真的不清楚自己为什么要这么说话?"

吉尔抬起头,吓了一跳。"是的,我也是这么喊的。我对她吼,娜迪亚,麻利点儿。或是,赶紧的。从我嘴里说出来的全是些可怕的字眼。"

"我也是。我们怎么变成现在这样了?"

"每当那些正值青春的女孩子碰到我们其中一个,看着我们的生活,或许她们心里会默念,永远永远都不要生孩子,"吉尔说,"我们的生活就是警告,她们为什么要放弃自由性爱的快活日子屈身过这种专横又一成不变的生活呢?"

"啊,去他妈的那些所谓的青春少女,"艾米说,"她们什么都不懂。"她们俩笑了笑,戳了戳躺在亮闪闪餐盘中的鸡蛋,沉默了一会儿。

当你带孩子在外面时,很少会受到来自别人的赞美或夸奖。艾米还记得,多年前,在梅森还没上幼儿园时,有段时间一直下雨,整个城市湿湿的,显得很荒凉,所有不上班的母亲、年幼的孩子和保姆们被迫窝在家里。她和梅森要么闷在公寓房间里,要么只能在顶楼局促的铺着地毯的游戏房里活动。一天早上,快绝望的艾米说:"你知道吗,孩子?我要带你去博物馆。"尽管他还处于那种在画廊里被人追着走、在消防楼梯上被人赶着往前进的年龄。

正巧那天有马格里特①的画展,艾米又是他的粉丝。让她惊讶的是,梅森一动不动地站在《人类之子》②这幅画作前,出神地盯着画上那个用青苹果遮住整张脸的男人。那一瞬间,一个疯狂的想法冒出来:梅森是不是有自闭症?但他没有,他只是对这幅画感兴趣,于是她稍微提到了超现实主义,梅森在一旁认真聆听,并问了一些问题。站在旁边的一位老妇人对艾米说:"抱歉,我无意中听到你和你小儿子的对话。他太棒了,你对他也很棒。你们从彼此身上获得了乐趣。"接着,她又多说了一句,"你们俩看起来都很开心。"

这让艾米快乐了一整天。不,这些话让艾米的人生都快乐了起来。这些年来,老妇人的话像护身符一样萦绕在她的耳边。而此刻,今天早上,她站在自己的卧室,隔着一整个房间对儿子吼叫时,她试图回忆起那些时刻,因为它们实属罕见。她不上班,没有可以让大家看到并给予赞扬和掌声的工作环境。相反,大多数时候,她和梅森都是单独行动,除了来自陌生人或朋友的零星评论外,几乎和外界没有

---

① 勒内·马格里特(1898—1967),比利时超现实主义画家。
② 《人类之子》,马格里特的一幅自画像。

什么交流，甚至一度连儿科医生安德里亚·维什斯坦的话——"梅森，你在链球菌测试中表现得很好。好多孩子在用棉签取样的时候差点儿把我的手腕弄断了。"——都算在内了，这些别人永远不会注意到的时刻，却令他们甘之若饴。

艾米默默地欣赏着自己的孩子——这不包括他少年老成的时刻，因为那似乎与生俱来，带有自恋式的满足——她关注的是一些几乎可以被忽视的小事情。他走在路上，突然停在一个流浪汉身边，用低沉却有力的声音跟艾米说："妈妈，我们得给他钱。我们必须给。"这是她在意的时刻。

对于灯火辉煌的城市街道上出现的贫穷并伴有精神疾病的场景，艾米变得越来越麻木，她渐渐地不再理会流浪汉，而是选择冷漠地走开，只是每年寄一张小数额的支票，这样她被自己的儿子震撼了，他唤醒了自己尘封已久的同情心。他让她一个人一个人地给钱，她也这么做了。停下，给一点小钱，继续前行，她不清楚自己的行为好不好，或许只是一种条件反射。但她想不明白；在儿子不断的央求下，他俩将一元纸钞分发给坐在地铁外面糖果店格栅上抽烟的男人们，没人注意到他们的行为。他们在一起的生活有着独特的节奏和戏剧性，不被常人所注意到；有时，她觉得他们就像小马戏团的表演者，只为彼此表演着微不足道的小把戏。

"梅森！"此刻，艾米从卧室喊着，"你起来了吗？你叠好的衣服在你书桌椅上！马上穿好！"她停了一下，一片寂静，"你在穿衣服了吗？"

梅森当然没有穿好衣服；他估计还一动不动地躺着，刚刚醒来的他皮肤还温热，连带着床单、身体和大脚丫都温温的，"梅森，你最好马上行动起来！"艾米大喊道。

第一章

当他的母亲喊他时,他的父亲正坐在办公室里与匹兹堡的公司客户会谈,开了无数的账单,收集着差旅费的收据,而梅森却在遥远的房间里继续睡觉。艾米套上一件衬衫,穿上裤子,准备走过去叫他起来。她走出昏暗的卧室,穿过走廊,在墙壁上部的阴影处挂着她和利奥度蜜月的合照,照片上的他们茫然而兴奋。旁边挂的是梅森从小到大的照片,以及艾米父母和利奥父母的单独合照各一张。还有一张艾米和吉尔三年前去水疗度假时的合照,照片上的艾米一头棕发,相貌平平但很甜美,一头金发的吉尔身材高挑,一副贵族范儿,这个叫作"原始丛林刺激"的地方当时在网上有限时特价活动,在活动即将结束的最后一刻,利奥说,当然当然,你们俩一定要去。

她迫不及待地想要跟吉尔一起出行;用她们的话说,好像又回到了大学时代。她们还不知道,吉尔很快将要搬离城市,她们再也不能一周见上几次了。在吉尔最终搬走后,这种失去的感觉让艾米感到十分难受,难受得不想找人倾诉,因为在世人眼中,四十岁的人只要有家人陪在身边,就出不了什么问题。一个家庭仿佛是边远地区的一间小木屋,虽然经历了风暴的洗礼,但只要一家人待在里面,那么就是安全的,也很满足。

在水疗中心的那个周末晚上,两个闺蜜躺在各自的双人床上,互相倾诉着很久之前的秘密,那些不知为何忘记告诉彼此的重要时刻。吉尔跟她说,在十几岁的时候,她有一次撞见了深陷抑郁症的母亲趴在餐桌上,双手抱头抽泣着,她没有上前询问母亲发生了什么,而是转身走出了房间,之后也没再提到这件事。艾米说:"你不要自责,这不是你的错。这可能就是化学药品在作祟,但当时没有相关信息。他们还没发现血清素之类的东西。"

十年一梦

"我知道,但我记得她当时的样子。我忘不了她当时的表情。那个画面将永远留在我的脑海里。"

"或许这样最好,"艾米说,"这就是她。至少,她有时候是这样的。"

"你肯定很喜欢我妈妈,"沉默了一会儿,吉尔说道,"我知道她非常脆弱,但她为人不错。"她用指尖擦了擦眼睛后说,"好了,该你说了。"

于是艾米讲了宾大新生时期的一个聚会的故事,当时她坐在角落里,一个漂亮的女人走了过来,跟她攀谈起来。那个女人说着说着便坐在了椅子的扶手上,没过一会儿,她俯身吻了艾米的嘴唇,艾米也回吻了她。这个女人是同性恋,女扮男装,穿着时髦的镶着金属饰钉的男士燕尾服衬衫,挽起的袖子下露出了修长的手腕,后面的头发剪得短短的,刘海遮住了眼睛,看起来有点像詹姆斯·迪恩[①]。

"你是说那个住在'法国之家'的女孩吗?"吉尔问道,一脸惊讶,"这合适吗?"

"是她。"

"你喜欢那么做吗?"

"嗯,还行,"艾米说,"还挺刺激的,说实话。"

"我不敢相信你竟然从来没跟我提过这事。"

"我想当时自己也被弄糊涂了。我从来都不知道,自己竟然可以从一些从没期待的东西中感受到快乐。"

"至少你不是有意识地期待。"

"我觉得自己不是同性恋,"艾米说,"对我而言,我要是跟女人

[①] 詹姆斯·迪恩(1931—1955),好莱坞著名男演员,因车祸英年早逝,他的主流形象代表了他所处年代青年的反叛与浪漫。

第一章

谈恋爱,那肯定是需求所迫。"吉尔笑了。"但我确实有过尝试的念头。"

"我也想过,"吉尔说,"过完全不同的生活,几天就行。虽然我想你会说,我们此刻就在这么干啊。而且,我也能适应这种日子。"

但她们心知肚明,这不是现实;她们各自的生活海妖已经悄悄唱起了迷人的歌谣,催促着她们的回归。这个小水疗中心坐落于马萨诸塞州伯克郡山脉,她们的黑莓手机各自收到了自己丈夫和孩子发来的短信和语音留言,询问着家庭琐事,通过电子方式表达着爱意和需求。这是个美好的周末,但也开始拖得有点久了。餐厅里有一面轻木墙,她们坐在一张桌子旁,窗户外面是绵延不绝的群山,周围传来其他女人叽叽喳喳的谈话声。几乎所有来这里的人都没带男人。盘子上零星散落着几片沙拉菜叶,好像是偶然被吹过来似的。角落餐桌旁的几个女人正在用果汁代替早餐,坚忍地看着前面的一瓶海绿色液体。

那天晚上吉尔躺在床上说:"我有时候觉得唐纳德和娜迪亚毫无自理能力。我知道这大概率是我自己的幻想,但我觉得要是我不在,他们很难生存。他们跟新生儿一样无助。"

艾米点了点头。十年来,这实际上是利奥和梅森第一次单独相处,共度一整个周末。每当他们俩出去待几个小时,她总是尽职尽责地准备好他们需要的一切。他们渐渐明白,他们所需要的任何东西都会神奇地出现在自己面前。所以,当他们去公园郊游时口渴了,只需要把手伸进她准备的冷藏箱,就能捞出一瓶她放好的淡蓝色或橙色的运动饮料。如果梅森不小心滑跤摔倒蹭破了膝盖的皮,利奥准能在冷藏箱的室温隔间里找到艾米准备的创可贴和一管抗生素药膏。如果有必要,她会为他们准备抗击严寒的所有物资。就如往常一样，她的丈夫和儿子总能找到并且用上这些东西，而且他们也总是希望可以找到。

清晨时分的公寓里，走廊里的黑暗像支流一样蜿蜒流至客厅，变成早间时段一汪明亮的光池。利奥在公寓的小书房里处理家庭的财务账单，那里也将是她母亲十二月底来参加妇女会议时打地铺的地方。利奥常常坐在那张被产品目录称作"斯文"的简陋的桌子旁办公，桌子里塞满了账单和发票。公寓的租金十分昂贵，但只要利奥不举起双手悲叹道"我们完蛋了"，那艾米就明白，他们还可以继续住在这里。艾米不想了解家庭财务的具体细节，至少她宁愿当个傻子，也不想知道自己是否负担得起某些支出。利奥有时抱怨，这个公寓简直是场"噩梦"，但他们可以勉强度日。然而，他们还能"承受"周末水疗度假的费用。她时不时地向他寻求一些隐晦的声明，或索要所谓的保证。

一旦她忍不住开始研究家里的存款，就会变得焦虑不堪，好奇心立即打住。如果手头很紧，利奥会如实相告，然后他们想办法渡过难关。她知道这一点，尽管他们从没直接交流过。随着时间的推移，婚姻生活中只要涉及钱，他们总是默默地找方式来解决，如同他们的性生活一样。他们新婚时还对彼此开诚布公，列出所有跟自己上床的对象。"告诉我他们的名字，我要一个一个地杀了他们。"利奥跟她说，艾米自己都特别惊讶，她很高兴听到丈夫这么说。他们说着自己在床上喜欢什么、讨厌什么。虽然很丢脸，但他还是勇敢地承认自己喜欢她"你知道的，吸一下"自己的乳头作为前戏。"我不敢相信，我竟然用了'乳头'和'吸'来描述自己。"他紧接着补充道，一边说一边紧张地大笑起来。

利奥·巴克纳身材魁梧，健壮结实，长着一头黑色的鬈发，像拳

第一章

击手一样略微扁平的脸上挂着茫然的表情,他为人直率,是一名商业诉讼律师。一开始在律师事务所相识并且发生关系后,沉浸在情意绵绵的简单快乐中的他们躺在床上漫无边际地讨论起钱的话题:他们各自赚了多少钱,以及他们最终希望自己能赚多少钱。他们两个的家庭均不是很富有。利奥的父亲在一幢办公楼的大厅里经营一家杂志店,母亲是家庭主妇。艾米的父亲是经济学教授,母亲是小说家,她从小跟姐妹们相依为命,虽然他俩的家庭背景不同,但经济地位没有多大差别。兰姆一家虽然从没攒下过什么大钱,但至少全家可以用手头的钱每年去法国度假,住糟糕的旅店。亨利·兰姆穿一件结实的马德拉斯棉布衬衫,紧张地开着租来的雪铁龙汽车在沿着盘山公路前进。兰姆一家既不富裕也不贫穷,没有什么金钱上的困扰。

那是个理性的时代。现在,在二十一世纪初,所有东西的成本和每个人的相对价值都成了公共信息。与过去不同的是,金钱的价值暴露无遗。艾米·兰姆和利奥·巴克纳带儿子住的这幢巨大、朴素的公寓大楼位于城市东部,租客总是来了又走,不停地变化。虽然大楼遮阳篷上挂着"河畔大楼"的招牌,但周围一条河也没有。她朋友住的大楼名字——那些虚荣自大精力充沛的业主或物业公司用自己的名字来命名——大多也没有意义。有个人住在"卡迪夫",另一个人住在"夏蒂勒"。"河畔大楼"的大厅实际上是一个风洞,所以电梯有时需要被撬开,大理石建造的公寓大楼光鲜亮丽,通过镶嵌四周的巨大的方形窗户,可以看到城市的全貌。公寓顶楼是一间游戏室,在梅森还是个小宝宝的时候,他经常在铺着地毯的房间里摇摇摆摆地走着,不管墙上喷了多少空气清新剂,房间里仍然隐隐散发着一股尿布味。无聊的母亲们和保姆们坐在铺着地毯的窗台上,平静地翻看着佛蒙特州的杂志或儿童服装目录,有时候也会闲聊,尽量少呼吸屋内不新鲜的空气。

艾米和利奥刚搬进来的时候,游戏室非常吸引人。当然,那时的艾米还幻想着梅森将永远在那间游戏室里玩耍。在她的眼中,他永远都是那个蹒跚学步的小孩,她可以坐在他身边照看着他,偶尔在下雨的时候去博物馆看看马格里特的画作。她没想到他会长大,步入社会,再也不去游戏室。那间洒满阳光、满是屎尿味道的顶楼房间里又将接待新一代的小婴儿,他们爬来爬去,踉踉跄跄地走来走去,舔舔这边,抓抓那边,呆呆地坐在那儿。

在大多数美国人眼中,纽约是座遥不可及的岛屿,2001年恐袭事件带来的恐惧和担心竟然在某种程度上让这座在短时间内受损的城市的价值突增,就像一件美丽的物品,它越脆弱,价格可能越高。他们在利奥当律师的黄金时期租到了那座庞大却不漂亮的城堡中的一套公寓房。"河畔大楼"适合处在急速上升期的年轻家庭居住;没人准备在这些高价租来的房子里住上一辈子,然而艾米和利奥没有能力在别处买一套公寓搬离这里。这个城市的物价高得令人难以承受,但全国大部分地区也是如此。

总有别的出路可以替代这种让人筋疲力尽的城市生活。如果你决定留在这里,你可以搬到其他行政区,就像所有务实或爱冒险的人做的那样,你可以在别处生活得很体面,甚至过上小康生活。艾米之前认识了一些住在布鲁林社区的夫妇。中产阶级扩大了自己的势力,重新配置了自己的领土范围。在支票兑换店和不用预约就能随时看病的破旧牙科诊所旁边的街道上,一大批狭长的艺术画廊和网吧如雨后春笋般出现。陡峭的布鲁克林大桥的阴凉处,崎岖的人行道上,到处都是流浪汉。如果新居民无心赶走了低收入者,他们不能

第一章

想太多，否则会把自己折磨疯，导致计划失败。艾米认识的一些保守型的夫妻搬去了附近的郊区或一些古怪遥远的城镇，那里只有一条狭窄的主街，唯一的一家还算过得去的餐厅在八点就打烊，逼得所有人到了晚上只能待在家里，就好像哈得孙河和先锋谷充斥着到处抢劫的歹徒似的，只能全镇施行宵禁。

要想住在那里，你必须全身心地爱你的家庭，艾米想。当夜幕降临时，你不得不待在黑漆漆的木头老房子里。然而，艾米和利奥既不想去布鲁克林，也不会在边缘的小镇买房子。虽然他们无法负担公寓的费用，但他们还是继续住了下去，拒绝接受必须搬离的现实。

"我们就像战前柏林的犹太人。"利奥说，艾米抱怨这是个糟糕的比喻，如果被他之前关过达豪集中营的叔祖母听到，她肯定愤怒不已。"我只是想说我们拒绝接受眼前的一切，"他补充道，"我们都精神错乱了，完全失去了理智。"然而，他们仍然获益于目前的生活，所以并未选择离开。

"河畔大楼"近几年的房租水涨船高，增幅让人害怕，人们总是嘀咕着租房市场的走势。你必须活在当下，艾米·兰姆深谙这个道理，就连房地产市场都是关系到人类存亡的大问题。房租压垮了他们；高昂的租金像大厅里的风洞一样榨干了他们身上的每一滴血。梅森的学费更是令他们的财务状况雪上加霜，艾米不安地考虑，他应该像这个国家的其他孩子一样去公立学校。他们也曾想努力让他考进公共学校的天才计划（"就像是中了彩票，我们赢了，我们赢了！"被选中孩子的父亲哭喊着，实际上他在边喊边激动地跳上跳下）。但梅森只考进前百分之三，而不是百分之二，所以他被淘汰了。

艾米和利奥参观当地的公立小学时，只能和一百多名家长站在

25

天花板很低的自助食堂/体育馆里,那里的水管和锅炉暴露在外面,灯光忽明忽暗。学校没有搞艺术教育的资金。他们的儿子将不会画画,不会制作陶器,也不会演奏乐器。他将与"艺术"这个词无缘,只能做一个朴实无华的学生。学校不会开展体育教育,师生比例更是低得令人沮丧。

"所以,你认为我们可以去私立学校吗?"参观结束后,他们走出学校的路上,她问利奥。

"我不知道。"他的声音听上去尖酸刻薄。

她希望他们能更喜欢这所学校,因为它是一所民主性的综合学校,老师经验丰富,原始的教学楼历史悠久;你可以在门口的石头上找到一个世纪前刻的古怪文字:"女生入口"和"男生入口",尽管现在所有的学生可以从任何一扇门中一哄而入,旁边负责看守的是一名手持警棍、长相强悍的女警卫。理论上,学校应该是与外界隔离的乌托邦。但这是纽约,生活既艰难又昂贵,学校也是一片混乱,除非有些学校的家长联合起来担任代课老师和图书管理员,并且坚持举办烘焙义卖才能拯救他们的学校免于陷入穷困。

"至少我们可以算一算吧?"艾米问利奥。

"现在?此刻?"

"不是,当然不是了,我怎么可能说现在。你为什么生我的气?"

利奥没有正面回答她的问题,他冒着毛毛细雨,双肩耷拉着站在第一大道的街角,似乎是对未来的妥协,同时拿出黑莓手机,用上面的计算器噼里啪啦地算了算,然后夸张地叹了一口气说"可以可以",他认为他们确实可以负担,至少可以负担一段时间。"这可能是个致命的错误,"他警告说,"要是未来手头太紧,我们可能还得让他辍学。"

第一章

　　以美国大多数的职业标准来看，利奥的收入算相当可观了。但他任职领薪的小公司只能算业界二流水平——他既不是合伙人，也不是公司掌权的人——他的收入对跻身这座城市努力奋斗但数量递减的中产阶级起着关键性作用。梅森最终就读的学校整齐划一、美丽大方，只录取男学生，似乎是对那天早晨参观公立学校、窝在黑暗食堂的不愉快经历的直接谴责。学校的老师心思缜密，全程关注每一个学生的状况。然而，梅森每半年付一次的学费都会让艾米和利奥瞠目结舌，美国运通公司寄来的账单像一本激情四射的长篇小说那么厚，其中很多页描述的全是上个月一些荒唐事的细节。他们动不动就过度消费，不停地开支票、支付餐费和购物款，大把大把的钞票和硬币给了出租车司机、杂工以及金角湾咖啡馆宽容的西班牙裔服务员们。在这里，他们似乎在哭，接受现实。他们的钱被风洞吸走了，但不久随着风向的改变，他们将会得到更多的钱，当银行账户的金额出现盈余时，艾米又被惊讶到了，如释重负。但他们还是会恐惧，循环往复，直到精疲力竭。

　　此刻的梅森还躺在他自己的卧室里忘乎所以地酣睡着。在他的头顶上，挂着用钓鱼线绑着的几台战机，书架上堆着一排几乎全新的棋盘游戏。现在差不多每个孩子都喜欢玩屏幕上的游戏，虽然他们的父母和祖父母仍顽固地继续帮他们购买《海战》和《西洋陆军棋》[①]的最新版本，试图引诱他们回归芯片世界前的最后一片遗迹。

　　"梅森，宝贝，"艾米用最柔和的声音说，像是为了弥补刚刚的大喊大叫，"该起床了。"

[①] 《海战》和《西洋陆军棋》，都是热门的传统棋盘游戏。

她凝视着他那宽广帅气的脸,鼻子细细长长的,一头鹿棕色的头发。他挣扎着睁开眼睛,迷迷糊糊地说:"再给我五分钟吧?"

"不,亲爱的,很抱歉,"艾米说,"我早就给你足够的时间了。"

"噢,"他眨了眨眼说,"你能说出所有左撇子的美国总统吗?"

"什么?不能,我不知道。"

"你猜。"

"我不猜。这不是靠猜就知道的。"

"詹姆斯·加菲尔德、赫伯特·胡佛、哈里·杜鲁门、杰拉尔德·福特、罗纳德·里根、乔治·布什和比尔·克林顿。"他一口气说完。

"好,好,非常好。"她嘴上说着,心里也是这么认为的,尽管除此之外,她也没别的好说的了。他有时像刚才那样对着她说出一大堆的史实。或许在她看来,这些名字没什么意义,但在他心里,它们组成了一个美丽的体系,那些左手握着钢笔或羽毛笔的总统就在他的意识里走来走去。

他叹着气,从跟面包房一样温暖的、散发着体香的被子里坐了起来。她想把他拉回床上,放在自己的膝头,尽管十岁的他长着一双又长又瘦的腿,但如果她真这么做,那简直就算作乱伦了。她渴望他的陪伴,期盼再次重回当年那个照顾年幼的他的自己。还记得那次我们一起去看马格里特画的那个拿着青苹果的男人吗?艾米的话就在嘴边,也许他能想起来,然后两人便莫名其妙地抱头痛哭。

不过,梅森最终还是下了床,站在卧室旁边那个小小的浴室里小便,发出的声音就像锤子敲击玻璃一样响亮。睡醒的他不再需要妈妈的拥抱,而是开始思考即将开始的学校生活了。终有一天,她的小男孩——那个告诉她所有左撇子美国总统的小男孩,那个告诉她阿喀琉斯和被提起的脚后跟的小男孩,那个直到最近还牵着她的手逛

第一章

街的小男孩,那个与她亲密无间、让无趣的生活变得意义非凡的小男孩——也很有可能将坐在一间办公室,隔着一扇封闭的窗户,望着外面的城市或工业园区,艾米一想到这儿,一种难以自抑的悲伤便袭上心头。就在那一瞬间,艾米记起了她在肯利·舒伯律师事务所时办公室窗外的风景,她有时会在下午休息的片刻用额头和手掌撑在窗户玻璃上站一分钟。

起初,办公室的生活很新鲜,过得也很愉快。虽然手头的工作越来越多,她总是能够应付自如,不过慢慢地,这种所谓低级重复的工作让她很想忽略,因为当你认真思考时,会发现生活中的许多元素全是类似的。律师事务所的工作有时可以换人做,甚至连午餐时的客户也开始长得越来越像了。律师们穿着相似的灰色西装,系着丝质的冰蓝色领带,或穿着量身定做的米色西装外套。有人成了办公室里的相声演员,有人成了暴君,整个公司变成了一座自给自足的小村庄。艾米扮演的是几个"善良"的女性角色之一。她并不在意自己被分类,这个角色意味着每个到她办公室的人可以靠着门框对她说:"嗨,艾米,你今天如何?"或者是:"我们今晚要去陌陌寿司店。"或直接坐在她的桌沿,期待着她的好心回应。

很快,当她和利奥坠入爱河后,这份工作多了一份存在感。她曾在走廊和开会时遇见大个子利奥·巴克纳,尽管他们的工作很少有交集。他比她早一年入职,是个受人欢迎的年轻律师。他身材魁梧,皮肤黝黑,性格随和又放松,人人都喜欢。女人们总是跟他调情,把他当成一个和蔼可亲、爱打瞌睡的叔叔,几乎要爬到他身上去了。

在艾米和利奥走到一起后,其他女人就像是正式的加伏特舞里的伴舞似的礼貌性地退场了。办公室恋情给工作本身增添了一份刺激的快感,多数上班的日子里,她去走廊偶遇自己的鬈发恋人,两人同时回忆起前一晚的相依相偎,这种时刻真的太美好了。

不久,他们携手走进了婚姻的殿堂,作为公司的新婚夫妇,他们都觉得很快乐。工作本身还过得去,甚至有时候做得还挺开心。夜晚降临,他们在一开始租住的公寓里,躺在床上吃着外卖,坐在软软的懒人沙发上看电视,在工作上给彼此建议,并且分析着同事的特点和行为。艾米怀孕后,公司批准了她十二周的产假。公司为她举行告别派对那天下着雨,会议室外面的天黑漆漆的。这些年来,这间屋子里举办了无数个告别派对:他们一个接一个地离开公司,有些是得到高升机会的年轻律师,有些是不幸被解聘的失败者,还有那些前赴后继地投入母亲角色的女员工。

"十二周后,我一定会回来的,"艾米用简短的语句跟大家尴尬地道别,"所以,你们都不准用我的咖啡杯。"

十二周的产假稍纵即逝,在假期接近尾声时,闹钟声突然响起,鸽子咕咕叫,鸡唧唧喊,群马奔腾——就像是谷仓着火后,满屋子的动物乱成了一团——然而,她依旧起不来。她无法从公寓抽身,破旧的拍嗝巾、没熨过的小衣服套装,还有残留着包装纸的摇铃玩具和软软的布书摊得满地都是,简直是一片垃圾场。宝宝黑白颠倒,任何头脑清楚的人都渴望逃离那个地方,回归整齐划一、有着淡淡香气的办公室,那里的工业地毯和闪烁的日光灯就像拿一瓶氨气熏你鼻孔一样,迫使你在早晨清醒过来。

但一位新妈妈的头脑一般都不太清楚。她像着了魔,每天活着的目的就是为了拯救孩子,仿佛一个张开双臂在大都市的天空飞翔的超级英雄。就连去韩国超市买酸奶和果汁的路程对她来说都很漫长,艾米连跑了三个街区才回到"河畔大楼"。她不能离开梅森;她太

第一章

爱太爱他了,所以不能把他托付给某个来自牙买加、圭亚那或奥林匹斯山的女人。她不能将他交给世界上最善良、最温柔的女人,即便是一个巨大的、可以漂浮的硅胶人类乳房也不够好。她是他唯一的救世主;他们血脉相连,其他任何人的骨髓配型都是不完美的。她是唯一的骨髓捐赠者,他直接从她的乳房中汲取营养。办公室的寂静以及所有的案情摘要、客户和会议对她来说变得毫无价值。

艾米还记得当初同事们是怎么对待刚刚休完产假回来的女律师的:他们毫不掩饰自己的急躁和偶尔的厌恶。她看到一个新手妈妈同事在开会前给儿科医生打电话,她紧紧握着话筒悄悄地说:"他昨晚发烧到 100.1 度①,今早我上班前降到了 99.9 度,但保姆刚跟我说他又烧起来了,还一直哭。"房间里的其他人看了一眼手表,有人走到门口,装出若无其事的样子,友善地笑着用唇语说:"你好了就开始。"

艾米不能变得像这些女人一样;她不想成为她们中的一员,她不想去。律师事务所或集团公司提供的永远比不上你的孩子所赋予你的;它不需要你,也不爱你。它永远不会让你有成就感。它不会说:艾米,你是我的唯一。你只是一个不起眼的小齿轮,小齿轮会有满足感吗?小齿轮会骄傲吗?他们期待你全身心地投入工作,每天很晚到家,以至于你只能抽出五分钟去陪孩子,就好像他是个日程排得满满的公司总裁一样。如果你注定要错过那么多小婴儿的温柔时光,难道不该为了一些特别的事情吗?她想道:你怎么能够为了一间毫无灵魂的律师事务所或公司,甚至是它那些不温不火的产品或副产品——客户、纺织品、药品或汽车安全气囊——而放弃陪在一个未来充满无限可能的有趣灵魂身旁的机会,放弃触摸他那骨缝还未完全

---

① 指华氏温度,约等于 37.83 摄氏度。

闭合的头部的机会,甚至放弃欣赏他那有着如同书法般美丽轮廓的嘟嘟小嘴的机会呢?

"拜托,"她对利奥说,"难道没有什么方法可以推迟复工吗?等宝宝再大一点?"

"你可以转做兼职。"他说。

"那行不通。他们所谓的兼职,意味着你可以不用二十四小时随时待命,但你必须从九点工作到下午六点,一周五天,领到的薪水只是全职的百分之六十。真正有能力的人是不会接受兼职的。"

于是利奥来到书房,坐在了"斯文"书桌旁,他们当时组装得很糟糕,抽屉开合的角度很奇怪。他在鹅颈灯下坐了好久,最后走回客厅,看到艾米像往常一样坐在那里,怀里的梅森紧紧地叼着她的奶头。夜已深,她满怀期待地抬起头,盯着穿着罗格斯大学T恤和四角裤的利奥,他没洗脸也没刮胡子。他说:"那好吧,如果他们同意延长你的产假,你可以在家多待几天。"

"噢,真的吗?太棒了。我只是还没有准备好思考这些。你真是上帝。"

"对,没错,我就是上帝。"

慢慢地,散在地上的新生儿礼物收拾好了,她也写了几封感谢信,甚至有几天晚上,艾米和利奥看了一整部电影,烤了一只鸡,那种年轻的、美好的、新家庭的幸福感正在他们心中默默萌芽。她喜欢满足小婴儿如小动物般的需求。在奶量达到完美的供需平衡喂奶也变得简单多了;她的经济学家父亲也会赞同这种供需关系的。她的孩子仿佛突然有了生命,成为了一个真正的人,有时候她会迫不及待地等他从小睡中醒来,好赶紧陪他一起玩。绝望少了,更多的是源源不断的快乐,艾米知道待在家里照顾孩子是她的权利,是她现在的工作,她不会对此评价,也从未质疑过自己的选择。对于她到底什么时候回肯利·舒伯律师事务所上班,他们并没有讨论过,虽然利奥偶尔跟她提起,同事们对她的缺席发牢骚,也有人说:"艾米·兰姆没在这里处理根兹勒地产的案子真是太遗憾了。"

很明显,她根本不会回去上班了。她的母亲很难过,甚至让远在艾伯塔省埃德蒙顿的姐姐娜奥米给艾米打电话,试图撺掇艾米成为国际慢食主义运动的律师。"你知道,慢食主义让乔纳森和我生活得很美好。"娜奥米一字一句地说,就像是背诵安东尼娅为她写好的剧本一样。

在艾米从公司正式离职后,她在信托资产部的职位立即被一位年轻的未婚女性———一位马拉松运动员——所取代。利奥提到的那些肯利·舒伯律师事务所发生的事变成了过时的民间故事,就像君士坦丁堡或老巴伐利亚那边的事情一样。以前的生活和工作离艾米越来越遥远。信托资产领域的专业知识都与她无关了。她继续待在家里,孩子在出生后渐渐长大,但也没有真的变大,这似乎是印证了某种出生后的芝诺悖论。

艾米已经十年没工作了,有几年,她跟利奥时不时地提到自己去另一家律师事务所的可能性。她心里明白,这很难,你不能指望人家随时雇用你。律师现在需要自己处理文档,她得学会这门技能。此外,州律师协会要求律师每隔几年要重新进修一次。她离开得越久,重新工作的可能性就越低。她偶尔想着自己有一天将重新回归工作岗位,那里有很多间崭新的办公室,她走过一个个的小隔间和员工茶水间,或是站在一排电梯前一动不动。艾米之前有一次去一家大型事务所应聘,面试一开始似乎很顺利,然而,当人事部门负责人问了一些她很久没有考虑过的问题时,她停顿了好一会儿才回答,人也变得沉默了许多,开始语无伦次。最后,他终于轻轻地问道:"你还好吗?"

"嗯,还好。"

"你好像不是很想回答这些问题。"

"噢,不,完全没有。"

"好,只是想确认一下,"他看了看笔记说,"我相信你肯定对'并速查'很熟悉,对吧?所以,我想要——"

"您说的是?"

"'并速查'。"

他重复了一遍,这下更糟糕了;她确实没有听错,但她根本不知道这些词指的是什么。"恐怕我不明白您说的是什么,"艾米说完,绝望地笑了笑,"听上去跟绕口令一样。"

"噢,"他惊讶地回道,"是吗?我从来没这么觉得。那个,那是我们现在在用的法务软件名称。"

"对不起,我不熟悉,我有些跟社会脱节了。"

接下来的面试很尴尬,平淡无奇,她离开的时候脸红得发烫。她不能将这件羞愧的事告诉利奥;她压根儿提都不想提。为了面试,她把梅森托付给吉尔照看,等从吉尔的公寓接儿子到家后,艾米在梅森的卧室坐了很久很久,给他读了一本篇幅很长的绘本,像是儿童版的《布鲁姆日》[①]。被拥入怀中的梅森温暖又有分量,身上散发着一股西瓜香波的味道。跟他待在这个小空间是最令人满意的事了,谁要是质疑,她就跟那个人拼命。去你的律师事务所工作,反正都不干了;一点儿也不精彩,也不好玩。又不是辩论队。去你的信托资产工

---

① 《布鲁姆日》,指乔伊斯所创作的超长篇小说《尤利西斯》。

作。去你的办公室礼仪,去你的晦涩难懂的法律术语,谁愿意天天轻快地跟大家道早安,谁愿意每年都要扮神秘的圣诞老人。去你的"并速查",还有那些自她离开后越堆越多的新要求!

她和她的朋友们相互提醒,虽然自己不工作,但并不意味着你每天无所事事。手头上总能出现一些复杂的项目,然而艾米最近烦躁不安,一直在考虑找一份稳定的志愿者工作。或许她可以帮忙教人识字;她可能会喜欢教成年人阅读。她要咨询一下自己的朋友罗珀塔·索科洛夫,因为在她们圈子里,罗珀塔是个行动派。她跟丈夫儿子一家住在一幢没有电梯的大楼里,靠学校的助学金上学。如果从食物链的角度来讲,她的地位要低于艾米,她们俩还拿自己不断下降的身份开玩笑,因为她们的朋友比自己有钱得多。然而,罗珀塔每周可以抽出时间参加生育权的会议,或是为了进步事业去电话银行工作,她"尽其所能",这点没人能提出质疑,因为只有你自己知道你的能力所及。

最终的结论就是,她们似乎都要忙起来。几年前,艾米去加拿大探亲时,她做义工的姐妹詹妮弗谈到自己有时会问新客户:"你想怎样度过余生?"通常,这些客户要么上了年纪,要么情绪低落,或者两者兼有,但当被问及这个问题时,他们如一潭死水的眼睛有时会突然发光,随即滔滔不绝地谈起对自己的欲望和死亡感的见解。每个人都想进步;每个人都想忙起来。

然而,艾米今天只做了那件需要完成的日常琐事。她记得,**买芦笋**,脑子里闪现出放在碎冰堆里用红色橡皮筋绑起来的一捆捆芦笋,对,卡马拉塔及贝罗美食广场,她马上就要前往。**去做子宫颈抹片检查**。还有,学校发来的那封提醒她的邮件的标题:**参加安全巡逻**。

艾米每年必须参加一次奥本走读学校的安全巡逻,但当她一想到今天要去，就变得异常焦虑。佩妮·拉姆齐是她的巡逻搭档，自从她的儿子跟艾米以及其他朋友们的孩子一起上幼儿园开始，艾米她们对佩妮就颇有微词。除了在家长会中极其敷衍地打招呼外，母亲们几乎很少跟佩妮·拉姆齐交流。不过，在艾米听说了这位母亲的事迹后，多少有点沮丧，因为佩妮多才多艺，为人谦和。她的人生像一条平坦的阳光大道，一路顺畅。佩妮·拉姆齐身材娇小，一头金发，长相甜美，思维严谨；她的丈夫是一位年轻的极具进取心的对冲基金经理，儿子外向自信，一双窈窕的女儿也到了花一样的年纪。

最令人钦佩的是，佩妮·拉姆齐还有一份货真价实的全职工作，这跟有些妈妈从事的咨询工作大有不同，后者的工作时间灵活机动，不存在任何强制要求，工作的内容也是模模糊糊。学校里还有其他几位高知妈妈的工作领域也很有趣。你可以看到她们一直处于东奔西跑的紧张状态，争分夺秒地赶往下一项任务。她们一手拿着文件夹，另一只手里握着一个关于土豆和电池的儿童科学课题。她们很少停下来，上班前也不会去金角湾咖啡馆喝咖啡。

当然，全世界的杰出女性不胜枚举，她们的工作艰难且责任重大：医生、人权倡导者和大学校长。每天的新闻时不时地提到她们，艾米有时希望她们的名字旁边能出现个星号，这样就能在报纸底部读到她们的创业经历了：这个女人是如何实现这一切的。她们是否有惊人的意志力。如果她们有孩子，又是在什么年纪做的母亲。人生是否也会出现矛盾。她的丈夫——如果存在——是不是出人意料地分担了妻子的职责，对共同生活中细微的、家庭的、社交的、情感的以及审美的细节都了如指掌，如此一来，那个强势的、思维复杂的妻子就不需要再单独处理这些琐事了。

这个年级还有一位同学的妈妈伊莎贝尔·戈登是一位弦理论学

第一章

家,她看起来很快乐,一点儿没有被工作生活折磨的痕迹。艾米最近看到她端着一盘为儿子泰的生日亲手制作的纸杯蛋糕。没错,倾斜托盘上的纸杯蛋糕上全蒙着一层奇怪的灰色糖霜,就像是食药监局激进的食物染色实验导致的结果,但那又怎么样呢?你看看,泰看到端着蛋糕托盘的妈妈走进大楼,兴奋地绕着她跳起舞来。"泰,开心点,"伊莎贝尔跟他开玩笑,"你看起来不怎么开心啊。今天是你的生日啊,你忘了吗?"伊莎贝尔·戈登把浓密的头发绑成一条辫子垂在背后,看上去怪怪的,但她对高档时尚意大利鞋的偏爱也令人惊讶。你不能用一个词来定义她。她的形象一点都不刻板,既不是心不在焉的科学家,也不是一个书呆子母亲。她为人善良,见解独到;她知道全班同学妈妈的名字,而且今年还应邀到布雷格曼老师的科学课堂跟男孩们聊聊弦理论。

艾米和她的朋友们对伊莎贝尔·戈登的印象深刻,但也看不懂她。她是怎么平衡工作和生活的关系的?她们能不能复刻她的方法呢?她们的经历类似,拥有良好的教育背景和明确的欲望。她们思维够敏捷了,但伊莎贝尔·戈登的思维转速仿佛一飞冲天的宇宙飞船。没人了解她的真面目。她们只知道她爱自己的儿子,热爱弦理论。她的工作和生活从来没有发生过严重的冲突。她躺在床上,潜在的二十六维度空间的玻色弦在她面前交替重合,也许她的儿子在其中一个维度里飘着,心满意足地吃着撒了新闻纸颜色糖霜的纸杯蛋糕。

但是佩妮·拉姆齐,艾米的安全巡逻搭档,是另一类人。尽管身材娇小的她身上散发着女性气质和母性光辉,但仍在硬核、全副武装的男性世界里占据了一方天地。她从未放弃过一秒钟,多年来一直坚守着阵地。她跟我们一样,但她代表着一种至高无上的存在,是工作、母亲、美丽和拒绝妥协的典范。当早上想到这一切后,艾米就更加不想参加下午的安全巡逻了,因为她要花整整两个小时跟佩妮在街上巡逻。

"亲爱的,你最好抓紧点。"艾米对儿子说,他还在浴室里徘徊,昏昏欲睡,摇摇晃晃。当梅森走进卧室,开始穿衣服时,她离开房间,让他单独待着。过了一会儿,她在厨房看到了瘫坐在一把椅子上的儿子。

"你有没有把我签过字的那份废品回收厂的表交上去?"她问道。

"我们为什么要去废品回收厂?"

"应该挺有趣的。"

"你不会真这么想吧?"

"嗯,"她承认了,"我猜不好玩。"他们安静地坐了一会儿。"今天学校有什么新鲜事吗?"她又问道。

"没。"

"什么都没发生?"

"什么都没有。"

他是一个聪明、专注的孩子,有时候他的想法很有见地,但他极少告诉她学校里发生的事情,除非那件事情特别令他兴奋。据她所知,这些男学生们喜欢戴着狂欢节的面具去捉弄老师。虽然艾米的一天过得平平淡淡,没什么大事发生,但如果有人愿意倾听,她可以滔滔不绝地把自己一天的日常琐事从头讲到尾。

"梅森,你好不好奇妈妈在你上学的时候在干什么?"在他正趴着吃盘子里的华夫饼时,她突然发问。

他看着她,一脸疑惑:"这是个圈套吗?"

"不,不是圈套。"

第一章

他耸了耸肩:"我不知道。做事情吧,我猜。各种各种的事情。"

他对这个问题没有一点儿兴趣,而她从他的回答中知道,她对她的儿子,或许要再加上自己的丈夫,都是个没有神秘色彩的谜,就跟世界各地的许多其他女性面临一样的境遇。

哗,咘,嘟嘟嘟,闹铃在整个国家的各个郊区、乡镇和城市响起。*咕咕,咕咕,咕咕,咕咕咕*。让我们看一下今天的天气吧。它们不停地响,唤醒熟睡的女人们,有时候也会唤起过去生活的记忆,看着处于人生中年的自己现在的样子,平添了一丝忧愁。

"你带了词汇练习册了对吧,孩子?"在走向公寓门口的时候,艾米问梅森。他们每周不止一次在这个地方停下脚步,转身回去找一些他落下的东西。梅森的健忘令艾米恼火,但他是个男孩,她的一些朋友抱怨说儿子都这样。

"谢天谢地,还好有我们在,"一对双胞胎男孩的母亲叶凯伦说,"如果没有我们,他们早就陈尸街头了。"当时她们正在金角湾咖啡馆讨论男孩们的效率低下。

"没错,身上还没带家庭作业。"另一位母亲补充道。

今天,梅森带了词汇练习册,却忘了拿单簧管。他回去找了半天,却空手而归。"找不到,"他说,"利维奥先生会认为我没准备。这没什么的,妈妈。"

"你这什么态度? 请找到它,马上去。"话一出口,连她自己都觉得很可恨。她最近非常烦躁,就好像自己的无所事事全是梅森的错似的。"再去找找,亲爱的。"她又加了一句。

梅森四处翻了翻,突然记起了什么,他从背包里翻出了电子寻物器,这个自带编程的小东西就是为这个场合设计的。他输入了几个号码后,就跟妈妈一起等着。随后,公寓的某个地方传来一个低沉的声音,梅森和艾米跟着这个声音一路走到了他的卧室门口,令人惊讶的是,在那里,在床下漆黑的洞穴里,一个安卓系统的声音不停地重复着:你的——单——簧——管——就在——那——边。一如既往,科技又一次拯救了他。

在他整理东西的时候,艾米走到窗口,拉开了窗帘,先前朦胧的晨光慢慢变黄、变白,洒进屋子,点亮心情。她和儿子走到大厅,按铃等电梯。电梯抵达时,敞开的门后面站着两个穿着职业装的女性。"早上好。"其中一个人说。

"早上好。"艾米说。

她们身上散发着洗发水的气味和一股淡淡的香味,两个人看上去精神焕发,非常灵敏。艾米和梅森一起走进电梯,顿时觉得自己在她们眼中不过是一张皱巴巴的床单,或是一只上了年纪的和蔼可亲的农场动物。她闭上双眼,度秒如年。楼下的大厅服务台旁聚集了一小群人。当值的赫克托是一个瘦削的西班牙青年,尖顶帽对他的头来说太大了,使他看上去像一个假扮警察的孩子。今天,在与身边的一群女住户交谈时,他几乎陷入了疯狂的兴奋状态。电梯里的那两个职业女性只是扫了一眼,便继续往前去了。

"……但当医护人员赶到的时候,他已经不行了。"赫克托告诉她们。

"太难以置信了,"一位年轻的母亲说,艾米经常在电梯里遇到她,她年幼的女儿们扒着她的双腿。"他大概,快四十了?"

"三十八。在股票行业做事。"九楼的一位母亲说。

艾米不由自主地走到服务台旁,等着别人告诉她这个可怕的消息,虽然她已经弄明白是怎么回事了。住在H区14楼的一位年轻的

第一章

父亲昨晚因突发心脏病死亡。艾米听到她们一字一句地描述着医护人员、轮床、氧气面罩，还有反复猛烈的心脏复苏术。妻子和孩子们除了哭，对于垂死的男人无能为力。"爸爸，爸爸，给你我的好运猫头鹰小球钥匙链！"五岁的儿子歇斯底里地哭喊着。

这个故事应该还有后续。一个女人说到了这个住在 H 区的新寡妇，她现在没钱继续住下去了。"她好多年都没工作了，"那个女人说，"单凭她自己是不可能支付得起房租的。我估计他们很快就得搬出去了。"

"可怜的女人，"另一个女人说，"小孩子也可怜。"

"事情发生的时候我就在现场，"赫克托说着，用手背擦了擦眼睛，"我目睹了一切。他的嘴唇，"他低声说，就好像在揭穿一个内幕，"就跟蓝莓一个颜色。"

艾米只了解到一点点关于这个 H 区 14 楼过世的年轻丈夫的事情。在她脑海里，出现了一个快四十岁男人胖胖的脸，稀疏的金发，白色银行家衬衫下的小肚子有些凸出。但这幢楼有无数个家庭从大门进进出出。在这座巨大的建筑物中，只有万圣节来临时，你才有机会见到公寓的其他租户。站在孩子的背后，你好奇地透过打开的门，偷偷望过去，看到散发着陌生气味的房间光线昏暗，巨大的等离子电视屏幕闪烁着，试图由此打探别人的生活方式。

去年万圣节，他可能还端着装满奇巧巧克力的陶瓷碗站在家门口，让戴着尤达面具的梅森抓了满满的两捧糖果。但如今，这个穿着白衬衫、系着松松领带的丈夫死了。他的妻子和两个年幼的孩子很快将要搬走，就像是等离子电视屏幕上有一个稍纵即逝的图像，生活将发生天翻地覆的改变。管理人员会重新粉刷公寓，并配备一台崭新的快达洗碗机，厨房台换一块新的黑曜石板，随后租给另一个年轻的家庭。这个家庭会认为自己目前或许负担得起房租,他们的生活将从这里开始,至少持续一阵子。

"我们要迟到了。"梅森说着,轻轻地把艾米从服务台周围那群悲伤的女人堆里拉了出来,艾米刚才定定地站在那儿,眼里突然涌出了泪水。她想到了那个素昧平生的丈夫,然后又不由自主地想到利奥和自己,想象着他们失去了一切。

"对不起,"艾米说,"我就来。"

梅森一脸好奇地盯着她:"妈妈,你没事吧?"

"我很好。"

"那刚才是怎么回事?"当他们推开旋转门时,他问道。

"噢,亲爱的,那里死了个人。"

他们站在人行道上,梅森变得严肃起来:"你知道世界上每天都有人死去吗?每一秒。就在那个地方。世界的某个地方,有人刚刚过世。"

"我知道,但今天这个人就在我们身边,"艾米说,"昨晚,14楼的一个男人死了。太令人悲哀了。"

"他是怎么死的?"

艾米停顿了一下,最终说道:"他年纪太大了。"

他们离开大楼,走进明媚的阳光里,早晨柔和的光洒在身上,一扫刚刚在大厅里听到昨夜有人意外死亡所带来的阴霾。一名清洁工正在用水管冲洗人行道,水流进排水沟,渗入旁边的泥土,滋润着枯瘦的城市树木。"河畔大楼"入口散发着一股储存根茎植物地窖的臭味。每一个完美的秋日都会让你不由自主地回想起这个城市陷入困境的那天。但今天艾米还想起了她曾经心满意足的那段日子。她身材窈窕,尚未生育。她的小家庭关系亲密,还有一个她深爱的闺蜜。

第一章

虽然伊拉克的战争还在继续,望不到头,每个人感到很无助,恐怖袭击的威胁也没有解除,但人们总说,不能永远躲在公寓里。他们坚信,除了好好过日子,我们别无选择。

剩下的女人们从旋转门一拥而出。城市的各个地方和高速公路附近的村镇的女人们也都走出家门。很快,在把孩子送到学校门口,亲亲他们的额头,看他们的身影消失在各个教学楼里后,妈妈们就解放了。她们可以去室内的商场、购物广场,还可以去郊外,如果她们愿意,城市里小商铺、博物馆、露天场所应有尽有。一整天的自由,一整天的放松,这是她们丈夫过不了的生活,但他们发誓自己也不想过这种日子。没人真的知道,生活为什么会变成这样。这本不应该发生。

但像今天如此美好的一天,即便感到绝望和遗憾,也很快被快乐取代了。全国各地的女人们打开前门,离开家去享受属于她们美好的一天。

第二章

蒙特利尔，1972年

　　要是有人能把窗帘拉上就好了，其中一个女人狂放地大笑起来，随后，所有人也跟着笑了起来，比平时更加吵闹，因为在过去的一小时里，她们一直在喝金汤力酒，没有光脚的孩子或丈夫突然出现在门口，身后拖着长长的影子，问你什么时候吃晚饭、剪刀放哪里了。就连亨利·兰姆今晚也被抛弃了，他可算得上是最称职的丈夫之一，温和而内向，谢顶的头部两侧还残存着几根金发垂下来，他从没仔细考虑过女性在社会上遭遇不公平待遇的问题。作为一名学者，如果他有心，应该不难发现，连麦吉尔大学小小的经济学系都存在着明显的偏见。此刻，他正跟三个小女儿一起被妻子安东尼娅禁足在自家二楼，这事不时会发生，姑娘们让他一起玩一个叫作《奔赴外省》的棋盘游戏！这个游戏的规则变化多端，就连他，一个拥有博士学位的成人，都无法完全遵循。然而，那三个聪明的小姑娘却玩得熟门熟路。在楼下摆满了盆栽的客厅里，唤醒意识团体的每个人都热情高涨地

第二章　蒙特利尔,1972 年

谈论着当今世界妇女的困境。你一句我一句,声调不断提高。

几个掉队的女人按响门铃,安东尼娅为她们开了门。她们在粗糙的门垫上跺了跺脚,在寒冷的深夜吸上一口气,进了屋,把挂满冰霜的大衣扔在前厅的长椅上,然后走进温暖明亮的客厅,加入正讨论得热火朝天的女性友人群体中。八点半一到,安东尼娅·兰姆敲了敲杯子。

"我提议,"在微醺的女士们安静下来后,她说,"我们干了这杯酒,因为今晚的饮酒时间接近尾声,需要进入正题了。"

"啊,噢,"一个叫卡罗尔·布莱德洛的女人插话道,她也住在这条街,"你们知道这是什么意思。"

有人尴尬地窃笑起来,又有人说:"进来的人啊,放弃一切希望吧。"

她们大口大口地干了最后的金汤力酒,把杯子随手一放,不管下面垫着的是放在咖啡桌上的摄影书、大部头的经济学理论、平装本小说,还是桌面本身。安东尼娅环顾四周,有些沮丧,担心杯底留下的湿答答的痕迹会不会弄脏木头,心里盘算着明天要去罗布劳超市买什么样的清洁剂。

别想了,她对自己说,现在不要想什么清洁剂,以后也不要想。活出自我,你不只是一个家庭主妇;1972 年的今天,谁都能看到女性的改变。想想女性的进化史。想想在这里,在美国,在大洋彼岸的欧洲和世界各地正在发生的改变。想想今晚在这个房间会发生的事情。

在唤醒意识团体定期见面近一年后,安东尼娅邀请了来自多伦多的玛莎·诺尔斯给大家做一次讲座。每个月都有一位女性抛下自己的丈夫和孩子,贡献出自己的家作为团体的聚会场地。她会烹饪一玻璃锅的饭菜,通常是铺着一层焦黄的奶酪的碎肉,再烤制一个水果蛋糕,摆出几瓶金汤力酒、仙粉黛葡萄酒和一桶冰来招待大家。由于她们一直保持聚会,所以到目前为止,她们已经讨论了很多话题,包括"女性有否达到高潮是否重要?""从家庭主妇变身赋权女性"以及"如何培养自信的女儿和深情的儿子"。最初的几次讨论大家都很羞涩,试探性的成分居多,但慢慢地,谈话变得越来越大胆。她们经常谈着谈着就开始掉眼泪,但有时候也会有人突然发火,就像喷枪一样大发雷霆。

"我就是特别不开心。"一个女人平静地压着怒火说完后,继续谈论着她那个永远不懂清理洗碗机也算一种道德责任的丈夫,至少一千年做一次也可以。"难道马丁做点家务就会死吗?他认为我生来就是做家务的。我的意思是,收拾餐具和长着卵巢之间存在什么逻辑关系吗?"有个女人这么问,当然,她的女性朋友尽职地告诉她,不,二者没有任何逻辑关系,她,以及所有人都有改变这件事的权利。"难道我在结婚的时候,签了做家务的协议了吗?"那个女人继续说,"婚礼仪式上有规定在这段婚姻中,我将是永远收拾洗碗机的那个人吗?"

"那个,你和马丁结婚的时候,洗碗机还没出现吧?"另一个人插嘴说,想要缓和一下气氛。

安东尼娅知道,亨利不像某些丈夫那样有明显的性别歧视。不过,她永远都无法对1969年发生的一件事释怀。在经济系的圣诞派对上,当她路过丈夫的办公室时,碰巧看到他正在亲吻自己的部门秘书。金妮·福利是个相貌平平的小个子女人,她面色苍白,一头红发,乳白色的肌肤,穿着一条喇叭裤。她对安东尼娅完全构不成威胁,但令安东尼娅难过的是强烈的背叛感以及自己不称职的羞愧感。

第二章　蒙特利尔，1972年

难道身材高挑、举止优雅、口齿伶俐的安东尼娅还满足不了丈夫，导致他需要从小个子金妮·福利那里获取安慰吗？那个手上散发着油印纸味道，在桌上放着一满罐酸味糖的金妮·福利？经济学家们经过她的桌子旁时，会随意地把手伸进罐子里。

当晚在圣诞派对结束回家的车上，亨利心情很好，完全没有注意到旁边受伤的安东尼娅有多愤怒。"我看到你了。"她只说了一句。

"你看到我了？"

"跟你那个傻不拉几的笨蛋部门秘书在一起。"

他像个孩子似的用手捂住眼睛，以为这样别人就看不见他了。"亨利，你在开车。"她提醒他。他告诉她自己很抱歉。他说他一直在喝酒，米尔特·伯克曼还递给他一支大麻烟卷。大厅的立体音响循环播放着大门乐队的歌曲，派对上的每个人都觉得很欢乐，他自然也放松了些。"就连凯恩斯主义者也不例外。"他说。他告诉她自己从未做过这种事。

安东尼娅又能怎么做呢？那不过是一个吻，吻了一下金妮·福利，亨利也已经低声下气地赔礼道歉了，她也只能选择原谅。

虽然他们和好如初，修复了破裂的婚姻，但她心里明白，自己再也不会像以前那样爱那个害羞、学究气十足又容易分心的丈夫了。两年后，当了解到女权主义后，安东尼娅终于松了一口气。妇女运动将是她的转折点；那是她的金妮·福利。事实证明，她的改变远不止这些。聚会的新鲜感、团体的凝聚力以及女性友人们之间的畅所欲言，改变了她整个人。不久，她就一腔热血地投入到真正有意义的事业讨论中去了。

她告诉自己所在的唤醒意识团体，自己一直梦想成为一名小说家，而且已经构思好了第一本书。她们说："这太棒了，我们相信你能成功。"在她们去她家聚会的第二天,安东尼娅·兰姆一早醒来就着手写了《转身回家》的开篇部分,这本书讲述的是十九世纪安大略省的一名教师跟当地农民之间的恋爱故事。她觉得这就是自己报复亨利三年前背叛自己的那个吻的方式,她想象着自己和一个性情跟丈夫完全不同的人发生了性关系:这是一种本能而非理性的吸引,不同于瘦削的学术型丈夫,他是一个肌肉发达的农民。

最近,团体中有好几个女性抱怨自己十分令人失望的性生活,她们的丈夫总是急于草草了事,一头扎进被窝里沉沉睡去。有人提议,男人需要学习了解女性不同的身体部位,公平起见,女人也要去学习男性的身体。

玛莎·诺尔斯走了进来。对,玛莎·诺尔斯登场了,安东尼娅·兰姆在客厅里想。玛莎·诺尔斯是大多伦多学区的中学指导顾问,她作为今晚的特邀嘉宾,来的时候随身携带的黑色皮包是她已故的父亲——一名非专业医生——的遗物。要是他看到女儿拿自己的包派何用场,肯定会大吃一惊的。玛莎·诺尔斯三十出头,一头黑色的短发贴着头皮。她心地善良,处事异常淡定,没多久,屋里的人已然了解了她的这个特点。

在有人提议举杯时,玛莎·诺尔斯说:"在这里,我想感谢在座的每一位女性,谢谢你们能够这么勇敢,谢谢你们保持好奇心。"她一直在路上,辗转在安大略省的各个家庭,出席在过去几年如小枫树苗蓬勃兴起的唤醒意识群体的聚会活动。一周前,她飞到穆索尼,跟几个家庭主妇聊过天。

此刻,安东尼娅·兰姆坐在椅子上,身体前倾看着玛莎·诺尔斯像上台表演的海豹一样先慢慢地脱下天鹅绒裤子,再脱掉那条看上去有些过时、已经褪色的弹力棉三角内裤,白皙的皮肤上还留有内裤

第二章 蒙特利尔，1972 年

的勒痕，随后很快地躺在了兰姆家的沙发上，为了配合今晚的表演，沙发上早已放好了一条床单。那是艾米或娜奥米的床单，边缘有一小块草莓图案。其实，安东尼娅原本想把它收回来，给她用别的：一条旧的野餐布，或是磨损的沙滩巾。玛莎·诺尔斯从她的皮包里拿出一个闪闪发光的金属制品，当安东尼娅看出来那是一个扩张器时，倒吸了一口气，仿佛自己将被侵犯一样。但只有玛莎·诺尔斯一个人能够使用扩张器，而且只会用于自己身上，这一切都是事先计划好的。

每个人摆出一副若无其事的样子。这些女人每年都去做私处检查，费用由国家卫生局全额支付。那里虽然有小隔间以及面色红润的护士，但扩张器看上去跟中世纪的武器没什么两样。玛莎一言未发，很快地做了些准备，躺在了绣着草莓边的床单上，然后，脸上带着灿烂的微笑，等待着女人们排着队来观察。

她们是那么镇定、有礼貌又遵守秩序，简直就像在自助餐厅排队拿餐食一样。安东尼娅第一个去；毕竟，有人说，这是她家。于是，她慢慢向玛莎·诺尔斯走去，此刻的玛莎就像是一个等待换尿布的婴孩，又像是等待缝合的鸡——都是家庭内部画面，但不管如何描述，她的脆弱显而易见，双腿张开，一动不动，像一幅等待新世界秩序的生动画像[①]。安东尼娅迟疑地往里看，台灯的角度刚刚好让光线打在这个女人身上，照亮了通往她身体的入口。安东尼娅·兰姆透过她两腿叉开的空隙看到了阴影和光亮，看到了腔壁和顶层。她几乎认为自己看到的是钟乳石和石笋；那里面没有清晰的通道，相反，女性体内的一切显然是密集且复杂的，就如生命本身一样。没有捷径，

[①] 原文为法语：tableau vivant。

十年一梦

没有一帆风顺。女人本就如此。

安东尼娅继续勇敢地窥探那条闪烁的时间隧道。她将成为一名小说家；她会激励像她一样的女性。她的丈夫和孩子也会接受她的这种变化，并为她开心。这个团体的一名女性在不久之后发现自己其实是女同性恋。另一名女性将于几年内死于癌症。生活是如此艰难和陌生；只要你留点心，都能明白这个道理。但最重要的是，当四十岁的安东尼娅·兰姆看向这名来自多伦多的学校指导顾问——一个她希望永远都不要再见的女人——粗壮的双腿之间的缝隙时，她想到了巨大而闪亮的未来，而不是什么生硬已知的物品。

她的女儿娜奥米、艾米和詹妮弗不需要再像自己母亲和她的朋友们现在这样态度强硬，怨天尤人，也不需要开创自己的小天地。对，她们这一代的女孩不需要聚集在谁家客厅的刺眼灯光下，通过冰冷的扩张器，以痛苦方式去唤醒意识——旁边的柜子上还堆着金汤力酒、饼干和包裹着坚果的切达奶酪球，黑漆漆的窗外大雪纷飞。

相反，她们的女儿们将成为"后扩张器时代"的女权主义者。等她们成年后，与自己的丈夫和孩子的生活是前所未有的和谐。她们的婚姻将比安东尼娅和亨利的美满得多；没有那个带着一罐悲伤糖果的部门秘书的插足。只有爱和平衡。如果水池里堆满了盘子，那么抓起洗碗海绵的会是女人，也会是男人；男女之间不再有差别，男人穿围裙、女人系工具腰带，男人扛着婴儿或女人主持董事会都不再是令人惊讶的新闻。每个人都有工作，每个人都可以行使权利，每个人都会在家里搭把手。她们的女儿会意识到自己母亲正在带来的巨大改革，从过去直接的否定变成肯定，她们感激不尽。安东尼娅将在早上开始写小说；她现在要开始尝试新的人生，丰富自己的生活。

"噢，天啊，那里面那么好玩吗？你还没看够吗？"另一个女人半

第二章　蒙特利尔,1972年

开玩笑半紧张的口气问道,并轻轻地戳了戳安东尼娅,显然后者刚才愣愣地站在灯光下,呆住了。

"对不起。"安东尼娅·兰姆说着,迅速退到一边,好让下一个女人好好看看眼前的一切。

第三章

所以你看,眼前的这个画面。每天下午放学时,放眼望去是一片妈妈和孩子的海洋。不管你住在市区的高楼,还是广阔乡间宽敞的大平层里,一到三点,就得到校门口集合,那里站着的几乎全是女人,没有什么成年男子的身影。当学校的双开门打开时,放出来的孩子回到了你的身边,就在那一瞬间,你有种错觉,与他们的分离是漫长而艰辛的,也许更像是发生在闪电战期间,孩子们被送去农村的志愿者家庭,而不是仅仅离开了七个小时,好让他们的母亲轻轻松松地去做自己的事情。

艾米·兰姆眼巴巴地等着梅森出现,恨不得上去一把抓住他,紧紧拥在怀中,然后在回家的路上帮他买冰淇淋或烤坚果,一起走回去。通常,在他们回家途中,他一开始不怎么说话,就嗯嗯啊啊的,可吃了零食后,他的话匣子一下子打开了,好像吞下了吐真剂,讲着一些白天学校里发生的细节,这会让她非常开心。"杰里米·哈登有点不正常。"他可能会告诉她。

第三章

"哪里不正常?"

"他用脚打拍子。琼娜和我在一边数。他在一分钟里拍了九十六次。"除了这些,梅森还会突然宣布:"等我长大了,我想研究天文学。你觉得我能以天文学为生吗?"

"我想你可以。"

"布雷格曼先生今天给我们介绍了一朵星云。"

"是模模糊糊的吗?"

"什么?"

"没什么,开个玩笑。"①

在放学回家的路上,她总是感到异常平静。回到公寓后,梅森先完成功课,一边做一边胡思乱想,然后跟同学聊聊天,最后溜达到厨房,艾米可能正在厨房岛台上忙碌着。梅森通常会邀请她玩扑克牌,而她也会欣然接受,两人坐在桌旁,当他们出牌时,牌发出拍打桌面的声音,与此同时,他滔滔不绝地讲述着更多关于杰里米·哈登奇怪的细节,他肯定患有注意缺陷多动障碍和强迫症。在课间休息时,我们根据他的症状用谷歌搜索得出的结论。布雷格曼先生真的太厉害了,他告诉我们,狂妄自大的人类本以为已经掌握了宇宙的一切,但直到最近,事实证明,他们看到以及了解的宇宙知识只占百分之四而已。"剩余的被称为暗物质,他们甚至不知道那是什么,一切都是未知数。他们只了解百分之四。这真是发人深省。"梅森充满敬畏地说着,亮出了自己的王牌。

但今天,他们不能一起走路回家,不能一起坐在桌旁打牌,不能讨论其他孩子的问题,也不能探讨神秘、深邃、宽阔的宇宙话题。今

---

① 上文中的"星云"的英语原文是 nebula,它的形容词为 nebulous,即此处的"模模糊糊"。

天,艾米像这座城市以及全国各地的其他一些女性一样,留在学校履行安全巡逻的职责。这是每年必须履行一次的义务;在当初生孩子的时候,她便已经默认签署了这份合约。不,她回想起来,其实自己当初在享受无保护措施的性爱时就签了,那次产生的一系列细胞,慢慢地长大,需求增多,最终让她放下虚荣心,甘心情愿套上一件亮橙色的塑料编织背心,脖子上挂着一个哨子,手里拿着对讲机。随后,她将跟安全巡逻伙伴一起踏上征程。

下午,整个校园充满着愉快又嘈杂的气氛。关了一天的孩子解放后,兴奋得忘乎所以,叽叽喳喳地嚎叫着,在凉爽的微风里挥舞着空手道。艾米·兰姆走在人行道上,觉得自己的装束跟戴着小丑鼻子、穿着松软的大鞋子没什么两样,巡逻的模样真是有点荒谬。所有学校要求每天必须有两个来自不同家庭的家长在当地街道巡逻。他们肩并肩地前进,并且都心知肚明自己最终保护不了孩子。

"亲爱的梅森·兰姆-巴克纳的家长,"奥本走读学校的邮件正文写道,"您和您的安全巡逻伙伴,霍尔顿·拉姆齐的家长,需要在周一下午三点在学校正门集合。"他们在写邮件的抬头时总是用"家长",而不是"母亲"一词,因为偶尔也会有父亲出席,引起其他母亲的大呼小叫,好像他在一天结束前置股市行情于不顾,需要特殊对待似的。年级中有个男孩的父亲如果碰上休假,也可能会出席,他就是伦恩·古德林。白天,人们有时可以看到他站在卡马拉塔及贝罗美食广场的橱窗外,若有所思,仿佛那里面摆的一排排沙拉是引人入胜的色情文学一样。他的妻子在广告业工作,几乎不来学校;她跟大多数父亲一样不为人知。

"如果我们年轻十岁,"罗珀塔·索科洛夫最近说,"我们的老公就可以参与安全巡逻了。"

第三章

确实,她们的丈夫在大部分时间都很体贴、称职,也换过不少尿布,但在养育孩子和操持家务方面他们参与得太少了。这不仅仅因为他们每天要工作,更重要的是他们很少考虑这个方面的事情,所以处处碰壁。他们连"窗帘挂钩都买不对",叶凯伦曾经说。也有人坚称,他们也选不好送给孩子班级老师的礼物。如果非要他们选,他们也只能从杂货店买一盒惠特曼牌巧克力,盒子里摆着各种口味和形状的巧克力。当他们独自带孩子的时候,总是犯些小错误。有个人曾评价说,你有多少次看到一个男人推的婴儿车里躺着的婴儿只穿着一只袜子的?"等等!等等!"与此同时,远处的女人一边喊,一边朝男人这边奔过来,手里还拎着一只小袜子。

但也有人说,这样的描述并不准确。即使这是事实,他们犯的也不是致命的错误。他们又不是在大冬天不给孩子穿衣服便带出去扔到树林里。他们又没有让自己的孩子饿肚子。但与她们一起生活的丈夫们有一半还停留在过去,另一半才是未来。他们不代表未来。他们显然不是女权主义运动发起者可以作为运动成果送给女儿们的完美礼物。

改革一般需要几代人的努力。艾米和她的朋友们注意到,偶尔会有三十岁左右的年轻男人待在家里,妻子在外拼搏。天啊,他们看上去跟那些四十多岁的丈夫可太不一样。这些年轻的丈夫体形更苗条、更健美,或许要归功于不工作、不需要穿公司要求的制服吗?年轻的丈夫们穿着印有摇滚乐队和龙虾铺子广告的 T 恤,昭示着自己的青春。他们留着山羊胡,戴着时髦的几何形状眼镜。他们用布带把孩子系在身上。他们有些虚弱的妻子平静地一点点恢复了职场生涯,她们明白,丈夫跟自己一样爱孩子,并会在家好好照顾宝宝。

男人和女人仍在进化中;年轻男人用行动证明他们完全可以胜

任照顾家里的工作，年轻女人也用事实证明自己完全放心丈夫处理这一切。你偶尔能看到一个像伦恩·古德林这样的四十几岁的丈夫，但他出现在学校总是让人困惑，这打破了世界正常运转的所有理论。起初，你看到他还觉得挺欣慰的，但很快便感到有些恼火，因为他在一个女性为自己打造的世界里看上去就像是一个游手好闲的人。

今天艾米已经安排好让梅森跟着叶凯伦的双胞胎卡莱布和琼诺回家，所以她才能穿着橙色背心出现在这里；在她的身边，站着满脸通红的佩妮·拉姆齐。佩妮迟到了几分钟，她啪的一声扣上了自己背心的搭扣，满脸歉意地说："对不起，会太多了。"

"没关系。"艾米友善地说。

此刻，两个女人步调一致地走着，沉默不语，这种沉默并非出于安全巡逻严肃性的目的，而是她们不知道要说些什么打破尴尬。艾米觉得，城市视觉博物馆的馆长佩妮·拉姆齐可能还在考虑她那接连不断的会议呢。她的博物馆位于切尔西区一幢联排别墅里，面积狭小且资金不足。尽管年级同学的妈妈们都一致称赞这座博物馆，但每次她们去的不是大都会博物馆，就是现代艺术博物馆或白色螺旋风格的古根海姆博物馆，而不是小小的城市博物馆，里面展出的是纽约过去的一些不值一提的小物件。

博物馆有时展出一些摄影作品，有时则是下东区公寓里的手工艺品，甚至是世纪之交时期的餐馆菜单，上面的价格离谱到让你以为是孩子编造出来的。一顿牛排晚餐九十五美分！一份欧芹土豆配菜二十美分！那是什么样的世界？没了，消失了，不见了。去年春天，奥本走读学校的男学生们受邀来到博物馆，在佩妮·拉姆齐的亲自带领下，一个展厅一个展厅地参观了整座博物馆。他们在参观期间看了一些保存完好的旧照片,上面是1900年左右在城市街道上玩棍球的穷孩子。艾米是当天班级的家长代表,她看着那些饥饿的、脏兮兮的小男孩敲打棍子的画面时心里想,死了,都死了。丰衣足食、穿戴整洁的奥本走读学校的男孩子们,逼不得已地看着那段逝去的历史,一边拖着步伐走过吱呀作响的地板,一边猛翻着白眼,但馆长似乎没有注意到,甚至也不介意他们的冷漠。无论是在博物馆工作,还是在外面的社交场合,她都是亲切、善良、不屈不挠的典范。她和丈夫的照片偶尔出现在新闻报纸的社交版面——身着亮丽华服的佩妮·拉姆齐美丽动人,一身燕尾服的格雷格·拉姆齐沉稳平和。

此刻,身材娇小、苗条的佩妮正在执行安全巡逻任务,她将一头金发梳得平平整整,并盘了一个发髻;在艾米看来,那个发髻里藏着她所有的秘密:如何在运营一座博物馆的同时,无微不至地照料三个子女,又可以对有声望的丈夫有求必应,而且还能够准时出现在这里参加安全巡逻。她很可爱,可完全不自恋。她拥有一份自己珍视的重要工作,她并没有为了全职照顾孩子放弃工作,甚至也没有转行做一份压力小些、挑战少点的工作。她既没有被家庭生活所诱惑,也没有被野心所侵蚀,她完美地平衡了这两种截然不同的欲望。

大多数这个年级学生的母亲都觉得自己为孩子被迫放弃了太多太多,但佩妮·拉姆齐似乎什么也没放弃。据她们所说,她只是在孩子年幼时短暂地离开了一会儿工作岗位,但一直坚守着自己在社会上的地位。同时,她作为一个十分称职的超级妈妈,从未缺席过孩子的音乐会和足球比赛,她会在赛后抱着孩子们大喊"耶!"。佩妮从未放弃博物馆的工作,不像其他母亲,放弃了律师事务所、电影制作公司、数据分析员或木偶剧场的工作,更不像劳里·利弗斯,一个她们不是很熟悉的母亲,放弃了曾经在一个有名出版社的主编工作。

你是怎么搞定这一切的？艾米很想亲自问问佩妮，因为这么多年来，这是她们第一次单独走在一起。现在，机会来了：我认为你是一种邪恶精灵的化身；我觉得你有魔力。你不需要努力就能获得那些东西，艾米心里想。现实总是这样。

这是秋天里一个美丽的下午，天气像放进冰箱里冷藏后又拿出的瓶子一样凉爽。在这美好的天气中，她们本可以好好享受安全巡逻的行程，但艾米十分不自在。她斜眼看了看佩妮，精致的脸蛋，世人公认的聪慧，在艾米看来，她是个出色的坚忍克己者。如果佩妮生在十九世纪，那她会成为一名农场主，挂着枪站在自家的土地上，头发在风中飞扬。

"你今年过得还顺利吧？"佩妮问，"不错的开端吧？"

"不算差，你呢？"

"挺好。工作顺利。霍尔顿很幸福，我猜。我最近没怎么见过孩子们。"

所以，这就是代价。艾米稍微舒展了下僵硬的身子，想到佩妮的生活也不是完美的。"我经常跟我儿子在一起。或许还是你过得更好些。"

"每个人都说，男孩跟母亲的关系会很和谐。"佩妮说。

"我明白。照道理就该是父亲经常与儿子争吵，而母亲却轻松脱身。"

"我想过去的我们确实是那样的。我在霍尔顿小时候曾经穿过一件很难看的旧睡袍，但他说：'哇噢，妈妈，我喜欢你的舞会礼服。'"艾米听后大笑起来。"但最近，他对我不是很友好，他好像在学他父亲那样，总是跟我讨价还价。"

"我懂你的意思。梅森也会玩这样的小把戏——那些小男子汉

第三章

的行为。我理解,这个年龄的男孩都这样。"

"但这很让人丧气,不是吗?"佩妮突然激动地说,"等他们慢慢成年,我们就这么失去了他们。好像从他们的生活中被连根拔起。"

或许佩妮并没有在评判她,她根本没想过问艾米是怎么打发赋闲在家的时光的。几乎没人会直接质问那些女人为什么不回去上班,但艾米知道,如果被问起,自己该有多尴尬。参加晚宴派对时,一见面就会被问到是"做"什么的,而艾米再也不能用照顾幼子这个理由作为挡箭牌了。

学校有个意大利裔的母亲曾说过,显然,在欧洲,如果你们刚见面就问及对方工作,那是非常没有礼貌的。而在巴黎或罗马的派对上,人们谈论的不外乎政治、电影以及一些琐事,没有人因此而伤神,也不会有人刻意去改变话题。在芳香的派对场合度过一个漫长又放松的夜晚后,大家往往各自消失在夜色中,根本不知道派对上的其他人的工作属性。那里没有疯狂的交际圈,也没有拼了命想要去攀附权贵的人。但这里是纽约,情况大不一样,整个城市弥漫着焦虑的气氛,宣扬的是专业的美国精神。在这里,你的价值取决于你一天的工作。

艾米知道,如果失业在家,那么自己至少要做些有意义的事情。有些女人的记事本上密密麻麻地写着诸如"完成三拼浮雕"或"看望苏丹失踪男孩"之类的条目。罗珀塔·索科洛夫把自己的朋友拖进了她服务的一个生育权组织,艾米有时帮组织装装信封,然后每周帮儿子学校的图书馆——在一个近乎死寂的鱼缸状的金黄木色房间——整理书籍,那里散发着禁欲的氛围,不时响起一阵阵低鸣声。随后,艾米会去参加家长会。但不知怎么,慢慢地,她意识到自己选择的是有一搭没一搭做事情,而非行程紧凑的生活方式。

艾米明白,她和佩妮·拉姆齐不是一路人,但今天,她们穿着同样的橙色安全背心,同样的制服给了她们一种平等的地位,就像穿着同样囚服的囚犯一样。其中一个可能因为入店行窃被捕,另一个因为经营儿童色情团体而坐牢,但现在都不重要了;同样的制服不但能让她们匿名,还能互换身份。佩妮和艾米肩并肩走过商店的橱窗和公寓楼的绿色天蓬,那里站着无所事事的门卫;又走过一片片的树林,树上的落叶刚刚开始掉进排水沟和停在路边汽车的挡风玻璃上。

"我在想他们是不是在学校里学到这种特殊的男子汉气质的,"佩妮最后说,"就像《蝇王》那种。我知道他们压抑着自己的攻击心理,但我还是可以感觉到,就好像真真切切地看到一样。"

在她不停切换记录纽约旧貌的幻灯片期间,在她接二连三地开会间隙,佩妮·拉姆齐显然跟艾米一样,十分在意自己的儿子。她们一致认为,这所学校可能有些过于男性化,竞争过分激烈,当然,反过来说,这种特质也难能可贵。她们都对隐藏其中的精英主义感到不安。背诵诗歌是学校的必修课程,有一次艾米去参加家长会,她在走廊里碰巧撞见一个二年级学生,他独自一人走着,一根手指在鼻孔和嘴巴之间移动,若有所思,嘴里还喃喃自语:"在客厅里女士们来回地走/谈着画家米开朗基罗。①"

在每次放假之前,学校会庆祝"全校日",男学生们举起葡萄汁,背诵"奥本走读学校校训"。一年一度在冬天举行的"父子周末日"即将到来,在这一天,父亲和儿子们将一起乘坐长途汽车,来到州北部的一个自然中心的小木屋过夜。这所学校还会举行"手拉手日",男孩们与来自北部社区的贫困儿童进行结对子活动。那一天,前来

---

① 此句出自艾略特的《普鲁弗洛克的情歌》(穆旦译本)。

第三章

参观的男孩子们一股脑儿地拥进飘扬着天蓝色旗帜的奥本走读学校。他们在篮球和摔跤比赛中一举击溃主队,还吃了一顿烤通心粉。下午结束时,他们每个人获得了一个电动卷笔刀和一盒全新未开封的铅笔,随后,大楼里所有的男孩,黑人、白人、西班牙人又一次回到了现实,没有任何改变,现实的世界也一如往昔,在那一瞬间,艾米总能感到一阵被喧哗声带走的悲伤。

"你有没有觉得,"艾米问佩妮,"我们是不是搞错了。这所学校。这里的生活。一切我们努力需要维持的东西。"

佩妮盯着她:"你是我的双胞胎吗?"她问,"是我失散多年的姐妹吗?有时候,我真想搬离这座城市,永远放弃这里的一切。但我想到了自己的工作。工作对我太重要了。我爱我的工作。我工作的时候从来不无聊。但话说回来,这里的生活——虽然我表示认同,我也明白这所学校在很多方面做得很棒。我女儿们的学校也一样。但我对它的感觉很复杂,如果想要维持目前的生活,我们需要付出太多太多。而且永远不会休止。我曾试着跟格雷格谈起我们的生活方式,但你懂的,毫无意义。"

她们沉默了一会儿。"我也时常为这些问题苦恼,"艾米说,"然后就成了日复一日的自我鞭策。"她接着补充道,"或许你会好奇,但这就是我每天的生活。"

"你说什么?"

"自我鞭策。"佩妮看着她,还是不明白。艾米嘟囔着:"只是个玩笑。我是说,像我们这样的女人整天都在做什么。你知道的,我们这种全职妈妈。"

"啊。"

现在她终于明白了,佩妮·拉姆齐根本就不关心像艾米这样的全职妈妈每天做什么。或许职业女性和全职妈妈之间的矛盾都是捏造出来的,只是为了增加社会上的分歧而已。有没有工作似乎决定不了你的幸福感。罗尼·普拉格是年级里最活跃的母亲之一,她在多年前离开华尔街后就再没工作过。罗尼喜欢说,她喜欢陪在孩子身边,见证他们人生的每一个里程碑,而不是一条电话线接到保姆的电话,而另一条线还在跟东京方面谈着工作——"普拉格太太,安德森有事要找你。""嗨,妈咪,我是安德森。我刚才坐在会唱歌的小马桶上了,而且我在上面办完了事。"无论东京还是安德森,罗尼说,在那个关键时刻,他们都想引起她的关注。"放弃谁都不是致命的错误。"她坦白说。但她不是工作狂,辞职后的她并不太想念这份工作,这个事实让她很快做出了抉择。"虽然我为有钱人赚了很多钱,"她开心地向其他母亲解释说,"但我知道没了我,他们也将过得很好。"

另一位母亲汉娜·洛瑞,是一名广告公司的高管,曾发誓不管发生什么,她都不会辞职的。首先,薪水是关键,她说,而且公司的紧张氛围和疯狂的节奏让她无比兴奋。她特别喜欢为账目而战,一遍一遍地证明自己的价值,就好像从来都没有证明过一样。"在公司,我的生命焕然一新,"她曾说,"竞争让我感觉很棒,好像重新回到了青春时代。我拼了命地忙工作,跟我的创意团队待在一个房间,直到有人弄清楚活动到底缺少了什么,在整个团队反应过来后,我们如释重负地尖叫起来。我太喜欢这种感觉了。"

职业女性和全职妈妈之间难免出现尴尬的时刻。艾米回忆说,一年前,作为班级家委会负责人,为了庆祝孩子们的"罗马宴会"活动,她给班上的其他妈妈发了一封电子邮件,请她们带一道符合主题的菜。很多妈妈,不管工作与否,都回复道,她们会带"肉酱意大利面""烤洋蓟"或"烤鸡",但简·斯塔克——一个做理财规划师的母

第三章

亲很快回信说:"太好了,我们带苹果汁。"艾米一看到,就立马转发给了吉尔,一句解释也没写。

艾米和佩妮走远了些,她们的谈话节奏加快,也更轻松了。佩妮聊起经营博物馆的压力,艾米欣然接受了聆听者的身份。"你真的可能超负荷工作了。"艾米说。

"是的,没错。特别是没有捐款的时候,难上加难。"

"你最近能休假吗?"

"圣诞节吧。我们准备去圣多伊岛。"艾米听别人提过,大富豪家庭都去这个岛上度假。圣多伊岛是来自墨尔本的一个亿万富翁的私人财产,他的公司生产的"叮咚"全麦饼干是很受澳大利亚和新西兰人欢迎的食品,分原味和马麦酱两种口味。"整个岛非常原生态,"佩妮说,"几乎无可挑剔。"

两个女人想到了被破坏的生态环境。作为碧蓝大洋中央一座幸免的孤岛,圣多伊岛是被每月的开支压力折磨得焦虑不堪的艾米和利奥想都不敢想的圣地,但在几个月后,佩妮却可以躺在那里的沙滩上放松。当拐弯进入九十一街时,她们安静了下来;艾米瞥见了一抹布料颜色,看起来很像梅森的风衣,她本能地转过身。梅森同几个男孩和一个高个子黑人保姆在一起,走在中间的是佩妮的儿子霍尔顿。孩子们正在吃冰棒杯——那种装在小纸杯里的彩虹色意大利冰棒,把他们的舌头、嘴唇以及周边的皮肤染成了溺水者的那种青色,看上去有点瘆人。艾米突然想起了大楼里那个死去的丈夫,嘴唇发青。他的样子浮现了一会儿,随之渐渐退去,消失不见。

"霍尔顿!"佩妮叫了一声后,她的儿子转过身来。霍尔顿一头深金色头发,脑袋很大,是个专横、阳刚的男孩,很受大家欢迎。"今天上学还好吗?"

"很好。"

"我回家吃饭噢。让姐姐们等我一起吃饭。"

"梅森!"艾米也喊道,那声音好像是快被淹死时发出的求救。每当她远远看到儿子在别人的监管下时,总是感到莫名其妙的不安。

"嗨。"梅森说。

"你今天过得好吗?"

"嗯。"

"太棒了!"艾米说,她也全身心地跟儿子交流。

他手腕微微地晃了晃,示意再见。他不会表达自己对她的感情,甚至都不愿意承认。霍尔顿·拉姆齐手里拿着一个游戏设备,梅森想好好看看。电子音乐嗡嗡作响,设备发出哔哔声,所有的男孩都想凑过来看一看。于是梅森转身离开了自己的母亲,希望她可以让他回去继续玩掌上游戏机,吃剩下的冰棒,回到霍尔顿和其他男孩身边,充分利用今天剩余的时间。

"克莱门汀,"艾米听到佩妮对她的保姆说,"你带够去买菜的钱了吗?"

"带够了,"克莱门汀说,"佩妮,如果我觉得西蓝花不新鲜,我会买点花菜的。它们都是十字花科蔬菜,营养丰富。"

"没问题。"

两个母亲看着保姆带着那群男孩转过拐角离开了。"十字花科,"佩妮说,"哇,没有她,我真的不知道要怎么办了。她对一切了如指掌。当你有一份全职工作时,只能祈祷在你缺席的时候家里的事情一切顺利。到目前为止,我真的很幸运。"

当这里的母亲们谈论自己如今的生活方式时,"幸运"这个词出现的频率很高。她们知道,世界上大多数女性几乎没有什么选择余

第三章

地,如果她们有选择的话;她们懂得,只有一小部分人能够待在家里,大多数女性不得不出去工作,这是毫无疑问的,因为她们要靠工作养家糊口。她们知道,大多数女性并非像自己一样享受着不同寻常的幸运。但对于幸运的那些人,职业母亲有时也在请保姆的方面遭遇不幸,比如说她们发现自己的保姆发了一些令人不安的性虐待的色情图片和毒品的博文,或是某人多年的保姆在前往特立尼达看望家人的旅行后,从此杳无音信。起初,她们还担心保姆被绑架或谋杀了,给所有能想到的人都打了电话,最后联系到了保姆的表妹。"伊内兹吗?噢,她很好。她刚找了份新工作,帮一个著名的电影明星带孩子呢,但我不能告诉你他的名字。"

在这个孤立的世界里,有一个人尽皆知的传奇故事。所有的母亲似乎都知道这件事,但没人真正认识故事的主人公。她是一个即将重返公共政策部门职场的母亲,她为自己三岁的女儿雇了一名保姆。她对保姆要求很严格,刚开始一切顺利,直到有一天,当母亲来到办公室时发现自己把一些重要文件落在家里了,于是她打车返回公寓。在经过百老汇大街时,出租车在等红灯的时候停了下来,她注意到拥挤的人群中有一个女乞丐带着一个要饭的孩子,身上裹着一条毯子,手里举着一个牌子,上面写着:**请帮帮我们,我们没钱,也没处可去。**

她最先认出的是那条毯子。那是婆婆亲手为她织的。那个女人困惑不已:流浪汉拿着我的毯子干什么?但后来她意识到,那两个无家可归的人正是她请的保姆和自己三岁的女儿。每天早上,当这个女人去办公室后,保姆便带着这个小女孩去街上乞讨。

如果这个故事是真的,那就太可怕了;如果是假的,造谣的人的动机便是歧视女性,是对那些考虑过离开孩子回去工作的母亲们的严重警告。你能信任别人照看你的孩子吗？你能找到一种可以完美平衡母亲和工作之间矛盾的关系吗？这两个问题持续刊登在女性杂志的文章中，尽管每个月的答案都不一样：是的，你可以！不，你不能！艾米听到那个城市传奇后，也同其他人一样震惊不已，但事实上，她也松了一口气，因为在梅森年幼的时候，她天天都陪着儿子，她从未产生过这么多特别的烦恼。

这两个女人继续往前走。她们从几个艾米的朋友身边经过，向她们问好；佩妮好像从来没见识过下午三点学校周围的景象，只是用社会学家的角度观察着。随后，她们又看到了另一位同年级学生的母亲杰拉琳·弗洛伊德，一看便知她患有饮食失调症。她又小又瘦，让人不忍直视。据说，她几年前离婚了，身心倍受摧残，痛苦得再次陷入了青少年时期厌食症的生活方式。她有一段时间一直待在弗莱克斯健身房，在动感单车的课上时刻准备着拼搏。叶凯伦有一次坐在她旁边，说杰拉琳对运动的疯狂令人生畏。

还有一次，艾米在健身房的更衣室看到正在脱衣服的杰拉琳，她面向自己的储物柜，无意间将自己的裸体展现在大家面前，当她往腋窝下涂抹走珠除臭剂时，每个人都看到了她青筋暴露的细胳膊上突出的肌腱、骨头和球窝关节。杰拉琳像是一个在世界各地市民中心展出的尸体模型，展示着一个被剥皮的死人参加一些他们生前可能会喜欢的活动。尸体打高尔夫球，或者扔飞盘，似乎试图扭转他们已经死去的可怕现实。

离婚后的杰拉琳·弗洛伊德很脆弱，她是一个没有任何情感寄托的单身母亲，她赤身裸体地站在那里，那天出现在健身房的女人盯着她，一副惊恐的表情，心照不宣地看着彼此。更衣室里充斥着哗啦啦的淋浴噪音，还有吹风机抚平乱发的强劲风力，没人发表任何关于

第三章

她的评论。但她很有可能为自己的身材而感到尴尬,因为从那之后,她就从健身房消失了。

此刻,杰拉琳·弗洛伊德和她的儿子约书亚并排在街上走着。约书亚身材矮胖,他一边用手把小杯子里快化成水的蓝红色冰挤出来,一边舔着剩下的冰棒杯。艾米跟她打了声招呼,友好的语调过于刻意,而杰拉琳也向她问好。

拐过街角后,佩妮说:"真让人难过。还有其他的治疗方法吗?"

"噢,她没有得癌症,你想错了,她只是患了厌食症。"

"噢,是这样啊,嗯。不过还是很令人伤心,"佩妮说,"感觉一阵风就能把她吹走。她这一生真的很悲惨。"

艾米突然有一种冲动,想要告诉她 H 区 14 楼的父亲在夜里去世的事情。佩妮会说,不管是不是艾米的朋友,她都感到很震惊,那些时不时听到的关于其他家庭的小悲剧都会对你产生影响。但佩妮的注意力早就跑远了。她在街上停了脚步,望着前方,于是艾米也看了过去,只见一个男人快步向她们走过来。"一个朋友。"佩妮紧张地低声说。

那个男人三十出头,如果艾米再年轻几岁,肯定会被他的迷人外表所吸引,但现在的她几乎已经忘记了这种男人的存在。她目前认识的男人往往是沉迷于赚钱的丈夫们,他们梳着精心打理的发型,穿着商务套装或有弹性的周末运动服。这个男人身材矮小,孩子气十足,长相帅气,穿着一件白衬衫,没打领带,一头蓬乱的棕色头发,皮肤白皙,长满了雀斑。不知为什么,她脑海里浮现出他赤裸的窄肩膀,或许也长着雀斑。

"你来了,"他走近时对佩妮说,"我选的时间刚刚好。"他竟然是英国人,这真叫人吃惊。我们中也混着英国人,但每当他们亮出身份时,美国人总是感到莫名的喜悦。

"艾米·兰姆,伊恩·詹韦。"佩妮介绍道。

他跟她握了握手,说:"装备很棒。"

"不要取笑我们。"佩妮说。

"对不起。你们看上去确实搞笑。他们应该让你们参加'时尚警察秀'。"

"那是什么?"艾米问。

"英国电视节目。装扮成警察的女人们到处派发时尚的传票。这属于最低俗的文化。"

"噢,快告诉艾米你的家庭在英国文化的衰落里扮演了什么角色。"佩妮说。

"我们跟这没关系。"

"我是指你的姑姑,她的职位。"她说。

于是,他向艾米解释道:"很奇怪,佩妮很喜欢这件事。我的姑姑莱斯利曾经是玛格丽特·撒切尔的私人助理。"

"他的姑姑,"佩妮说,"伟大的撒切尔夫人。里根时代世界上最有权势的女人。当时唯一能让女性受到重视的方法就是极端保守。反女权主义者。她基本从未提拔过其他女性进入内阁。"

"我姑姑很崇拜她。"伊恩说。随后,他又对艾米说:"我们家,所有的人都崇拜有权势的女人。"他会意地笑了笑,惹得佩妮也笑起来。艾米发现她的脸微微发红,就连她那小小的圆耳朵尖儿也变红了。原来,伊恩·詹韦是伦敦国家美术馆的策展人,目前在纽约大都会艺术博物馆出差六个月,担任裱框部的访问顾问。同时他还为其他博物馆做自由顾问。

"我看了你的那些画,"他对佩妮说,"如果你想谈谈,回头打给我。"

第三章

"我会的,等我完成安全巡逻。"

他们两个望向彼此,在一旁的艾米好像突然醒悟了,之前她看问题的角度太狭窄了,这才注意到刚刚漏掉的细节。在佩妮和伊恩的眼中,对方都是无与伦比地完美;他们在彼此的凝视中蠢蠢欲动,整个身体因为激动有些发红。他们一边看着彼此,一边谈论着画作。她很好奇,那些画作是否真的存在,还是只是他们之间的某种密码?他们的对话越来越让人听不懂了,还很无聊。他们提到了关于博物馆里一个叫唐娜·贝尔纳普是否也需要看看这些作品。

他们继续着冗长的交谈,乏味的主题几乎让人昏昏欲睡,但他们却依旧谈得兴致勃勃,这就意味着,被他们交谈吸引的艾米此时最好选择离开,让他们单独在一起。可她仍然做着聆听者,因为她的中年生活几乎失去了性的存在。你甚至没有意识到自己的生活像一片被飞机扫射过的贫瘠土地,直到你跟一对兴奋的地下情侣一起站在街上,发现他们周围是郁郁葱葱的田野。他们继续讨论着画作以及唐娜·贝尔纳普,声音柔和而模糊,每句话的结尾似乎都隐含着别的意思。在远处,艾米好像听到了一阵混乱,这吸引了她,暂时分散了她对谈话内容的注意力。

"你们什么时候结束?"伊恩问。

"我想还得一个小时。"

"你工作了一整天,下班了还得四处奔波。真不公平。"

"生活本就不公平。"佩妮说。

"对,没错。"

艾米看着他们相视而笑,对刚才毫无意义的玩笑摇了摇头。远处传来一阵喊叫声,就在艾米站在那里看着佩妮和伊恩·詹韦时,突然意识到那人在叫的正是他们。"救命啊!"那个声音喊道,"我被抢劫了!"

终于,如大梦初醒一般,艾米的视线从那对"情侣"身上移开,转身看到拐角处有一小群人,中间站着一个穿着奥本走读学校校服的男孩,身子晃动着。

"他妈的干吗呢?"伊恩嘟哝着,朝混乱的地方走去,佩妮和艾米跟在后面。人群散开了,那是一群黑人男孩,年龄都不超过十五岁,穿着不合季节的大夹克。地上躺着的是奥本走读学校的六年级学生达斯汀·卡瓦诺,没有受伤,但哭得很惨。伊恩试图去抓那些男孩,但他们反应太快,只见一队尼龙格夹克嗖嗖地散开了。

"伊恩,别,"佩妮说着,把一只手放在了他的胳膊上——这是他们在公共场合的首次碰触,"让他们去吧。"

"我应该去追那些混蛋。"他忿忿不平地说。

"别去了,太迟了。走吧。"在伊恩转身离开的同时,艾米疯狂地按着对讲机的按钮,要通报学校。达斯汀·卡瓦诺哭着解释说,他本来戴着耳塞走得好好的,一边听音乐一边吃着一袋炸玉米卷。

"哎呀,亲爱的,你受伤了吗?"艾米问那个男孩,蹲下来,从手袋里拿出几张纸巾递给了他。

"没有,"他的声音有些颤抖,擤了擤鼻涕,"但他们抢走了我的iPod。"随后含糊地补充道,"我见过他们。"

"你见过?"佩妮问,"在哪里?"

"手拉手日。"

嗖——在艾米的脑海中浮现出奥本走读学校校历上的"手拉手日"永远消失的情景。白人男孩将永远和白人在一起,黑人和黑人待在一起,西班牙裔的人聚一块,就连那指定的唯一的一天也将被取消了。谁知道那些男孩是不是之前来学校做运动和吃烤通心粉的同一

第三章

群人呢？无法核实，已经太迟了；偏离短时间理想主义梦想的旅程已经开启。

学校保安带着一名警察来到了现场，等两个女人向他提供了所有可能的信息后，很快就被告知这里不需要她们了。保安冷静地要回了她们的安全背心和对讲机，仿佛剥夺了她们的军衔似的。她们无法辩解。一个奥本走读学校的学生在她们巡逻的街区被抢劫了。她们本应在意外开始时设法制止，或在其发生前就将萌芽消灭，但相反，她们却和一个英国人站在一起，恍恍惚惚地，一时忘记了她们当初穿着橙色背心走到这条街上的真正目的。

直到现在，在保安和警察安抚达斯汀·卡瓦诺时，艾米才留意到佩妮变得有多沮丧。她似乎惊呆了，几乎说不出话来，所以艾米想带她绕过拐角去金角湾咖啡馆坐一下。来到咖啡馆，佩妮斜靠在水绿色的卡座上，说："我心情糟透了。这一切都是我的错。"她低声哭了起来，有两个人好奇地抬起头看过来。佩妮从纸巾盒里抽了几张纸巾，擦了擦眼睛。

"不，不是的，"艾米虽然嘴上这么说，但心里觉得这确实是我们的错，"就算我们注意到了，他们大概率也还是会在拐角处跟着他的，你不觉得吗？"她补充道，安慰自己。

"或许吧。"两个女人闷闷不乐地坐在一片喧嚣声中，默默无言。

"万幸，他没有受伤。"艾米又说，"我们得补偿他一下。"

"一个新的 iPod。"佩妮建议道，擤了下鼻涕。她的皮肤如此苍白，刚才奔涌而出的眼泪让她的整张脸泛红。"我听说他喜欢音乐剧。"

"对，没错，音乐剧，他喜欢听。"所有的母亲都听说过达斯汀·卡瓦诺的这个爱好，而且对此几乎十分肯定。

"那些孩子,那些抢劫犯,他们会在听他的 iPod 时大吃一惊,"佩妮说,"当朱莉·安德鲁斯唱起《我可以整夜跳啊》。"两个女人,尽管脸色依旧阴沉,但还是勉强笑了起来。

"还有,你知道,达斯汀·卡瓦诺母亲肯定要来找我们的,我不怪她。"

"噢,是,海伦。她会很难过的。谁都会难过。"

海伦·卡瓦诺从大学毕业后从事的职业都是公益性的,但却穿得像个银行的行长。她的丈夫是股票经纪人,为家人规划了非常不错的投资,她没有工作赚钱的必要。因此,她立志追求并从事与金钱无关的事业,这使她在周边相熟的人中显得与众不同。作为一个反贫困慈善组织的领导人,她全身心地投入到组织的日常事务中。她总在求人捐助;出现在一个又一个的宴会上发表演说。她无私奉献的精神令人惊叹和钦佩。这一切都不是为了满足她自己的虚荣心。那是一股能量,一股在早上唤醒她的力量,让她把自己塞进一套硬邦邦的制服里,出门工作。通常情况下,这座城市的日常运作与纯粹的利他主义存在冲突;利他主义一般和其他事情混在一起,所以每个人到最后只能做力所能及的一部分,放弃其他的部分。艾米一直很钦佩海伦·卡瓦诺,但现在她打心底里畏惧她。今天,她将在电话里听到海伦一派开会的声调:"是艾米吗?你好,我是海伦·卡瓦诺。听着,我们应该谈谈那件事故。"

这个学区将很快收到关于该事故的通知,并讨论两位母亲在安全巡逻上的疏忽。她们的名字也将出现在通报上。人们将通过网络上的电子邮件不断讨论此事。"我们最好坐火车出城。"艾米对佩妮说。

"拄着两根流浪汉的小棍子。"

第三章

艾米想象着她们俩并排沿着铁轨走的场景。她看见自己吹着口琴,场面出奇地平静。如果她们能像那样逃离自己的生活,骑着货车,永远向前进,没有规划也无从追踪,会怎么样呢?

"我做的每件事最后都是这个结果。"佩妮说。

"什么意思?你其实是一系列盗窃案件的幕后黑手?"但艾米懂得,她最好扮演一个有耐心的倾听者的角色,好好地听一听佩妮·拉姆齐的心声,这个女人几乎没什么空闲时间坐下来聊天,面前摆着一盘鸡蛋,或半个葡萄柚,和一杯充满化学甜味剂的咖啡,撕开的小袋子散落了一桌子。

佩妮用吸管搅拌着苏打水,里面的冰块咔咔作响。"不。"她说着,眼泪又涌了出来。"天啊,抱歉,"她说,"我真是一团糟。"

"没关系。"艾米说。

"我完全不清楚自己为何沦落至此。你原认为自己的婚姻和生活都朝着固定的一个方向发展,但突然,你猜怎么着,它们变向了。你懂吗?"

艾米只是盯着她,一脸困惑,又很感兴趣。"懂。"她最后说。

佩妮接着说:"我知道你已经猜到了。我看得出来。"

艾米沉默了一会儿。"伊恩。"她谨慎地提到这个名字。

佩妮点了点头:"我从来没做过这样的事情。但格雷格现在已经完全企业化了,他不再是我当初认识的那个格雷格了。他从不质疑投资者的所作所为。"

"怎么回事?"

"有个叫作'弹药'的,还有其他的。他们靠制作炸弹和向战争提供物资致富,而且很有可能还将资助下一场战争。真是令人恶心。我不该透露任何细节,我知道这非常不忠诚。格雷格会一一反驳这

73

些观点。他将告诉你,他的投资者也在做慈善。建造儿童医院什么的。但他们做得太过火了,我简直不敢相信。他以前不是这样的。格雷格让我不要随便乱说话。我经营一家小博物馆,我不了解国际金融有多复杂。我应该只关心三角工厂火灾、哈特·克兰的照片蒙太奇和布鲁克林大桥的建造。好像他知道那是谁似的。"

艾米想起了格雷格·拉姆齐,他穿着考究的衬衫,上面镶的袖扣有金块那么大,戴着蓝牙耳机。他今年四十一岁了,身材矮小、粗壮,是个虚荣、好斗的成功人士。她突然想起去年春天"父亲煎松饼早餐节"的场景,格雷格站在烤盘前面的中心位置,把烤焦的松饼举到空中,还有几位父亲正在与锅里的面糊作斗争,锅面受热不均匀,导致苍白的面糊摊成一坨无法翻动。

艾米此刻坐在卡座只是为了对佩妮·拉姆齐说:"你可以说给我听。"她的台词如此简单,但她自己一点也不介意。就在那一瞬间,她很期待佩妮喜欢自己,得到自己的安慰。她想要表现得像一位不会去评判别人的知心姐姐,因为她对佩妮·拉姆齐的评价已经很高了,但有没有可以让对方承认自己的方式呢?艾米轻松地念出了自己的那句台词。这时,佩妮说:"我很欣慰今天来的人是你。"

如果在她们谈话期间,你恰巧坐在金角湾咖啡馆的另一端,便能留意到卡座里两个女人的屁股正在越靠越近,头微微前倾,好像在谈恋爱似的。噢,闺蜜情结!艾米痴痴地想。自从吉尔搬离城市后,她好想念这种感情。她回想起去年一个工作日的下午,在去学校接孩子之前,她躺在吉尔和唐纳德的床上,试穿吉尔准备捐给旧货店的衣服。她们聊到自己的身材在这些年来的变化。你必须接受这个现实,但不能老想着它;她们坚称对方的身材看上去跟大学时代一样苗条,尽管她们彼此明白这是个谎言。"关于衣服,"艾米记得吉尔说过,"你永远无法判断哪件是你的最爱,哪一件你永远不会穿——像把钱扔进马桶冲走一样。"

"嗯。你应该对你的新衣服说,"艾米说,"你们中的一个要背叛我了。"她们哈哈大笑,一起躺在宽大的床上,仿佛重回大学时代。艾米垂下了头,从下往上看着屋内颠倒的一切,一股迷茫、重返青春的血液冲下来。

但她们在一起的时间似乎被偷走了,被家庭生活侵占了。婚姻和孩子有时会让朋友的感情疏远;艾米的一两个好友至今单身,没要孩子,她们几乎意识不到自己和其他已婚女友之间的生活存在着多么惊人的差异。她们照样在工作日的晚上给你打电话,全然不知此刻的你——结婚生子的你正忙着给孩子辅导功课,跟丈夫争执,整理乱糟糟的家,以及为明天做着各种准备。

"嘿,亲爱的艾米,"丽莎·西尔维斯特利在周二八点打来电话问,"你最近怎么样啊?现在方便说话吧?"

在法学院上学时,艾米跟丽莎·西尔维斯特利的感情很好,她们曾经一起坐在图书馆休息室里一个笨重的组合式家具上。后来,巧合的是,她们同在肯利·舒伯律师事务所,办公室只隔着一个大厅。而现在丽莎仍然和利奥在一起工作,她已经升为合伙人了,但利奥永远是个领薪水的打工仔。但当你被家庭生活的节奏折磨得体无完肤,跟朋友之间越来越远时,丽莎·西尔维斯特利却对此知之甚少。

很多做了母亲的女性有时在内心对于母亲的角色是抱着非常虔诚的态度的,她们坚信那些没有孩子的朋友永远无法体会家庭混乱所带来的华丽感:教孩子读书的高强度、发脾气时的戏剧性,甚至比性爱更集中、更喜悦的随叫随到的母爱。大多数母亲深信,有孩子比没孩子的生活更宏大,因此没有孩子的女性显得严厉且拘谨,但你永远不能揭穿这个事实,因为这个观点是主观评判,而且是不公平的。

当丽莎·西尔维斯特利在一个混乱的晚上打来电话时,你不得不随口说:"那个,丽莎,我再打给你,好吗?恐怕今天不行。"你的公寓传来了撞击声、喊叫声,还有未经允许打开的水龙头哗啦啦流出的水声。而在丽莎的阁楼里,回荡着舒缓的轻爵士乐。

但即便你和朋友都为彼此腾出了时间,聚会期间你的思绪还是时不时地飘回到自己家人身上。早上,你跟女性友人坐在金角湾咖啡馆,但脑子里却想着:帮梅森买护胫。或者,你甚至不惜浪费与朋友相处的宝贵时光问:"你们知道哪里可以买到护胫吗?"其中一个女人也许会提到一个叫作"奥特多兰德"的体育用品新商店,这时你拿出你的黑莓手机,不同于你丈夫的手机——里面满是笔记和客户会议纪要,你的手机充斥着各种商店、医生、儿童牙齿矫正医师以及其他母亲的名字,还有家长会的日期,讨论如何说话,儿子们才会听。(根据学校心理咨询师琳达·克雷普斯博士的说法,当母亲有重要的事情要宣布时,不应该直接告诉儿子。"而且,"艾米似乎记得心理咨询师曾说过,"你应该在带他们去参加户外活动的时候宣布,避免直视他们的眼睛,令他们害怕。"你应该选择在钓鱼,她说,或开车,或沿着城市的街道或乡间小路散步的时候告诉他们,你要和他们的父亲离婚了,或者你快要死了。)

现在,艾米正在听佩妮·拉姆齐讲述自己是如何成为伊恩·詹韦的情人的。佩妮说话的时候,艾米几乎一动不动。佩妮说,伊恩六周前到她市中心的博物馆见一位策展人,那天他坐在楼上行政办公室外面的接待室里等着。佩妮正坐在办公桌前吃速食午餐。"一份不怎么样的午餐,好像是牛肉杯面吧。"她跟艾米说。这时,伊恩在门口探出头说:"那闻起来真香。"其实他可能想表达的是,你闻起来真香。

第三章

佩妮·拉姆齐是个大忙人,她穿着一套漂亮的淡黄色西装,上面缀满了香草豆似的斑点,在看到伊恩后,便邀请他进来等。他隔着铺着玻璃板的办公桌,闻着牛肉咸汤味,大胆地调着情,逗得两人哈哈大笑。

"你想来点我的拉面吗?"她最终问道,"是这么回事吗?"

性爱部分在一周后拉开了序幕,他在这一周内给她打了好几次电话。"你今天缺午饭搭子吗?"他有一次问。还有一次,他说:"我打给你是想告诉你一个裱框界的紧急新闻。"

在他们第一次上床那天,佩妮刚和一个捐赠者吃完午饭回来,一边沿着公园的边缘走,一边跟她的助手马克通电话。就在这时,伊恩发来了短信:"来见我吧,"他写道,"我在家,躺在床上。"

她马上给他打电话。"你生病了吗?"她问。

"没有,"他慢条斯理地说,"嗯,我必须要摸摸你。"他像个青春期少年一样说着俏皮话,他俩傻乎乎地笑了起来。佩妮匆匆走进地铁。离她回博物馆还有一段时间,于是她坐上开往上城的特快列车,赶往那个三十岁英国男人的家,去找那个躺在床上等她的男人,在那张床上,她和伊恩·詹韦缠绵悱恻,疯狂地进行了半小时的性爱。

佩妮上楼走到他的公寓,那是位于第五大道 90 号一栋廉价公寓里的一套狭窄的一居室。艾米想象在那间小卧室的床脚堆着一堆没有装裱的画,试探着说话的裱框师把他苍白瘦削的身躯靠在佩妮白皙完美的身体上,旁边的椅子上搭着她漂亮的衣服。在艾米的脑海中,伊恩伏在她身上,用他美妙的声音说着话,哄着她,嘴巴吮吸着她小巧的乳房,他的身体压在她身上,一根手指慢慢地伸进去,越来越深,不断地搅动着,直到她浑身发软,无力讲话,随后,他便开启了长驱直入的纠缠。一想到这些画面,艾米就兴致勃勃,不是因为床上的二人，而是那种可以窥探现场的特权，至少自己听到了这些画面的描述。此刻，形成鲜明对比的是，艾米想到了自己和利奥躺在床上的不幸画面，丈夫趴在自己身上奋战的努力跟他在肯利·舒伯律师事务所默默工作一样索然无味。

"求求你说点什么吧，"佩妮对艾米说，"我猜你不赞成。"

"我没意见。我不是你的母亲。"

"我妈妈要是知道了会自杀的。她欣赏格雷格的企业做派。他的金钱交易。"佩妮停了一下，"我想让你知道，我不会到处说伊恩的事。我没告诉任何人。只有你知道。"

"只有我？我能问问为什么吗？"

"我说不清楚。大概是抢劫吧——我必须得说出来。对不起，给你造成负担了。"

"这不是负担。"艾米说，尽管，或许，突然，这成了负担。

"啊，谢谢你。"佩妮说。

她跟艾米说了更多关于伊恩的事情：他曾在牛津大学拉斯金绘画与美术学院学习，并希望成为一名画家，但他在第一学期时患上了轻微的神经衰弱，经历了在大学医务室的短暂住院后，被送回了家。佩妮说："医生们认为他实在是受不了了，需要多运动，呼吸'新鲜空气'——他们总是夸大新鲜空气的神效。他也基本认同医生的判断。他告诉我，他脑子里充斥着关于艺术作品的想法，那些画面让他整夜整夜地睡不着。他脑子过度活跃，最终崩溃了。于是他转专业修读艺术史，重点研究佛罗伦萨的版画大师，掌握了裱框的方法，成为了一名优秀的策展人。但他还是有点脆弱，永远也摆脱不了之前的神经症状。他为人有些孩子气，追求浪漫，这是我喜欢他的部分原因。他给我发了很多疯狂的长篇大论的短信。我觉得自己有点担心他：

第三章

他过分热情了。"

艾米想起了很久以前,自己在嫁给利奥之前交往过的几个男人;她还清楚地记得他们当初的模样。那几个二十几岁的年轻男人的胳膊上长着浅色的汗毛,他们的胃还没有被早餐会上源源不断的糕点和夜宵时的饼干所压垮,也没有经历过一系列不断砸下来的中年危机,到最后只能无奈妥协。她想起自己深夜与建筑系学生大卫·兰齐尼幽会,托德·佩格勒抱着她躺在防火通道上,托德是个广告文案写手,却梦想成为剧作家;如果足够年轻,你基本不会考虑谈恋爱是为了什么,将来会怎么样。相反,你只是跟着感觉走。那是她以前经常做的事,就像现在佩妮跟伊恩的感情一样。艾米以一个旁观者的身份看着这一切,就像古老的故事书①中坐在轮椅上的残疾女孩,远远地看着海蒂和彼得在山的一边调情。

"对了,我有个要求,我郑重地请求你不要把这件事告诉任何人,"佩妮说,"你的丈夫也不行,好吗?也不要告诉其他的母亲。求求你答应我吧。这很重要。"

"嗯呢。"艾米答应着——用了一个梅森才会用的词——面带微笑,心里很开心。

那天晚上,当她的儿子请求父母中的一人念书给他听时,艾米主动站了出来。她渴望与儿子待在一起的温暖,梅森紧挨着她坐在自己带脚轮的矮床上,床头板上还残留着脱落了一半的旧贴纸。他长得太快了,很快便不需要人陪读了,这样的互动活动也将永远画上句号。

---

① 该故事书是指由瑞士作家约翰娜·施皮里创作的儿童文学《海蒂》(*Heidi*)。

"那今晚读哪本书呢?"她问。他递给她一本苏格兰作家雷切尔·代尔夫特的《盲人与荒野猎人》,他同年级的男孩本年度全在读这本书,这使她有点失望。盲人是书中一个主人公的真名,他生来本没有眼窝(这可能吗?),在十九世纪一个布局完全不同、奇怪的未来主义的乡村荒野中游荡,试图为自己死去的兄弟阿扎吉安复仇。这是本大部头书,跟最近孩子们看的书一样厚。

艾米不喜欢奇幻小说。每当梅森让她念这类小说,她虽然都答应了,但近几年来,她越来越排斥书中的情节。那些不断在探索的角色和可怕的、末日般的场景让人筋疲力尽,就像中东的新闻一样令人沮丧。在雷切尔·代尔夫特的笔下,一切都倒在血泊中,有着国王莫拉二世佩戴的石榴石戒指一样的血红色。在梅森年幼时,她曾和他一起读过《秘密花园》,因为这是她小时候最喜爱的书,她希望自己的孩子,不管是男是女,也喜欢上这本书。他对这本书谈不上反感,至少他读到了结尾——故事情节中写到了主人公玛丽·伦诺克的父母因霍乱的暴发而丧命,夜里还会响起神秘的声音——但艾米明白,梅森从没想过重读一遍,他更着迷于那些黑暗、血腥的奇幻小说。

"好吧,"艾米说着,拿起了书,"从哪里讲起呢?"当她拿起书的瞬间,手腕有点痛。粗壮的书脊细孔中缠着过多的人造金银丝。

"那里面有书签,妈妈。"梅森说。

"啊,对,这里确实有个书签。"她大声朗读起来,"《第十一章:荒野猎人学到的无价一课》。"

"为什么要用'无价'这个词,"梅森问,"他们为什么不用'有价值'?"

"拜托,让我先读吧。"她说着,开始读了起来:

第三章

当斯蒂尔森修道院塔楼上的时钟敲响第九下时,荒野猎人已经离克利夫河畔的哈登斯顿村很远了。他设法躲过了一个守军的注意,进入了悲伤地带——一个人进去就出不来的地方。但当然,荒野猎人不是普通人,他是弗勒尔肯人,这个人种之前从未踏入过这个区域。他刚走过那些爬满藤蔓的绿铜门,心中便涌起一种奇怪的冲动。我到家了,荒野猎人心想,尽管这不是他的家,从来都不是,除非是在梦境中。

梅森的眼睛已经半闭了。他非常疲倦,但如果她问他是否觉得这本书无聊,他会说,不,不,这本书太刺激了。弗勒尔肯人是什么鬼东西?她很想问他。你怎么能指望我一本正经地大声说出那个词呢?她不明白他为什么觉得这本书令人兴奋。他的脑子里有个豆科植物那么小的东西正在萌芽,给了他一份对未知世界的向往。

也许这就是现实的成人世界,有漫长的会议和无数的要求让你坐着不动,这令大多数男孩太失望了,无法直接面对。或许男孩们需要一种信念,一种让他们坚信在不久的未来将迎来更令人陶醉东西的信念,仿佛是圣诞老人的幻想破灭后,为了缓冲现实压力的行为。你可以承受在一次大屠杀中一次性失去圣诞老人、复活节兔子和牙仙子,残肢、毛发、翅膀、毛绒掉得到处都是,血流满地,但你在高中毕业之前,还是痴迷于比尔博·巴金斯和中土世界的其他疆土。在那之后,为了熬过失去最后一个奇幻世界据点的痛苦,你发现了女孩身上的性奇迹,她们有丰满的胸部、灵活的舌头,还有欢迎你时两腿张开呈现的几何形状。你用一种幻想取代了另一种幻想,然后永远地抓住了那个幻想。

"关于男孩,你需要了解的是,"很久以前,公园里有一位经验更丰富的年长母亲曾告诉艾米,"他们很简单。他们只要每天像狗一样奔跑就够了。"

这话有点儿让艾米生气。她觉得自己应该代表全世界无法自辩的男孩感到气愤。当然,这句话也有一定的道理。艾米还记得在梅森两岁的时候,她曾带他去参加基督教青年会举办的亲子游泳课。课程结束后,她在更衣室里帮梅森换好衣服,就在她刚要给自己也换上外出的衣服时,梅森猛地推开通往大厅那扇沉重的大门,门外坐着几十个老头儿老太太。在门"吱吱呀呀"关闭的过程中,她看到梅森飞一般地奔向了外面的世界,在那一瞬间,她明白了,他或许就这么轻易地从自己身边溜走,永远不回来。

"**梅森,回来!**"她哭了,从头哭到尾。她全身赤裸,还滴着水,发了疯似的抓了一条青年会提供的毛巾。那是块很小的四方形毛巾,小到只能遮住自己的乳房或阴部,无法同时遮住两者。在那一刻,她不得不做出选择:哪个部位更不应该暴露在大众眼中?乳房。她做出了抉择后,跑到大厅,疯狂地喊着儿子的名字,将自己的阴部完全暴露在那群老人面前。有几个昏昏欲睡的人从谈话中抬起头来。一个长着尖牙的老人看到她时,笑着朝她挥了挥手。她一把抓住梅森的胳膊。当她把他拽回来时,他跟个没事儿人似的,但艾米突然如释重负地抽泣起来,停不下来。

"妈妈为什么哭呀?"在回家的公交车上,他一遍又一遍地问,"妈妈为什么要哭?"这让她哭得更厉害了。

多年后,这一幕已经成为了金角湾咖啡馆一件喜闻乐见的趣事了,完全没有了当时的害怕和绝望。坐在桌边的女人们坦言,如果换作自己,在那样的情形下,会选择遮住身体的哪个部分。罗珀塔耸了耸肩,说出了终极答案:"我会遮住自己的脸。"

第三章

所以说，男孩虽然狂野，但思路简单，安静而爱沉思的女孩往往很复杂。男孩们跑啊跑，等到跑累了，就坐下来，把东西拆开，再拼装起来，而女孩们则悄悄地用彩色的小线头编织友谊手镯，在让彼此心寒的同时，还承诺着一辈子的忠诚。

从小到大，艾米身边全是女孩子，她非常想要一个女儿，当她生下一个男孩时，别提有多震惊了。父母送给她的礼物是一个亲手制作的娃娃，那是个长着小阴茎的面团一样的男孩，里面塞满了全天然纤维的填充物，裹着肉色布料的娃娃外面套了一只袜子，这副软雕塑质感的娃娃有一种令人不安的逼真感。梅森从来都没喜欢过那个娃娃。有一次，艾米在打扫他的房间时，猛然看到娃娃的一只鼻孔里爬出一群蚂蚁，吓得尖叫起来。应该是里面的填充物招来的蚂蚁。她把娃娃扔进了焚化炉的通道中。从那之后，梅森也没提起过这只娃娃，更没有买过别的娃娃。

他喜欢能动的东西。小时候他拿着玩具汽车和卡车在地上跑来跑去，尽管有几次在朋友来做客的时候，他举起一辆车直接砸向另一个男孩的头。艾米会强制他道歉，就像其他孩子在别的情况下被迫向梅森道歉一样。"对不起，"毫无悔过之心的道歉者机械地说，"抱歉抢了你的燃烧引擎怪物卡车。抱歉砸了你的头。"对不起，对不起，对不起，对我所做的一切以及今后要做的一切表示歉意。

艾米和利奥从小试图给梅森灌输一些启蒙思想。利奥每年为他们和自己的父母主持一场非正式的、简短的逾越节晚餐，犹太人快速跨越分开的红海就像跨过机场的移动人行道一样。在梅森小时候，利奥时不时地提到上帝的名字。然而，梅森对父亲的谈话毫无兴趣，就好像他说的人是个住在印第安纳州上了年纪的药剂师亲戚，关系疏远。作为现实主义者，梅森对上帝不感兴趣，却钟情于研究星云。

他具有科学的思维、清晰的做事方式,跟唯心主义完全搭不上边。但每当艾米想要定义他的时候,他说的话又会改变她原本的看法。

七岁那年,他有天晚上睡觉前对她说:"妈妈,我怕自动扶梯。还有鸡蛋中黄色的部分。"这些恐惧很奇怪,但也算人之常情,可以理解。第二天,在参加完一个以魔术师为主题的生日派对后回家的路上,他们沉默了一会儿,想要清除脑海里飘动的围巾以及尖叫的腊肠犬形状气球自动爆炸的画面。泛白的天空很美丽,她突然问他:"梅森,你觉得时间过得快还是慢?"

她一直在思考他的脆弱,也想起来自己在青春期来临之前在蒙特利尔漫长的成长岁月。她曾是一个脆弱的小女孩,那时的生活是如此缓慢。夏天,她躺在吊床里一本接一本地看着从图书馆里借来的现实主义青春小说,吃着雪糕上的脆皮,站在车道上拿着花园水管帮爸爸洗车。她的姐妹娜奥米和詹妮弗坐在厨房餐桌旁,把新的主题标签塞进笔记本的分页器里。她们的母亲经常把自己关在书房里写作,或去参加妇女会议,她们的父亲亨利出门给暑期班授课。

艾米经常想起当时的自己。她认为自己永远都是一个女孩,乳房没有发育,没有羁绊,她可以懒洋洋地躺着,永远徜徉在书籍的海洋里。在她看来,即使成年后,日子也会像童年时代那般慢节奏。而讽刺的是,这一切设想都被推翻了,四十岁的艾米觉得自己根本没有时间读书,尽管自己没有工作。少女时代已经消失了,只有残留的几张照片、成绩单和友谊手链才能证明她曾经也是个少女。

然而,当她在街上问他这个问题时,梅森只是看着他,温柔地说:"妈妈,这个问题真的很奇怪。"他一副男孩们认真的模样,他心里确实是这么想的。妈妈,无意冒犯,但请你以后不要再问我这种问题了。对我们俩都没好处。她一会儿离他远一些,一会儿又紧跟上来,

第三章

来来回回地前后移动。

当艾米转过身来看着躺在床上的梅森时,才发现他已经睡着了。他的头发散发着一股淡淡的烟熏、腐烂的气味,但处于睡眠第一阶段的脸看上去很无辜。梅森的体型已经有成人的样子。他的头发发臭,脚也发臭,罗纹运动袜和底部嵌有轮子的轮滑鞋里满是汗水,好像男孩们需要额外的推动力似的,但实际上他们凭借自己体内的爆发力便能跑很远很远。他有时是那么热情洋溢,但她发觉他身上越来越多地呈现出男性的疏远特质,就像佩妮提到的那样。也许这就是让他最终走向社会的特质。几个月来,他一直在专心研究一种精密的迷宫弹球,并且自发地对战斗机产生了浓厚的兴趣。有一次,她听见梅森在睡梦中断断续续地咕哝着:"海因克儿He51B……""海盗船F4U……"

艾米离开了儿子的小床,回到了公寓的另一张大床上,那是她睡觉的地方。利奥已经坐在大床上,身边摆着一杯牛奶和一大盘买来的烤制软饼干,还有几页诉讼摘要。虽然他身材魁梧,但相貌平平,五官有些憔悴。不过,她一直十分喜欢他的长相。

"嗨,"她说着爬上了床,翻过报纸,轻轻地趴在他的胸口上,"休息一下?"

"嘿,不不不。"利奥说着,举起双手示意,起初她也以为他在开玩笑,但当她在吻他时,闻到了他呼吸中弥漫的普通饼干的味道,从他回应她的嘴形,她能感觉出他的迟疑,他不想再进一步。

"我现在真不行,"他说,"我在看匹兹堡案件。那些来自罗伯逊的客户。"

"那是什么案件?"

"做午餐肉的人。关于沙门氏菌的辩护案。"

"好吧,你要真是毗湿奴,"她说,"就更好了。"

"什么?"

"你昨晚的那个玩笑。你工作期间跟斯图兹曼提到时,他竟然不知道毗湿奴是谁的那个玩笑。他以为那是个新同事?"

艾米竟然还记得这件微不足道的小趣事,利奥似乎对此惊讶不已,她每次告诉他自己一天的经历,他经常记不住,对此他们俩之间根本没有可比性。他对她的日常生活兴趣不大,所以记不住,也不会再次提起,这点他们两个人都很清楚,但至少他现在对她的身体还有兴趣。丈夫通常比妻子更期待性爱之事,妻子才是对此颇有怨言的一方。有时候艾米很不情愿,因为每天晚上她都太累了,利奥对此很不理解。"你为什么这么累?"他问。

上班的女性筋疲力尽,不上班的女性也疲惫不堪。排山倒海的疲倦感压倒了她们,无法救赎,因为如果你是职业母亲,你总要失去些什么,但如果你是个全职妈妈,你也会丧失很多别的东西。每个人都在对你索取着什么,从你起床的那一刻起,事情就来了。每个人都缠着你,问你要东西,提醒你欠他们什么,尽管当孩子上学或工作日的中午,你有大把的休息时间,想做什么就做什么,但你却没有放松的感觉。与此同时,丈夫们总会紧随其后,就好像穿着轮滑鞋的大儿子一样。丈夫们有时想要性爱,总是渴望发财,想要股票内幕、葡萄酒和音响系统的高级配件。他们似乎想要拥有一切能够得到的东西。

但此刻,深夜,躺在床上,利奥却不怎么想要她。

近几年来,不是他没兴趣,就是艾米没心思。我们经常看到类似的报道:男女间的性欲在婚后走上了下坡路。他们之间也是这个情况,就像其他已婚族一样。现在,你们应该努力解决这个困境。性爱应该是一个项目,就像工作任务,或孩子的立体模型。为了保持双方的热情,你们应该每周出去约会一次。艾米在学校认识的一个母亲雪莱·哈比森,每周四都会跟自己的丈夫艾伦盛装打扮去吃晚餐和看电影。而且雪莱说:"我们规定当天不准提起孩子。"

"那太困难了吧?"另一个母亲回复。

"是的,"雪莱承认,"是很难。比你们想的要难得多。"她停顿了一下,思考着这个问题,"如果不提孩子,你们根本无话可说。"她绝望地说,"你开始意识到,他们占据了你们所有的想法以及谈话内容。想想大家都沉默的时刻。"她又停了下来,"有一次,我环顾餐厅四周,整个地方鸦雀无声。他们禁止彼此提到孩子。你可以听到每个人的银器和杯子的撞击声。"

艾米和利奥没有单独的约会之夜,也没有约束对方的强制要求,但两人之间还是会出现沉默。他现在看上去很不高兴,一边说着"对不起,艾米",一边从她身上挣脱出来。

"古时候的《利西翠妲》①圈套。"她尴尬地轻声说,他笑了笑,再次道了歉。她今天身上穿的是他最爱看到的内衣,身上散发的石榴沐浴露的气味非常诱人,但今天竟没派上用处。她在想,他究竟有没有留意到爬到他身上的自己是因为焦虑,不知所措,不停地回想着今天发生的一切。

"我太抓狂了,"利奥说,"这一点儿不好玩。"他又抓起一块饼干塞进嘴里,随后拿起一份文件。他吃东西是为了平复心情,也是娱乐自我的一种方式。饼干这种小奖赏是一段漫长而艰苦的任务结束后的放松。

---

① 《利西翠妲》,古希腊戏剧,讲述的是女人们为了能够尽快结束伯罗奔尼撒战争,拒绝与男人上床,除非他们停止作战。

十年一梦

"没关系,"艾米轻轻地说,翻过身躺在自己的一边,机械化地打开了一本书,"没什么大不了的。"她和利奥躺在那里,就像打火匣里的火柴一样。

佩妮·拉姆齐,她心想,已经找到了解决爱情问题的办法。佩妮走上了那种她永远不会踏足的大楼楼梯,在一个陌生的房间里脱下衣服。这位英国裱框师用手抚摸、揉搓她的乳房,把她紧紧地拥入怀中,贴在一起,阴茎幸福得硬了,顶着她。像格雷格·拉姆齐这样的人怎么能指望他的妻子不找情人呢?他怎么可以无视她对温柔、同情、唯美和谦逊的渴望,固执地穿着香港定制的西装大摇大摆地走着,拿着壁球拍,数着肮脏的、战争机器般的钞票,还以为她会接受呢?说真的,他到底怎么想的?

人们总是喜欢听别人的爱情故事,充满了刺激。听一听没什么损失,也不用深思。你也没有暴露自己的风险,却可以沉迷于简单而遥远的白日梦。艾米此刻陷入幻想,她侧身躺着,背对着对她不感兴趣的丈夫。佩妮和伊恩在一起的画面让她心旷神怡。尽管如此,她还是希望利奥,善良的利奥——比那个傲慢的、长得像猪一样的格雷格·拉姆齐要好得多——伸出手搭在她的肩膀上,像救她一样拉她回来。然而,他并不知道妻子对自己的要求。

无需转身回头看,她完全猜得到此刻的利奥表情恍惚,仿佛置身千里之外。但即便如此,她还是渴望着他靠近自己——不是毗湿奴,就只是一个张开双臂的、对自己感兴趣的男人——三下五除二地剥开薄如蝉翼的睡裙,开始他的进攻,一件他们做了很久很久、熟门熟路的事情。可他一动也没动,手也没有伸过来抚摸她的意愿,她继续背对着他躺着。

在他们漫长的婚姻中,她似乎认为自己有权从利奥那儿获取偶

第三章

尔性爱的抚慰。婚姻中的性爱之事变化多端,非常奇怪,如果有需要,他们可以通过性爱满足彼此。但有时又像在做平行游戏①。他们在经历了长达数周的休眠期之后,就好像她跟利奥是本笃会学院②里纯洁的室友,突然爆发出意想不到的疯狂性爱。虽然当时由于中年荷尔蒙失调长了全脸痘痘的艾米在脸上涂满了过氧化苯甲酰,而利奥被泰式外卖面条里的红油辣得龇牙咧嘴,但这些都不能影响他们的心情。在他们漫长而多变的婚姻故事中,任何在一起相处的时光都只是一个小小的、可能会令人心酸的普通片段。

利奥吻了吻她的肩膀,嘴唇触碰皮肤发出的声音成了当晚的晚安道别。他从没想过性爱可以让妻子安心。白天上班的时候,她打电话来倾诉,先在早上声音颤抖地告诉他大楼里有一位年轻的丈夫意外去世了,再是晚些时候,她流着泪告诉他达斯汀·卡瓦诺的遭遇,自己是怎么跟佩妮聊天忘记了职责而造成了那个悲剧的,他对此表示同情。

她向他隐瞒了伊恩·詹韦的事情,她已经对佩妮许诺自己不会乱说。过去,艾米和利奥对彼此坦陈一切,没有秘密,但现在,她意识到丈夫根本没有认真在听自己讲什么,而且他可能也需要服用利他林才听得下去,对此她觉得极度不安。他认为妻子每天遭遇一些小秘密很正常,因为她的生活圈子不外乎家庭、学校和咖啡馆,而他对这些地方没什么兴趣。那是她的领地,他知道她可以处理好分内的事。

"晚安。"她在黑暗中对丈夫小声说。

于是,他待在自己的领地,她也没有走出自己的辖区。他的生活

---

① 平行游戏,指孩子模仿其他孩子的游戏,但是并不主动加入他们。
② 本笃会学院,天主教最早的修会,注意自身虔修。

中充斥着走廊、发票、突然响起的电话以及复印机运作时的吱吱呀呀,还有永无止息的会议。他和其他律师关在一间麦色灯光的房间里,投射在桌上的光圈也是麦色,给你一种突然掉入一片小麦地的错觉,你一动不动地躺在那里好几年。她的领地中装得满满的是 H 区 14 楼丈夫已经从地球消失的想法,还想着那个非常性感迷人的英国裱框师,几个无所事事、善良、偶尔会自我怀疑的母亲,以及一个事业有成、雄心勃勃的母亲,她显然知晓世界的秘密,并且要将其公布于世。

第四章

伦敦,1981年

午餐总是很丰盛,先上汤,最后是蛋糕。每次结束后,她站在举世闻名的门口与当天共进午餐的某位政要握手告别,并留下合照。此后,她单独待在自己的办公室,坐在暗红色的凳子上,据说是看文件,但实际上,在她的私人助理莱斯利·詹韦看来,她只不过是闭上眼睛,像一个断了脖子的大娃娃一样低垂着头。

有时,当她轻轻敲门没有得到回应时,莱斯利会自行进入办公室,看到刚才的场景。有一次,撒切尔夫人的头猛地撞在椅子上,并且喊道:"干什么!"仿佛她年轻、漂亮、满脸雀斑的新助手打断了她正在进行的重要贸易协议谈判会议。

人们总想从莱斯利·詹韦那里打听首相的事,"作为一名女性"——他们经常用这个词——是如何登上英国政坛的巅峰的。相比之下,绝大多数女性连基本的政治原则都掌握不了,对它更是不感兴趣,除非碰到突发事件,比如转角那个危险的十字路口,在斟字酌句后,写信给首相:"……作为一个担心的妈妈和忠实的选民,我希望您能及时调查这个问题。你真诚的,雷金纳德·伍德利(夫人)。"

但莱斯利·詹韦知道,在她的上司看来,如果女性参与政治,没问题,如果不参与,也没关系。撒切尔夫人的女性身份并不是一个障碍,每当英国妇女团体试图邀请她在宴会上发言时,莱斯利都明白,这些邀请需要推掉。有一次,撒切尔夫人给一个团体写信说,她希望"更多的女性站出来",但又有一次她却声称,自己对"妇女解放运动没有任何亏欠"。

莱斯利·詹韦崇拜她。她无法想象自己在哪里还能找到一个像她一样睿智又不妥协的上司,无论男女。莱斯利的父亲经常虐待她的母亲。他过去经常在夜里喝醉酒后殴打她,有一次他一拳打在了她的嘴巴上,打裂了两颗牙,她甚至懒得补牙,那两颗豁口的牙是丈夫对自己残忍的证据,是自己无法改变一切的懦弱的表现。莱斯利一看到妈妈的牙,就气不打一处来,她早早地搬离了政府公寓的家,考入秘书学院学习,在白厅找到了一系列不错的工作,最后晋升到了私人助理的职位。这个所有助手都觊觎的职位,竟然被她拿到手了,真是奇迹。撒切尔夫人似乎也喜欢她。她不能容忍任何人的愚蠢,所以莱斯利竭尽全力避免愚蠢的举动。她将撒切尔夫人视为一头母狮,笔直地坐在桌前轻声嘶吼着。

如果莱斯利将来结婚,正如她所期待的,她希望自己也能拥有像撒切尔夫人那样的婚姻。撒切尔先生似乎很崇拜自己的太太,莱斯利幻想着他晚上和她躺在床上,帮助她制定国际战略。他有一份同样重要的工作,虽然不像太太的工作一样国际化,但也是意义非凡。莱斯利希望他喜欢国际舞台,即便只是在晚上,穿着睡袍躺在他们的四柱床上。他会保护自己的太太,就像任何妻子期待自己丈夫的那

第四章 伦敦,1981年

样,尽管在众人眼中,她不需要保护。噢,不,她需要,莱斯利知道。事实上,撒切尔夫人也有脆弱的时候,在她不小心撞见她打盹儿的时候,或是那次撒切尔夫人得了流感,需要莱斯利致电博姿药房购买碳酸氢钠的时候。莱斯利很好奇,当首相单独与丈夫在一起时,会不会因沮丧而哭泣。她的脑海中浮现出丹尼斯·撒切尔小心翼翼地将妻子拥入怀中的情景。她喷了发胶的头发又硬又脆;如果他把她抱得太紧,她的头发可能会发出嘎吱声,就像踩在脚下的雪一样。

她态度强硬但处事公允,从不动摇。她知道自己在二十年前的决定是正确的,当时作为下议院的议员,她关于用桦条鞭打学生的决定被夸大报道了。为什么,莱斯利纳闷道,老师用传统的方式鞭笞不守规矩学生的屁股有什么错吗?帝国没有倒塌,世界也没有灭亡。撒切尔夫人自己也有一个有些任性的儿子,她曾在采访中表示,她知道自己对于体罚的决议是正确的,就像她在成为首相后做出的许多其他决定一样。对她的选民来说,她必须拿出自己的强硬立场,而不是感情用事。

首相对多愁善感嗤之以鼻,莱斯利·詹韦也是如此。尽管她们的地位和年龄不同,但两人确实存在着很多共同点。也许有一天,撒切尔夫人会用会意的眼神对莱斯利说:"谈谈你自己的事吧。"但她也可能永远都不会那样做。她经常对自己的助手发脾气,这情有可原,因为她太忙了。她有时会喊:"莱斯利,你现在就过来!"或者是:"我的报道在哪里?"她的语气跟其他人一样,既急躁又强硬。她拒绝接受不完美的行为,这点你不得不佩服她。莱斯利有时做得也不到位,于是撒切尔夫人又要发火了。

当有些人一开始听说一名女性担任国家领导人时,他们的评论刻薄且带有偏见。莱斯利听过这样的传闻:一些退休老人在酒吧里大放厥词,说英国的掌舵人,就那个女的,长得一副男人模样。更糟糕的是,她还是杂货店老板的女儿。他们无法忍受这一切。莱斯利·詹韦知道他们的眼界很狭窄,他们墨守成规。他们为什么不明白,撒切尔夫人也尊重传统呢?她不会颠覆传统。她是传统的代言人,难道他们看不出来吗?

看不出来,他们眼中的现实就是她不属于自己的团体。但事实上,莱斯利·詹韦认为,她就是身边的一员。她脑海中浮现出首相年轻时的岁月,那时候的她刚刚大学毕业,在别人的公寓里吃晚餐。吃完饭后,女人们挤在厨房里,帮忙擦洗盘子,男人们则留在客厅抽着烟斗和雪茄。女人们谈论着一道用冷肉和沙拉奶油做的新菜,与此同时,男人们在烟雾缭绕中探讨着政治、战争以及那一小群重要的世界领导人,随意地提到一个又一个名字,就好像他们是自己的好友似的。

男人中的一些将去白厅工作。撒切尔夫人——当时的玛吉——手里拿着一个盘子正走向客厅,进入满是烟香的房间,领导他们,一想到未来有这个可能性,男人们禁不住大笑起来。她慢慢地准备着,从厨房走到客厅,从香气扑鼻的水槽泡沫转到芳香沁人的烟雾中。她对此没有太多抱怨,也不会不停地斥责世界对女性的不公。

在当今社会,如果没有勇气,穿裙子的人将一事无成。你必须展示自己强硬的一面,不能显露一丝女性的气质,说话也需要字斟句酌。如果你的听众开始觉得无聊,那么你必须采取措施。打个比方吧,你可以在精神上鞭笞他们。如果一个女人一路登上事业的巅峰,却露出了自己温柔的一面,会意味着什么?意味着每个人都会对她大加指责,将她赶出唐宁街,再无回来的希望。

然而,她现在就在这里,仍然在里面。她一路跋涉至此,来到这

第四章 伦敦,1981年

张巨大的桌前,坐在这张大大的皮椅上,在这个颇具世界影响力的位置上,刚刚和两个加纳的代表以及翻译吃完传统的约克郡布丁。她现在并不是很着急。

莱斯利·詹韦敲了敲门,没有回应。她轻轻地走进房间,安静地等着。

第五章

"来吧,忧伤,藏红花姐妹的树下。"女孩唱起了奇怪的小调音乐。新房子一般存在一个问题,由于房间的高低层次和墙壁的回响,房间最深处的声音透露出一种孤独的感觉。她观察着天花板上的星座墙纸,对自己哼了一首忧郁而美丽的歌曲。她母亲不知道她是从哪里学来的。女儿对她来说,一直都是个谜。

母亲吉尔·哈姆林走上铺着地毯的宽阔楼梯,朝自己的卧室走去,听到歌声后,她在走廊停了下来。他们还没适应新房子,尤其是小女孩,她一到晚上便异常不安——虽然,她在城里睡得也不是很踏实。吉尔在楼上停了下来,随即走进了女儿的卧室,来到她床边坐下,头顶上方的发光星星是唐纳德贴上去的。"我听到你唱歌了,"她说,"亲爱的,怎么回事?都这么晚了,还没睡觉。"

"我睡不着,妈妈。"

"你有什么心事吗?"

"没有。"

第五章

每次被问到这个问题时,她总是说不,这是个有点令人不安的回答,吉尔担心,当女儿躺在这个完美的郊区女孩的闺房里唱着奇怪的歌,仰望星座时,她的脑子里其实一片空白。她很可能根本不知道那是星座,在她眼中,那只不过是父亲为了逗她开心贴上的绿色光点。吉尔经常问自己:她女儿究竟知道什么?

唯一确定的答案似乎是:字母表,断断续续的。颜色,至少是常见的那些。有时还能分清左右手。

这个小女孩的知识是片断化的,跟其他的孩子不一样,其他的孩子一边大喊着"我是腕龙!我名字的意思是臂蜥蜴!",一边在操场上从父母身边疾驰而过。甚至连那些被绑在汽车安全座椅或婴儿车里的婴幼儿都能指着停车标志,作出充满童趣的评价:"八角形。"

这些孩子每说一次话,吉尔心里脆弱的一角就被压得更碎一点。她很早便明白,一切只是刚刚开始,接下来还将碰到一系列的轻视和侮辱。随着时间的推移,她将勇敢地击退每一个人,用双手护住脸抵抗着殴打。然而,她的女儿却无视自己的失败,但当别人开始向她指出这些失败的时候,吉尔的心彻底碎了。

"好了,你要上床了。"吉尔的话纯属多余,因为她的女儿早已躺在床上。她还能做什么呢?——拿起靠窗座位上的那个沉重的瓷娃娃把自己敲晕?显然,她遗传了吉尔的失眠症。不是遗传,确切地说,是她们共处一室呼吸同样的空气造成的。吉尔从昏暗的房间里站了起来,向门口走去。

"晚安,妈妈。"

"晚安了,妈妈爱你噢。"吉尔·哈姆林说完这句话后,离开她还没入睡的小女儿,默默地走过苍白的地毯——那张遮住房子大部分地板的地毯,就像覆盖在沙漠上的一层沙,又或是沙漠本身。郊区的房子大部分铺着地毯。屋子里软软的地毯，外面舒服的草地，踩上去跟之前无情的木材、人行道和被风钻凿开的柏油马路的感觉完全不同，这或许也是住在这里的意义之一吧。她不知道女儿是否经常想起他们在城里的生活，因为许多的往事从她的脑海中倾泻而出，却无法认真地回想。

他们只在冬青山郊区的房子住了三个月，但自从他们从俄罗斯图瓦的库列维亚婴儿监护中心接回二十三个月大的女儿，已经过去四年多了。库列维亚婴儿监护中心是位于西伯利亚边境的孤儿院。你应该无时无刻不期待着把自己的宝宝拥入怀中，但在最初的几个月，吉尔却没有这么做。她无法向任何人倾诉自己的感受，艾米·兰姆也不例外。她什么都告诉艾米，包括最近她和唐纳德出售公寓的价格，很久之前她母亲自杀带来的悲伤，经营这所巨大的现代房子的孤独感等，但她从来没提过自己身体内部那颗仍在跳动却已冰冷的心。她之所以缄口不言，主要出于羞愧，但最近，搬家也打乱了友谊互动的节奏。吉尔和艾米不能随时出来见一面喝杯咖啡，或是趁中午，跟一群女人和老年人坐在一起看一部电影。最近，甚至连她们的通话内容都变了，因为艾米一直在谈论佩妮·拉姆齐。

"你会很喜欢她的，真的。"艾米这么说。

"好棒。"吉尔温柔地说，不知是真是假，她根本不认识佩妮·拉姆齐，那只是个存在于脑海的名字，多年来被其他女性提到——她在儿子们的学校一阵风似的走过，那么完美，那么成功。相比之下，你只能觉得惭愧，感叹一句：嗯就这样吧。别人跟吉尔指过一两次，艾米或罗珀塔会说："那就是我们告诉你的那个人。"但显然，除了时不时地让其他女性觉得自己做得远远不够，佩妮·拉姆齐本身确实足够优秀。实事求是地讲，吉尔肯定会喜欢她的。但她不希望这个幽

第五章

灵式的母亲出现在现实生活中,她更喜欢让她停留在概念性的层面,比如说穿着讲究,让艾米只是偶尔提及,而不是和她交朋友。她想成为艾米唯一的闺蜜,尽管讽刺的是,她至今无法将自己最私密的事情与艾米分享,那就是她担心娜迪亚的反应不够快,智力不太正常。

许多从东欧领养年龄大一点婴儿的母亲会发现自己的孩子患上了依恋障碍。这种情况非常普遍,可大部分人并不知道。吉尔从未听说过收养婴儿的母亲也会得依恋障碍,文献中从未提及这一点。婴儿原本的名字是"马尼亚",让你马上联想到了一个在田野里咧着嘴笑的无牙妇人的形象。

吉尔通过庞大的收养网络平台结识了一些母亲,她们给自己国外血统的女儿改叫了听起来聪明又现代的美国名字,比如詹娜或哈珀,甚至还有些古怪的名字,比如潘多拉。吉尔决定不这么做,相反,她选了一个文化上更贴切的新名字,并且这个名字对曾是少女的她有着重要的意义。

十四岁的娜迪亚·科马内奇是罗马尼亚体操运动员,她凭借自己的天赋和纤细柔韧的身材,以及东欧的纪律性和未知论,夺得了1976年奥运会的金牌,得到国际上的广泛关注。当时的吉尔才九岁,她躺在费城家里的床上看着电视里的娜迪亚·科马内奇,之后循环播放着名叫《娜迪亚主题曲》的钢琴曲,想象着在这个背景乐中,你可以身轻如燕,在空中三百六十度回旋,落到你想要的位置。

几十年后,吉尔想,如果她能够唤醒自己那轻率鲁莽、闷闷不乐、平庸无奇的孩子体内同样的优雅气质,那么她的未来就有保障了。但事实证明,娜迪亚·科马内奇的未来没那么完美。她在十几岁的时候成为了齐奥塞斯库圈子里的一员,画着夸张的眼妆在酒吧里游荡,跟独裁者的儿子混在一起,后者不久后因犯下残忍的谋杀罪而被处决。最终，在革命爆发前几周，娜迪亚·科马内奇叛逃到美国。现在，她在这个大国的某个角落过上了好日子，成为了美国公民，就像那个以她的名字命名的小女孩一样。

吉尔和唐纳德多想有一个自己的孩子啊！他们为此做了很大的努力。即使是现在，吉尔还会想起曾经昼夜不停、像完成任务一样的性爱对自己的折磨。他从会计事务所下班回家，吉尔就在那儿等着。唐纳德脱下领带、衬衫和裤子，跟吉尔一起努力放下当天所有的牵绊，专注自己和当下共同的使命。

他们在床上做爱，有时也去客厅的沙发，直到她的背被沙发靠垫印出了花纹，他和她的身体上上下下同步跳动着。虽然当时的性爱没什么乐趣，但至少很搞笑。他们事后一边讪讪地笑着，一边评价道："那可太美了。"或者说："太感人了。"但无论他们怎么尝试，卵子和精子都不能像项链扣的两部分那样结合在一起。

生活与她曾经期待的完全不同。这些年来，她变了又变。当她开始尝试怀孕时，她几乎不明白自己追求的目标——一个指导顾问和职业规划师口中经常提及的词汇。吉尔一直是个出色的学生，按时提交论文，受到夸奖。她的外形出众，金发碧眼，身材高挑，举止得体，体型匀称，但高个子的她习惯耷拉着脑袋，肩膀内扣，以削弱自己的与众不同所带来的冲击。她不想引人注目。她想成功，是的，成为一个受人敬佩的人，但她想通过低调安静的方式来实现。

吉尔的工作履历并不符合人们对她的期望。大学毕业后，她进入纽约大学攻读名为"美国文化模式研究"的研究生项目。那是在二十世纪八十年代末，艾滋病的出现给各个地方的人带来了恐惧，里根财富和自我满足的梦境开始消散，一切似乎都在转变，甚至学术界也是如此。在那期间，大学里多个难以界定、内容宽泛的专业如雨后春

第五章

笋般涌现,吉尔也没能抵挡住诱惑。从她所参与的项目简介中可以看出,她无需专攻某个领域,而是可以成为一个广泛涉猎的多面手。

起初的体验确实是广泛的。吉尔积极地参加了三年的研讨会,但在课程结束后——点到为止的厚重历史、政治科学和流行文化,谈到了性别、种别和因果论,从内战跳转民权运动,蜻蜓点水般地介绍了音乐录影带的发明、校园酷儿理论的崛起,以及黑人研究、女性研究,以及抵抗艾滋病运动的动员。在探索完一切美国经历的课程,要开始写论文时,她发现自己陷入了混乱的知识海洋中。

一进入预科学校,吉尔便被学术绽放的光芒所深深吸引,安静地徘徊在图书馆的预约室,花几个小时阅读老师留给学生的讲义。她喜欢安静地坐着学习,就像狗在听主人下达命令一样。她身体的每一部分都很专注,她认为甚至连手腕、脾脏都在认真学习。只要有老师在旁指导,她总是表现优异。她从小时便是那种特别依赖老师,并且一直待在老师身边的女孩。她整整齐齐地记下一页又一页的笔记。她与自己能找到的最聪明的老师结成同盟,而且老师也很和蔼,并且对辅导功课很感兴趣。就这样,学校从来都不令她害怕,她也没感到特别孤独。

她在读研究生的时候也是一样。在这个新兴的专业,几乎所有的学生,包括吉尔在内,都十分崇拜迈克尔·迪尔伯恩博士。作为学院的年轻导师,每当他在研讨会上发言,研究生们内心都会涌起一阵敬畏感,同时伴随着嫉妒,因为这位导师仅比自己大几岁,却以他们无法企及的流利程度陈述自己的学术观点。他留着黑胡子,身着牛仔裤,戴着小小的环形耳钉,是个英俊的男人,据说他是双性恋,有一个同性恋人在布朗大学攻读符号学研究生。吉尔是追随迪尔伯恩的信徒之一,他们有时跟导师一起在布利克街附近的酒吧里喝啤酒。

十年一梦

　　天气变暖后,他们结束了晚上的研讨会后,会坐在露天的餐位区,他伸展着修长的双腿,把脚搭在一张没人坐的金属椅子上。他是对话的主导者,漫无边际地聊着各种话题。

　　有一天晚上,他说:"当我在耶鲁求学的时候,还不满十九岁,是个早熟的小痞子。有次我去听了一场苏珊·桑塔格①关于法国戏剧的讲座。在讲座结束后的小型招待会上,我走到她面前说:'打扰一下,桑塔格女士。'噢,不对,我说得更直接,我记得我说:'打扰一下,苏珊。'尽管我之前从来没见过她。我接着问她,我想她对萨特②的评论可能跟我在二十世纪七十年代的流行文化中注意到的某种恐惧和空虚感有联系,尤其是电视上播放的,我从小到大看了许多类似的节目。我向她解释某些电视节目里单调的布景、丑陋的焦橙色配色方案、刻意拜访的邻居营造出的虚假友情,但实际上,这无意中强调了核心家庭的孤独和家庭结构噩梦般的无聊,这是当时的美国情景喜剧一直坚持展示的,例如《算上我》《背靠背》。我还说了整个美学是如何通过自己的方式展现萨特在《禁闭》还有其他戏剧中描述的丑陋陷阱的。"

　　围坐在他身边的学生满脸期待,兴奋不已,等着故事的后续。"她怎么说?"吉尔问。

　　"桑塔格吗?她说:'噢。'随后就说:'对不起,我要再去拿点奶酪。'就走了。"

　　"她真的去拿奶酪了吗?"另一个学生追问道。

---

① 苏珊·桑塔格(1933—2004),美国作家、艺术评论家,涉及对时代以及文化的批评,包括摄影、艺术、文学等,被誉为"美国公众的良心"。
② 让-保罗·萨特(1905—1980),法国20世纪最重要的哲学家之一,法国无神论存在主义的主要代表人物,也是优秀的文学家、戏剧家、评论家和社会活动家。

第五章

"没有,"迪尔伯恩博士陷入了沉思,虽然这个故事他已经讲了上千遍了,但仿佛这是他第一次大梦初醒,"事实上,她没有。她离开去找别人说话了。"

他们同情地摇了摇头,在半明半暗的酒吧外面将啤酒送到嘴边。他跟苏珊·桑塔格一样,既高贵又卑微,严肃中透露着轻浮,是个英俊睿智的黑人男子,让周围的人遥不可及。

当吉尔回到他们在西十一街的公寓时,唐纳德问她:"我需要嫉妒这个迪尔伯恩吗?"吉尔的家族创建了一家名叫"贝尼科莱夫特"的公司,专门生产虫胶。"你是虫胶的女继承人。"艾米曾经对她笑着说。正因为这样,吉尔有自己的信托基金,这使得她和唐纳德·哈姆林负担得起当时的公寓。他们是在另一个研究生的聚餐上认识的,唐纳德一开始便向她保证,虽然他看上去没什么本事,但即将获得双学位:工商管理硕士和会计学博士学位。那天晚上,在还没找到机会聊天前,吉尔已经说服了自己,他不是历史系学生,就是哲学系的。当她得知他真正钻研的两个领域时,反而有点小失望。唐纳德严肃、善于观察,过早地秃顶,瘦削的身材套进一套浅蓝色的布鲁克斯兄弟衬衫和熨平的裤子里,餐巾摊开放在腿上。他坐在咖啡桌旁的地板上吃东西,活像一只彬彬有礼的灰狗。他继续向她证明,虽然现在的他有点书呆子性格的倾向,但他绝对不会变成无聊的人。"我还是可以冷嘲热讽的,"他说,"当然,我不能像迈克尔·迪尔伯恩博士那么出口成章,但我会尽量风趣一点。"

吉尔发现唐纳德其实并不能真正理解她研究的课题,她课程作业中的高雅与低俗、大杂烩式的内容对他而言毫无意义。唐纳德认为她的博士论文超越了他的理解范畴,他似乎喜欢这个解释,她也接受了。但这并不属实,因为他智商相当高,而且,就连作为作者的她都不能百分百确定自己研究的对象是否存在潜在联系,尽管她十分喜欢里面的构想。只是喜欢这些想法的组合而已。她对迈克尔·迪尔伯恩强烈的情感并非源自性爱方面的吸引。他是帅气,长着一张天使般的脸庞,浓密的黑胡子使脸型更加立体,但她不想让他碰自己。她此刻深爱着唐纳德,她想要他抚摸自己的身体。同时,她希望迈克尔·迪尔伯恩能欣赏自己的学术成果。

只要迪尔伯恩认可自己的短论文,并且像远方岛屿上的灯塔一样鼓励并引导她思考自己的博士论文研究方向,她的决心就不会动摇。"有时,"吉尔告诉当时正在密歇根大学法学院读书的艾米,"我对在学校待这么久感到有点不自在。"

"噢,你是想说这就好像永远长不大?"艾米说。

"不。只是那个,你懂的,我是所谓的那种学校的优等生,这是我的主要优势,迟早有一天,这种优势也会失去效力的。"

"我不这么认为。你必须继续前进,仅此而已。总有一天,你将从学校毕业,到时候你得靠自己所有的优势去奋斗别的了。"

于是,吉尔在导师迈克尔·迪尔伯恩的指导下,完成了课业和师生互动,开启了论文的撰写。在迪尔伯恩小小的办公室中绞尽脑汁地思考并多次促膝长谈后,她确定了自己的论文题目:《战前美国女性被忽视的声音》。在开题报告中她这么介绍:论文将从结合历史和政治的角度来描述内战时期的女性发展。流行文化的内容——一直是迪尔伯恩最钟爱的——将不会出现在论文中。她不可能在论文中谈及流行文化,显然,这让他十分失望。他希望专业的所有学生将文化这张网应用于一切研究的课题中,同时也期待他们可以探索文化的深层含义。

紧接着,她进入了真正的写作过程。她几乎很少见到迪尔伯恩,

第五章

在师生互动时间,他只是对她说几句亲切的告别辞便把她打发了,同时还远远地看了看下一个在外面走廊等候的学生。是的,他是她的导师,但他坚称,在接下来漫长的一段时间里,她自己可以做好。吉尔已经习惯了每写完一篇短论文,就去寻求导师赞赏的模式,而现在,她必须独自完成长篇巨作,她的节奏被打乱了。当她应该在公寓埋头写论文的时候,却一直不停地看着迪尔伯恩非常感兴趣的那种蹩脚的且上了年头的美剧。

艾米和唐纳德都跟她说,她应该努力集中精力,熬过去。他们说,她应该一鼓作气写完论文,在完成论文答辩后毕业,这样她便可以在美国的某个地方觅一份教职。于是,她照他们的话做了,在失去导师的悲痛中,写完了平淡无奇的论文,想象此刻的他正在教室里对着一群准备写论文的研究生发表妙语连珠的演讲。他们真幸运,只是还没到孤军奋战的时候。

"我应该给他做个雕像,"一天下午,当唐纳德下班回家,发现吉尔在卧室的桌子旁哭泣时,他说,"或者,我可以假扮成他。看着我,嗨,我是迪尔伯恩博士。我有一次见到了苏珊·桑塔格,但她不给我面子。我喜欢打理自己帅气的胡须。"吉尔停了下来,绽放了笑颜。"你能帮我梳理一下我英俊的胡子吗?"唐纳德问,她顺势倒在丈夫的怀里,告诉他,他是世界上最棒的丈夫,他就像当初许诺的那么风趣,他真的是太棒了。她知道自己是幸运的,丈夫那么努力地逗自己开心,让自己过上幸福的生活。尽管他们的婚姻很美满,她还是走不出那个比自己更有能力的巨人的阴影,写不出像样的论文来。

最终,正文部分完成了。她又做了脚注和索引,以及论文所必需的所有部分:致谢和按照要求装订。但即便她完成了所有的一切,她知道,对,她知道,迪尔伯恩最近几周跟她表达过自己对她论文的担忧。在一个周五的下午,当她进入答辩的研讨室时,她第一眼就看到了他。他坐在桌子的另一端,只稍微抬头看了看,便低着头盯着她那黑纹理的论文硬封面。他用手指在桌子上发出吱吱的声音,仿佛是在向她表述自己的失望。当然,她确实令他失望了。她知道,导师应该从被指导学生获得的成就中感受到快乐。然而,没有成功的快乐,她的导师感受到的只有羞辱。的确,迈克尔·迪尔伯恩看上去很生气。在她答辩的过程中,他几乎一言不发,把批评的机会留给更资深的教授。

"在我看来,你的论文太散了,没有主题,"有个人不耐烦地说,"感觉你对自己不够自信。虽然你罗列了所有的论据,但在我们看来,你不太相信自己的直觉。你的假设很好,却没有论证出任何观点。你跟迪尔伯恩博士深入探讨了论文的核心论点吗?看上去你并没有。"

多年来,当时的场景始终在吉尔的脑海中重现。她坐在那里,听着他们指责自己的调研不够严谨。她被告知,自己的论文没有通过审核。她不得不多花一年的时间好好完成,然后,也许,只是也许,他们会让她通过答辩,给她一张通往未知学术生活的通行证。

答辩结束后,她走到大楼前面的矮台阶上停了下来,失败的结果让她喘不过气。终于,有一个女人在锁完自行车后走了过来,问她是否需要帮助,因为吉尔看上去大受打击,面对残忍的失败现实,她痛苦地闭上了眼睛。她没有告诉答辩委员会,如果想要她写出合格的论文,她需要一位导师每天坐在身边监督自己进行构思和创作。

"等你准备好了就可以回去,再试一次,"唐纳德当晚好心劝导她,"我知道这不容易。"尽管实际上,他并不知道。他也是拼尽全力才完成了自己的论文。在她看来,唐纳德的论文一半是词语,一半是

第五章

数据。他的论文里充斥着各种各样的图表,必要的会计商业概念对他来说是小菜一碟。写论文本身对他来说不算痛苦,他当时也不需要导师,他说。当吉尔质疑唐纳德的时候,他解释说导师对于男人来说,只是他们奋斗并且去击败的对象而已,但吉尔不明白这话的意思。吉尔告诉他,他只是不理解,如果刚开始前途无量,却在最后落寞至此的人生意味着什么。

但当然这不是结局。这不可能是结局,因为吉尔还年轻,还有几十年的生活要过。只不过,从此之后,她对学术的热情逐渐减弱,单纯地产生了对未来的一种新的好奇。她不再是研究生了,最终也成为不了一名大学教授,她失去了前进的驱动力,她的未来会变成什么样子呢?"我不会回去的。"吉尔跟他说。

"你必须要做点什么。每个人都有自己的工作。"

没错,那时候的每个人都在干活。

因为,在1992年,她的朋友们很快得知,吉尔,他们中一直以来最优秀的学生,离开了研究生院。这条消息引起了大学同学克莱尔·曼德的关注,当时的她已经在电影行业颇有作为,起初任职于洛杉矶的一家著名的工作室,后来又转到了一家电影公司的纽约办事处。

大回旋电影公司凭小成本电影打出了名气,备受关注。当克莱尔一开始打电话来讨论一起共事的可能性时,吉尔既惊讶又开心,一时间不知如何是好。

共进午餐时,克莱尔·曼德说:"其实,你离开学术圈是件好事。那是个超现实的世界,跟外界一点儿接触也没有。"她们俩在位于大回旋电影公司办公室附近的一家极简主义的家庭餐厅吃着烤金枪鱼沙拉。邻桌坐着的每个人似乎也都在电影行业工作,或是不那么光鲜的姐妹行业——图书出版业。年轻女孩们双腿修长，精神焕发；男人们身着宽松的衬衫，脸上有些胡茬，长相有些女性化，至少十分英俊。"好莱坞有不少人是在学术圈混不下去转行来的。你肯定很吃惊，"克莱尔说，"在所谓的学术生涯中，他们在某个时刻停下了脚步。转行进入电影行业让他们松了一口气。你知道那个写了《治疗之家》剧本的人吗？之前不久还在哈佛大学攻读语言学博士学位呢！现在到手的收入都超过六位数了。我也考虑过读研，"她耸了耸肩，继续说，"但最后的结局不过是为了一个二流的门诺派①大学的终身教职而奋斗。我甚至不知道一流的门诺派学院存在不存在，"她突然大笑着补充道，"然后，你不得不到一个你永远都不会主动去的地方度过余生。"

"我一点也不了解电影，"吉尔说，"我脑子里装的全是学校。我根本没出过校门。"

"那你会在电影行业大放异彩的，吉尔。你聪明认真。当然，你本身又是个漂亮的金发高个的雅利安人②。大回旋电影公司现在的发展势头非常喜人。虽然我们还处于起步阶段，并且正努力引进一批优秀人才。而且我知道塞尔比肯定十分欢迎你加入团队。"

"我从来都不觉得自己配得上优秀人才，"吉尔说，"或是雅利安人的称号。"她受宠若惊、满脸通红地说道。这是在论文答辩失败后，吉尔得到的暂时的解脱。她想马上给在密歇根的艾米打个电话，征询她的意见，看看自己是否要用所有的研究生学历来交换眼前的工作。如果你的工作跟专业无关，那是不是意味着教育毫无意义呢？

---

① 门诺派，当代基督新教中一个福音主义派别，强调《圣经》为信仰和生活的最高权威。
② 雅利安人，世界三大古游牧民族之一。

又或者你把教育当成自己坚强的后盾,不管结局如何,就可以说明它存在的意义了吗?

一开始,作为大回旋电影公司开发团队的一员,吉尔有种坐过山车的感觉;她失去了平衡,迷失了方向。团队成员慵懒地靠在低矮的沙发上,大声谈论他们希望公司制作的电影。每个人的想法都不切实际,这也是公司所鼓励的。他们达成了一致:所有人都希望制作一部非常漂亮的传记片,薇拉·凯瑟[①]的名字被热烈地提到了不止一次。大回旋电影公司的老板是四十三岁的塞尔比·罗斯伯格,她住在洛杉矶,一头令人震撼的白头发上涂满了发胶,杂乱不堪。她几乎一有时间就涂润唇膏,不论是在思考还是开会,她都会拿起小小一支往嘴唇上抹一下。公司上下的人知道她根本没有个人生活,没有朋友,没有爱人,没有孩子,一心扑在工作上,很难相处。办公室的人谈到她时带着些许羡慕,因为他们知道在好莱坞,确切地说,对于一名女性来说,在任何地方打响知名度并且走下去有多困难。

大多数时候,塞尔比·罗斯伯格对电影拍摄期间的私人助理以及端着摆放拿铁的软纸板的办公室助理态度非常不好。她随意地对他们大吼大叫。尽管如此,年轻女孩们还是很崇拜她,因为她经受住了这个行业里成功女性必经的被歧视的艰难险阻。虽然吉尔根本不认识她,但对她也是充满了钦佩之情。她已经为这段"导师—学生"的关系做好了准备,尽管她明白甚至连塞尔比·罗斯伯格本人也没有意识到这段关系存在的可能性。

当然,塞尔比也需要发泄,他们说,她当然需要出气口。他们能理解。在女权主义出现的几十年后,男人仍然掌握着这个行业的主

[①] 薇拉·凯瑟(1873—1947),美国女作家、记者和杂志编辑,代表作有《啊,拓荒者!》《一个迷途的女人》等。

导权,尽管女人已经在各个岗位中脱颖而出。她们静悄悄地,似乎不想被任何人发现自己正变得越来越强大,直到女性接管好莱坞的那天,男人们才意识到一切都来不及了,眼睁睁地看着女人们制作和导演着一系列关于坚强、有趣的女性角色的敏感电影,比如薇拉·凯瑟。在那个乌托邦式生活来临之前,低调行事是女人的首要策略。

刚入职不久的吉尔试图尝试将艾米母亲的首部,也是迄今为止最著名的小说《转身回家》拍摄成电影。除了农夫情人,书里所有的角色都是女性。艾米曾告诉吉尔,加拿大作家很难在美国读者群中找到知音,因为他们书里描述的通常是关于那片土地,那片在加拿大的土地。这些小说的大部分篇幅描写的是巴瑟斯特湾的景色。但是安东尼娅·兰姆的作品除了在地理上描写得细致入微之外,也注重人物性格的塑造,吉尔认为她在二十世纪七十年代创作的第一部精美的小说非常适合拍成电影。

塞尔比·罗斯伯格在读了小说,至少读了吉尔提交的大纲后,批准了一小笔经费给她做预售筹备。安东尼娅·兰姆激动不已,在合同寄到蒙特利尔的当天为吉尔送了一束花。吉尔开始与一位年轻的编剧频繁见面商讨剧本改编事宜。她写了详细的进度报告,通过传真发给在洛杉矶的塞尔比。她经常很晚才到家,唐纳德一般都早早进入了梦乡。

一天下午,办公室里传来消息,她的同事克莱尔·曼德刚刚得知,她一直在悄悄筹备的一个电影项目选题得到了公司的批准。它讲的是一个职业杀手在一次任务失败后被送去杀手学校接受再教育的故事,这将是一部由知名男星领衔主演的宏大的、斥巨资拍摄的暴力电影,克莱尔说,"广泛的电影受众"。吉尔不记得曾在日常对话中听过"电影受众"这个词语,但自从克莱尔提到后,很多人相继说起这

第五章

个词。她和另外两个开发部人员焦急地讨论着：为什么克莱尔不告诉他们这个项目？为什么其他人都认为自己的任务是制作一部安静的、有意义的文学电影？显然，气氛已经改变了，但谁也没有被告知。

很快，洛杉矶办公室接连发来了几封传真，要求他们"认真考虑一下，如果电影发布之后，谁真的会去看你们拍的电影"。你们不能只吸引敏感的女性观众，她说，因为没人真的再需要她们了。但如果她们能带着自己的男朋友，或是弟弟们来，那我们非常欢迎。"**年轻的男性受众必不可少，**"塞尔比在一封传真中写道，"**如果我们没有他们，就完蛋了。**"

三个月后，《转身回家》的预售权合同到期，也没有续订。吉尔无法向艾米的母亲解释，即使电影制作公司的老板是个女强人，那也并不意味着它的作品是进步的或成熟的，当然，也不一定是关于女性主题的。

"这可不妙，"吉尔在电话里对艾米说，"我能预知将发生什么。"塞尔比·罗斯伯格，这个被下属崇拜的上司，最终将枪口对准了纽约办公室，他们早应该有所准备的，却都被打了个措手不及。他们没有筹划足够的符合她要求的选题。他们不明白她的**使命**，连筹备并且开发了《刺客学院》的克莱尔·曼德也不明白，**他们最好抓紧时间，重整旗鼓。**

一天早上，吉尔、哈罗德、彼得和克莱尔四名开发组人员在办公室拐角处的一间咖啡店秘密开会，讨论下一步的计划。他们决定，选一人给洛杉矶的塞尔比打电话，开着扬声器，对她说："塞尔比，我们真的非常尊重您，您是我们的老板，而且，您作为一名不可思议的导师，在我们眼中是聪慧过人的。请您不要误解，但我们想说，您对待我们的方式不是很公平。"他们抽了签，最后重任落在了陈彼得的肩头。当他被选中时,他气都快喘不上来了。

但在纽约时间上午十一点,塞尔比·罗斯伯格已经发来了一份传真说,她正准备关闭纽约办公室——至少是电影公司正准备这样做——所以,他们没有机会告诉她自己的感受了。大回旋电影公司运作得不错,如果没有纽约办公室的经费支出,甚至会更好,而且它已经开始盈利。吉尔突然失去了工作,但她仍然无法忍受回去继续撰写博士论文。

"我已经失败了两次,"她对唐纳德说,"太丢人了,不应该是这样的。"

"第一次你并没有失败,你只是还没完成而已,"他说,"你还没拼尽全力。至于第二次,根本与你无关。"

"这是语义上的区别。"她说,但他对自己的信任又一次让她松了一口气。她意识到,他很乐观。他的父母还健在;他的母亲没有自杀。人们说,一旦父母有人自杀,孩子今后也可能面临同样的困境,就好像跟随父母的步伐一起被这个世界遗忘。当然,唐纳德对此一无所知。他是实用主义者,也是个乐观主义者,她很感激丈夫这个矛盾共存体。吉尔很依赖他;他们那时很年轻,婚后,住在纽约,浑身上下散发着爱的光圈。有一天晚上,他们在激烈的性爱被点燃的那一刻决定要个孩子。这似乎是个很好的时机,因为吉尔正处于人生转换期,没有事业的阻碍。他们下定决心,兴奋地想要付诸行动。她将考虑在孩子出生后继续写论文。她可以趁孩子午睡时从头撰写论文。

但是无论他们怎么努力,就是无法怀孕。他们花了一年半的时间尝试,然后便开始安排对唐纳德进行取精子洗涤,对吉尔进行取卵和重新植入。这已经取代了现实中的工作,成为了他们的全职工作。

第五章

晚上躺在床上,吉尔满脑子充斥着荷尔蒙水平和排卵时间表。最终,同许多夫妻的结局一样:在经历了多年的辛勤劳作,筋疲力尽的他们在手术和注射毫无效果后,找到了一家名叫"希望之家"的收养机构,这家机构专门负责东欧婴儿的事务。"贩卖婴儿。"唐纳德阴郁地说。

在经历了那么多次的性爱和失望之后,他们此时的态度变得很开放。突然间,领养别人刚刚诞生还浑身湿透的孩子的想法已经落空,成为了不能实现的画面。现在他们可以考虑收养一个早已擦干的大一点儿的婴儿。

马尼亚是最终提供给他们的人选,她的照片在社会工作者的小办公室中被庄严地传阅着。他们在那张宝丽来快照上看到的是一张又宽又圆的脸,脸上的表情并没有流露出真正的幸福,但是充满了对幸福的渴望。他们被告知,马尼亚和许多婴儿一起住在孤儿院的一间大房间里,几乎不会说话。他们被警告说,她的皮肤容易出现皮疹,而且被诊断出患有神经体质,这可能是疾病的隐患,也可能是不值一提的小事,因为俄罗斯的儿科有自己的专业术语,英语中没有对应的翻译。

他们还被提醒过孤儿院的一项政策:如果一对非俄罗斯夫妇要领养一个婴儿,这个婴儿在此之前必须被三对俄罗斯夫妇拒绝过。马尼亚是怎么了?为什么她的同胞都不愿意接受她?是她的皮疹,还是她不会说话?社工菲尔德太太低声说,虽然孤儿院坚称执行了三对俄罗斯夫妇的规定,但几乎找不到任何文件证明这个孩子之前被三对夫妇拒绝过。

"给我看看那些被拒绝的候选人。"唐纳德说。

"什么?"菲尔德太太说。

"闭嘴,唐纳德,"吉尔说完,又对菲尔德太太说,"哈哈,他只是想开个玩笑。"

"对,我喜欢开玩笑。"唐纳德不在乎地说。

吉尔很不喜欢自己的丈夫在不认识的人面前故作严肃地开玩笑。他们不知道他是否真在开玩笑,因为在别人眼中,他是一个秃顶、穿着讲究、瘦削的会计,他们认为他不可能故作严肃地挖苦别人;这两种特质不应该出现在同一个人身上,但唐纳德确实是一个既严肃又风趣的人。

"希望之家"的菲尔德太太对唐纳德的小玩笑并不在意,甚至没注意到他的话。接下来,他们填了一堆表格,接受联邦调查局的指纹鉴定和家庭背景调查。最终,他们经历漫长的旅行,来到俄罗斯的图瓦镇,一个遍地充斥着老旧的酒吧和自动游戏机的小镇。然而,孤儿院本身看上去比吉尔预想的好多了,这倒是个惊喜。那里明亮、干净,虽然那间军营式的大卧室里挤满了婴儿,但在那里工作的服务人员们忙前忙后,很是自傲。

当唐纳德和吉尔走过房间时,一个肌肉发达的女人正在给马尼亚旁边婴儿床上的一个胖女孩挠痒痒,另一个女人一边给一名男婴换尿布,一边做鬼脸逗他。这边的人手严重短缺,大多数婴儿只能眼巴巴地等着轮到自己,才能感受到最基本的亲昵,比如挠下巴。

"噢,马尼亚。"唐纳德叫道,猛地张开双臂,哭了起来。

"马尼亚!"吉尔紧接着喊道,有些哽咽。她面前是一个活生生的婴儿,而不仅仅是一张照片,这让你想到各种可能性,也包括死亡。确切地说,是对死亡的无法接受——所有可能性的终点。她想到自己去世的母亲永远见不到这个孩子,也做不了外婆,没错,但吉尔是想到了自己的母亲苏珊·本尼迪克特才分心的。她清了清脑子,努力撇掉内心多余的情感,就像她曾经期待自己在分娩时必须经历的

第五章

一样。当工作人员帮马尼亚穿上一件粉色的滑雪服,交到这些陌生的美国人手中时,吉尔还是哭不出来,尽管马尼亚和她的新手爸爸已经哭作一团了。吉尔忙着填各种表格,还用随身带来的小相机努力拍了些照片,哪怕只是短暂地逃离目前的情景,她也还是松了一口气。

我们不适合彼此,她后来想,当时他们正坐在一辆破旧的四四方方的拉达汽车赶往机场。他们的孩子,跟宝丽来快照上的一模一样,圆圆的小脸蛋,黑色的头发,长满湿疹的皮肤有些苍白,眼间距有些宽。吉尔是个长相甜美的金发美女,而秃顶的唐纳德体型却像个昆虫。他们一起坐在没有弹簧的车后座上,中间夹着啼哭不止的婴儿,她仿佛感觉到了自己要离开故乡,去往一个未知的远方。

"再坚持一会儿,小公主,一切都会好起来的,"唐纳德泪流满面地说,"妈妈和爸爸现在有你了。"吉尔听到他这么说,大吃一惊,他的声音沙哑得像个浪漫主义者。

我非常抱歉,坚忍的吉尔默默在心底对她说。我是如此渴望拥有一个小孩,强烈到惊动了在另一个大陆上的你,迫使你离开了那个没想到还挺舒适的孤儿院,再也见不到那些涂着浓郁香水的照料者们,她们是么关心你,用你们国家的语言跟你交谈,在你发红的脸颊涂上凡士林,给你一小口一小口地喂牛肉汤,在困境中尽最大的努力帮助你。

于是,现在轮到吉尔尽力照顾她了。在纽约,马尼亚变成了娜迪亚,在唐纳德出门工作的漫长日子里,她和吉尔单独待在一起。有时,吉尔会绝望地将娜迪亚放在电视机前的高脚椅子上,一放几个小时,希望电视机里的声音和画面以及广告能够逗她开心,教她学东西。吉尔为她报名参加了"音乐大师和妈咪"的课程,这是艾米带梅森参加的一个互动课程,为的是一边听着原创歌曲,让每个人沉浸在

十年一梦

狂喜中,一边让孩子去抓一个满是细菌的沙球。课程的名字听起来让人很不舒服,好像暗示着妈妈白天在跟一个音乐大师调情,而让自己的孩子在旁一脸忧郁地观看似的。其他妈妈被指使得团团转的画面让吉尔愈加难受。"记住,妈妈们,"那个年轻的教师说,"你要确保自己的孩子离开你的距离永远都不要超过一根指挥棒。"

母亲们很听话;她们一边勇敢地唱出音乐碟片上指定的歌曲,这个碟片是注册课程时必须购买的。又累又心甘情愿的母亲们唱着:"嘿嘿嘿,哈哈哈。""大家坐上三轮车,一起往前冲冲冲。"娜迪亚只是课堂上无数婴儿中的一员,她像其他小孩一样坐在推车里走在城市的人行道上,没有人看出她有多么特殊,除了吉尔,她一直在审视着娜迪亚的脸,试图想象她成为一个女孩,再长大成为一名女性。但一次又一次地,吉尔发现自己无法规划出一条满意的道路,用来想象娜迪亚从蹒跚学步到青春期,然后成人。

之前还住在城里的时候,有次吉尔和艾米在金角湾咖啡馆见面,娜迪亚在推车里睡着了,吉尔突然问艾米:"我能问你件事吗?你喜欢娜迪亚吗?"

"什么?不,吉尔,我特别讨厌你两岁的女儿。她就是个小贱人。"

听到这个小玩笑,吉尔努力挤出一丝笑容。"哎,说真的,你真的喜欢她吗?你好好想想。"

"看看她睡在那儿的样子。她是那么漂亮,而且还是你的孩子。我肯定喜欢她啊。我情不自禁地喜欢上了她。怎么了?你不喜欢梅森吗?"

"我当然喜欢梅森了。我很爱他。我不知道自己为什么这么问你。别理我。"

第五章

但艾米看上去很担心。"我觉得,"她说,"你只需要耐心等待,自然会有好事发生的。这是为人父母的本质。"

"你什么意思?"吉尔问。

"所有这一切漫长的等待。然后突然之间,就出现了——发展的飞跃期——最后你只能感叹:'我简直不能相信这一切发生得如此迅速。'尽管每个人都曾提醒过你。"

深夜的此刻,六岁的娜迪亚·哈姆林躺在床上,仰望着新房间天花板上的星座贴纸,脑子里想着母亲无法理解的事情,独自一人唱着那首来历不明的奇怪的歌。她的声音很有趣,虽然听起来有点干巴巴的,断断续续地蹦出几个词。在吉尔看来,那是一首民歌,可能是娜迪亚在孤儿院时学的,就像生活中某些小细节,以一种特殊的方式在生活中保留了下来。

娜迪亚在黑暗中躺着,一遍又一遍地唱着那句歌词:来吧,忧伤,藏红花姐妹的树下。这句歌词难以捉摸,却很动听。为什么俄罗斯孤儿院的孩子要用英语唱歌?是为了让他们为即将加入美国家庭的生活做准备吗?这好像也解释不通。第一次听到这首悲伤的歌时,吉尔被震惊了,同时又很感动,她想象娜迪亚孤单地站在图瓦镇的婴儿床上,在床垫上轻快地边跳边唱。

来吧,忧伤,藏红花姐妹的树下——这句子竟出自一个婴儿之口!美国的婴幼儿通常学唱一些较为舒缓的披头士歌曲,以及"音乐大师和妈咪"里的家庭音乐,还有那部有点疯狂的流行儿童电视节目《嘿,伙计们》中的所有歌曲。吉尔有时试图从娜迪亚那儿询问这首歌的事,并告诉她民歌是国家传统的重要组成部分。有那么一瞬间,她曾幻想自己的女儿迷恋上了民俗风情。(是的,娜迪亚是一名专业的民俗学家,多年后,她将向朋友们这么介绍道,享受着民俗学家这个词带来的震撼力。）然而，这首歌仍然只是一首歌，它并不意味着娜迪亚对某样特别的东西感兴趣或是充满好奇。娜迪亚还会唱一些别的听得懂的歌曲。她经常哼唱着什么，但音乐对她来说只是一种私人的体验，跟大多数孩子一起欢乐地合唱一首歌完全不一样。

一回到现实，吉尔便觉得羞愧难当，或者说她担心被戳穿真相，那个真相就是娜迪亚的智力存在问题。你可以一直隐瞒，即便在这个文化复杂的时代。她之前认识一对叫德弗林的夫妇，他们儿子泰迪的自闭症病症多年来一直没有被诊断出来。他的问题很明显：他不喜欢眼神交流，却钟情于恒温器。他会在去拜访别人家时摆弄公寓墙上的恒温器。有一次，他将上面那根小小的红色金属针弄断了，然后，在众目睽睽之下，他狡猾地将它放进嘴里，显得很机智似的。但你不能向泰迪的父母提及任何担忧，因为如果这担忧不是真的，那对他们来说是巨大的侮辱，你们的友情也就到此结束了。再说，他自己的儿科医生也不担心。"我们的世界不可能全是性格外向的人。"当这位母亲表达了担忧后，医生回答道，所以，在此后的很长一段时间里，德弗林一家对医生的见解深信不疑。他们坚持的时间太久了，以至于当他们的儿子接受评估时，年龄已经太大，错过了重新引导他智力发展的时机。

没人敢跟吉尔说娜迪亚有点迟钝。吉尔在城里的朋友都没说过这样的话，而她在冬青山又没有真正的朋友。住在这个郊区的几位母亲表面上很友好或是伶牙俐齿，甚至二者兼具，但在吉尔看来，她们就跟她们自己的房子一样，说话隐晦且为人圆滑。吉尔没有忘记，到目前为止，娜迪亚还没有交到任何朋友。

"我对这里的女人不感兴趣。"吉尔在电话里对艾米说，当时正是秋季学期开学的第一周。

"她们不可能千篇一律。你总能碰到一个自己喜欢的,即便只有那么一个。"

"我相信肯定有那么一个。"艾米没说错,这里存在着各种各样的女性,她们待在自己的家里——包括那些阅读有深度的书籍、关注世界时政的聪明女性,跟她们在一起也很愉快。但吉尔并不是来这儿交新朋友的。"我太老了。"她说。接着,她觉得有必要补充一句,语气中充满了埋怨:"但你不一样。"

"什么?"

"佩妮·拉姆齐。你的新朋友。"

"噢。嗯是啊,没错。"艾米说。

可吉尔完全无法想象跟一个新的人建立亲密关系。她有艾米,城里还有其他几个朋友,她们了解她,接受她。她们也接受了娜迪亚,虽然她不是她们的孩子,但她们对娜迪亚视如己出。艾米的儿子梅森性格比较沉闷,为所欲为,但也聪明得出奇。他对航空学、宇宙和美国历史了如指掌。他在年幼的时候便读过像是《看我,我是本杰明·富兰克林!》之类的书,近几年来,他吃早餐垫的塑料餐垫是红、白、蓝三色的背景上刻着一排总统头像,所以他早就记住了所有总统的名字和任职期间。

几年前,吉尔在去艾米公寓做客的时候,听到梅森开始谈论威廉·霍华德·塔夫脱①在去世后,人们是怎么将他肥胖的尸体装在钢琴盒里从窗台搬下去的,以及真正的第一任总统并非乔治·华盛顿,而是一个在1781年由立宪国会选举出来的名叫约翰·汉森的人。就连梅森使用的"真正的"一词,也让吉尔感到有些沮丧。娜迪

---

① 威廉·霍华德·塔夫脱(1857—1930),美国第二十七任总统(1909—1913)。

亚绝说不出那个词；她的词汇表里不包括它，她也说不出"立宪"或是"国会"这种词来的。娜迪亚对美国总统的了解范围估计跟俄罗斯套娃中最小的那只差不多。

而且娜迪亚跟其他孩子不一样的地方，不仅限于知识上的缺乏。每周有几天早上，她总是出现在父母的卧室，站在那里等着闹钟响，这样她可以抢在母亲之前关掉闹钟。吉尔不知道她是从何时养成的这个习惯，但无论她怎么要求娜迪亚待在床上，拜托她继续睡觉，那个小女孩还是第一个醒来，静静地走进主卧，站在那里翘首以待，等着闹钟响起*哔哔哔*的号角声。

"醒醒，妈妈。"早晨，娜迪亚站在那里，一本正经地说。

因为对自己的矛盾心理存在内疚感，躺在床上的吉尔伸出了双臂，一把抱过结实、坚忍的娜迪亚。她们穿着苍白的仙女般睡袍的身体笨拙地抱在一起。"早安，小甜豆，"她说，"让我们开始这一天吧。"

然而，此刻，在十月的一个寒冷夜晚的十一点，在听到娜迪亚又唱起来那首奇怪的民歌时，吉尔只是走进女儿的卧室站了一下，便又出去了。娜迪亚让她疲惫不堪，或者至少是她对娜迪亚的忧虑令自己筋疲力尽，她现在只想躺在床上，看看她买的那本关于内战的新书。每一季都会出版一本新书，讲述内战未被发掘的一面。如果吉尔成为历史学家，她也许会写一本，她发现自己对这些书的内容和风格非常苛刻，好像自己能写出一本更好的书似的，当然她心知肚明，一切都是痴心妄想。

接着，一阵困意袭来。

跟娜迪亚不一样，吉尔今晚不会失眠，因为她吃了五毫克的诺克特姆，一种她最近借助的睡眠手段，可以引导她进入梦乡。自从搬家后，她几乎每晚都要服用这种药，来度过这里生活的每一天。在吃药

第五章

之前,她一直患有慢性失眠症。在她母亲去世后,她的失眠症开始发作,但多年来,她一直拒绝服用医生开的安眠药。这些药含有镇静成分,她想在第二天保持活力和警觉,不想改变自己的本性,尽管悲伤已经强烈到令她无法休息了。在过去的一年里,每个人都在谈论诺克特姆不含镇静成分;他们在晚宴上兴致勃勃地谈论它,就像几十年前的人们谈论重要的小说或戏剧一样。

然而,最近报纸的科学版面集中报道了一些关于诺克特姆的副作用。有一些服用该药的人偶尔在半夜做出奇怪的行为:宾夕法尼亚州的一名男子在漆黑的夜里走到自己房子后面的花园里,开始种植太阳花种子。加州一名女性打电话给警察,对三十年前自己在商店偷了一管"吻我两次"的口红供认不讳。或许最奇怪的要属那个乘坐从纽约飞往伦敦的跨大西洋航班的女性了。她一上飞机就服了药,希望可以一路睡过去,但药物没起作用,她整个旅程都坐在自己的靠舱壁的座位上,努力解决一份英国报纸上一个非常难的神秘的填字游戏——这是一组在英国似乎每个人天生就能填出来的字谜,只要提供线索,诸如:节礼日前吃果酱的猎犬?我得说这有点混乱!(8个字母)。当飞机降落在希思罗机场时,她一觉醒来,发现自己完全没有碰过膝盖上的那组字谜。显然,这名女子并没有填字谜,而是在整个飞行过程中开心地用钢笔在白色上衣上绕着自己的胸部画着一个又一个大圆圈,引起了每个穿过走廊的人的注意。

但大多数人对诺克特姆的反应都是正常的,包括吉尔在内。如果没有这个药,她根本不知道自己如何才能停止对娜迪亚的担忧。唐纳德一周有五天在晚上九点上床睡觉。到了深夜,吉尔觉得自己成了寡妇,因为他很少和她说话,帮她按摩脚,也不太会倾听她对娜迪亚智力迟钝或自己的孤独表示的忧虑。

她对离开城市的渴望时不时地跟唐纳德一样强烈。在一阵阵的担惊受怕中,她一直期待安全和草坪,不知为什么,她总觉得草坪本身能够带来安全,而灌木丛和栅栏则是防御和毁灭的堡垒。四十八英里外的整座城市可能有一天被轰炸倒塌,滑入河中,但冬青山的居民却能幸免。

在9·11事件结束后不久,逃离城市的行动是缓慢且慎重的,大家没有一窝蜂地疯狂逃离城市,虽然那些开着车在郊区游荡的房地产经纪人私底下的期待确实如此,当然他们永远都不会承认。反而是后来,在秋天至新年期间,城市居民才零零散散地离开城市,放弃城市的寸土寸金,换得郊区的宽敞空间。

有些人在离开的时候明显很悲伤,他们担心自己的年轻岁月一去不复返。很快,那些曾经光顾夜店的男人们开始担心自己会在周末穿上厚厚的、女性化的毛衣,颤抖的手里拿着一些不熟悉的园艺工具。而女人们则想象自己在一个大得令人羡慕、充满未来设计感的厨房中央的岛台上一遍接一遍地切着青葱。吉尔和唐纳德在袭击发生几年后才真正决定卖掉公寓离开城市,虽然他们一直有这个想法。最后,当鼓足勇气决心放弃这一切时,他们速战速决。但当他们最终在雅各路的房子安顿下来后,吉尔马上又怀念起她自愿放弃的那一切。

在起初考虑搬家时,冬青山似乎是城市的一个诱人且合理的替代品。它所拥有的一切给当地居民提供了下面这个问题的答案:你们为什么要住在那里?你可能会说,因为它离城市只有不到一小时的路程,它还有一个巨大的公共图书馆,那是个镶嵌着玻璃的石板建筑,还有一个环太平洋融合餐厅,你可以在里面的酒吧点一份芥末牡蛎。这里的学校全是二十一世纪的新装备,而且不收学费。去年冬天,小镇上的艺术中心连续四晚上演了瓦格纳的《尼伯龙根的指环》,

第五章

在中场休息时,大厅里还供应烘饼和咖啡。演出结束后,已经是深夜了,这对于小镇来说是极少见的,所有的夫妻开车排着长队驶离停车场,他们打开了远光灯,蒸汽在上面慢慢凝结。他们坐在冰冷的车里,打着哈欠,却无比开心。每个人都觉得那天晚上自己得到了某种不同寻常的东西,他们的精神被演出所滋养,他们在这里的生活并非只有购物,更不会像城里的一些精英人士所认为的那么空虚。

你还想从一个地方得到什么呢?难道通过努力创造了另一个可以生活的地方还不够吗?这里的每个人都说:城市不会永远需要我们,这还不够吗?我们可以走得远远的,来到绿草地和宽阔平静的大街,远离恐怖事件的可能性,无论发生什么,我们仍然不忘初心。

但有时在夜幕降临的傍晚,当新家特别安静的时候,吉尔知道自己在一定程度上利用了塔楼遭到袭击的借口搬离了城市。她很早就想带着家人离开这座越来越冷酷无情的城市,搬家并非是在袭击事件之后的仓促决定,那个意外只不过加速了进程。此外,她还记得自己是多么喜欢在绿树成荫的环境中长大,最初是那个住在费城郊外的小女孩,后来是搬进寄宿学校的女学生。娜迪亚也渴望户外活动;她在城里的一举一动一直处于监视中,这似乎太自私了。她并不需要文化和世故才能成长,有孩子真正需要这些东西吗?或许这只是父母的一厢情愿?搬家不可避免,一定会发生什么让他们做出抉择的,他们告诉大家,那个意外便是导火索。吉尔认为,与其被别人抛弃,还不如自己选择离开。她总觉得,要是自己爱的人先离开,她会非常难过。所以她现在选择在他们之前离开。

"我不知道,"当他们坐在车里,第一次被带着去看市场上那些保养得很好的老房子和那些比较简陋的新房子时,唐纳德看到冬青山这个名字评价道,"这听上去像是个色情明星。"

"好吧,那也算加分项。"房地产经纪人一边开车一边开心地回答。

现在,每天早上,唐纳德先开四分钟的车去火车站,拿着公文包和报纸站在潮湿的站台上,像回到了上个时代。那里总站着几个女人,但站台上主要还是男人,而在他们的家里,妻子们会多睡一会儿,直到被自己的闹钟叫醒。

吉尔也是留在家中沉睡的一员。当唐纳德离开家,驱车前往火车站时,留下了她和娜迪亚在家,那个她无法理解的孩子:她的肉中肉,虽然不是她的亲生骨肉,但如果她坦白这个真相,未必显得太冷漠了。所以她什么也没说,她的沉默跟其他母亲的沉默一样,她们爱孩子爱到了骨子里,那种强烈的爱意无需用语言表达就可以体会。

"你交了什么朋友了吗?"她们刚在客厅地板铺的橡胶垫子上坐定,罗珀塔·索科洛夫迫不及待地问道,"我这么说不是在催你。"

"我认识了几个。"吉尔说。

"她们叫什么?"

"别烦她了,"艾米说,"她自己可以搞定。"

在哥伦布日的早晨,艾米、凯伦和罗珀塔乘火车来到了冬青山,吉尔在车站接她们。她们此行是为了参加休闲瑜伽课——一个她们在过去几年的常规项目,每次活动的场地在她们家中进行轮换。今天轮到吉尔了,于是这群人按时来到雅各路 11 号相聚。娜迪亚今天不上学,整个上午她跟着母亲从一个房间走到另一个房间,询问自己是否可以帮忙收拾。吉尔递给她一碗百花香①,让她摆在客人的洗

---

① 百花香,房间熏香用的干花和叶子混合物。

第五章

手间。她想,多么奇怪啊,她居然变成了一个手边有百花香的人。在城里可没人用百花香。

"我最近确实见了一些人,"吉尔说,"她们人很好。但我觉得我们做不了朋友。"

"为什么呢?"罗珀塔问。

吉尔开始讲述来龙去脉:几个星期前,她收到了一份邀请,来自娜迪亚在当地公立学校一年级班级中的母亲,她叫莎伦·格雷戈里乌斯,吉尔在送孩子上学的排队点见过她。那一列车队里有货车、越野车,偶尔还会出现节能的紧凑型轿车。车的后门一溜儿敞开着,担任司机的母亲们喊道:"再见!祝你愉快!再见!再见!"随后沿着蜿蜒的林间小路和商业收费公路继续前行。

一天,一辆灰色的家庭大货车在吉尔的车旁停下,随着摇下的车窗,一个红发女人露出脸。"我是朱丽安娜的妈妈,"莎伦·格雷戈里乌斯说,她在安全带允许的范围内使劲儿凑近副驾驶窗口,"我在班级早餐上看到你了。我想跟你打个招呼,邀请你参加个活动。我筹划的一个方案。你能来吗? 丹尼尔巷 46 号。"

于是吉尔——可能是因为猜不到她口中的那个方案是什么——决定前去一探究竟? 在格雷戈里乌斯家的餐厅里,她和其他几位母亲坐在浅灰色殖民地风格的枫木餐桌旁,吃着现在已经不怎么流行的火鸡卷三明治——"我们这时代的番茄干。"艾米曾经说过。这些女人并不是一类人,她对她们抱有戒心。其中一位母亲挺有趣,很调皮,让吉尔想起了寄宿学校的一个女孩,她有次爬到韦斯特韦餐厅的石板屋顶上,在风向标上插了一根假阴茎。另一名曾经是心理医生的女性,在表示同情的同时又有点忧郁。吉尔可以想象自己躺在这个女人客厅的沙发上,讲述关于她母亲以及自己对娜迪亚的恐惧时的场景。但是，严格来说，她不允许自己跟这些新认识的女性成为朋友。吉尔在听莎伦·格雷戈里乌斯侃侃而谈。这是一个商业提案，莎伦说。她打算向她们展示创办一家贺卡公司的招股说明书，这家公司名叫"耐你贺卡"，取自宝宝牙牙学语时说的"我爱你"。

"这些卡片的不同之处在于，"莎伦说，"它们是给孩子用的。"

"我唱个反调啊，很多贺卡都是孩子用的。"这位名叫丹尼斯的前心理医生说。

"没错，但'耐你贺卡'的独特之处在于，它是唯一一个由孩子为父母量身设计打造的贺卡。听着，我知道开发新产品非常非常困难。我在墙纸行业奋斗了十年，献出了我的灵魂。生产现存且有效的产品总是很容易，但每当我们的销售团队接触新产品时，他们总是充满了激情。在孩子出生后，我就没工作过，我相信这一点接下来也不会改变。我想回归生活的正轨，按照我，而非别人的方式，我希望你们都能帮忙。这些只是样品，我的孩子帮我用台式电脑打印出来的。一旦我们生产出真的产品，它们看起来会专业得多。"

莎伦传阅着样品，女人们在餐巾纸上擦了擦刚刚吃完火鸡三明治的手，看着台式电脑打印出的贺卡，又是笑，又是点头，或礼貌地说它们很古怪。其中有一张卡片上写着：爸爸妈妈，我搞砸了。卡片内页上写着：我非常抱歉。另一张贺卡的封面写着：爸爸妈妈，我要告诉你们一件事。打开卡片，你会看到：你们是领养来的。

"莎伦，这张很有趣。"其中一个女人说。

"谢谢。"

"抱歉，我不明白这个。"吉尔自言自语道。她本不想说给其他人听，但为时已晚。

"噢是吗？"莎伦说，"这不行。我们再调整一下。"

第五章

"对不起,或许只是我的原因。"

"嗯,我来解释一下这张贺卡的含义吧,"莎伦说,"你们都知道,在现实生活中,一般都是由父母向孩子宣布他是被领养的消息,但在这张卡片中,孩子假装成父母,当然,这看上去一点也不像他——"

"不,我懂卡片的含义。挺好的。但我觉得,我必须要问的是:为什么孩子愿意用自己的零花钱买这种贺卡?"

莎伦当下的脸色很不高兴,对于吉尔的坦率发言,其他人慢慢安静了下来,一言不发,脸上也没有笑容,这似乎是一种敌对的冲动,虽然可能是无意识的。作为一名闯入者,这顿午饭本该是对吉尔的一个考验,看看她的表现如何。是的,关于领养的笑话让她不舒服,但是,制作贺卡的提议和公司名也太愚蠢了,这么显而易见,难道大家都看不出来吗?然而并没有,其他人一直坐在那里看样品,并考虑投资这个项目,其中一个人甚至在用她的黑莓手机做着笔记。她感觉有点想吐;嘴里火鸡三明治的味道突然变得异常冲。难道是鹿肉?她想到这个画面,一阵反胃感袭来,还有点恐慌。难道是兔肉?或是猴子肉做的三明治?她不能再待在这间房子里了。

莎伦・格雷戈里乌斯平静地说:"很高兴能够听到批评意见。我们现在真的很需要。谢谢你,吉尔。"然后,她面朝桌子,含糊地补充道,"吉尔从事的是电影行业。"

"好了,这就是故事的全部了,"吉尔在瑜伽课上说,"她们向我示好,试图让我加入她们的圈子。她们都很好,至少其中一个人看上去很有趣。但我不能跟这些女人成为朋友,就是因为那四个字:耐你贺卡。"

大家都笑了,她们观点一致并且对某事哈哈大笑是再普通不过的事。她们一直这么干,就像呼吸一样自然。但艾米一边在吉尔阳光灿烂的客厅里那盆无花果树盆栽旁展开瑜伽垫,一边说:"我不知道。或许你对她们太苛刻了。"

"此话怎讲?"吉尔说。

"我知道你后悔搬来这里。也许你对她们不是很公平。她们至少在孩子上学之后,努力做着属于自己的小事业。我是想说,梅森都上四年级了,我自己还没搞清楚自己要做什么。"

"我不明白,"凯伦说,"你为什么要说至少她们在努力呢?每个人必须要做点什么吗?难道她们不能享受人生吗?我知道我就是这样的。"

"但是她们没有天生的紧迫感,"吉尔说,"她们必须要做出样子来,让你好像能看到她们的努力。她们之前工作过,但都不干了。"

"对啊,"艾米说,"有一部分原因归咎于美国企业不喜欢她们。"

"你又是怎么知道的,艾米?就因为你一直想要在外面奋斗?"

艾米沉默了一会儿,说:"我不确定自己会不会一直工作下去。我有这个打算。我准备应聘一些正式的志愿者岗位,但我不知道为什么拖了这么久,可事实就是如此。而且,在我看来,孩子上学后,他们的母亲有点无聊,失去了目标,想运用她们之前的商业知识自己创业,这种行为应该是被鼓励的,不是吗?我妈妈一直都是这么认为的。"

"并不是每个想法都值得被鼓励,"吉尔说,"难道人们不应该好好利用自己的时间做点更有意义的事情吗?"

"但我想不通为什么你如此关心别人打发时间的方式。你想让他们来评判你是如何打发时间的吗?"

另外两个女人笔直地坐在垫子上,脊椎挺直,全神贯注。她们从来没见识过艾米和吉尔,这一对多年来如此亲密的朋友,如此激烈地

第五章

辩论。她们听着,有些震惊,也有些不安。

"说回到城里,"吉尔过了一会儿说,"你、凯伦和罗珀塔住在这个全世界的商业中心,但你们选择退出。这里的每个人都选择了某种方式退出了那种生活,不管有没有用。她们全部远离了震中,就像这个热火炉一样。"

"我没说自己退出了。"凯伦说,但没人理她。

"是谁说在城市才算生活?"艾米问,"我们为什么要做这种假设呢?人们生活在美国各地。城市不就是一个人造的建筑吗?当你在研究生院学习城市规划的时候,你不也跟我说过同样的话吗?"

"是啊,可随着年龄的增长,我现在的看法也改变了,"吉尔说,"唐纳德和我是为了娜迪亚才离开城市的。"

"我只是觉得你的态度可能让你受伤,"艾米说,现在的语气温和多了,"听起来你很鄙视自己所选择的居住地。"

"鄙视这个词太难听了。"吉尔说。

"我只想保护你,吉尔,"艾米说,"天啊,我好想你。你是我最亲密的朋友。不要忘记我才是那个被抛弃的人。"

"我想你已经开始习惯了。"吉尔冷淡地说。

"你是指佩妮·拉姆齐?"

"是的。"

"我跟你说过,佩妮人很好,"艾米说,"她很有趣,也很聪明,她的工作涉及艺术领域的各个方面。她说取消对艺术的捐助实在令人不安。"

"我不需要佩妮·拉姆齐来告诉我这些,"罗珀塔说,"我离开艺术学校的时候就是这样。"

"但在共和党执政期间,情况恶化了十倍。"艾米说。

"她的丈夫不是共和党的大赞助人吗？格雷格·拉姆齐？"

"他是。但事情没那么简单。"

"好吧，我祝你们在一起开心。"吉尔突然插嘴说，不自然地哼笑了一声，那声音在房间里如敲锣般回荡开来。

"我明白你们都认为佩妮不应该跟我成为朋友，"艾米说，"但她不是你们想的那样。"

"我什么也没想，"吉尔说，"你为什么不跟她做朋友呢？你可以跟任何人成为朋友。"

"嗯，除了杰拉琳·弗洛伊德？没有比跟她交朋友更奇怪的了，"凯伦提到。

"噢，可怜的杰拉琳，"罗珀塔说，"真可怕。"

"我们开始上课吧，"吉尔突然说，因为她觉得自己被与艾米紧张的谈话搞得筋疲力尽，陷入了悲伤，她不想再听到有关于被自己抛弃的城市生活的任何消息。而且，她突然开心地意识到，她现在恨佩妮·拉姆齐，是的，真意想不到，她恨她。

于是，她们打开 DVD 播放机，开始了临时的瑜伽课。接下来不用说话，吉尔为此松了一口气，她们只需要待在一个地方，快速而流畅地舒展修长的身体。"上课"这个词并不准确，因为她们实际上只是坐在一个等离子电视前，跟着教学光盘连续做着串体式瑜伽。但这不重要，吉尔知道，她们开设这门课，是为了给自己的生活增添一种意义，树立一个目标。

曾经，早在吉尔还没成为研究生或电影制作人员之前，年轻的她在新罕布什尔州的庞西学校刚开始学习时，她觉得学习是人生唯一的目标。她无需担心怎么去利用这些知识，她还没认真考虑过这个问题。学习和备考填满了她的生活，她就这样完成了学业。她喜欢

第五章

那种全是女孩的居住环境，听不到男孩的噪声，哪哪儿都听不到，真的太舒服了。后来，随着毕业典礼的临近，缺乏与男孩的互动让所有女孩变得有点焦躁不安，浑身难受。但在很长一段时间里，青春期的男孩被视为跟发情的麋鹿一样专横和危险，每个人都觉得在女孩刚开始成熟的脆弱阶段，最好与男孩保持距离。

离家让她松了一口气，虽然她原本并没预料到自己会是这样的感觉。她母亲非常依赖她，苏珊·本尼迪克特是一位充满爱心，但自我意识不强、极度缺乏安全感的母亲。她曾是一名业余演员，1962年出演过一部百老汇音乐剧《去往论坛路上发生的一件趣事》中的一个角色，此后她便放弃了自己还不稳固的新事业。她经常指望自己的小女儿做决定，即便是一些微不足道的小事。吉尔八岁时，有一次，当抄表员按了她家的门铃时，她母亲走进客厅，问她："你觉得我该怎么办？"

"嗯，我觉得你应该让他进来。"

"但我不确定他是不是真的抄表员。"苏珊·本尼迪克特说，在吉尔的回忆中，妈妈就像个焦虑的小孩子。最终，母亲还是让抄表员进了屋，吉尔看着母亲紧张地一路跟着他去了地下室，确保他口中的身份属实。

吉尔知道，每次一碰到类似令人不安的时刻，自己的母亲总会表现得比别的母亲更害怕、更犹豫，但吉尔却很欣赏这种品质，因为在她看来，这样的品质很美，将她母亲衬托成一朵花，而别的母亲都是木头。当苏珊·本尼迪克特沉浸在痛苦中不能自拔时，她会说自己需要安静一会儿，于是吉尔会坐在主卧的床边陪母亲，跟母亲聊聊学校和她的兄弟，讲讲自己正在读的一本书。吉尔的母亲也会问她一些问题，有时还会告诉她一些做女演员时的往事。

吉尔一直搞不懂自己的母亲到底出了什么问题,只知道她每隔一段时间必须离开家庭。这时,吉尔会接手帮忙,不像她狂野、独立的哥哥们手足无措地瞎忙。她的父亲每天泡在贝尼科莱夫特虫胶工厂,没什么用处。那对你来说肯定很困难,吉尔在成年后向朋友描述小时候的事情时,她们说。然而,跟一位悲伤的母亲相处并没有那么难,至少刚开始,当你还没有真正意识到她很难过的时候,不难。实际上,吉尔很喜欢坐在母亲床边,听她讲述自己演戏的那段岁月。

"不要跟戏剧打交道,"半明半暗的房间里,苏珊给出了建议,"生活极其不稳定。虽然能够出演田纳西·威廉斯的戏剧很棒,他才华横溢,但他笔下的角色最终逃不过令人心碎的结局。去做一些跟戏剧无关的工作吧。"

"好的,我会的。"吉尔保证道。她对表演没有兴趣,几乎无法想象自己脆弱的母亲是如何站在舞台上面对观众的。当然,实际上,如果这样的一个人真的上了台,她的低声细语和几乎被忽略的存在可能会吸引每个人的眼球,迫使他们只关注她一个人。苏珊·本尼迪克特躺在床上,就像田纳西·威廉斯笔下的一个上了年纪的角色一样。她富有同情心,深受家庭成员的喜爱,然而,她自己做不了决定,就连放不放抄表员进家都需要他人帮忙出谋划策。

吉尔经常陪母亲坐在卧室里,但她只分享自认为母亲可以接受的事情。当学校里另一位母亲指责吉尔太聪明,男孩们讨厌太聪明的女孩时,她会默默将这句伤人的话埋藏在心底。如果她告诉母亲,她肯定要难过抓狂。这就是她的童年生活。她觉得自己的母亲善良、温柔,是个了不起的母亲。当吉尔离家前去新罕布什尔州韦伯恩的庞西学校上学时,她很担心,但她的妈妈却安慰她,让她放心地走。

让吉尔感到惊讶的是,她母亲说:"走吧。记得给我写信。祝你一切顺利,活出最棒的自己。"

事实证明,庞西学校鼓励每个女孩子走向成功。"拜托,巴布科克小姐,"吉尔记得自己在美国内战研讨会上对老师说,"我确实有重要的发现要宣布,你肯定会被震撼到的。"

"我相信这是真的,吉尔。"年轻而喜欢讽刺人的巴布科克小姐说,她是吉尔的第一位导师。巴布科克小姐当时可能还不满二十五岁,但她似乎非常强势。她被这些女学生逗乐的同时,也对她们肃然起敬,还让她们在学校操场上重演了《葛底斯堡战役》。她们就地取材,披着蓝灰制服,踩着靴子到处走动。她们在牺牲之前,哭着呐喊着:"啊,偶要洗了,偶的兄弟。"随后,她们成群结队地揽着好兄弟的脖子回到了宿舍,大胆地撰写超纲的论文,题目立意很高,诸如《深究:李将军在谢南多厄河之战》或《豌豆岭之战:国家战争的转折点》。

"你们温顺的一面去哪儿了?那些我在《解放长发公主》里得到的女孩去哪儿了?那些想要倾诉却不能开口的人去哪儿了?"巴布科克小姐问道。四散在大教室桌子周围的女孩们哈哈大笑。"什么?难道你们没听过女孩子应该害羞得不敢说话吗?别再说了!"

庞西学校的教育一向走的是传统和严谨的路线,据说,尽管早在几代人之前的二十世纪四五十年代,大部分学校的女学生都要攻读硕士学位。尽管如此,那个时代的学生很少考虑她们学到的知识和她们打算用这些知识做什么工作之间的差异。知识并不像气体在大气中挥发那么自然地被运用到现实生活里。知识留在你的脑子里,充实你的人生,改变你的细胞结构。等到你从庞西学校毕业,继续攻读大学或选择秘书学校,或在二战期间的一个飞机部件工厂干活,甚至早早地迈入婚姻生活,那时候的你已经不是过去的自己了。当吉尔在二十世纪八十年代来到这所学校时,她想象自己所受的教育将引导她走向更多的教育,然后以各种形式指导她和她认识的每个人过上令人敬畏的生活。

她们在新罕布什尔州这个与世隔绝的学校里待了四年,喜欢吵吵嚷嚷的女孩依旧活跃,安静的女孩继续保持沉默,尽管她们的性格千差万别,但她们均已掌握知识,具备分析任何一本书中语句的能力。在那个葱郁的金色校园中,她们慢慢地将所有的知识熟记于心。随着时间的推移,正如巴布科克小姐和其他老师说的那样,许多人将被她们的储备所吸引。男人们会为她们的智慧和能力着迷,未来的雇主也将热烈欢迎她们的加入,整个世界都在等着这一批女性知识分子踏入社会的那一刻。

毕业时,吉尔赢得了授予每年最有前途的毕业班学生的维维安·斯沃普奖。该奖项是由一位才华横溢的庞西学校校友的家庭出资设立的,这位校友在一九三五年春天的毕业徒步旅行中,由于失足头部撞到岩石而意外身亡。吉尔只看过她的一张照片:维维安·斯沃普一头波浪状的长发上系着一个大大的丝质蝴蝶结,微微露出的龅牙十分迷人。除此之外,照片并未透露更多的信息,她成了一个未完待续的完美代言人。走上领奖台的那一刻,斯沃普奖的获奖者会成为庞西学校最受瞩目的一员。她像天鹅一般优雅,焕发着光芒,她是课堂上永远高举双手的那位同学。

你在这座学校似乎随时随地都能看到光明的前途,其中表现最好的是那个你私下想要怨恨却怎么也讨厌不起来的表现最好的优等生。例如,当时还被称为85届毕业生的吉尔·本尼迪克特就是最具前途的学生的代表之一。在庞西学校,吉尔是那个金发碧眼的大高个子,体格壮实,在曲棍球场上直奔门柱而去。每个人都说本尼迪克

第五章

特家族出身名门,这让吉尔总有种在类似浓浓的、营养丰富的肉汤里徜徉的感觉。她在费城郊外的一座有些陈旧的大房子里长大,是一个善良、聪明但又谦虚的女子,家里的两个哥哥性格爽朗,但他们的卧室里总是弥漫着一股体臭和难以言表的男性气味("噢,可怜单纯的你,听着,我一个字一个字解释给你听:男——人——的——精——液。"有天晚上,在吉尔在庞西学校提到哥哥房间里奇怪的气味后,另一个女孩说。)。

吉尔并非天生具备获得斯沃普奖的资格,但最终,死神助了她一臂之力。吉尔在庞西学校读高三时,她母亲的孤僻和悲伤恶化到了非常严重的程度。没人知道原因,他们只是任由她躺在床上不起来,对她表示同情和关心。虽然她对于问话毫无反应,家人还是留给了她安静的独处时间。然后,在一个春天的清晨,苏珊·本尼迪克特走进房子外面的独立车库,把丈夫的袜子卷成一团塞进凯迪拉克汽车的排气管,穿着睡衣和外套坐在空转的汽车里,直到失去知觉,死去。

吉尔的一个哥哥打电话到学校告诉她这个消息,他说:"吉尔,听我说。我要告诉你一件非常非常可怕的事。"他发出一声沙哑的低吟,打了个嗝,"妈妈自杀了。"

吉尔听后默默地问:"她会没事的吧?"

"什么?不,听我说。她死了。"

"妈妈死了?"

惊慌失措的吉尔一溜烟儿地跑过运动场,冲进树林,倒在一块泥巴上嚎啕大哭。过了很久,她才起身返回面对现实。第二天,她设法回到费城参加母亲的葬礼,学校安排她在家里参加暑期前的期末考试。她宿舍的东西已经打包好寄回家了。

她母亲在遗书中写道,她很爱很爱自己的家人,那种感情比任何人想象得都强烈,但她的家人了解,她非常"情绪化",而且最近在她身上看不到一丝幸福。"我不知道她为什么不能告诉我们。"吉尔的父亲在妻子过世后的几天里,抓到个人就问。鲍勃·本尼迪克特已经习惯了握手时的温和,尽管随着时间的推移,他肯定看出了妻子的不对劲,但她在家里还是被赋予了无形的固定角色。现在的他似乎要被迫承受自己永远无法理解的痛苦。"她为什么不告诉我们她那么痛苦呢?"他哭着对孩子说,"为什么她不告诉我们有多严重呢?"在吉尔的心目中,苏珊·本尼迪克特敏感又特别。她的忧郁是其性格中的一部分,别人都了解这一点,而且对她总是有点不耐烦。

这个漫长的夏天,吉尔陪着支离破碎的父亲闷在房间里,六神无主。两个神出鬼没的哥哥虽然好心,但帮不上什么忙。在秋天回到新罕布什尔州时,她像变了个人似的,所有人都看得出来。当她在历史课上发言时,不似之前那样热烈地渴望被听到,而是变得更安静,口才也更流利了。在教室餐厅用餐的老师们传阅她关于工业革命的论文。在草地上打曲棍球时,她一直捶打一个破旧的冰球,就好像它是死神一样。

大家对吉尔·本尼迪克特的关注像滔滔不绝的江水。现在每个人都知道她比其他人强。她们突然看到了之前没有注意到的一面:她非常聪明,之后必成大气。最后,她们一致决定,吉尔是85届中最有资格获得斯沃普奖的学生。即便是那些曾经想要争夺该奖的同学们,之后在深夜宿舍里悄悄喝咖啡酒的时候也不得不承认这一点。她们把酒灌进小瓶子,藏在某人衣柜里挂着的鞋袋里。"吉尔·本尼迪克特肯定能得奖的,"她们冷静地告诉彼此,"没有必要假装她得不到。"

就这样,在春天一个明媚的早晨,参加毕业典礼的吉尔站上了木

第五章

制的领奖台。维维安·斯沃普在世的妹妹在1985年已经五十多岁了,一头铜色头发的她依旧优雅十分。吉尔记得那位女士的手指上戴着一枚巨大的、椭圆形的庞西学校的金戒指,授予她一个由淡紫色丝带扎好的奖状,上面刻着学校的校训——拉丁文"*Ad utrumque paratus*",意思是做好万全的准备。在她读颁奖词时,手上的戒指在阳光的照耀下闪闪发光。

"这个奖项是颁发给有前途的学生的,"她说,"我的姐姐维维安没有机会完成她的夙愿。吉尔,今天,当你接下这个奖,就意味着你承认了自己的精神生活和光明的未来才刚刚开始。"

在瑜伽课期间,娜迪亚·哈姆林出现在了客厅,跟早上站在母亲床前一样,她站着俯视女人们。过了一会儿,女人们才发现她的存在,有人按下了遥控器。娜迪亚脱下身上披着的一条《嘿,伙计们》毛毯,把它铺在地板上,当成瑜伽垫使用。"娜迪亚,"另一个人说,"你还好吗?你喜欢这座崭新的大房子吗?"

"我很喜欢。"娜迪亚轻声说。

"过来跟我们一起做吧,"叶凯伦拍着地板说。吉尔看着女儿坐下,试图把腿盘成莲花座,但她既不柔软也没有韧性,完全没有小娜迪亚·科马内奇曾经的风采。她在地板上摆弄了一会儿,猛地拉了拉左腿,最后吉尔蹲在她身旁平静地说:"你想要做点别的事吗?或许可以拿本书去角落看看?"

"好的,妈妈。"

吉尔跟朋友说了声等一下,自己马上回来,便跟着女儿沿走廊朝游戏室走去。她看着娜迪亚站在书架前,抽出一本又一本书,眯着眼睛审视封面。吉尔知道娜迪亚看不懂书名。虽然已经到了六岁读一年级,但她还不能独立读书,尽管在去年年底,城里那个漂亮的、新入职的幼儿园老师曾向吉尔和唐纳德保证,孩子迟早会读书的。

娜迪亚看着书架上的一排图画书,眉头紧皱,根据封皮插图选定了一本。她把书夹在腋下,看上去像个非常年轻的学生,匆匆赶去参加上午的生物伦理学和美国梦的课程,朝气蓬勃。

如果想要在社会上立足,即便不是天赋异禀,至少也需要具备某些特定的女性活力,而什么都没有的娜迪亚很难生存下来。她将如何面对自己的未来呢?吉尔毫无头绪。此刻她看着女儿手里拿着一本书走回客厅,一本她根本看不懂的书。在接下来的一个小时里,三个女人在瑜伽 DVD 温柔的指导声中,在各自的蓝色橡胶方垫子上,腰部不停地拱起、下沉。她们伸展、收回胳膊和双腿,像塞伦盖蒂平原上在饮水池边喝水的动物一样不断地抬头。她们做了下犬式、蜻蜓式,重复着拜日式。她们变成了动物,长长的脚趾像树一样扎根于大地之上,稳稳地站在那里,向提供温暖的太阳和带来夜间美景的月亮表示感激之情。DVD 结束后的世界陷入沉寂。但从房间角落,娜迪亚在看书的地方,传来了她独特的歌声。女人们睁开双眼。

"娜迪亚,"凯伦说,"太好听了。那是什么歌啊,亲爱的?"

娜迪亚羞涩地耸了耸肩。"就是随便的一首歌。"她说。

"来吧,忧伤……"凯伦重复道,"接下来呢?"

"藏红花姐妹的树下,"吉尔马上插嘴说,"我们猜这是一首俄罗斯民歌,虽然不知道确切的歌名。"

"我之前就听她唱过歌。歌词很美,"凯伦说,"悲伤得让人无法忘怀。我一直很喜欢你的歌声,娜迪亚。你的歌声很好听。"她转身对吉尔说,"你应该带她去上唱歌课。我认为她唱得很好。"

"噢,谢谢,"吉尔说,她并不确定凯伦这么说是不是纯粹出于善

第五章

意。娜迪亚的嗓音确实很甜美,很特别,但吉尔介意的是,娜迪亚的声音跟其他孩子相比太突出了。"好了,"她说,"我们的瑜伽练习要结束了吧。最后让我们吟诵一遍圣音吧?"

她们安静地坐着,再次闭上眼睛,开始吟诵那个没有意义的梵语音节。吉尔睁开一只眼睛,正好看到凯伦也在看着她。两人微微一笑,其他人也跟着破功了。

"抱歉,"凯伦说,"我永远无法一本正经地吟诵。你们懂的,"她说,"或许我们可以尝试用娜迪亚的小曲作为结束。唱动听的歌词,似乎更合适。我们可以这么做吗,娜迪亚?"

小女孩点了点头,吉尔知道娜迪亚根本不懂凯伦的话。她们都说这个主意不错,于是闭上眼睛,娜迪亚也一样,大家齐声唱道:"来吧,忧伤,藏红花姐妹的树下。"

她们重复唱了几遍这段忧郁的歌词,脑子里浮现出各种各样关于女性友谊、失去和脑子里闪过的其他想法。"来吧,忧伤,藏红花姐妹的树下。"她们一遍又一遍地唱着。

罗珀塔·索科洛夫想:吉尔怎么能在这里生活?太空虚了。我又为什么出现在这里?我的朋友们有些单调。我怎么会跟她们在一起?这些人是谁?

数学系毕业的叶凯伦处理数字的能力非常强,她此刻想的是:如果 $i\sigma_j^{m-1}$ 不是 σ_i^m 的一个面,那么 $[\sigma_i^m, \sigma_j^{m-1}] = 0$,如果 σ_j^{m-1} 是 $\sigma\cdots^m$ 的一个面,那么 $[\sigma_i^m, \sigma_j^{m-1}] = \pm 1 \cdots\cdots$

艾米·兰姆心想:我想知道佩妮在想什么。是世纪之交的纽约海港,还是她的情人伊恩·詹韦?我应该给她打个电话问候一下。如果我在瑜伽结束之后溜进浴室用手机给她打个电话,会有人发现吗?我很想给她打电话。

吉尔·哈姆林想:来吧,忧伤?这些歌词到底是什么意思?娜迪亚有抑郁症吗?还是她迷失了方向,感到孤独并且困惑?如果当初他们给我的是隔壁婴儿床里的那个胖乎乎、笑嘻嘻的小女孩,又会是怎样的结局呢?一切都将有所不同。但如果他们给了我们另一个女孩,也许娜迪亚还住在俄罗斯的图瓦镇,跟一屋子的女孩待在一起,得不到关注,永远也不会被爱。虽然我自己没能好好爱她,但一想到她没人爱,我就十分难受。哎,我得和艾米好好谈谈。但她看了看艾米,艾米正坐在自己的垫子上,脑子想的可能只有佩妮·拉姆齐。从她的样子,我就知道自己已经失去她了。

来吧,忧伤,一屋子的女人们唱着,她们的忧伤顺从地来到了她们身边,并且越来越强烈。

第六章

费城,1962 年

"期待你在《玻璃动物园》中的表演。"鲍勃·本尼迪克特在开放的后台对一位年轻女子说,她正坐在一面弄脏了的镜子前。这个地方没有暖气,但所有的演员只穿着衬衫,因为今晚上演的戏剧是《夏与烟》,一部发生在潮湿的南方的戏。这是"油漆业余剧团"首次尝试田纳西·威廉斯的作品,尽管一开始所有演员必须将自己的费城口音改成慢吞吞的南方口音的过程十分困难,但最终,整个剧组对排演效果还是十分满意,被观众席间弥漫的悲伤情绪所感染。散场后,为人正直的年轻商人鲍勃·本尼迪克特来到后台,进入苏珊·麦克罗里镜中的视野,这位天真无邪的少女转身看到站在身后的他。

"我想我还演不好那部剧。"她轻声说,但很开心能够得到这样的关注。这位商人独自一个人观摩了"油漆业余剧团"上演的所有作品,每次谢幕后,他都会出现在后台,亲手为她送上一束用湿纸扎好的百合花。他长得不难看,只是一身深色西装装束看起来相貌平平。

过了一段时间,在习惯了每场演出后在镜子中看到他咧着嘴笑的样子后,苏珊开始喜欢上了这个毫无修饰的平凡人,特别是身边充斥的剧团演员不是自恋狂,就是公开的同性恋和一些奇怪的"性格演员"。所有演员深知自己与世界的关系:他们无论做什么,都像是在舞台上演出。在对台词的时候,他们连笑都带着刻意的做作,似乎想象着自己正在被百老汇剧团的制作人暗中观察,制作人将在一片香烟的烟雾中从舞台侧面走出来,说:"我一直在静静地观察你们,你们中有一个让我印象深刻——不仅仅是在表演时,还有坐在桌旁对别人的表演给出的反馈。"随后他说出一个名字,带着那个人一起回到纽约,很快他或她将出现在百老汇的舞台上。

苏珊·麦克罗里每天白天在费城市中心的一家幼儿园做老师,晚上去排练。在刚过去的两个晚上,她在一个教堂礼堂的舞台上为一小部分观众演出,下面还是有几个观众的。她已经习惯了被赞美,并且知道只要继续留在业余剧团,自己将是最优秀的那个。她既害羞又具有自我展示的能力,这两种特质的结合非同寻常。她是个漂亮的高个子金发女孩,虽然肩膀有点宽。十九岁的她,追求专业的表演,但常常自我怀疑,犹犹豫豫。虽然她计划在接下来的几个月去纽约尝试成为女演员,但她还没存够钱。她的室友有一台布朗尼相机,并且愿意帮她拍摄大头照。等到三月份幼儿园放假时,苏珊计划去纽约,在姑妈的沙发上借宿,挨个应聘她在《后台》杂志上圈出来的选角广告。要是运气好,她将放弃在费城的生活,搬去跟姑妈一起住,尝试在纽约发展;如果运气不好,她就回家,等下次假期再努力一把。

所以,在放假之前,苏珊·麦克罗里会继续留在"油漆业余剧团"表演,演出人员大多由一些善良的家庭主妇、办公室职员和专业人士组成,不太可能有大的建树。社区剧院的人员构成很复杂。卡尔森

第六章 费城,1962 年

医生是剧团中唯一一位不被直呼其名的人,这是大家出于对他医学学位的尊重。他经常扮演男主角,苏珊在剧中也经常跟他有亲吻的戏份。他今年三十岁,是个已婚的产科医生,小下巴,为人自负。在去年春天上演的戏剧《晚餐的约定》中,苏珊跟他演对手戏,在他们亲吻的时候,他的双唇紧闭,一本正经地将整个身体转向观众,好让他们看清楚自己的脸。

然而,商人鲍勃·本尼迪克特——苏珊喜欢这么描述他——与这群人相比,似乎有一种令人愉快的男子气概,而且一点也不自负。他似乎并未意识到自己手捧一束花拉开幕帘向她走来时,身体动作是多么自然。显然,没人教过他要忸怩作态或自吹自擂。

他们开始约会。他开着自己那辆绿色、尾部有鱼鳍的凯迪拉克带她去牛排馆吃饭,那里的菜单挂着流苏。周末,他们在他单身汉的公寓里做爱,苏珊通过子宫帽来避孕。从此,她突然跳入了成人世界,一个与她设想的有所不同的世界,但至少看上去是个体面的复制品。鲍勃欣赏她成为演员的梦想,在她短暂演出期间,他每晚负责护送她回家。在他大步走向后台的路上,其他演员都低声嘟囔着:"你好啊,鲍勃。"或者是:"鲍勃,你觉得演得怎么样?"

然而,后来她变了,她改变了节奏,几乎毁了一切,就像她妈妈担心的那样。苏珊坚持按照计划前往纽约,在那里,在一个黑匣子剧院①的公开选拔中,有人发现了她。她在试镜时的台词是:"我是玛丽,织布机的女主人。我坐在那里编织,哭泣,十分认真。我是玛丽,织布机的女主人。"虽然她没有被选上,但一位制片人说,他有个朋友正在为百老汇的新剧目《去往论坛路上发生的一件趣事》选角,他让

---

① 黑匣子剧,指一种简单的、朴素的表演空间,适应许多不同类型的戏剧作品。

苏珊给这位朋友打个电话。她在那个男人面前一边唱一边跳。当他问她之前有没有穿过托加长袍①，她说："在上辈子。"他听到后被逗笑了，就给了她一个角色。

"祝你的白色大道上一帆风顺。""油漆业余剧团"的其他成员写了一条横幅，将它贴在费城教堂地下排练室的门口。卡尔森医生吻了吻她，就像亲吻一个雕刻品那样干涩，随后握了握她的手，告诉她要保持联系，但实际上，他们止步于此。她再也不会回到南方的舞台，一个总是被要求自己扇扇子，大汗淋漓地喝着一杯冷柠檬水，用手背擦额头的地方。她甚至不会再回去观看他们的演出，因为等到那时候，开了眼界的她将看到之前的自己：这种高中生水平的戏剧多么令人尴尬。她不想再从头到脚地审视自己的表演，她无法忍受赤裸裸的现实。

在她刚刚搬去纽约时，鲍勃·本尼迪克特每天打电话给她，在挂断电话前表达对她的爱。但很快，她不是忙着在格林尼治村的一个无电梯的公寓对着一台磨损的立式钢琴唱歌，就是在排练后跟剧团的孩子们去乔阿伦餐厅喝酒，鲍勃很快便清醒地意识到自己可能马上就要失去开启新生活的她了，于是他变得焦虑不已，不停地打来电话，紧张地大笑着问她是否还爱他。

她的母亲玛格丽特对她说："你要明白，鲍勃·本尼迪克特是个非常优秀的男人，而且本尼迪克特家族财力雄厚，拥有贝尼科莱夫特虫胶公司，而我们一无所有。如果没有像他这样的人供养你，我不知道你该如何生活。"玛格丽特·麦克罗里一生为钱担忧，有时甚至因绝望而精疲力竭，不得不卧床休养好几天才能恢复。苏珊母亲家族

---

① 托加长袍，一种古罗马男子服饰。

第六章 费城,1962年

的女人们都有点弱不禁风。

有一次,苏珊的父亲来纽约看望他的女儿,他坐在苏珊姑妈公寓的厨房里告诉她,如果她想继续剧团生涯,就要节省开支。"你不能铺张浪费。"他对她说,仿佛她之前花钱大手大脚似的。

不出所料,百老汇的音乐剧一经上演,便引起了轰动。每天晚上,苏珊在舞台上又唱又跳,随后跟其他六个姑娘在一间屋子里换回便装,到外面混到很晚才回家。持续了两个月后,她由于睡眠不足缺乏休息,患上了病毒性肺炎。她躺在姑妈公寓的沙发床上,从费城赶来的鲍勃坐在她身边,阳光从百叶窗的缝隙中透进来,他们一待就是一个下午。苏珊病得很严重,极度虚弱,她并不知道鲍勃是出于什么样的想法选择在这个时候跟她求婚。"你不能一直这么下去,对吗?"他温柔地问,"你已经有了在百老汇演出的经历了,这是你长久以来最想要实现的梦想。现在,你完成了梦想,这段经历将永远记录在册。但你也想拥有别的东西,不是吗?"

"是,"她说,"我当然想。"

他一一列举出来。"婚姻,"他说,"照顾家庭。当然也包括成为母亲。我们都说想尽快有个家。"

她在可待因的药物作用下承认,自己确实想要拥有上述东西,而且她也不想失去他。

婚礼前夜,苏珊有过很不安,有过自杀的冲动。她没有理由这么想,但她仍幻想着从里顿豪斯酒店的顶楼跳下去,摔落到一条小巷里,修长白皙的双腿蹬了几下,漂亮的金发脑袋砸出个大坑。这将是她最后一次得到大家的关注,想到这里,她内心涌起一股阴暗的、邪恶的满足感。

但她不能这么干。她嫁给了他,婚礼很顺利,尽管她在剧团的朋友们都无法参加,那是个周六下午,他们必须参加剧团的午后场表演。那天晚上,冠了夫姓的苏珊·本尼迪克特在里顿豪斯酒店的套房里与她心满意足的丈夫进行了激烈的性爱之后,连续睡了二十个小时。当她醒来时,鲍勃向她保证,她将热爱和他在一起的生活,什么都不缺。这就是他的原话,好像背诵一出糟糕的戏剧剧本的台词似的。

"谢谢你。"她说出了同样尴尬的台词式的回答。

他们偶尔在白天前往费城外的住所,那是一幢坐落于私家道路上的都铎式建筑,空气中弥漫着下雨的清新,女仆在客厅小心翼翼地吸着尘。这时,她想到了当时自己跟选角导演开的玩笑竟然成了真:在上辈子,她穿过托加长袍。刚结婚的时候,她喜欢回忆之前自己在舞台上的表演,但慢慢地,她很想忘掉这一切。

第七章

　　曾经有一段时间,世界上的每个人都能清楚地分辨出艺术和工艺的区别。他们能一眼认出艺术品,因为真品很罕见,散发着特殊的光泽,而且艺术家经常在附近晃,急切地想知道你对作品的看法。而工艺品则到处都有,你可以在乡村集市的折叠桌上看到它,也可以在有孩子的房子或公寓的地板上找到它的踪迹。你需要具备独特的好眼光才能创作出艺术品,但你只需要一双灵巧的手便可以制作工艺品。

　　罗珀塔·索科洛夫二者兼备。她从小具备很高的艺术敏感度。早在芝加哥郊区内伯威尔市的一所磁校①读高中时,她便了解了艺术的精髓,那时的她是个标准的在政治上活跃又有点放荡不羁的少女。随后,在攻读艺术学校期间甚至之后,当她试图在纽约成为一名画家时,她的艺术感也并未消失。正如她的朋友辛迪·斯凯所形容,二十世纪九十年代初的纽约是个白人男性画家主导的时代。"白人男性画家在每个时代都是主流。"罗珀塔却这么说。早在九十年代,

十年一梦

艺术品商人开始到处寻找一些年轻的男性画家,他们拿钢丝球在巨型画布上摩擦,在上面粘上娃娃头,然后双臂交叉地站在画作前,一副好斗的神情。艺术品商人常常被他们所吸引,哪怕只是单纯被画作的庞大所诱惑。

但当罗珀塔采取这种形式作画时,却没有得到任何一个艺术品商人的青睐,全然没有那些画出巨大的、狂热的作品的男性幸运。她有时受邀参加的团体展或女性团体作品展,毫无例外,都是在某些不知名的画廊举行的,例如"卵形物画廊"或"玛丽莲·海因伯格艺术空间"。她试着展示自己优秀作品的内容以及内含的比喻,但鲜有人注意。罗珀塔终于想明白了,安静、本本分分地作画,无欲无求,才是最好的方式。也许,如果幸运,你的职业生涯将出现令你惊喜的转折。从艺术学校毕业后的最初几年里,罗珀塔·索科洛夫对此坚信不疑。虽然几乎没人注意到在角落安安静静作画的她。

长期以来,每当被问起自己赖以谋生的职业,她都会说自己是个"艺术家",虽然那意味着你得从中得到固定的收入,但事实并非如此。后来,当她开始用木偶表演者的工作养活自己时,她告诉别人,自己是个"木偶表演者兼艺术家"。到了近几年,她的回答又变成了:"我曾经是艺术家兼木偶表演者,但我生了孩子。我空闲的时候还是会做些与艺术相关的工作。"但她的声音已经失去了活力,因为她清楚,迫于经济压力,她必须为了木偶表演者而牺牲艺术家,随着时间的推移,她最终为了做母亲,放弃了二者——取而代之的是手艺,一种在童年和成为母亲后都很常见的技能。

如今出现在罗珀塔生活中的人在她还是个艺术家的时候并不认

---

① 磁校,美国学校类型的一种,可以被看作是一种"特色学校",有点类似国内的重点中学。

第七章

识她。她们只是相信她的说辞,相信她曾经是个不错的艺术家。然而,人们由于纳撒尼尔的关系,仍然觉得她是一位木偶表演者。就在昨天早上,奥本走读学校特别课程组的一位女士打来了电话,邀请罗珀塔参加为期一天的木偶戏工作坊,学校每年都打电话邀请她。每年秋天,同一位女士打电话发出同样的邀请,罗珀塔每次都欣然接受,对此她们皆已习惯。她的儿子哈里申请了学校的资助,她感到有点内疚,也很感激,除此之外,她是发自内心地喜欢为学校出一份力。来学校表演木偶戏算得上小菜一碟。所以这一次,当奥本走读学校的女士打来电话时,罗珀塔对她说:"对了,或许你可以省了每年一次的电话,直接帮我排日程就好了。"

对方沉默了一会儿,随后用一种令人不舒服的、一本正经的声音说:"实际上,我们从来都不确定下一年是否还有同样的安排。"就好像在责怪罗珀塔不应该对于自己被邀请如此确信似的。她才是那个自愿奉献时间和专业知识的人,而学校竟然不确定明年的计划是什么!受到侮辱的罗珀塔异常惊讶,这也恰好敲醒了她,提醒她在这个世界上,她没有一点权力和威望,想到这里,她差点儿哭出声来。

此刻,在金角湾咖啡馆吃早餐时,她将这通电话的内容分享给了朋友们。"那你给他们回个电话,跟他们说,你今年去不了了,"艾米·兰姆说,"就说你太忙了。"

"这正是问题所在。他们知道我几乎每天都有空。他们随意安排我哪天去。我们都一样。"

这天早晨,女人们坐在金角湾咖啡馆里面那扇旋转门旁边的卡座里,敏捷的弗拉芒人侍者端着一份份的鸡蛋和咖啡进进出出,像是在重复一个简单的舞蹈。像往常一样,咖啡馆里坐满了人,无处不在的、待客如上宾的老板给她们端来水杯,为她们点单。咖啡馆墙上设着一个亮着灯的壁龛,下面有个花瓶,里面插着的丙烯酸花上布满灰尘,还有一幅希腊渔民在捕鱼的小画。她们一共五个人,除了罗珀塔、艾米和叶凯伦,还有乔安妮·克林格,她那七个月大的孩子扎卡里正躺在一辆装满东西的马涅蒂·苏帕摩牌婴儿推车里熟睡,车把上松松垮垮地挂着网兜。每次旋转门大开时,侍者都不得不绕开婴儿车飞奔,但他们毫无怨言。雪莱·哈比森今天也来了,虽然大家都不太喜欢她,但没关系,因为雪莱不怎么出现的。她请了保姆在家照顾婴儿,自己则奔波于各种各样的育儿讲座和全天研讨会。

"学校除了让我捐钱,从来没让我做过别的事。"凯伦说。

"你是名统计分析员,"艾米说,"他们不能邀请你来给孩子们展示统计分析吧。光看是不行的啊。"

"他们可以给她提供个算盘。"乔安妮·克林格说。

"实际上,我真用过算盘,"凯伦镇静地说,"真是个神奇的发明。"她接着说,"那个猎头又给我打电话了。"

"猎头总是给你打电话。"艾米说。

叶凯伦似乎每隔几周就去参加一场面试,她身着那种小纽扣像润喉糖一样的西装,打扮得漂漂亮亮的,就像她曾经工作时经常穿的那样。尽管她从未接受过任何一份工作,但她喜欢谈论那些面试,就好像面试本身才是她最在意的部分。

"学校从来不要求父亲来,"艾米说,"请一天假,开个工作坊。他们从未有过这个想法。"

"问题是,"罗珀塔说,"大多数父亲会喜欢这个提议的,"她停顿了一下,想了想,"我真的很享受,"说出这样的话,她自己都有点惊讶,"跟男孩们谈谈木偶戏,即便这不再是我证明自身价值的职业了。所以,真的,"她又说,"对于学校的来电,我不能抱怨。他们知道我会

第七章

答应的,而且如果我拒绝,连我自己都很难过,除非我又不得不重拾木偶表演者这份工作。"

"我会很想了解你,"艾米说,"如果我听到你用那种滑稽的声音表演。"

"作为艺术家的我,你也不怎么了解。"罗珀塔说。

"但我们现在好像有点了解了,"凯伦说,"你带孩子做的那些项目。我喜欢你的创造力。"

罗珀塔的公寓里早就堆满了装着珠子和亮片的塑料盒子,以及标记着"记号笔"和"彩色铅笔"的容器。她的朋友们不像罗珀塔那样可以区分工艺和艺术。这并不代表她不喜欢工艺;事实上,她热爱制作工艺品,她最快乐的时光便包括跟她的孩子哈里和格蕾丝在一起做的项目,他们每次都花很长时间完成一份作品,直到这份作品被归入壁橱,静静地等待时间的审判。

但工艺也使罗珀塔想到了艺术不可避免的消极的一面,以及失去艺术后生命不可承受的痛苦。她经常回忆起自己接触木偶戏和做母亲之前的另一种生活,曾经的罗珀塔是个住在市中心的具象画家,她就是在那时慢慢地接触到了木偶戏制作社团,一个即便放在今天都让她感到有点尴尬的词。但当时确实有一个小规模的木偶制作社团,因为城市足够庞大,包容性强,许多亚文化蓬勃发展。

所有的木偶表演者最终都会见到彼此,所以她在十二年前的一场木偶表演中遇到自己的丈夫纳撒尼尔·格林纳克的经历不足为奇。那是在周六上午专门针对孩子喜好设计的多幕剧现场,目的就是为了抓住孩子们的注意力。首先上演的是缩写加速版的《糖果屋故事》,接着是戴着白手套的双手之间进行的一场无声摔跤比赛,然后是一幕难以理解的匈牙利民间故事,故事里的木偶下巴耷拉着,又长又吓人。而罗珀塔出现在上午的第四幕表演中。

她手上拿着一只猪木偶在后台踱步,突然看到纳撒尼尔·格林纳克正在翻箱倒柜地找一个人偶。"他不可能抛弃我的。"他说。

"你永远都不会知道。他们有自己的方式。"

他赞许地笑了笑,半边嘴翘起的样子带着点性暗示的意思。罗珀塔并非那种让男人可以一眼爱上的类型。他们需要花点时间才能对她产生好感,而且如果他们真的对自己感兴趣,罗珀塔也要弄清楚他们是否在看清自己的性格——她的独立和勇气——之后才喜欢上她的。然而纳撒尼尔·格林纳克并不知道一般男人对罗珀塔的态度,他比她的年龄大得多,而且他近年来吸引的女人都跟自己年龄相仿。他在很多恋爱关系中选择了退缩——他结过一两次婚——最后无疾而终。

"你演下一幕吗?"他问她。她跟他说了谷仓场的戏份,这是她和其他两个艺术学校的朋友在最近几个月的常规表演剧目,并取得了小小的成功。

"我们没什么名气,"她说,"就是想赚点钱。请你不要听我们的戏。"

"我没这个打算,"他说,"你不用担心。"

许多木偶表演者在谈论自己和其他人的表演时的态度十分轻蔑和傲慢,他们更希望自己被看作被迫在儿童观众面前表演的表演艺术家,而实际上他们本应在某人的阁楼里为其他行为艺术家表演,手上戴着由氯丁橡胶和气泡包装制成的充满灵气的人偶。

罗珀塔和纳撒尼尔此刻站在一个市区基督教青年会沉闷的礼堂后台。几个排队的保罗·班扬式的流浪汉打着瞌睡,等着楼上的施舍处开门。观众席中传来孩子们不合时宜的咳嗽声和一阵阵不安的

第七章

骚动。在匈牙利剧目上演时,那几个奇怪的木偶摇摇晃晃的,下巴耷拉着,其中一个对另一个喊道:"西拉吉伯爵,我命令你还我十枚金币!"坐在第二排的一个小男孩喊着:"**天啊,妈妈,这什么时候才结束啊?**"

有几位父母同时开始窃笑,有一位甚至鼓起掌来,因为他们来这实属无奈,全是应孩子要求,他们喜欢的东西又那么少,其实后台那些看不见的木偶表演者也一样不开心。十年后的今天,每当某部电影、某出戏,甚至是罗珀塔和纳撒尼尔之间的一场争吵变得特别难以忍受时,他们中的一个便会转头对另一个说:"**天啊,妈妈,这什么时候才结束啊?**"

他们在后台初次相遇的那天飘着雪,她当时仅二十八岁,非常年轻,而三十九岁的他早已过了年轻的阶段了。罗珀塔的身材略显矮胖,大大的鼻子在她的脸上显得有些突兀,尽管不止一个女性朋友出于好意说,她的容貌有点像深情的闪米特人。有个人甚至说她长得像安妮·弗兰克,随后又宽慰地补充道,不过长得像的是那些好的方面。罗珀塔留着一头鬈曲的黑发,上面还别着几枚奇怪的陶瓷发夹,这是她从大学至今的装束,打扮成一副艺术家的样子,让人一眼认出来,虽然你可能认可这种装束,但也有可能无感。

纳撒尼尔比罗珀塔认识的人年龄都要大,他有些愤世嫉俗的处世态度吸引了她。她的朋友圈子里缺少比自己年长的人,所以不清楚这其实是他们的普遍特点。当时的纳撒尼尔·格林纳克虽然才三十九岁,却总是一副疲惫不堪的表情,他将早已灰白的头发向后梳,一直梳到后面。他是个英俊、安静的瘾君子,跟另一名叫沃尔夫·珀迪的木偶表演者合租一套位于布鲁克林的公寓,那里放着他一整箱的设计复杂且巧妙的毛毡木偶。

一周后,纳撒尼尔和罗珀塔第一次上了床。性爱之后,在被子卷成一团的床上,他戴上木偶,向她一一展示自己的木偶,虽然在当时,这种带着性暗示意味的举动有点变态,但他俩却觉得非常开心。他最爱的要属一组名叫"呼呼"和"啾啾"的木偶搭档了。

"你知道吗,这俩肯定会大受欢迎的,"罗珀塔记得自己躺在床上对他这么说,"你真的要跟它们一起表演些什么。"

"我试了,"纳撒尼尔说,"但你明白现在的木偶表演圈子有多腐败。"

然而,她并不明白。对她来说,这只是一份工作,而不是生活的全部。她曾认为木偶戏圈子像任何一个自给自足的小世界一样低俗,而且混乱。圈子越小,圈内人的领土意识就越强。作为具象画学生的罗珀塔通过一个很偶然的机会踏入了木偶戏圈子,她认为纳撒尼尔·格林纳克对等级和社会制度的理解是自己所不能理解的。她信任他是因为他的年纪、在木偶戏表演多年的经验以及表现出的极大热情。他的木偶"呼呼"是一只皮毛光滑的金棕色动物,看上去有点儿像熊,又有点儿像新生婴儿,一副聪明伶俐的样子。而它的伙伴"啾啾"则是一只刚孵出来的小鸡,迷迷糊糊的,有些自以为是。很久以后,当"啾啾"这个词被纳入词典,这只小鸡木偶变成了两个独立的角色,被"呼呼"称作"我的啾啾"。

罗珀塔立刻认为纳撒尼尔·格林纳克才华横溢,但还没有完全显露,也没有被人们所发现。但她知道,在不久的将来,他势必一举成名,成为现在被描述为"果汁盒一代"的孩子们眼中那个爱挖苦人的前卫英雄。这并非意味着纳撒尼尔的木偶是身上沾满鲜血或尖叫着喊出污秽语言的怪物,但它们的原创性和独特性确实有些逆潮流而行。

第七章

婚后不久,罗珀塔和纳撒尼尔组成了一个专业团队,在市区和附近郊区的幼儿园、图书馆的地下室里表演《呼呼和啾啾》的木偶戏。她扮演的"啾啾"声音纤细,有点口吃。他们不需要任何人,也没人想要加入他们。儿童木偶戏的工作环境并没有十分吸引人。在多功能教室搭建小舞台时,图书管理员或项目协调人有时可能会发出警告:"请不要打乱教室椅子的摆放。"表演一结束,马上有人来清场。

当时他们的收入不多,但花费也少。罗珀塔的父母诺玛和阿尔·索科洛夫身材矮矮胖胖的,感情很深,也是夫妻搭档工作的手艺人,勤勤恳恳,并且热爱自己的事业。他们在芝加哥经营一家小公司,专门为宴会制作餐桌装饰品:感恩节用的带手风琴尾的火鸡、双色玉米和超大号的木橡子,圣诞节用的耶稣诞生的迷你马槽模型,等等。他们倾尽积蓄做了一笔投资,一笔很优秀的投资:二十世纪六十年代末的一年,他们去纽约出差参加一个派对用品展览会时,碰到了一个同时也在经营房地产的女士,她提到上东区有一所无电梯的公寓非常便宜,未来很可能会升值。

诺玛和阿尔信了她的话,买下了这套公寓并且马上租了出去。诺玛和阿尔并不是很在意女儿和她的艺术作品,相比较而言,他们更关注彼此。虽然罗珀塔跟父母的关系一直很疏远("我意识到,"二十多岁的罗珀塔在跟父母的一次争吵时说,"我的画缺少创造力,噢,也不像用破塑料草和廉价的染色鸡蛋做成的复活节装饰品那么才华横溢。"),但在她嫁给纳撒尼尔时,父母却出人意料地大方,竟然将纽约的公寓赠给了这对新人。

如果房子的条件更舒适点就好了:房间里光线直射,而且小得转不过身——两间四方卧室和一间破旧的、被腐蚀的黑白浴室。这所临河公寓建于二十世纪七十年代,坐落于偏东部的一幢无电梯大楼里。要是有选择,罗珀塔和纳撒尼尔决不会住在这个社区,因为这里实在是比他们憧憬的沉默枯燥得多。他们应该住在布鲁克林,甚至是哈莱姆区,一个正在发展的有趣地方,而不是这里。他们公寓楼楼梯间的窗台上摆满了一些上了年纪的邻居丢弃的东西,当你下楼梯时,就像跳下兔子洞的爱丽丝,碰到的不是一副烤焦了但还凑合能用的烤箱手套,就是一本正在腐烂的《西线无战事》平装本。然而,他们住在这里不花一分钱,而且他们也没钱搬到一个更有趣、更多元化的地方,主要是他们深爱彼此,所以勉强住在这儿了。后来,两个孩子出生了,拥挤的空间变得更加压抑。这让罗珀塔想起了蹲在木偶剧院后面跟其他木偶表演者同台手肘相碰的感觉。

索科洛夫-格林纳克的小家庭就这么过了好几年。然而,格蕾丝今年满八岁了,哈里也十岁了,在金角湾咖啡馆聚餐时,有几个母亲警告罗珀塔说,这俩孩子最终会长到身体发育的年龄("格蕾丝的乳房会发育,罗珀塔。"),到时候共享一间房就不合适了。不过,孩子们目前还共用一张双层床,形影不离。

罗珀塔表面上假装答应朋友自己会在不久的将来给孩子分房,给他们单独的空间,但她知道,从现实角度出发,那是个遥遥无期的幻想。哈里和格蕾丝会在同一个房间里待很久很久,直到他的阴茎不断勃起,她的乳房日渐丰满。迈入青春期的他们将一如既往地随意进出房间,不敲门也不打招呼。在这个房地产迅猛发展的时代,手握免费公寓的罗珀塔和纳撒尼尔将与孩子们一起住在那里,而不是搬去更适合他们居住的社区。

格蕾斯出生后,罗珀塔就放弃了木偶表演,尽管公寓封闭的生活有时让她感到沮丧,但她也把它当成避难所,用来逃离儿童剧院漫长潮湿的早间表演工作。纳撒尼尔仍然勇敢地跟朋友沃尔夫一起去图

第七章

书馆和学校表演《呼呼和啾啾》,一个她一点也不留恋的工作。等格蕾丝去了幼儿园,罗珀塔也曾认真考虑过回去跟纳撒尼尔一起工作,但当她算了算这样安排的收支时,发现这种做法完全不可取。她自己挣的钱跟付给保姆的钱几乎一样多。她没理由离开孩子们,因为这根本讲不通,除了一些不可言喻的理由——一定要工作或是只是想要"做点什么"的想法。

于是她待在家里尝试画画,但画架上的画纸一片空白。这种感觉太痛苦了。她帮助哈里和格蕾丝完成他们的手工作业,投入与对自己画作同样的关心和精力。他们现在还不懂得挑剔自己的作品;相反,他们只是在不断地创造越来越多的东西。

不懂得自我挑剔多美好啊,罗珀塔经常这么想。这种自我批评和检讨意识的缺乏只能持续很短的一段时间。学前班上大家一起唱热身游戏歌曲《变一变,摇一摇》,轮到格蕾丝时,她选择了一个身体部位唱道:"把一只奶头塞进来,一只奶头拿出去/把一只奶头塞进来,摇一摇,晃一晃……"年轻的老师们当时只能面无表情地跟着她一起唱,直到放学时,还是忍不住告诉了来接孩子的罗珀塔。一位老师钦佩地说:"她对自己的歌曲十分满意,真是场可爱的表演。"

罗珀塔希望格蕾丝有足够的自由,想说什么就说什么,想做什么就做什么,随心所欲地去创造,不必在乎周边人的看法。不像她的母亲,她将成为一名真正的艺术家,雄心勃勃的她如一颗新星冉冉升起。

罗珀塔·索科洛夫认为,艺术天赋是灵魂一样的存在:如果没有实际作品,它的存在就无法被证实。纳撒尼尔一直坚信罗珀塔的才华被埋没了,他从未质疑过它的存在。他把它想象成一种埋藏在地下长达数十年的有形实体,他坚信,只要等到条件合适的那一天,未受玷污的艺术才华将再次创造奇迹。

在普罗维登斯艺术学校深造的她曾是一位严肃的具象画家。她在肖像课上这样问辛迪·斯凯：为什么世界上几乎没有长得完全一样的人，即使是轻微突出的鼻孔或凸出的前额都会改变一个人的特征？还有，孩子又是如何成长为现在这样的呢？每每看到有些人年幼的照片，她经常感叹发生在他们身上的变化之大。

在孩子年幼时，罗珀塔曾想过要以英年早逝的名人为原型创作一系列的画作，来展示如果有机会变老，他们将是什么样子。显然，安妮·弗兰克会是其中一个人物。除此之外，她还计划将黛安娜王妃画成一位上了年纪的、长着鹰钩鼻的遗孀，而被侵犯并被谋杀的儿童选美皇后琼·贝妮特·拉姆齐在她的画笔下看上去会是个既可笑又自负的老妇人。她将这一系列画作命名为《老小孩》。

她试图在格蕾丝和哈里午睡时间开始创作。安妮·弗兰克系列画作的第一幅作品有些畏首畏尾，笔触很青涩，根本看不出什么天真或失落的特质，更没有展现老生常谈的邪恶本质。那只是一幅画像，一幅画得很差的女士肖像画，就像一个从未有过生命的人一样死气沉沉。她的一只眼睛比另外一只稍大一些。罗珀塔的绘画技巧显然已经消失了，就像是已不在人世的才华横溢、栩栩如生的安妮·弗兰克一样。嗖地一下不见了。

她不清楚自己是怎么丧失了这份技能的，但令她欣慰的是，现在的她全身心地投入到了母亲这个角色里。她需要找到可以让自己专注的东西，有时连她自己都承认，放弃成为一名艺术家的努力是一种解脱。而且，自己再也不用去做一份毫无创意、无法带来快乐的朝九晚五的工作了。她很同情仍需拼命工作的丈夫，纳撒尼尔周末还会去表演同样的木偶剧，而且几年前，他毫无怨言地在哥伦比亚广告公

第七章

司找了一份新闻摄影师的正常工作。很久很久之前,在她认识他之前,他曾经做过类似的工作,所以具备相关经验。

他们一起坐下来讨论如何在城市里抚养自己的孩子。带着矛盾心理,他们为两个孩子申请了私立学校,因为有人暗示他们很有可能获得助学金。事实也是如此。住着免费的公寓,孩子的学费得到减免,在纳撒尼尔工资的支持下,罗珀塔能够待在家里继续尝试画画。他们算整个年级中最穷的家庭,但他们的需求也远低于大多数家庭。在这个秋天的早上,他们坐在金角湾咖啡馆抱怨那个从奥本走读学校打电话邀请罗珀塔参加木偶戏作坊的女人,责怪她不够重视罗珀塔,这挺小家子气的。应该说是,她被宠坏了。

她不想被宠坏。她想保持对政治的敏感度,不想在世界上最优越的城市里,在一片全是白人的土地上,如僵尸一样麻木地过活。白人社会让她非常烦恼。"我们怎么会变得这么'白'?"她问纳撒尼尔。

"嗯,我们过去确实'黑'得多。"他说。

"不,我是指我们生活的地方。我们选择了这里,但我不喜欢。"她特意带着孩子们去布鲁克林拜访搬去那里的老朋友,还去了哈莱姆区,她的朋友辛迪·斯凯目前住在那里的一栋翻修过的公寓。辛迪说,那儿有一所新建的特许学校,应该还不错。"你们应该搬过来,"辛迪说,"需要时间适应——超市不怎么样,你得去很远的地方才能买到自己满意的东西——但我喜欢整个社区的氛围。"罗珀塔希望自己的孩子可以在非白人的群体中感到舒适,那里的生活并非围着金钱转。她想让孩子知道,世界并不是以他们为中心,尽管通常情况下,他们的生活确实是围着孩子转的。

但最重要的是,她希望确保自己没有故步自封,也不放弃政治生活的活力。除了往孩子们的午餐袋里装上有机向日葵饼干和无农药果汁盒之外，她觉得做个对政治敏感的家庭主妇（虽然她不喜欢这样的称呼）也是很好的。做一个热情的、充满关爱的母亲，每天接他们放学回家，陪他们一起哈哈大笑，吵吵闹闹，一起做手工也是很幸福的事情。直到他们长大离开的那一天，这一切都将不复存在。

那你之后要做什么呢？她经常扪心自问。你将如何度过余生？

就像是为了回答自己那个令人郁闷的问题，这个周日早上，罗珀塔将作为生育权组织的一名志愿者飞往南达科他州的苏富尔斯。她下周的工作基本上就是开车接送南达科他州的妇女往返于该州唯一一家允许堕胎的诊所。

有一段时间，她和她的朋友们经历了一个短暂的"政治"阶段，但除了罗珀塔以外，其他人都已经退出了。那是发生在9·11事件后。那天，所有的母亲以及父亲，不管有没有工作，全部冲去学校把孩子接回了家。杰克逊·潘兴是唯一一个在奥本走读学校多待了几个小时的孩子，那时他上三年级。跟他长着同样的酒窝的父亲是个债券交易员，事件发生当天他正好在北塔的 102 层上班。杰克逊的母亲花了一整天的时间在市中心寻找失踪丈夫的下落。第二天早饭时间，废墟上仍然冒着烟，女人们坐在同样的卡座里毫不掩饰地谈论着世界末日，双手抱着头哭喊着自己该如何做，怎样才能"参与"其中，一种空洞的撇清了个人利害的表述。

后来，伊拉克战争爆发，同年级的几个家庭竟然表示支持。这吓坏了罗珀塔。凯伦当时说，威尔逊认为入侵行为是"可怕但必要的"，尽管他很快改变了立场。孩子们入睡后，纳撒尼尔和罗珀塔从他们的小电视上收看早期的战争报道。"华盛顿那一群白痴。"纳撒尼尔不停地骂着。他甚至在新闻播报间隙，跑去打开梳妆台的抽屉，拿出

第七章

了自己那用绳子系着的小麻袋,仿佛在说,你无法解决一个恃强凌弱的政府和一个受到恐吓的国家面临的问题,你只能想办法忘记这一切。最终,战争变成了生活的背景音,就像在金角湾咖啡馆早餐高峰期听到的周围盘子和银餐具的碰撞声一样平凡。

在一个深秋的早上,她们坐在同一个卡座,不再讨论游行,也不再亲自参与并坚持政治活动,但只有一个人例外,那就是罗珀塔。参与政治并不像做艺术家,每个人都可以贡献自己的一份力量。没人叫你离远点。没人指责你不够男性化,没有阳刚之气,也没人挑刺你的画布不够大,或者上面贴的破娃娃头不够。她迅速参与到生育权组织的相关活动中去。

然而,罗珀塔不想在吃早餐的时候分享这个消息,因为其他人又会因此扯出一堆有的没的的感叹。"噢,"乔安妮·克林格可能会说,"那真是令人钦佩,罗珀塔。我认为你这样做好伟大啊。""你在创作的同时还能参与政治。"紧接着,她们会反思时间的稍纵即逝,这是多可悲的事情啊。再谈谈作为人类,你可能亏欠社会的一些方面。随后,她们可能又要提到环境问题,因为她们脑子里想到的是,自己的孩子们游荡在一个中毒的星球,水胶状的河水岸边摊着一条条鱼,鱼鳃不停地上下翕动,极地的冰层化成了汤,冬天不复存在,这就是孩子们的未来,这一切的一切全是父母的错,是他们没有做出足够的努力制止环境的恶化。餐桌上的女人们可能很快便陷入沉默,变得无比沮丧。

最终,大家随意地谈起了别的话题,有人或许会问:"你读了那篇救援人员在达尔富尔被杀的专栏文章了吗?我认识她姐姐,我们当时在卫斯理学院。"或有人说:"你最近有看到杰拉琳·弗洛伊德吗?她看上去更糟了。"或者是:"有人对即将到来的父子周末日感到兴奋吗?"

今天的早餐聚会,话题从罗珀塔的创造力,延伸到了孩子们的美术课程,后来又聊起了艾米·兰姆和佩妮·拉姆齐——那个年级里经营着一间博物馆的时髦妈妈——之间的友谊。罗珀塔注意到艾米近来经常提到佩妮·拉姆齐,频率很高。"待会儿我要到市中心找佩妮·拉姆齐共进午餐,"艾米说道,"她将专门带我一个人参观一下博物馆的永久藏品。"

"哇,那应该很有趣,"雪莱·哈比森说,"可以看看幕后。下次告诉我那是什么样的噢。"

"我会的。"

"你去过她的公寓吗?"雪莱问,"我听说非常漂亮,全白的房子。在全白的房子里,你让孩子往哪儿坐呢?你得一直命令他们什么能做,什么不能做。"

就在这时,乔安妮·克林格的手机响了,她侧过身接通电话。她很快挂了电话,解释说婆婆的朋友打算给她一些孩子穿过的旧衣服,但必须现在取。"你们可以帮我照看一下宝宝吗?"她问。大家一口答应,于是她穿过玻璃门走到街上去。她们一直在聊天,几乎忘了孩子的存在,直到片刻后,一个服务生不小心摔了一跤,打碎了盘子,乔安妮躺在推车里睡觉的宝宝扎卡里被惊醒了,哭了起来。

"妈妈马上就回来咯。"罗珀塔对着懵懵懂懂的婴儿说。她们把头凑近看着婴儿,就好像即将要撞上他的几颗小行星。

然而,乔安妮并没有回来,扎卡里的哭声越来越凶。艾米试图给乔安妮打电话,却被转到了语音信箱。"嗨,乔安妮?"她说,"你在回来的路上了吗?"

雪莱·哈比森什么也没说,直接伸手解开了安全带,将婴儿从推

第七章

车里抱了出来。雪莱是那种母性高于一切的人,其他女性都很了解她这个特点,但直到此刻才有切实的体会。有时候她们吃早餐聚在一起时,雪莱会兴致勃勃地聊起自己的三个孩子,还经常随身携带一本以母亲为主题的社会纪实文学。几年前,她敦促她们重读了那本经典著作《长发公主效应》。最近几天,她又劝她们去买一本叫做《温柔的呼唤:为什么女性不主动出击及其负面效应》的书。餐桌旁的女士们能时不时地听到雪莱对于一些话题的演讲,例如母亲和工作间的矛盾,她们一边吃早饭,一边心不在焉地听着雪莱口述许多故事。

婴儿蜷缩在雪莱怀里,不停地蹬着腿,似乎更加绝望了。其他桌的客人也注意到了这边的情况。对面一桌坐着几个三年级的母亲,正在吃早饭的她们抬起头,互相小声交流着什么。罗珀塔跟其中一位母亲打过交道,她是整个学校最温和的母亲,脸庞圆圆的,像个馅饼。

哭声盖住了其他人的声音,连咖啡馆周围的噪声也听不到了。"哎,管他呢。"雪莱说完,其他人还没搞清楚她要做什么,雪莱已经撩起了衬衫,露出了自己巨大号罩杯的桃红色哺乳文胸。她熟练地解开了扣子,塞在里面的大得惊人的粗糙奶头蹦了出来,周围布满了网状的苍白血管。乔安妮·克林格的宝宝,那个傻子,那个不专一的家伙,不管不顾地张嘴咬了上来。

餐桌上一片寂静,恐怖的情绪蔓延开来。"雪莱,"在扎卡里吧嗒吧嗒吸吮的间隙,凯伦终于开口了,"那不是你的孩子。"

"他又分不清。你瞧他。"

的确,此刻的婴儿安静了下来,一只手抚摸着这位陌生母亲的乳房,另一只手抬着轻轻地将她的头发缠绕在手指上。"雪莱,我不懂这些,但我觉得这样做很奇怪,"罗珀塔说完,又紧张地对着大家开玩笑说,"我想接下来该轮到乔安妮给雪莱的孩子喂奶了。就像是喂奶版的《火车上的陌生人》。"可大家都笑不出来,她们全都低头盯着自己的盘子,既害怕又兴奋地等待着乔安妮回来的那一刻。

没过多久,乔安妮果然回来了,胳膊上挂满了购物袋。她先看到了空空的推车,然后是正在吃奶的婴儿,她脑子里一定在回荡着:错了,错了,错了,同时邪恶的母性的激素迸发了。她说:"你在干什么,雪莱?把他还给我。"接着,她扔了手里的袋子,一把夺过了自己的孩子,由于动作过于突然,正在吸奶的孩子嘴巴发出了吸空的"噗"声,就像斯纳普饮料①的真空密封盖打开的声音。被抛弃的乳头悬空在那里,湿湿的,打破了早上的宁静。咖啡馆里的所有人都看到了那个乳头,它点燃了光与热。

"他哭得气都喘不过来了,"雪莱一边辩解说,一边将衣服穿好,"我们给你打了电话。我又能怎么办,让他一直哭吗?"

雪莱和乔安妮气急败坏地争吵着,满脸泪水。两人都非常沮丧,这让大家十分不解。餐桌上的所有女性都赞同这是一种隐晦的越界行为,带着某些性成分的支配举动。我们的孩子只归我们所有吗?后来有人沉思道。他们难道只是不能离开我们而存在的小型无线电遥控车吗?更有甚者大胆地设想,是不是喂奶这个行为本身带有性的意味?男人在做爱的时候含着我们乳房的举动让我们快活极了!我们把他们的头压在自己的身上,一动不动。罗珀塔听说过一个令人发指的案例,儿童保护机构短暂地将一个婴儿抱离他母亲身边,就是因为这位母亲向一个朋友坦承,每当她喂奶时,自己会感到一些性

---

① 斯纳普(Snapple),风靡于20世纪80年代的美国纽约知名软饮料品牌。

第七章

兴奋。这些问题令所有人都感到有些不适,也有点义愤填膺。

孩子就像情人,跟他在一起的生活原始而有力。你永远无法说明某个时段他所代表的身份,就像是孩子的涂鸦一样,线条模糊不清。当雪莱给乔安妮的孩子喂奶之后,她们的思想变得十分奇怪。其实连她们自己都无法理解,但可以肯定的是,喂奶的行为十分恶劣,就像乔安妮回来的时候看到另一个女人在帮自己的丈夫口交一样糟糕。

此刻的乔安妮将一脸困惑的婴儿塞回推车,匆匆走出金角湾咖啡馆,凯伦追了出去。雪莱转身对着留在卡座的朋友们问:"真的那么糟糕吗,我刚刚的行为?我并不想要抢什么。那只是出于我的本能。"

但其他人几乎忘了本能到底意味着什么。她们已经断母乳很久了,生活中也没什么跟纯粹的生理本能挂钩的事情。每件事必须三思而后行。

年级里其他的母亲也提及了这段插曲,甚至还流传了出去,其他学校的母亲们在别的咖啡馆聚会的时候也聊了起来,地域范围很广:铜锅咖啡馆、铁板锅咖啡馆以及位于附近郊外一条繁忙的高速公路旁的一间名叫帕台农神庙的咖啡馆。

但在事情发生的当天,坐在卡座里的罗珀塔已经不愿意再提及这件所谓的轶事了。事实上,她们的生活中还缺少类似的奇闻逸事吗?她满脑子想的都是:**天啊,妈妈,这什么时候才结束啊?**

周日的黎明时分,到达南达科他州的罗珀塔·索科洛夫正驱车前往一个叫洛顿的小镇,根据她租来的汽车仪表盘上的 GPS 地图显示,闪烁的目的地离现在位置的确切距离为 192.11 英里。她和其他

十年一梦

几名志愿者前一晚从纽约飞过来。罗珀塔躺在经济型旅馆的床上,十分清醒,对周围不同的气味和声音保持警觉。房间里弥漫着的烟雾,让她想起丈夫纤细的手指包裹着的同样纤细的关节。隔壁房间正在播放警察办案的电视节目,罗珀塔听得一清二楚:"你检查过她的指甲下面吗?""我查了。""有何发现?""什么也没有。"

但最后,不知道怎么搞的,她睡着了。早上被叫醒服务的电话吵醒后,此刻,她站在汽车旅馆后面的停车场,天上还飘着零星的冰雹。自助早餐取食处冷冷清清的,一名志愿者在给大家分发着迷你松饼和咖啡,他们对彼此点了点头,随后神情严肃地回到了各自的车上,从宽广的矩形地图的南达科他州出发了。这里的天空浩瀚无垠,阴沉沉的,罗珀塔驾驶着租来的雪佛兰科宝驶出停车场,去接一个名叫布兰迪·吉洛普的十六岁女孩,她跟母亲住在洛顿镇。罗珀塔被告知,布兰迪的父母离异,她的母亲跟协会的人说自己为不能亲自带女儿去苏福尔斯而感到非常难过,可是她没办法向赌场请假,因为她是那儿的收银员,除此之外,她的车还在修车铺。

她把咖啡杯放在杯架上,轻柔的广播声在车中回荡。在开车途中,罗珀塔给正在上班的纳撒尼尔打了两次电话,因为她觉得自己的忧虑情绪越来越强烈了。

"嗨,宝贝,"纳撒尼尔说,"你还好吗?你在开车吗?"

"我不仅在开车,我还行驶在美国的心脏地带。"

"我好像听到了老鹰展翅的声音。"

"是的,没错。你的听觉很灵敏。"

"我想你了,"他说,"今天好无聊,我就表演了一点木偶戏逗大家开心。"

"我也想你。"

第七章

当罗珀塔第一次提出自己想试试这份志愿者工作时,纳撒尼尔给予了鼓励。最近她开始做一些尝试,在他们狭小的公寓里举办生育权的信函会议,强迫自己的朋友们坐在她那个小客厅里,帮她起草邀请函,参加一个叫做"关于选择的特殊之夜"的邀请,这是一个在罗珀塔看来有点傻的主题。

"你好,"她的朋友提笔写道,"这是一个对整个女性群体有着至关重要意义的慈善组织。希望你能来参加。"

她叫她们来,她们也来了。在这方面她们是合格的朋友。如果你让她们做一些事情,她们会照做,当然,自始至终,这些政治活动也只有她在组织。大多数情况下,她们的政治观点都很温和。如果被追问起来,她们也可以发表义正词严、充满同情心的政治演说,但她们不像她那么愤怒。"为什么只有我一个人如此痴迷?"最近,她问艾米,"我们的观点是一样的。为什么只有我能付诸行动呢?"

"我们需要很长时间才能鼓起勇气行动,"艾米说,"我觉得这是一种拖延症。我总是拖着,而你没有。"

"哈哈。"罗珀塔说着,想起了自己很久没碰的画布。

不过,她跟她们之间确实存在着不同。她们大多数在结婚的时候随了夫姓。"我想跟自己的孩子有同样的姓氏,"当罗珀塔问起改姓的原因时,其中一个女人解释说,"改了之后去看儿科医生就方便多了。而且,我爱我的丈夫,就算改了又怎么样呢?"大多数人似乎都不觉得改姓已经"过时"了。比起罗珀塔,她们自然而然地接受这种做法。就连能力很强并且开明的佩妮·拉姆齐也改随了夫姓。

"你们有没有意识到,"那天罗珀塔在客厅里说,"我们在座的大部分人可能都到了不需要堕胎的年纪了?"

"我们太老了,连捐卵都没人要了,"凯伦补充道,"我经常看到一些广告上说:'女士们,还没满三十五岁吗?想要赚七千美元吗?'他们是怎么判断我们的卵子的价值的?这是不是随机定的?我相信他们肯定有一套经济模式,虽然我压根儿不清楚具体的算法。"

"我们的卵子不值七千美元,"艾米说,"我们太老了。他们甚至都不愿意帮我们做超声检查,也不让我们往小杯子里撒尿。要是我们出现在候诊室,他们会恨不得装弹射座椅把我们赶走。"

"嗯,他们肯定会当场拒绝我的。"吉尔不经意地说,另外两个人抬起头来,吓了一跳,突然想起了吉尔所经历的不孕不育的痛苦。

"对不起,吉尔,真的对不起。"她们一遍一遍地说着,但吉尔只是挥挥手,没有在意,继续干着手头的活儿。

"我总觉得有点憋屈,"凯伦说,"我们的卵子有那么糟糕吗?质量差到一个人都不想尝试吗?有总比没有强吧?"

"那这样,"艾米说,"我买你的卵子。直接付现。二十八美元五十美分。你开心吗?"

所有的女人都笑了,随后又安静下来继续折起了信封,但衰老、生育能力的下降和丧失以及性生活冷却的话题一旦被提起,是无法消散的。随着时间的推移,她们的身体发生着变化,各个部位都出现了松动,出点小毛病,偶尔下巴或乳头那儿还会冒出一绺乱糟糟的毛发,这种情况真可怕。而且,即便她们现在还能生育,生育能力也在以肉眼可见的速度急速下降,直至在不久的未来完全消失。

"不过,"凯伦突然发言,"这就是我们要孩子的部分原因,除了延续人类的血脉、完成使命等等。因为即使你不能永葆青春,你也可以依附于一个年轻人。"

其他女人也小声嘀咕着表示赞同。有人说:"孩子是我们的一切。"在这一瞬间,当大家想到自己的后代,那些理想化的迷你版的自

第七章

己时，平静了下来。罗珀塔一想到哈里和格蕾丝，也沉默了。他们算是自己的艺术生命被一股无形的阻力切断之前最后的作品，两个真正富有创造力的雄心勃勃的大作。一想到这点，她心里不免涌起一阵对生命的敬畏之情。

在南达科他州开车的途中，她又想起了孩子们。纳撒尼尔答应过，在她不在的时候，他将照料一切。孩子们放学后可以和朋友们回家，他下班后去接他们。当然，她知道，他会忘记给格蕾丝钱去学校的自动售货机里购买薯片，也会忘了帮哈里复习《夏洛特的网》的词汇（"蛛形纲动物""自负的""猪一样的""凡人的"）去迎接词汇考试。她能预料到他的过失，但她在心里已经原谅他。

五十二岁的纳撒尼尔，比罗珀塔同龄朋友的丈夫们大了整整十岁，每天都忙于自己的工作，沉浸在对木偶执著并且近乎挑衅的热爱中。他年轻的时候亲手制作了一系列木偶。他在镜子前练习并且掌握了不同木偶人物的声音和言谈举止，多年以后，他的孩子成为了自己木偶表演最严苛的评委。虽然他近来接触木偶的频率少了，但仍然没有放弃自己的爱好。有时，罗珀塔也觉得是自己将纳撒尼尔拖进了一种他从未要求过的生活，一种宏大且复杂的生活。如果没有她，纳撒尼尔可能还跟沃尔夫·珀迪住在一起，不是住在他们之前在科布尔山合租的旧公寓，就是在沃尔夫现在居住的北部某个地方，两个男人整天待在一间没有暖气的工作室，抽大麻、制作木偶，到处摊放着烧焦的胶枪，双脚随时会踩碎掉在地上的塑料玩偶眼睛。

但自从她出现后，纳撒尼尔对妻子的爱让他变成了一个顾家的好男人，一个任劳任怨的好丈夫。纳撒尼尔决定去找一份既有薪水，福利也不错的工作。他不怎么吐苦水，除了用他已经成为习惯的低级骂人方式去抱怨一切。但他太老了，已经不适合这份工作了。电台的大多数摄影师是身材魁梧的年轻人。更重要的是，她懂他的困境，钟爱的木偶表演并未取得实质性的进展，而每个星期，他又被迫在自己不喜欢的下层社会埋头苦干。然而，他那悲哀却忠实的体面让人无法不喜欢，在枯燥乏味的工作日中，他们的生活竟然能够神奇地进行下去，虽然她的本意是想表达，他们夫妻的生活都不尽如人意。当她为自己的人生感到遗憾时，她想到，其实他们两个都是失败者。虽然她绝对不会当面说这样的话去侮辱纳撒尼尔。但她早已预见了他们今后的生活，仿佛失败的经历非常明确地暗示着未来不断下滑的生活水准。

此刻的罗珀塔在给纳撒尼尔打过电话，得知家里没有自己也能过得很好后，紧张的情绪开始慢慢消散，享受起穿越南达科他州的行程。车子在宽阔的高速公路上飞速前行，不断掠过远处一个又一个生动的原始画面。她为逃离日复一日的家务事松了一口气：往面包片上抹花生酱、在金角湾咖啡馆低声讨论孩子的家庭作业、对政治的戏谑以及艾米·兰姆滔滔不绝地发表的对佩妮·拉姆齐的钦佩之情。

再见了，罗珀塔一边开车一边想。三个半小时后，她抵达了洛顿镇，GPS导航语音指示她要右转，她发现自己在驶离宽阔的高速公路后，进入了一条越变越窄的辅路，最后连路也消失了。在一片稀疏焦黄的树丛中，她看到一栋公寓大楼，那就是布兰迪·吉洛普和母亲生活的地方。这栋两层楼的灰泥建筑看上去十分荒凉，以至于她根本无法在几天后的金角湾咖啡馆早餐会上向姐妹们描述它。

当汽车驶近时，罗珀塔看到布兰迪·吉洛普走了出来，她是一个非常漂亮的少女，头发剪得像鸟的羽毛一样层次分明，这种发型除了在纽约之外的其他地方都很常见。虽然她穿着羽绒服，但还是掩盖

第七章

不了瘦削的体型。她扭怩不安,表情阴郁。她的母亲乔紧随其后从公寓中走出来,她跟女儿长得一模一样,只不过有些苍老,表情也更加严肃。

"你好,"罗珀塔下车时,这位母亲跟她打招呼,"你开了这么远的路,我猜你肯定需要在出发前方便一下吧。"

"你说什么?"罗珀塔问,"噢,对。"她对自己的疑问笑了笑,声音有些颤抖,听上去傻傻的。随后她进门去了洗手间,尽量不去打量屋内的环境,以免看到自己认为肯定会出现的绝望氛围。

当她出来时,乔·吉洛普递给她一杯无糖汽水。罗珀塔千恩万谢的方式就像一位热情高涨的纽约自由主义犹太女性,她为自己表现出的虚情假意感到尴尬,但又不知道该如何回应。是不是待在家里,像自己的朋友们那样直接捐钱比亲自来更好呢?凯伦和吉尔每年向饥饿贫困的艾滋病弱势群体寄出巨额支票,她们有时还参加福利委员会,致力于造福那些远离福利宴会厅和镀金竹椅的地方。但罗珀塔没有闲钱捐,而且她一直渴望拜访南达科他州。然而,此刻的她待在一个小厨房里,喉咙却哽住了。她觉得自己很尴尬,事实也是如此。

但这或许只是她自己的胡思乱想。女孩的母亲看上去很疲倦,但态度友善,很感激罗珀塔的到来。而女孩本身过于羞涩,羞涩得有些奇怪。但她们并未取笑罗珀塔。她们的反应没带任何讽刺的意味,这让罗珀塔有些困惑。她该怎么做呢?她应该展示自己的哪一面?

"好了,"她开心地说,"我想我们现在该出发了。"

"你不会太累吧?"女孩的母亲问道。罗珀塔被她的关心感动了,但又转念一想:噢,当然了,她肯定不想我在开车时犯困杀死她的女儿。她根本无法想象让小格蕾丝坐在一个陌生人的车上横穿半个州,这太疯狂了。就好像她自己的孩子比眼前这个别人的孩子更宝贵似的。

"我非常清醒,"罗珀塔跟乔说,"我也准备好了。"她被汽车旅馆的咖啡弄得莫名兴奋,可以一路开到明尼苏达州,甚至是威斯康星州,都不会感到一丝丝的疲惫。乔和她的女儿布兰迪拥抱着告别,相互耳语,罗珀塔听不到她们在说什么,便走回到车里。奇怪的是,她从未想过需要自己开车接送的女孩会选择坐在身边的副驾驶位子上。不知道为什么,她总觉得自己的角色是堕胎司机,搭载着坐在后排的乘客。罗珀塔从未想到要跟乘客聊天,但现在,当布兰迪坐到身边的座位上时,想到接下来漫长的旅程要找话题聊天,罗珀塔一下子就慌了。

"那我们出发啦。"她说着转动了钥匙。母亲仍然站在门口,似乎在确认罗珀塔真的可以开车。想到这里,罗珀塔一紧张,踩油门的时候误挂了空挡。"哎呀,该死,"她说,立即又补充道,"抱歉。"

布兰迪小声回答道:"我明年要上驾驶课。"

"显然我也需要再复习一遍,"罗珀塔说,"或许我可以去你们学校听课。"

布兰迪看着她,想了想说:"我觉得你已经超龄了。"

"我想你说得对。"罗珀塔把车倒了出来。她从后视镜中看到女孩的母亲抱着胳膊站在那里,随后走回了屋内。罗珀塔开车上路。沉默了一会儿后,她说:"我知道,这是艰难的一天。"

"没关系。"

"我相信,你希望自己的母亲开车送你去。"

"她签了同意书了。"

第七章

"嗯。但这对你来说不是一件简单的事。"

"你是个很善良的人,"布兰迪说,"大老远飞过来,又开了这么久的车。我妈妈让我保证向你道谢。"

"谢谢。"接着,罗珀塔头脑一热说道,"我之前也流过产。当我在艺术学校读书的时候。"

"噢。"

"那是很久以前的事了。我都不太记得了,如果这么说能让你好受点儿。"

她还记得的是,当时没有签署同意书,也不用开车横穿一个州。那个让她怀孕的男孩赛斯·布伦南来自迈阿密,身材高挑、棱角分明,就读艺术专业,他制作的拼贴画有墙壁那么大。后来,他变得相当成功。她回忆道,当时自己是戴了子宫帽的,但事后罗珀塔才意识到自己有时会忘记涂杀精子软膏。

罗珀塔在辛迪·斯凯的陪同下,在普罗维登斯市中心的一家诊所做了人流手术。当晚在校外学生宿舍,她服用了一些止痛药便上床休息了,她的朋友们则在客厅里喝着啤酒,玩着"二选一"的派对游戏。他们时不时地探头过来查看一下她的状况。第二天早上,她便回到课堂上画画了,戴着护目镜拿着电烙铁工作。她之后的作品中也从没提到过堕胎,这次经历也并未影响她的艺术之路,虽然当时的遭遇让她有些难过,但随着日子一天天过去,她似乎开始渐渐淡忘了。

只有在格蕾丝和哈里出生后,罗珀塔才会偶尔感到不安,心想:如果让那颗囊胚继续生长发展,会变成什么样?男孩还是女孩?头发是什么颜色的?晚上最喜欢读什么书?如果把它生下来,我会多爱这个孩子?啊,我会很爱很爱。随后,她制止自己再这么永无休止地胡思乱想,这是毫无意义的事,只会让你陷入无尽的悲伤和懊悔的海洋。

她不愿看到布兰迪懊悔不已,她也不想装作对此毫不在意。实际上,她发现自己想从各个方面控制这个女孩的回应,让她既感激自己的帮助,又不感到痛苦。罗珀塔本以为布兰迪应该显得有点害怕,但同时又很勇敢,可现实中的她既不害怕也不勇敢。她只是个安静的普通女孩,警觉地坐在副驾驶座位上,胸前系着安全带,有点拘谨。

"那里什么样?"布兰迪突然问道。

"那里什么样?噢,他们给你止痛药。没那么糟糕。我觉得你会觉得——很复杂的感觉。肯定会难受了。一种哀悼。它——"

"艺术学校。"

"啊!你问艺术学校是什么样的?"罗珀塔大吃一惊,"我很喜欢。"她说。

"你喜欢吗?我也想做个艺术家,"布兰迪说,"我画一些抽象作品。"

出现这种情况的概率有多大?就好像生育权组织特意将她跟布兰迪·吉洛普配对,跟大学分配宿舍舍友一样。"太棒了。"罗珀塔说,而先前沉默的布兰迪打开了话匣子,滔滔不绝地谈论艺术课程,聊起洛顿高中是怎么冰毒泛滥的,以及她迫不及待地想要离开那里,永远离开南达科他州,等等。

"噢对了,在纽约生活是什么样的?"布兰迪问。

"这是个好问题。纽约是座不夜城。我觉得那是这座城市最显著的特征。"尽管,当然了,在罗珀塔这个年纪,特别是还带着两个孩子,她晚上几乎留在家里——她甚至都没有出门的欲望,但她不想将真实的想法告诉布兰迪。

第七章

　　这个女孩想听更多关于这座不夜城的故事。那里是不是真的有像洞穴一样深不见底的俱乐部,你可以一直往下走,待到第二天天亮呢?大半夜在路上闲逛都不会被谋杀,这是真的吗?那里美好吗?那里漂亮吗?是不是跟我书上读到的一模一样?

　　于是,罗珀塔在开车穿过南达科他州的途中,还顺道成了一名介绍纽约的导游。布兰迪是罗珀塔遇到过的最容易取悦的人。她非常坦率,当她们停在一家香气有点冲鼻的肉桂店前上厕所时,她对罗珀塔说:"我能问你一件事吗?"

　　"当然。"

　　"你是犹太人吗?"

　　每次聊这个话题时,罗珀塔都不是很舒服,因为真的,提到这个话题的人多多少少是觉得罗珀塔的鼻子太大了,导致面部比例失衡。在他们看来,这就是犹太人的特征,然而,他们根本不了解犹太人的特质。但当然了,她是犹太人。她不仅仅是个长着大鼻子的基督徒,而且当布兰迪问她这个问题时,罗珀塔并没难为情,丝毫没有被冒犯的意思,她只是被触动了心弦。

　　"我是的。"她说。

　　后来,她告诉纳撒尼尔,自己是布兰迪生命中遇到过的第一个犹太人,她很喜欢这个角色。女孩涉世未深,知道和看到的东西少之又少。她的生活圈子很小,并且界限分明。突然间,怀孕让她的生活在变得有限的同时又添加了许多不确定性。此刻她正依赖一个陌生人开车带她跨越全州——这样她才能重拾自己普通的少女生活,甚至成为一名艺术家。罗珀塔也慢慢缓过神来,突然的觉醒使她重新振作,充满了敬畏之情,仿佛这是她一生中作出的第一个无私的举动。

十年一梦

诊所的妇科医生是一名年纪很轻的女性,连轴转的工作让她看上去极度缺觉,她不想让布兰迪在当天下午坐那么久的车回家。她见过全国各地的女性被送到这里。当布兰迪在后面一间小房间里休息时,她告诉罗珀塔:"最好能在当地住一晚。她还在流血,有点呕吐。如果立即让她坐车回家,在我看来不是个好主意。"

这就是一个四十岁的纽约人和一个十六岁的洛顿人一起在罗珀塔预订的经济旅馆过夜的原因,布兰迪躺在床上,罗珀塔坐在塑料椅子上看着她睡觉。她想起了自己看着哈里或格蕾丝睡觉的时刻,他们中的一个在夜里发烧,而她坐在小房间的地板上,焦虑不已。

由于静脉注射了安定药,此刻的布兰迪还在昏睡。她嘴巴大大地张着,头发挑染成了金色,太阳穴处青筋暴露。隔壁房间一直播放犯罪节目的声音,州际公路上经过的汽车和卡车发出轰隆隆的噪声,以及人们走上汽车旅馆二楼时摇摇晃晃的木楼梯发出吱吱呀呀的声响。罗珀塔有一股冲动,她想猛敲隔壁房间的门,或者爬上木楼梯,甚至跑到州际公路边上,让每个人安静点,因为有个女孩儿要睡觉。

罗珀塔的脑海中浮现出洛顿镇的厨房,嘴里苏打水留下的味道依稀还在,她看到了负担过重的母亲赶去赌场上班的情景。她想象布兰迪·吉洛普堆放在房间的抽象画,她用自己少女般的小手在所有画布的右下角留下了工整的签名:布兰迪·吉。也许它们画得非常漂亮。也许布兰迪·吉洛普不仅颇具天赋,还干劲儿十足。艺术总是选择在最奇怪的地方萌芽,从天而降,就像将青豆和潮湿的棉花放在黑暗的壁橱里做实验,突然间,哇,棉花上神奇般地开满了豆花。一想到这个女孩的艺术作品,罗珀塔就产生了兴趣,她心目中女孩的艺术品应该是原创的、未受污染的,是最真实的情感抒发。

她想帮助布兰迪,她会助她一臂之力。女孩还在睡,在汽车旅馆

第七章

淡绿色窗帘的遮盖下,屋里渐渐暗下来,她一觉睡到了傍晚才醒。罗珀塔迅速穿过辅路开到汉堡店买了些快餐,她们坐在汽车旅馆的房间里一起吃了晚饭。房间里弥漫着肉的香味,光线柔和,她们一直在聊天。布兰迪想多听一些关于艺术、画廊和纽约的事情,而罗珀塔则尽可能地告诉她一切,让自己的声音变得更有启发性、更有把握。

"如果你想成为一名画家,"罗珀塔说,"那你就得继续努力。你只需要不停地画啊画,直到技艺不断纯熟。到了那一天,你便可以将自己的作品展示给公众。慢慢地,你的名气就起来了。你可以来纽约,在事业上再进一步。"

"我真的很想去那里,"布兰迪说,"那是我的梦想。"

"是一个很美好的愿望。"

"我觉得那样的生活很精彩。"

"你要不要寄一些你的作品幻灯片给我呢?或许我还可以给艺术圈的人看看。"

"哇噢。幻灯片?"布兰迪不确定地问。

"你认不认识一个拥有好相机的朋友?"

"嗯,我记得有。我朋友克丽茜有相机。太谢谢你了,罗珀塔,"突然,她话锋一转,"那个男孩叫泰勒。"

"什么?"

"泰勒·帕维尔。他是我第五堂美术课的同学。他自以为画得很好,但我觉得他基本上是在炫耀。"

所以,她们又找到了一个共同点:她们生命中出现的两名男性艺术生的精子活跃且勤奋。罗珀塔的眼睛泛着泪光。她能为这个女孩做什么?她自己也想弄清楚。关于"艺术圈的人"的话明显是自吹自擂。罗珀塔确实颇具天赋,但她的野心不足以让她拼尽全力闯出一片天地。所以在很久之前，她被这个不公平的圈子抛弃了，因为在那里，只有男性艺术家才可以获取全部的关注，她能做的也不过是将自己的作品和其他女性的作品一起摆在一些临时画廊里，给人一种低人一等的感觉。她几乎不认识什么艺术圈的人，她的表述证明她恰恰已经成为了艺术圈的局外人。她和纳撒尼尔都是失败者。然而，她可以把布兰迪的幻灯片交给一个合适的人，因为她住在纽约，她可以通过自己的圈子去接触到另一个圈子的人，这是一个生活在南达科他州洛顿镇的女孩——有着一个在忽必烈汗赌场做收银员的母亲——办不到的事情。一件世界上很多人都办不到的事情。

她想到跟艾米·兰姆走得很近的佩妮·拉姆齐，她经营着一家博物馆。艾米和佩妮已经成为了好朋友，当你生活的圈子被好大学、优秀的实习和工作、共同生活的社区以及因孩子们而产生交集的特权世界所影响时，你不可避免地成为了长链条上其中的一环。他们可以互相帮助。只要他们愿意，就有可能，尽管许多人似乎并不期待这些可能性，或者不知怎么地，他们忘记了曾经自己的需求。

但在这个州际公路边上的汽车旅馆里，罗珀塔的野心在消失了很多年后重新爆发了，不是为自己，而是为眼前这个坐在床上的女孩，她的指尖因为吃薯条而闪闪发光，她用青涩却兴奋的口吻谈论着艺术，就好像她真的可以去参观这个世界，一个罗珀塔·索科洛夫有能力带她去的地方。

第八章

伊利诺伊州，内波威尔市，1969年

一开始提出要共同经营公司的是阿尔，而不是诺玛，但这么多年过去了，他们跟身边的人说，连自己都忘记了起初到底是谁的主意了，因为他们俩无论在哪个方面，都是最佳搭档，那么又有什么好争的呢？然而，在这段关系中，阿尔·索科洛夫是出主意的那一半，诺玛是将想法付诸行动的另一半，他们二人合力将最初设想的一个不起眼的小公司壮大成了一家大企业。他们现在成为了整个芝加哥市区和郊区派对装饰的供应商！那是六十年代，许多派对的主题都很狂野。就在这周，他们还得准备伍德斯托克音乐节主题的装饰。餐桌装饰是诺玛出的主意：一个装着一把电吉他的篮子、一对相拥的裸体男女以及放在标着"摇头丸"的容器里的方糖。最后一点引起了一阵骚动，尽管他们不得不对顾客一再解释说这只是个玩笑，派对的参与者应该知道这一点。

"我们是最不可能给人吃摇头丸的人了。"那天在完成餐桌装饰

品的整个订单开回内伯威尔市的途中,阿尔说。

"我很好奇吃了会怎么样?"诺玛问,"摇头丸。看到那些根本不存在的事物。"

尽管他们生活在六十年代,但他们属于住在郊区的父母,做事趋向保守,为人单纯。"我觉得我们不会喜欢的,"她丈夫说,"你肯定会感到头晕目眩。还记得去年,你得眩晕症那个星期,不是很烦吗?"他指出。

"也是。"她说。

"噢,我们今天又接到一个《虎豹小霸王》的单。"阿尔转头说道。

他们从芝加哥市中心开车回家,天还是亮的。在家里,阿尔的母亲正在喂他们的独生女罗珀塔——小珀蒂吃鱼条和炸薯条,奶奶负责照顾孙女,这真是天赐的礼物。诺玛·索科洛夫从未打算出去工作。她以为自己会像所有的母亲那样留在家里照看孩子。但后来,阿尔每次从公司回家,在不同的节日带回来一些可爱的小篮子,诺玛总会忍不住说:"你为什么不在这里多加点丝绢花,打造一整片罂粟花的效果呢?那是《绿野仙踪》里我最喜欢的一幕。"

他们最近开玩笑说,先是罂粟花,又来摇头丸,他们的生意肯定会被缉毒局关闭的。现在,他们在芝加哥市中心的办公室里,面对面坐在一张巨大的双面办公桌前,开着类似的玩笑。没有受过任何培训的诺玛成了一名聪明能干的女商人。阿尔在这个领域打拼多年,跟其他人一样努力工作,不是在打电话给顾客和分销商谈工作,就是在询问一个托盘订单的状态。由于订单量过多,他的人手有限,只能自己卷起袖子亲自上阵,将制酸剂从小铝箔容器中剥离出来。只有这样,他才没那么焦虑和难受。当他发现诺玛的想法很有创意的时候,就邀请她一起工作,他们一起冒险,说服自己的母亲每天照顾小

第八章 伊利诺伊州，内波威尔市，1969年

珀蒂，从那以后，他们的事业顺风顺水。

这对夫妻从未分开过。在满是灰尘的办公室里，他们面对面坐着，晚上，他们靠在床头板上一起对账簿，讨论生意。他们二十四小时待在一起，诺玛的一些朋友表示无法想象自己跟丈夫保持如此亲密的关系。但过了一段时间后，诺玛开始思考，如果不了解彼此的生活细节，婚姻关系应该如何维持呢？你们聊些什么？天气？越南问题？今晚晚餐吃什么：噢，又是鸡肉，昨晚不是刚吃过鸡肉吗？不，我们星期二吃的鸡肉。他们在一起谈论餐桌装饰和主题装饰的间隙，也会聊聊这个世界。他们幻想着如果去伍德斯托克音乐节会是什么样子。"我可以看到你站在泥里，诺玛，没穿上衣，头发上别着一簇鲜花。"阿尔对她说，大笑起来，这个形象确实很可笑，因为他们长得差不多，都是矮矮胖胖的身材，适合穿那种抗磨损的布料制成的结实的上衣。

连他们的小女儿珀蒂也能感觉到父母间不同寻常的亲密关系，她晚上有时爬到大床上，喊着："还有我，还有我！"他们把她抱上床，亲亲她，抱着她，安慰着她。连她都明白，她父母的婚姻一直很稳固，在丝绢花、小精灵以及绿色、金色或是橙色树叶的点缀下变得更加坚不可摧。树叶，散落各处的树叶，不管是婚礼、毕业典礼还是退休仪式，都占据着不可替代的重要作用。同样，在他们生命的流逝中，树叶也是不可或缺的一部分。

第九章

夜间,在睡梦中,当丈夫呼唤妻子,孩子在呼唤母亲之前,女人们一般还没睡。她们躺在床上处于半梦半醒的状态,所以当他们呼喊自己的时候,可以非常自然地伸手过去轻轻安抚男人颤抖的背,或是飞奔过走廊,冲到做梦的孩子的身边。然而女性,由于荷尔蒙作怪,或者是太晚喝卡布奇诺的关系,咖啡因的效果刚奏效,又或是与正常代谢节奏难以区分的持续的焦虑,使得她们仍然清醒,只不过当时她们并没有在想自己的家人。

十一月的深夜,纽约外面的街道阴沉沉、冷飕飕的,在沉睡的利奥·巴克纳还未发出呼噜声,并开始颤抖和呼喊之前的一小段时间里,艾米·兰姆醒着躺在床上,想着那对情侣。整个秋天,她一想到佩妮·拉姆齐和伊恩·詹韦,脑海中就浮现出一个词:"那对情侣"。那天早些时候,她去大都会艺术博物馆跟他们碰头共进午餐,伊恩是馆里裱框部的顾问。佩妮打算去博物馆跟他见面,逛逛画廊,所以她早上打电话来邀请艾米:"我能不能也拉你出来吃个午饭?"她很确信

第九章

对方会同意,因为艾米总是有空,而且也喜欢凑热闹。

整个上午,艾米不停地想起那对情侣。当她坐在学校里参加关于新一期校刊的家长会议时,她脑海里全是那对情侣。艾米常常排斥参加类似的会议,但骨子里又觉得这是她不能推卸的责任。甚至在踏入校门前,她就已经想象出那些经常出席这些会议的家长们聚集在教室里,水果盘摆在他们面前的桌子上,好像是对他们的到来给予奖励似的。她看到又大又硬的草莓将旁边的菠萝片染了色,猕猴桃片晶莹剔透,过季的西瓜瓤呈现出粉色。艾米依稀记得从前在律师事务所开会时,几乎很少感觉如此隆重紧迫。学校的会议沉闷,要求反省,而且没完没了。其他的生活似乎都被冲散了,不知怎么的,连时间也成为了它们的帮凶,为了这些女人选择静止不动。

今天,一个十一月的清晨,奥本走读学校音乐室里弥漫着保湿霜和眼部遮瑕膏的味道,还混杂着某种说不清楚的女性激素的味道。母亲们散发的气味各不相同,但大多数身上都隐约带着一股蜜糖或小熊水果软糖的少女味道。一大群母亲分散地坐在一堆木琴、古筝、铙钹和木块中间,散发着好闻的气味。

通常,在学校会议开到一半的时候,都会有一位母亲提出一个跟会议主题毫无关系的问题,有时候根本算不上是个问题。"我儿子在周一和周三踢足球,我有时发现他在第二天早上非常疲惫。你们觉得我应该让他退出周二早上的拉丁语课吗?因为他基本上到中午才能恢复过来。我还想知道,学校的师生比是否真正达到了我们期待的水平呢?"

这时的艾米不自觉地在餐巾上疯狂地涂鸦。当梅森还在上幼儿园的时候,她第一次去参加学校的会议,便在餐巾上一遍又一遍地写"杀了我吧"。坐在她身旁的黑发矮个子母亲长得有点滑稽,富有同情心的她注意到了这一点,觉得很有趣。就这样,艾米和罗珀塔·索科洛夫成为了朋友。

在今天的校刊家长讨论会议上,艾米没有乱涂乱画,因为她满脑子想的都是佩妮和伊恩的事,等会议一结束,她就要去见他们。在他们的世界里,她是一个全职母亲的象征,是一个可以将这些经历完整转述给他们的颇具讽刺意味的角色。伊恩总是认真地聆听她的话,带着些许困惑,而佩妮则似乎真的很感兴趣。

今天上午在学校举行的讨论会出席率很高。除了那些每次必来的常客,还有几个有兼职工作的母亲也到场了。就连经营一家向世界上最贫穷的人捐赠巨款的慈善机构的海伦,也就是达斯汀·卡瓦诺的母亲,百忙之中也抽出一个小时来到现场出谋划策。连弦理论学家伊莎贝尔·戈登——只要有她的名字出现,就必定提到她的职业——也积极到场,为了参与校刊的讨论甚至短暂地推迟了自己对宇宙课题的研究。她梳着辫子,脚蹬一双时髦的鞋子,坐在房间的后面。她将注意力放在那个患上厌食症的母亲杰拉琳·弗洛伊德和年级里唯一的全职爸爸伦恩·古德林身上。大家对伦恩的讨论从未停止过,都在猜测着他是否工作过,他有没有钱,他抑郁不抑郁,或只是像新时代年轻的一代父亲那样开明而已。

劳里·利弗斯主动请缨主持今天的讨论会,她曾是一家大型出版社的资深编辑。在她职业生涯的早期,劳里负责从废稿堆里一点点拼凑出《大脚怪来了:一位来自伊拉克的父亲写给未来儿子的信》的手稿,而她的命运也不可避免地与这本情感细腻的书信体回忆录交织在一起。这本书盘踞畅销书排行榜一年之久,劳里也成功抓住这次机遇,出版了如何获取自我财富的励志书《乞丐也可以有选择》。尽管她一下子成了名,但仅仅在六个月后,她便离开出版业回家生孩

第九章

子去了，接着又是第二个孩子，此后再也没回归职场。她是那个一直在大厅坚守岗位售卖活动物品的母亲，而男孩和他们的母亲则在她那坚如磐石的身躯旁转来转去。她就像白金汉宫外的伦敦护卫一样，为人熟知，沉着冷静。大家把劳里视为学校的无价之宝，因为只有她热衷于售卖那堆垃圾，其他人一点也不喜欢，这让他们松了一口气。谁也不认识那个曾在更广阔的天地里的成功人士劳里。但大家看在眼里的是，不论做什么，她都真真切切地感到了满足——不管事情大小。艾米认为，这种态度跟工作不工作没有关系，她的性格是天生的。

她现在聊起校刊的语气跟当年向同事们宣传《大脚怪来了》的方式一模一样。"这是一本关于勇气和失败的书。"劳里·利弗斯可能这么介绍道。在学校的教室里，她靠在椅子上说："《奥本日报》是给我们家长的时事通讯，分享最新的校园见闻。这将是连接你们和儿子之间重要的纽带。"

"是的是的。"伦恩·古德林说。

坐在旁边座位上的一位母亲微微眯起眼睛，挥着一只白皙的小手说："我必须要插一句，我有点担心能不能找到适合校刊的字体。"她说，"我认为恰当的字体很重要。在此我想推荐使用 Courier 12 号字体。"

"妮娜，Courier 12 号字体就是高中时用史密斯-歌罗娜打字机打出的字体啊。"

"这正是关键所在，不是吗？"另一位母亲莎莉·汉德勒说，大家都觉得她有点蠢。她就是那个在讨论即将举行的木管演奏会时，一本正经地反复提及塔可钟的《D 大调卡农》的人。（显然，她还做过类似的蠢事，在男孩们学习独裁者期间，是她一直坚称"娃娃医生"杜瓦利埃①是个儿科医生,尽管艾米觉得这件轶事完全是杜撰出来的。)"我觉得这种字体让人深感亲切,"莎莉·汉德勒说,"就像看到了旧时熟悉的东西。"

"要这样说,或许我们应该改用古老的 12 号黄油搅拌器。"艾米插嘴说。周围的人小声笑了起来,几个女人抬起头,想看看说这句话的人是谁,其中一个是杰拉琳·弗洛伊德。她的脸颊有点凹陷,笑起来好像死神狰狞的表情。屋子里的女人们继续讨论着,另外几个女人也被吸引过来,将毕生的逻辑理论常识全都运用到了此刻的谈话中。另有几个女人在哼哼唧唧地抱怨,其中一人说:"我们可以继续讨论了吗?"原来是伊莎贝尔·戈登,她正盯着自己那块奇怪的手表——上面既没有指针,也没有数字,只有一些半透明的圆圈莫名其妙地在一起移动着,展示只有她自己明白的时间——她一边说一边紧张地笑了起来,她得赶回研究中心的办公室。最终,大家都退了一步,Palatino 12 号字体在举手表决后,成为校刊的正式字体。所有的这一切都是为了新一期的校刊内容,艾米想,即将到来的实地考察旅行,内容单薄得只用日本俳句就能讲清楚:

请汇十美金

到天文馆

他们的礼品店很整洁

女人们继续聊着天,她们的话题不断延伸,又互相重叠,绕来绕去地令人昏昏入睡。有几个母亲慢慢地往门口挪着脚步。艾米努力

---

① 让-克洛德·杜瓦利埃(1951—2014),海地前总统、独裁者。

第九章

回过神来,摆脱喋喋不休的讨论。她看了眼时钟,突然意识到,去博物馆碰头吃午餐的时间快到了,于是她一边略带歉意地笑着,一边蹑手蹑脚地走出音乐室,从一排排坚硬的膝盖骨和一个个塞满了孩子的足球球衣、卷起来的瑜伽垫和包装精美的生日礼物的书包旁走过去,大舒了一口气。有些母亲随手将长曲棍球棒搭在椅子上,就好像是正在休息的女运动员,而不是帮儿子们拿球棍的搬运工。跟艾米同时离开的还有杰拉琳·弗洛伊德。她们在外面的走廊上碰到了。

"我不太习惯团体活动。"杰拉琳·弗洛伊德解释道。

"拜托,他们会一直一直开下去的。而且聊的都是荒谬的东西。"

"嗯,"杰拉琳说,"确实是。"

"有些时候,开会还是有点成果的。"艾米说。

"是的。"

"但每当他们这么搞的时候,总让人觉得自己在虚度光阴。"

杰拉琳对此表示赞同。她将自己娇小的身躯套进一件黑色的羊毛大衣里,看上去像裹了一条毯子,尽管在艾米看来,世界上没有任何一件足够暖和的厚大衣能在寒冷的季节保护好杰拉琳。她们俩推开双开门,冷飕飕的阳光洒进来。杰拉琳·弗洛伊德站在阳光里,迅速眨了眨眼,定了定神儿,然后微笑着匆匆离去。

她有非去不可的地方吗?艾米好奇。她今天过得怎么样?她又硬又直的头发湿漉漉的,身体像一条绳子,在这儿打一个结就是胳膊肘,在那儿打个结就是膝盖,再打个结就是她的脑袋,她要去做什么呢?艾米想到的是杰拉琳在心里盘算着刚刚吃下去的猕猴桃片的卡路里需要走多久才能消耗掉,她会一直走到放学的时间才回来接儿子。

在艾米的脑海中,这个女人永远处在运动状态,上紧发条后再慢慢地放松下来。就在那时,她突然打了个激灵,是不是也有人跟艾米提出同样的问题:她整天都在做什么?

当艾米·兰姆赶来时,那对情侣已经坐在大都会博物馆的自助餐厅里了。佩妮的头发松散地从发髻上垂下来,伊恩的领带打了一半,没有穿夹克。站在门口看着硕大明亮的房间里的两个人,艾米内心觉得,他们两个无论是单独还是在一起,都是那么朝气蓬勃。

秋天来了,在冬青山郊区定居的吉尔·哈姆林对艾米和佩妮间的友谊明显越来越恼火。"我只是作为旁观者跟你说一下,据我的观察,你有点喜欢她,"最近,吉尔来城里玩的时候说道,"那种偶尔出现在女生之间的迷恋。就像之前宾夕法尼亚大学的那场派对一样。"

"我亲的那个女孩?"

"对,詹姆斯·迪恩。那个阴阳人。"

"你就是喜欢用阴阳人这个词。佩妮不是那样的阴阳人,她很女性化。"

"所以说,什么样的女人你都喜欢。"

"我不管这些。我也不是迷恋她。她和我成为朋友就真的那么令人震惊吗?难道工作的女性一定要跟全职母亲之间划条界线吗?我们需要用不同的饮水机喝水吗?"

但她不会告诉吉尔,虽然自己并不迷恋佩妮,但她确实喜欢看到佩妮和伊恩在一起——他们在一起,他们是一对情侣,他们温柔对待彼此的方式都给她的生活带来了色彩。她多想把佩妮和伊恩的私情告诉吉尔,这样吉尔就能明白,为什么一提到佩妮·拉姆齐的名字,艾米会欲言又止,想要保护佩妮。然而她什么都不能说,因为自己对佩妮的承诺,所以会偶尔出现类似今天的情况,吉尔像孩子一样吃

第九章

醋,但这种嫉妒让艾米十分感动。

佩妮经常给艾米打电话,向她倾诉近期的情感琐事:"伊恩送了一大块松露芝士到我的办公室,是我的助手马克拿进来的,那芝士味道很冲,他不停地盯着我看。"每当听到佩妮的趣闻,艾米不是大笑,就是大声惊叹,做出佩妮期待的反应,而且她总是站在佩妮的一边,那是她的使命所在。有时候,伊恩直接给艾米打电话,带着口音说:"嗨,是我,伊恩·詹韦。你今天跟她联系过吗?她不接电话。"

艾米回答说,她认为佩妮应该在参加博物馆董事的会议,或者家长会,此时伊恩就会说:"对噢,没错,我完全忘了。"

艾米偶尔做做他们的协调人,但通常她的角色只是一个简单的旁观者。今天下午在大都会博物馆吃午餐时,她坐在桌子对面,饶有兴趣地观察他们的脸。那对情侣喜欢像青少年一样谈论自己,无视周围人的眼光,只关注自身,一种被宠坏了的青少年的方式,虽然成年人的世界中已经很少有人享有这种特权了,但艾米还是给了他们足够的空间和容忍。

"佩妮让我这周末去看她,"伊恩说,"去她的公寓。"

"真的吗?"艾米问,"周末吗?噢对了,这周有'父子周末日'。"

这个周末,所有四年级的男孩都将和他们的父亲乘坐长途汽车前往北部的自然探索博物馆,在寒冷的户外围坐在篝火旁,随后在温暖的小木屋过一夜,第二天返程回家。这是多年来艾米第一次单独过夜,她没什么计划,只是简单地做个饭,在床上一边吃一边看看读书会新推荐的小说。她不记得上次一个人过夜是什么时候了。利奥经常出差见客户,但梅森通常待在家。

"嗯,我的两个女儿也要出去过夜,"佩妮说,"我向伊恩保证这次能多陪他一会儿,可以这么说吧。"

"过夜。"伊恩说。他若有所思地吃着沙拉。"如果你结婚了,跟别人发生了婚外情,"他说,"有个词可以用来形容这种人。也有专门的词来描述那些妻子有了外遇的丈夫。但为什么没有一个词可以专门代指跟已婚人士发生关系的那类人呢?"

他们周边空旷的房间响起的声音虽然冷酷无情,但听起来很悦耳。毫无疑问,其他人听不到他们的谈话内容。自助餐厅太大了,甚至根本没人觉得他们的谈话有什么值得偷听的,因为没人会在这种地方大肆宣扬或企图掩饰彼此相爱的事实。这里有三十个聚会的学生,在一起吹着吸管的包装纸。还有两个老人,在桌旁将饼干捏碎放进蔬菜通心粉汤的瓷碗里。在天窗下靠后的卡座上,起码还坐着两个神采奕奕的中年妇女,和一个稍微年轻一点的男人,他们看上去是老朋友了,聚在一起聊着秘密恋爱的话题。

这已经成为三人共同的话题。任何涉及其他话题的谈话,例如博物馆文化的复兴、为什么好战的美国成为了世界公敌以及其他所有的话题,最后都会以这个话题收尾。"从那时开始,佩妮就和我在一起了。"伊恩可能会在谈论某个话题的时候突然插嘴说。或是佩妮说:"——对啊,自从我跟他上了床之后。"又或是艾米主动说:"作为你们俩秘密的捍卫者……"那对情侣便乐滋滋地沉浸在这种被关注中。

有谁在成年后还能得到如此关注? 在童年结束的那一刻,你因朝气蓬勃、头发丝滑以及未经世间杂事侵扰的单纯而得到的帮助突然间消失得无影无踪,取而代之的是冷漠的不公平待遇。那个曾经洋溢着青春光芒的与众不同的你,在众人眼中只不过是一个排队等着买东西的普通顾客。全世界都用质疑的眼光审视你,原来你根本没有那么特别。

当然,有一种情况例外,那就是——你恋爱了。简而言之,两个

第九章

相爱的人会成为众人关注的焦点。在婚礼上,大家为你们感动落泪;新婚夫妇永远是最美丽的中心,他们在一起是那么完美,不需要任何人的加入。艾米还记得当初跟利奥新婚燕尔,在夜夜性爱——年轻人的特权——的滋润之后,连和利奥早餐后一起走路上班的感觉都是那么特别。利奥一边走一边在沉思,而艾米看上去也是一副若有所思的样子。也许在路人的眼中,他们正旁若无人地沉浸在自己专属的爱情中。而对于佩妮和伊恩之间的恋情,艾米是这座城市中——"确切地说,唯一一个知情人士"。佩妮曾经问她——谁还知道这件事。"我谁都没告诉。格雷格永远也不会发现的。所以我还是保持沉默吧。"如果艾米闭口不言,那么这段关系就跟从来没有存在过似的。又有谁能说它曾经存在过呢?

自从九月达斯汀·卡瓦诺在安全巡逻中遭到抢劫的那个下午开始,她和佩妮建立起了友情,此后,那对情侣正式成为艾米张弛有度的日常生活中的一部分。在此之前,她一直想找一份全职志愿者工作,但在抢劫案发生后,她好像已经将这件事抛诸脑后了。她甚至再也没考虑过工作。现在,佩妮和伊恩的事就够她忙活的了。他们像子宫里的双胞胎一样紧紧相拥着占据了艾米的脑海。

在大都会博物馆吃午饭时,坐在桌子对面的艾米对伊恩说:"幸好没给你名分。这样一来,你的身份将一直是一名旁观者。"

"他不是个旁观者,"佩妮说,"他是个煽动者。"

"所以我终于有自己的名字了。为什么叫我煽动者,是因为那天在办公室我跟你说我喜欢你吃的拉面汤的味道?"

"不是,是因为后来发生的事。"

他说着,桌下的脚开始不老实起来,以迅雷不及掩耳的速度摸了摸,或是掐了掐、按了按佩妮,佩妮猛地往后一缩叫道:"哎呀,伊恩,住手!"责备的语气就像是一个被男孩扭住胳膊的十几岁女孩一样,"你真是个孩子。"随后她将脚搭在没人坐的椅子上,揉了揉脚踝。艾米瞥了一眼佩妮脚上的小靴子,那是一双用精致的棕色皮革制成的镶着某种毛皮的靴子,使她看起来像一只正在慢跑的雪得兰马。

有时候,佩妮和伊恩会让艾米也加入他们俩的私密对话,她很开心他们注意到了自己,还问她问题。"所以说,你怎么想呢?"伊恩此刻问,"你认为婚姻是神圣而不可侵犯的吗?"

"当然不是了。"艾米说。

"我们是个坏榜样,"伊恩说,"听佩妮说,你的婚姻很美满。这真是个天大的好消息。你们结婚很久了吗?"

"十三年。"艾米说。突然,不知为何,她突然想起了结婚当天,想起了利奥。她记得他上衣纽扣眼上的那朵白花,那让她想到了利奥脸部的缩影,那么勇敢地站在众人面前等着她的来临。

"太令人震惊了,"伊恩说,"我简直无法想象你们结婚这么久了。"

然而,现在的利奥沉浸在自己的世界里,跟她的距离是如此遥远。他不再需要她站在自己身边,因为他的科琳娜·贝里会跟他统一战线,一起抱怨工作量和其他的一切。有时,他还在晚上与科琳娜通电话。艾米已经很久没有去过利奥的律师事务所了,此刻的她努力想象着贴在他办公室墙上的纹理分明的日本墙纸、证书和照片。那里肯定还贴着一张几年前自己和梅森的合影。她似乎记起了儿子空空的、皱皱的前门牙龈,正在等着一颗小牙的萌出。

对于她来说,利奥白天的生活跟其他人的世界一样陌生。在她还是小女孩的时候,艾米·兰姆热衷于探索任何从未涉足过的小空间,哪怕只是简单地看一下:厨房桌上深褐色桌布下的黑暗世界;或

第九章

是用她草莓图案边的床单搭在两把椅子上的临时帐篷;又或是父亲书房里书桌下的空间,父亲就坐在旁边的椅子上批改经济学论文。她可以看到父亲的裤腿,以及裤腿口处伸出的大脚,上面套着黑色的袜子,她抓着父亲的一条腿,就像是在游乐场抱住安全杆一样。她待在父亲的领域,能感觉到他的存在,就像是利奥的办公室到处都是利奥存在的痕迹,一如她曾经也拥有一间自己的办公室一样,直到她放弃了这份存在。

出于工作的需要,利奥基本每个月都要出城见客户,在商务旅行酒店住上一两晚。酒店的睡袍虽然很厚,但由于穿着的次数太多,经历了一个又一个商旅人士,浴袍上的毛都被磨平了。他们这类商旅人士在抵达房间时又累又孤单,披上浴袍后便瘫坐在床上,手里拿着遥控器,漫无目的地换着一个又一个频道。

久而久之,艾米和利奥之间的关系越来越疏远。她知道自己可以利用佩妮和伊恩的恋情挽回利奥。她完全可以不理睬佩妮的明确要求,将一切告诉利奥,吸引他的关注。那么这段关系中就会多一对情侣,还不是只有一对。她本可以告诉利奥所有的恋爱细节,如此一来,或许他们早就已经和好如初。

"我认为你可以用这些内幕来要挟她,"在跟他和盘托出后,利奥可能会说,"威胁她要告诉她那经营对冲基金的丈夫。敲诈一大笔钱。嘿,快交学费了噢。"

"或者,至少得让她给我们家搞一张博物院的家庭年卡。"

"对啊!但至少要等他们举办一个非常精彩的展览的时候,比如那种戴着头巾的移民沿着船岸上的跳板走向新世界的照片展。你觉得他们会举办类似的展览吗?"

"哎呀,利奥,问题是:他们什么时候 没在举办那样的展览吗?"随后,他们对着这个讽刺笑作一团,抱在一起,倒在婚床上。他们的爱是那么坚固,又是那么明目张胆,实际上,他们在一起所拥有的要比佩妮·拉姆齐和伊恩·詹韦多得多。

但艾米没有将那对情侣的私情告诉利奥。她也没有跟吉尔说,只是独自默默忍受这份煎熬,守护着秘密。她更不会告诉在金角湾咖啡馆喝着咖啡抹着黄油的那些女性朋友们,虽然在理论上这件事可能会勾起大家的兴趣,各自坦白一些性方面的欲望。她将秘密深深地埋在心底,就像被要求的那样,尽管告诉别人对她来说将是一个大大的解脱。

佩妮望着伊恩时的那种扭曲、痴迷的表情,艾米看在心里有些不安,这跟盯着佩妮穿着皮草靴子的小脚不一样。伊恩的头发乱糟糟的,从来没好好梳理过,脸上、脖子上和手臂上长满了雀斑,在他人看来,他根本没有任何魅力,但佩妮却被他深深地迷住了。他是有魅力,但在大多数情况下,也不过只是那种默默无闻的普通人,就像是每年穿梭在城市街道上的路人,跟其他人混在一起,几乎不被关注。

"如果可以,"伊恩摸着佩妮的手说,"我要娶这个女孩。"

"我喜欢你称呼我为女孩。现在没人这么叫我了。我们都是女人,这让我很沮丧,听上去既冷静又无趣。"

"噢,你很有趣。"他说。

"谢谢。"

"我该怎么熬过圣诞节呢?"伊恩问,"我会和艾米经常见面。你会在这儿的吧,艾米,对吧?"

"嗯,对。"

她清楚自己和利奥可能没有钱去任何地方,这令人失望,但也是意料之中的事儿。离圣诞节还有一个月,拉姆齐一家将在圣多伊岛

第九章

度假,而艾米、利奥和梅森很可能留在家里。他们没有任何计划,尽管在梅森学校假期快接近尾声的时候,艾米的母亲安东尼娅将来纽约参加妇女会议,并在这里待上几天。她将住在公寓的小书房里,地板上的充气床垫会是她的睡床。

"对了,艾米,你也可以一起去圣多伊岛啊。"佩妮说。

"不,我们去不了。"艾米说着,脸色却开始红润了些。跟佩妮并排躺在白色沙滩上,儿子们在海浪中嬉戏,这似乎美妙得有些可悲。佩妮和艾米一边费尽全力将瓶子里最后的一点防晒霜挤出来,一边小心翼翼地谈论着伊恩·詹韦:这段恋情发展到了什么阶段?伊恩是不是爱她爱疯了?"我们负担不起,"艾米继续说,"我都已经能听到利奥的回复了。"

佩妮愣了一下:"你是认真的吗?你们有没有里程可以用呢?至少能抵一点儿钱。"

"我们确实有里程。"艾米说,声音顿时响亮了起来,就像吉尔的女儿娜迪亚激动地说话的样子。或许这确实可行,她想着,我们可以试试。她今晚要问一问利奥。

"我有里程。"伊恩插嘴说,然而没什么意义。

午饭后,他们三人一起在画廊里闲逛,在一组马格里特的画作前,他们停下了脚步。那个拿着青苹果的男人的画已经不在了,但艾米还清晰地记得多年前跟梅森在一起的那一天。她读着一张关于马格里特和妻子乔吉特关系的介绍卡,乔吉特在早期生活中曾是他的模特,是马格里特心目中的缪斯女神。"我猜他们的生活很居家,"佩妮对伊恩说,"一点也不狂野。她摆姿势,他画画,然后他出名了,他们经常旅行,总是很亲密。显然,他们在一起的一生非常幸福。"

"和我一起生活吧。"他平静地说。

"嘘。"佩妮说。

墙上挂着的都是些梦幻漂浮物,但在这些画作中,偶尔也有几幅女性裸体的画作,小心地分散在各处。在艾米看来,这些画作的原型应该是乔吉特·马格里特,她是天才画家丈夫思想中的小精灵,赋予他无限的灵感。伊恩对佩妮轻声说着些什么,在环顾了整个画廊后,他走近她,将嘴唇贴在了她的额头上。他们身材小巧,就像是早熟性感的孩子那样健美风发。她为他们之间的爱情感到莫名自豪,仿佛自己是他们宽容的监护人一样。她又想到了去圣多伊岛的旅行,猜测到底有没有去的可能。那对情侣就这样在画廊昏暗的灰色灯光下待了一会儿,从她站的角度看去,他们似乎在发光,哪怕那光只是照亮了彼此。

梅森,这个脑子里装着无穷无尽知识宝藏的孩子,最近跟艾米说了另一个事实。他说,在地球的卫星地图上,你总能分辨出人类的位置,即使相隔很远。他们微微向上扬起的脸,正在发出一种世上绝无仅有的光芒。这在恋爱关系中十分宝贵,却是战争中的一处败笔。人类,无论通过什么方法,都无法隐藏自己发出的光芒。

午夜的此刻,当利奥在噩梦中开始呻吟和微微颤抖时,艾米把手放在他宽阔的裸露的背上,他转了过来。

"你干吗叫醒我?"他说。

"你做噩梦了。发出奇怪的声音。"

"不,我没有。"

"你总是不承认,利奥。但你听上去就像一条疯狗。"

"噢,对不起,"他揉了揉眼睛,对着床头柜上的盘子点了点头说,"我睡前不应该吃东西的,"盘子里还残留着之前没吃完的山核桃酥

第九章

饼的碎屑,"没错,我确实做了个噩梦。我很难过,"他说着,慢慢地回忆起来,"好像马上就要发生可怕的事情,我看到你和梅森朝树林走去——我甚至不知道我们身处何处。一切是那么陌生——那里很黑,我不想让你们去,因为我有种你们永远出不来的预感。有点儿像世界末日。尽管在我看来,如果真遇到世界末日,不会只有那么'点儿'感觉。"

他摸黑躺下,艾米紧紧地依偎着他。"我猜你想的是'父子周末日'。"她说。

"这周末。该死。"

"会没事的,利奥。"

"你当然没事,"他说,"你可以待在家里。但我很害怕。"

"可能没那么糟。"

"我知道,我们甚至不需要睡在帐篷里,"利奥继续说,"我们住在有电的小木屋。但你想:所有的父亲和儿子都必须待在一个地方。而且梅森和我要一起去徒步。我从来不徒步旅行的。我不是那种能爬上乔戈里峰岩壁或是任何有趣地方的父亲。我也不像那些父亲可以雇用夏尔巴人。我跟他们不一样。我没他们有钱,我也不像他们那么争强好胜。"

"是这样的,很明显,我很高兴你不是那样的父亲。只要跟他在一起就好。我想那才是最重要的:超级忙碌的父亲花时间陪伴儿子。"

"我不知道梅森喜欢什么,"利奥伤心地说,"我甚至没工夫关心他到底开不开心。"

在他们以及他们认识的大部分人的身上,幸福已经成为一种难以捉摸的状态,但在孩子身上,你总能发现幸福的存在。就算你不开心,就算你很焦虑,只要你在孩子身上看到快乐,你也可以突然变得快乐起来。这就像突然瞥到草坪上有一只小鹿正在用颤抖的腿努力站起来一样。你会毫不难为情地喊道:"看!"

"我想他是幸福的,"艾米总结说,接着她又补充道,"有一次我们在博物馆里遇到的一位老妇人,她说我跟梅森看上去很幸福。不过那是很久以前的事了。"

在对儿子的问题感到不确定的时候,她和利奥便会陷入沉默。他们俩感到一种明显的忧郁,一种将儿子交给世界的过程中带来的难过。但要是他们也在思考自己的幸福,那么就更不想与彼此谈下去了。利奥闭上眼睛,将侧脸使劲儿地压在枕头上。艾米也闭上了眼睛,想起了佩妮的伊恩。突然,她又猛地瞪大了双眼。

"关于拉姆齐一家。"她说。

"怎么了?"利奥说着睁开了眼睛,盯着她。他们的鼻子凑得很近,鼻尖几乎碰到了一起。

"我记得我跟你说过,他们要去圣多伊岛过圣诞节对吧?"艾米轻声说,"她想知道我们能不能去。我跟她说不能。"

"回答得没错。"利奥说。

"我知道那是完全不可能的。"

"嗯,是的,"他打了个哈欠,"或许下辈子可以去吧,"他说,"在一个平行时空中。我眼下连'父子周末日'都应付不了。"

"会没事的。"她说。

一阵沉默。"圣多伊岛的岛主,"利奥说,"就是生产那些饼干的,叫'叮咚'的饼干。我在想好不好吃。"

"不知道。"

他们静静地躺着,艾米听着利奥呼吸的起伏变化。他的呼吸经

第九章

常会突然变得急促,随即又出现半睡眠状态的呼吸暂停,令人不安。因为他最近几个月胖了一些,她仍然担心他会像 H 区 14 楼的父亲那样暴毙。超重的男子会出现睡眠期间的呼吸骤停现象。你可以听到他们的气管,那纤细的振动片的声音。躺在他们身边,你知道那不对劲儿。你听着丈夫的呼吸声,惊恐不已,就像十年前艾米在助产课上碰到的那位母亲一样,她很害怕自己的孩子在婴儿床中死去。结果,她在孩子出生后的前几个月整夜清醒,听着婴儿的呼吸声,直到精疲力竭。但是利奥的呼吸没有任何变化,因为他并没有睡着。他们俩完全醒过来了。关于圣多伊岛的谈话,以及顺便提及的钱的话题,一同驱散了睡意。

"你还醒着吗?"她问。

"嗯。我一直在想那个岛。"

"抱歉,"她说,"当我没说吧。"

"你知道吗?"他想了一会儿说,"我们是有里程的。"

里程!这感觉就像操控梅森的电子设备一样!她控制着他!艾米小心翼翼地说:"我也想知道。事实上,佩妮也提到了。那我们的信用卡积分呢?但我不想问你。我知道我们根本负担不起。那个地方贵得离谱。它不适合我们。"

"你是怎么跟她说我们去不了的?"

"我说我觉得我们负担不起。"

"你那样说的?'负担'?"

"嗯,事实也是如此啊。"

利奥在床上动了动。"这让我看起来很失败,"他说,"我都不能带我的家人去度一个愉快的假期。"

"至少去不了圣多伊岛。"艾米说。

"所以她是怎么回答的呢?"

"她问我们是否可以用里程换,"艾米说,"当时我想到我们还有很多信用卡积分。有这两样,或许可以抵扣掉大部分的旅费,对吗?"利奥没有回答。"我们总是收到邮件账单,上面写着我们积累了许多积分和里程,我们还经常讨论要拿它们换点什么,"艾米继续说,"但这全是纸上谈兵。我们到底能不能去个好点的地方呢?"

利奥从床上坐起来,一脸茫然,耷拉着肩膀。她想起了那天为梅森参观公立学校之后,利奥站在街上冒雨用黑莓手机计算的情景。她看得出他又要进入计算模式了。"我不是让你现在算啊,"她说,"这还用说嘛!"

她丈夫穿着四角裤从床上站起来,上身赤裸,露出厚实的胸膛,拖着沉重的步子走到客厅,那里被客房浴室里发出的淡绿色夜灯照亮。她跟在后面说:"利奥,不要这样。"但他并未停下脚步。淡绿色的光线让他看上去好像走在医院的地下通道,半夜出诊去执行一些可怕的手术任务,甚至是停尸房的工作。"回床上去吧。"她说。

但他很苦恼,想要做些什么,充满了兴趣。他来到狭小的书房坐下,就是那个荒谬的微型书房,连一个孩子在里面都显得拥挤的房间。这里根本就容不下利奥的身躯。他在那张吱吱作响、过于低矮的办公凳上调整了一下坐姿,开始从"斯文"书桌的迷你抽屉里掏出各种文件。"利奥,别这样,"她说,"你为什么要现在找呢?你想要说明什么吗?我们可以明天再看。你现在必须睡觉。"

"太迟了,我都起来了。"他说。

当他翻看文件时,她看到了他的各种商务旅行的发票和收据,以及在陌生小城市里的旅馆名字,同样单调的名字,互换应该也不会有问题:"八角公园中心""伍德布里奇套房""多佛绿地旅馆"。利奥继

第九章

续在文件里扒拉着。

"你想要找什么?"她问他。

"里程对账单。"

几分钟后他找到了一张。通常,日常生活中得到的赠品质量都一般,但获得免费赠品的行为本身却会让你在感觉不自在的同时体会到一种满足感。他们有时点"四川宝藏"的外卖做晚餐,如果他们点的菜超过二十美金(这很容易做到),他们便可以获得一盘免费的芝麻冷面,用塑料桶装的一坨浸在酱油和花生酱里的面条。啊,免费的面条!艾米可怜地想到。

然而,即使身处这样的大都市中,他们也会在某段时间里发现一切东西都超出自己购买力,这时,赠品就像是生命中小小的奇迹。其实赠品的内容不重要:面条,又或是在百货商店化妆品专柜兑换的 0.05 盎司装的抗氧化面霜小样。艾米会吃那些免费的面条,也会索取一小管的抗氧化剂。同样的道理,如果利奥最终确定他们可以通过兑换里程的方式去圣多伊岛,或许之前疯狂积攒的信用卡积分也足以搞定几个晚上酒店的大幅折扣,在美丽的岛屿上度假,她肯定会接受这个提议,不仅仅是接受,而是主动去争取,抓住这次难能可贵的机会。

"要是想换到机票,那起飞的时间会很差,"利奥说,"还得坐在行李舱里。"

"我无所谓。"艾米说。

"我只是好奇而已,"他说,"佩妮·拉姆齐怎么突然让你这么感兴趣?"

"她的生活很充实,"过了一会儿,艾米说,"我想我喜欢听她说话。"她无力地补充道。

利奥点点头。他的小办公桌上摆满了纸张、发票和每月的账单,散落得到处都是。他抱起双臂,埋头在这堆东西上面。艾米依稀记得,在一开始他们在肯利·舒伯律师事务所相遇时,利奥就担心商业诉讼律师的职业会阻碍自己的发展——对,他的原话。在讨论自我质疑问题的过程中,他们相爱了。一天晚上,他们去一家叫作"塔格特"的酒吧喝啤酒,公司里的年轻律师经常光顾这家酒吧。除了在电梯里短暂的相遇,这是他们真正意义上的第一次单独相处。在酒吧里,他诉说自己是多么热爱大学,每当读到托尔斯泰、卡夫卡和托马斯·曼的作品,就变得兴奋不已。他们都是文学专业的——她是宾夕法尼亚大学英文系的,他修读罗格斯大学的比较文学专业——但他无法想象自己做一份纯粹与书籍相关的工作。他的学期论文的内容正式又有些生硬,但他明白自己这一辈子会非常喜欢看书。他说,自己是那种为书而生的人。他告诉她,在年轻的时候,自己曾想象过律师这份工作——对语言、措辞和专业性要求较高——将使他的文学技能得到进一步的修炼,随着时间的推移,他的文学修养便可以到达一个新高峰。

不过,最重要的是,当利奥想到可以通过做律师来维持稳定的生活时,他大大松了一口气。他的家庭一直处于贫穷的边缘。他的父亲从经营的杂志摊收工回家,带给母亲的是一本《妇女家庭杂志》,而带给利奥的则是一本《疯狂杂志》①。他和利奥会一起研究《疯狂杂志》最后的折页,看看本月电影的滑稽模仿文。随后,利奥的父母走进主卧,为钱的问题争论上整整一个小时。"我们快活不下去了!"他曾听到父亲哭着叫道。"各个方面都需要钱!"他的母亲也喊道,"冷

---

① 《疯狂杂志》,一本双月刊讽刺杂志,1952年开始发行,隶属于时代华纳旗下DC娱乐,主要恶搞电影、电玩、卡通等。

第九章

静,默里,你会得动脉瘤的。"虽然他并不知道动脉瘤是指什么,但他依旧向上帝祈祷:"求求你不要让我的父亲得动脉瘤。"成为一名律师可以让利奥免受此类冲突。他将照顾好自己的家庭,也会勇敢地保护家人的生命,不用受到各方威胁,不会罹患动脉瘤。

他的梦想是"好好工作,有稳定的收入",然而,他没有料到的是,在大学里,他会喜欢上文学,然后又不得不像许多文学专业的学生一样,将文学搁在一旁。他曾在酒吧里对艾米说:"大学实际上就像一片美丽的树林。然而,当你离开森林前往法学院时,一切都变了。"他们并排坐在酒吧的凳子上,当他说话的时候,艾米想象在那片美丽的森林里,他们俩赤裸着在潮湿的树叶中滚在一起。"当你在公司里找到一份安稳的工作时,"利奥有点醉了,继续说,"你会发现,你的余生与托尔斯泰、卡夫卡和托马斯·曼扯不上一点关系。"

为什么呢?她心里想,她也有点醉了,为什么人们不用"曼"来称呼"托马斯·曼",就像只用托尔斯泰和卡夫卡的姓氏称呼他们一样,只有他一人例外。"嗯,我懂。"她急切地表示赞同,并且想要离开昏暗的酒吧,到书店买一本精美的托马斯·曼的平装版小说送给利奥,他会把书放在自己的床头柜上,每晚入睡前读一点。她现在满脑子想的都是如何让他亲吻自己,她会不惜一切代价得到他的吻。

她想象自己和利奥·巴克纳跑回那片美丽的森林,但不知怎么的,它已经不在那里了。随后,利奥低头看了看自己,发现自己穿得就像他那大腹便便、心烦意乱的杂志推销员父亲默里·巴克纳的升级版;她也低头看了一眼,看到自己穿着一条小裙子和连裤袜,每晚下班之后必须要脱下来,在她单身公寓的水槽里洗一洗,拧成像水草一样的长条,顺手扔到淋浴器把手上。

那天晚上在"塔格特"酒吧,利奥和艾米讨论他是否应该离开事务所,去当一名公设辩护律师。她想象他在政府办公室工作,墙上贴着海报,一些可怜的单身母亲坐在大厅的折叠椅上排队,手里拿着文件,耐心地等着见他。地板上铺着世界上最差的紫红色地毯。每当他向后一靠,那把廉价的办公椅便发出刺耳的抗议声。

但他们俩都知道,这样一份工作会让他们的生活变得很艰难,在很多方面入不敷出。因为他们开始慢慢习惯了肯利·舒伯律师事务所,年轻律师领着不错的薪水,以及这份工作偶尔提供的一点额外收入。他们俩称不上贪得无厌,也不愿意完全出卖自己的良心。("我不会帮'大烟草'先生辩护的。"利奥曾经说过。但之后他们开玩笑说,他为"小胡扯"先生做事了。还有"小蜜炙火鸡"先生。)

等利奥结账的时候,他想当公设辩护律师的幻想已经被彻底否决了,而他想追随朋友的脚步成为一名宪法专家在法学院教书的短暂梦想也破灭了。有些醉意的艾米和利奥摇摇晃晃地站起来,在又一个深夜赶回肯利·舒伯律师事务所。在那里,桌椅像慈爱母亲的手一样撑着骶髂关节。下班后,年轻的律师们乘坐大巴回家。利奥继续留在事务所,然而,他再也不会有成为公设辩护律师那么强烈的愿望了。他回忆起父母在金钱问题上的痛苦,以及自己对舒适生活的需求,于是他巧妙地利用自己的欲望,在诉讼案件中变得更加熟练和沉稳。艾米也成为了一名出色的律师,在她认为安全可靠的信托和房地产业务上得心应手。随后,就像其他许多女性一样,她最终离开了这份她从未如她期待的那般热爱的工作。

此刻,午夜时分,艾米认为自己听到利奥在书房的小书桌旁叹气。他坐在那里一动不动,双臂交叉放在胸前,把自己埋进那堆文件里,尽管那声音很可能只是暖气通风口发出的劈劈啪啪的噪音。

"你认为我们真的可以去吗?"她问他,有些犹豫不决,等着他的答案。一开始,他什么也没说。

"什么?"利奥终于抬起头,眨着眼睛说。凌晨三点,他又在明亮的灯光下睡着了,妻子站在身边看着他。"哪里?"他问,"我们可以去哪里?"

"下个月。去圣多伊岛。"

"噢。"利奥应声道。然后,最终,他说:"嗯,我们可以去。"

第十章
法国，卡尔卡松，1950 年

乔吉特·马格里特在光线适宜的时候会为丈夫当模特。尽管，随着时间的推移，当越来越多的实用物品出现在他的油画中时，人们已经很难从画中找到她的踪迹，但她知道自己仍然占据着一席之地。那些画中弥漫着她的气息。他希望自己可以永远陪着她，她的存在对他是一种安慰，是快乐的源泉，所以她也很少拒绝他。在一开始他们确立情侣关系之后，他曾要求乔吉特在做自己的模特时保持绝对的静止和耐心，就算轻微的挪动也会让他变得焦躁不安。通常情况下，在连续工作了一下午后，她会感到十分满足，因为她知道自己做出了重要的贡献，同时也得到了丈夫的充分关注。她至少可以通过展现出最完美的自己来回报他。

并非每个女性都喜欢这种角色。许多妻子会对这种沉寂感到厌烦和恼火，但她却因此激动且清醒。他是那么才华横溢，能够为他的才华服务，实在是令人兴奋不已。在为他做模特的漫长日子里，乔吉

第十章 法国,卡尔卡松,1950年

特感到自己的心灵宛如一朵奇异的花朵完全绽放。勒内在工作的时候时常穿着西装,就像办公室的职员一样,每天在固定的时间停下来吃午饭,在房子后面的小花园吃面包和肉,谈论他们的画家朋友及其妻子。有时也会聊一聊他们听说的一些风流韵事。对于一对婚姻稳固的幸福夫妻来说,光想想这种出格的事情就已经够刺激了。待在家里的他们安全感十足,乔吉特或站或躺,面对着画架前的勒内。她先摆好一个姿势,随后问他这样是否达到了他的期待,是否还需要改变什么。但通常,她的丈夫总会笑着说,没有,这样很好,她做得很完美,并且感谢她的付出。

第十一章

"你什么时候去跟拉姆齐一家度假?"叶凯伦对此很感兴趣。这是十二月初的一个傍晚,路上一片漆黑,她们坐着叶家的越野车一路向北驶去。凯伦坐在前排,艾米坐在她身边。后面一排坐着罗珀塔和吉尔,吉尔的女儿娜迪亚坐在最后面,整张脸几乎贴在了烟色玻璃上,一边看着夜色中的路和飞驰而过的车,一边静静地唱着歌。即便在讲话,凯伦也能同时将英里数换算成公里,纯属个人娱乐,1英里当然等于1.609344公里,随着总里程的增加,她换算出的数字也在不断变化。

"我们将在假期开始的第一个周六出发。"艾米说。

"你们一起出发吗?"凯伦问。

"不,不。我们在那边会合。我甚至都不认识格雷格·拉姆齐。反正我也不在乎他。"

"这当然解释了你为什么要跟他们一起去度假。"吉尔平静地说,凯伦听着,想看看吉尔对艾米的讽刺会不会进一步激化,因为最近只

第十一章

要一提到佩妮·拉姆齐,这对好朋友就会起纷争。然而,艾米什么都没说。其他人讨论着各自即将到来的圣诞假期:要去哪里,要做什么。罗珀塔说她和纳撒尼尔将继续跟孩子留在家里,就像以往一样——她们开玩笑说,她家和艾米家处于食物链的最底端,但今年她将非常忙碌,因为她正在积极地帮助那个自己在南达科他州带去堕胎的少女。

"我们几乎每天通过电子邮件联系,"罗珀塔说,"她正在将自己的艺术作品制作成幻灯片。我看过一些。真的,她确实极具天赋。"系着安全带的罗珀塔使劲儿往前探了探身子,说:"艾米,我在想可不可以请你将她的幻灯片送给佩妮·拉姆齐看看呢?"

"噢。嗯,我猜可以吧,"艾米说,"但我不知道佩妮能帮她什么。她经营的不是那种博物馆。"

"没错,但佩妮肯定认识艺术圈的人。人脉一下子就打开了。布兰迪远在南达科他州,她谁都不认识。"

"啊,可以。没问题。凯伦,"艾米说,"这太棒了,简直就像是个移动的金角湾咖啡馆。我们不能开个通宵吗?"

"好啊,"凯伦说,"我喜欢开车。"

她们舒舒服服地坐在车上,开心地聊着天,十分放松。其他三个女人在轻声谈论那个叫布兰迪的女孩、佩妮·拉姆齐认真经营的小博物馆,以及人们是否有责任帮助其他没什么社交圈子的人。是的,她们持肯定意见,她们达成一致。其他人没有注意到,凯伦在开车期间一直在脑子里计算,试图算出两个出口之间的总里程数,随后跟仪表盘的数字进行比对。她的答案总是很接近,因为她天生对数字很敏感。在她的一生中,每当参加猜罐子里有多少珠子、坚果或是糖果的比赛时,她总能获胜,尽管奖品从来都没什么吸引力。有一次,她真的赢走了罐子中的所有珠子。

　　这些女人有任务在身。这是十一月一个星期六的傍晚,外面的天已经黑了,她们一行四人加上一个小女孩正在赶往北部的自然探索博物馆。那天早上,男人带着男孩们去参加"父子周末日"。两辆长途客车在早上七点到达学校,不出意外,不久之后,他们将唱起《墙上的100瓶啤酒》①,这是一首成年人普遍痛恨,却给凯伦默默带来慰藉的歌——她小时候没有唱过,甚至都没听过这首歌。

　　凯伦是车上唯一一个在小时候没有参加过夏令营或任何周末露营的女性。对于小时候的她,夏天意味着待在闷热的房间里学习《灵活头脑的数学概念》,等到再长大一点儿,她就到自己父母做菜洗盘子的餐馆做收银员了,那是在旧金山斯托克顿街的理想饺子宫。她的夏天里没有唱歌的概念,也更不会待在小木屋里玩抓子游戏和编织挂绳。

　　此刻,娜迪亚一个人坐在最后一排,看上去十分满足。她没去露营过,也没有期待要去。她只是一个奇怪的、沉默寡言的小女孩,被迫跟着母亲踏上旅途。吉尔和娜迪亚今早乘火车进城,将在艾米的公寓过夜。娜迪亚·哈姆林脑子里很可能只装得下今天和昨天的事情。不管怎么样,她还是像往常一样,轻轻地对自己哼着歌,凯伦不知道她是否在听周围阿姨们的谈话。

　　这个周末她们本不该去露营地的;相反,当丈夫和儿子在北部的时候,她们应该留在城里。这本来是个很愉快的计划,直到今天下午晚些时候,叶凯伦在东六十三街的复式公寓里忙着收拾东西时,发现了丈夫威尔逊将双胞胎卡莱布和琼诺的夜视镜落在家里了。她简直

---

① 《墙上的100瓶啤酒》,从100瓶啤酒开始倒数,歌词重复,在长途旅行中很受欢迎,例如班级旅游,或是童子军活动。

第十一章

不敢相信,夜视镜还躺在前厅的桌子上,已经在那儿一个星期了。她几天前就放在那里了,确信威尔逊肯定记得打包进去。

早在两人在麻省理工学院伯顿-康纳之家餐厅的首次碰面后不久,她就预测到威尔逊将是一个尽职尽责的丈夫,事实也是如此。他们并肩坐在蒸素食的餐桌旁,周围学生的盘子里装满了碎豆腐饼和用大豆或坚果奶酪做的千层面。她注意到,在吃素食的学生中,有百分之四十是亚洲人,不仅仅是来自印度。(当然,素食餐桌旁坐的印度人的数量依旧相当可观,但似乎学校里的中国以及日本的学生也开始吃上了素食。)

就这样,来自旧金山唐人街的唐凯伦和来自纽约唐人街的叶威尔逊坐在了一起,他们都是新生,身材瘦长。那是1984年,威尔逊是校园里一个叫"费马"的朋克乐队的贝斯手,为人紧张,说话直来直去,当他看到凯伦盘子的菜时,脸上露出了担忧的表情。最终,尽管他们完全不认识,他还是没有忍住,脱口而出道:"豆芽中大肠杆菌0157的感染率很高。"仿佛是恋人的表白。

"你是说我不应该吃对吗?"凯伦问。

直到几年后,大肠杆菌才成为沙拉棒和清洗好的袋装蔬菜中臭名昭著的毒药。他耸了耸肩,说:"我只是觉得你在吃之前应该知道这个事实。"接着,他舀了一勺斑豆和糙米饼放到自己的盘子里,找其他乐队成员一块儿坐了下来。她站在那里,内心矛盾,最后把整个盘子的食物倒进了垃圾桶。叶威尔逊给她的印象是既担心又爱深思。自从第一次见面后,他总是愁容满面。在这个方面,以及其他大多数方面,他们发现彼此的经历其实很相似。除了同样来自唐人街,他们都曾就读于各自城市的一所公共科技高中,然后以近乎全额奖学金进入麻省理工学院。十八岁的他们还是处男处女,虽然偶尔会被内

十年一梦

心沉默且无法忍受的对异性的渴望折磨,但还是没有足够的勇气开口或诉诸行动。而且,就跟校园里的其他人一样,他们俩的数学才能十分出众,做题游刃有余。

威尔逊曾向她坦白说,在每晚睡觉前,他会躺在床上背诵一系列的质数——卢卡斯质数,或梅森质数,以及当晚想召唤的任何质数("看,这就像选酒。"他解释道)。她被震惊了,因为她发现这就是世界上的另一个自己啊。直到今天,在晚上大声背诵一连串的质数仍是他们两人都喜欢的一个仪式。

威尔逊记得一切,没有什么能逃过他那神经紧张的大脑,他不放过任何一个细节,然而他竟然忘了带双胞胎儿子的夜视镜,完全不应该啊。这两副逼真的间谍级别的夜视镜是威尔逊所在银行的老板送的礼物,他的老板是一名有点纸上谈兵的间谍爱好者。整整一个月以来,这对双胞胎心心念念地期待着能在即将到来的"父子周末日"使用眼镜。卡莱布和琼诺这两个生活在封闭城市的男孩子一直渴望戴上夜视镜去寒冷黑暗的树林里露营。

通常情况下,这对双胞胎应对挫折的能力不佳。凯伦可以想象,当发现夜视镜不在行李袋里时,他们因失望而扭作一团的臭脸。凯伦知道这算不上紧急情况。因为威尔逊并没忘记将杰克·吉芬的肾上腺素笔打包,但她仍为他的疏忽感到焦躁不安,就像有时她会因为有些细节不到位而变得坐立难安一样:当有人迟到,或数字对不上时。于是她给艾米打电话,觉得她的朋友会说服她,如果这对她很重要,凯伦可以开车到营地亲自将夜视镜交给两个儿子。事实也是如此。更棒的是,艾米还建议她们可以集体出行,所以又说服了罗珀塔一起前往(她的女儿格蕾丝今晚可以去一个朋友的公寓过夜),同行的还有吉尔,因为唐纳德整个周末都被工作缠得脱不了身。

第十一章

就这样,她们一行人驱车行驶在公园大道,向北行驶八十五公里,前往一个树林茂密、枝繁叶茂的风景胜地,虽然男人和男孩们原以为他们将单独在一起度过这个周末。"你们觉得这是一个错误吗?"握着方向盘的凯伦说,"这样算不算侵犯他们的隐私?双胞胎确实非常期待使用夜视镜,但也许看到我,他们会变得怒不可遏。"

"夜视镜就是最好的理由,"罗珀塔·索科洛夫说,"我们都开了一半了,凯伦。我相信他们拿到夜视镜会非常开心的。"

"不管怎么说,"艾米插嘴说,"你们觉得他们私下会做些什么?"

"我不知道,"罗珀塔说,"可怜的纳撒尼尔肯定很不合群。"凯伦觉得她说得没错。罗珀塔那位木偶师兼摄影师的丈夫像是来自六十年代的人,虽然他待自己一直不薄,但她从不知道可以跟他聊些什么。

"利奥也很害怕。"艾米说。

"但至少利奥跟别人处得来,"罗珀塔说,"他本身就在企业界工作。纳撒尼尔已经几十年没打过领带了。"

"利奥并不合群。"艾米辩解道。

"那个,其实威尔逊倒是挺期待这个周末的。"凯伦说。

"我能想到他们在一起的场景,"艾米说,"半裸着身子围着营火跳舞。"

在艾米的引导下,凯伦的脑海中出现了男人们围着营火跳舞的画面,敲着鼓面,兴奋不已。她很少能独自想出如此生动的画面,因为她天生拘泥呆板,她的朋友们经常因此取笑她,但还是会告诉她,尽管她没什么想象力,她们还是一如既往地爱她。她们的看法当然是对的。她几乎没有任何想象力,喜欢将世界看作一系列镶嵌在巨大网格上的井然有序的通道和走廊。威尔逊也是一样的观点,可能卡莱布和琼诺也这么认为,他们都喜欢解数学谜题和玩魔方,但对瞬息万变的大自然、故事书或其他任何叙事类的事物都毫无兴趣。这是她们认真观察后的总结:叶家人拘泥、专注,基本上只关注可量化的东西。

然而,最近,当有人先描述出一个场景——比方说,男人在树林里跳舞——时,凯伦发现自己体内涌现出一股隐隐的力量鼓励她想象出场景中更多丰富的细节。所以,此刻的她尽职尽责地试图勾勒出威尔逊坐在卡莱布和琼诺之间的画面,利奥在梅森身边,以及罗珀塔瘦长的丈夫纳撒尼尔和他们的儿子哈里,还有年级里那些令人印象深刻的丈夫们,包括佩妮·拉姆齐矮胖健硕的丈夫格雷格,和他们的儿子霍尔顿,以及其余的男人和男孩们。她谨慎地想象他们每个人在画面中的位置。松树的气味很容易跟火上烤的野猪的气味混合在一起,就在那时,突然,四个女人带着一个小女孩出现在了树林中的一块空地上,满脸通红,手里拿着夜视镜。

她们在晚上快九点的时候到达营地,凯伦将那辆大车开到营地入口处的临时停车场。长途汽车已经开走了,将于明天下午再来接孩子们和他们的父亲回家。叶家的车带着些城市的偏执,在这儿显得不伦不类的。那是一辆大型越野车。十年前,在双胞胎出生之前,差不多在孕期三十二周的时候,威尔逊就开始租借越野车开。一天早上,凯伦在卡马拉塔及贝罗美食广场购物时,羊水破了。她当时站在商店后方的肉区,那边柜台的玻璃是倾斜的,肉贩正用一把像短弯刀一样的刀为她将意式香肠切成片。就在刀刃扎进肉里的时候,她突然感觉到体内一股锋利的拉力,就好像自己也被切了一刀似的,她喊道:"啊,我的天啊!"

第十一章

　　接着,传来"扑哒"一声响,就像是湿衣服掉在地上的声音,她明白这是自己发出来的,尽管她压根儿不知道这意味着什么,因为她一生中从没发出过这种声音。但凯伦感觉有点不一样,当她低头往下看时,惊恐地发现脚下的白色瓷砖地板上突然溅起了水。排在后面的女人抓住凯伦的胳膊说:"亲爱的,你的羊水破了。你得赶紧去医院。"

　　"太早了。"凯伦哭喊道。

　　"噢,但已经开了啊。"女人想都没想就笑着说,然后突然停下来,意识到这样不合适。

　　到医院后,医生们说双胞胎必须在二十四小时内出生。当明确凯伦的宫颈没有打开的希望后,她被带进产房,用医用纱布涂满杀菌剂的肚子变成了铁锈色。产科医生是个十分时髦的人,罗珀塔看到她后也说她就像一个设计师品牌运动服的消费者,她似乎对凯伦没能熬到预产期并提前破水的事实感到十分恼火。凯伦觉得自己像是一个粗心大意的母亲,忘记给双胞胎系上汽车座椅上的安全带,任由他们在车里乱撞乱飞。后来,每个人都说这不怪她,她没有做错任何事,但她仍然无法原谅自己,恼火和羞愧之情笼罩了她。一个月后,当卡莱布和琼诺从新生儿重症监护室出院时,他们的肺终于发育成熟,达到了健康的状态,凯伦事无巨细地照顾着双胞胎,不允许一丝丝意外的出现,就好像为了弥补自己之前那不可原谅的过失。

　　双胞胎回家的那天早上,威尔逊将人生中第一辆租来的车停在位于第五大道的医院前面的路边。威尔逊按照出生的顺序,依次将卡莱布和琼诺塞进汽车座椅。当天早上,凯伦的母亲唐楚华也坐在车里,她从旧金山飞来帮忙接送孩子,她叽里呱啦地用中文对女婿喊道:"这样绑!不,你那样不对!脖子勒太紧了。你想让你的儿子变成傻子吗?"

凯伦经常被自己母亲随意侮辱威尔逊的言辞弄得喘不过气来,但威尔逊本人却保持沉默,全盘接受。他说,楚华不是自己的亲生母亲,所以他根本不在乎那些话。那天在医院外,威尔逊和岳母似乎统一了战线,搞得凯伦觉得自己反而是个客人,跟眼前这两个稚嫩的异卵双胞胎毫无关系。即使她连着一个月天天去医院探望他们,还是觉得很陌生,汽车也是。那时的凯伦认为,美国只有大家庭才会开这样的车,趴在地上的孩子们玩着掌上游戏机和乌诺纸牌桌游,到处都扔满了垃圾,同时像吸氧一样拼命地吮吸着果汁,直到盒子本身变得瘪瘪的。叶家或许有一天也会变成这样,但那是很久很久之后的事情。

但他们需要这种车,在孩子出生之前,威尔逊就一直坚持,而且她明白,他一辈子都想拥有一辆这样的车。他从小到大,家里没买过越野车,但是他见过林肯大陆车和旅行车——虽然他们家一辆也没买,这是显而易见的。他们的朋友也没人买过车,连一辆破车也没有。于是,同时拥有这两种车型的梦想融合在了一起,打造出了眼前的车:像怀孕的妻子一样又大又肥,却拥有着丈夫一般强大的权力。

在楚华的眼里,这辆越野车是一辆金色的马车,是送给她的礼物。当然,每当楚华对威尔逊和凯伦的财富感到兴奋并作出一些评价后,接着又会对他们的生活细节挑毛病。这辆车很漂亮,她说,但随后又抱怨车内的装潢"像皮革一样又冷又粗糙"。"因为这就是皮革制品,妈!"凯伦差点儿哭着叫出来。但当然,她把话咽了回去。

那个早晨已经是十年前的事了,凯伦现在很少开车出城,除了夏天她会带孩子们去北部的避暑别墅。凯伦和她的朋友们坐在熄了火的车里,车停在露营地的停车场。"你们猜他们此刻在做什么?"吉尔

第十一章

问同样坐在这里的朋友们,"当女人不在身边时,男人们会干些什么?"

"我不想知道。"罗珀塔说。

"也许他们就像我妈妈和她的朋友们过去那样,成立了一个唤醒意识团体,"艾米说,"我跟我的父亲以及姐妹们因此不得不待在楼上。有天晚上,那应该是在七十年代初,我的母亲告诉我,她们一起观察了另一个女人的子宫颈。"

"想象一下,如果你当时下了楼?"凯伦摇着头说。

"她们会吃自己的胎盘吗?"罗珀塔问,"你也知道的,她们以前都这么干。"

"没人真的这么干过,"艾米说,"这只是一个传说。或者可能有那么几个女人确实吃过,给女权主义留下了永恒的坏名声。"

"说真的,我不觉得女权主义的名声坏,"凯伦说,"我只是觉得女权主义算不上是种称呼。一切都过去了。那只是代表了某些愤怒的传统形象而已。"

"千万不要跟我妈妈这么说,"艾米说,"她讨厌我们这个年纪的人不把自己称为女权主义者。我想,在她心目中,我们出于对她以及她的朋友们的敬意都应该这么做。"她又不确定地补充道,"我是女权主义者,难道你不是吗?"

"理论上是,"罗珀塔说,"我从来没用过这个称呼。你也不需要在医疗表格或其他地方填上这样的信息。但当然,是的,我是女权主义者。她们确实做了不少贡献。"

"是啊,看看我们现在多平等。"

"别埋怨她们,"罗珀塔说,"这不是她们的错。人们永远在责备自己的母亲,这太不公平了。"

"你总是把事情怪在你母亲头上。"艾米说。

"我母亲吗？噢，那不一样。"罗珀塔说完，她们都笑了。

"那里面好安静啊，"凯伦过了一会儿说，"我不相信那些男孩一点儿噪声都没有。"

"我猜，"艾米说，"男孩们在玩电子游戏。而男人们在开电话会议。"

"不会的，"凯伦说，"他们不可能那么做。这是禁止的。你没读学校的通知吗？"

"我开玩笑呢。"艾米说。

凯伦很维护丈夫威尔逊；即便批评是开玩笑性质的，只要涉及丈夫，她都会感到不舒服。他是周围所有丈夫中最有道德、最优雅的一个，脸上和身上都非常光滑，头发乌黑发亮，双手纤长，在营地碰面的一瞬间，她的脑海中便出现了他上述的形象。她会直接看向他，就好像她戴了一种特制的夜视镜，里面只能看到威尔逊似的。其他人在她面前，都将消失不见，她的眼里只有他。

"我们要去露营了，露营很有趣。"吉尔的女儿娜迪亚说。

"亲爱的，我们不是真的去露营，"吉尔说，"只是去林子里转转，给双胞胎送去他们落在家里的夜视镜。外面太冷了。"她们下了车。凯伦打开后备厢，她能看到自己呼出的白气，摸索着掏出了几个带来的手电筒，还有两副夜视镜。"那就让我们见识一下这些神奇的玩意儿吧。"吉尔说，就在那时，凯伦一时兴起从盒子里拿起了其中一副夜视镜，试图套在自己的头上。可是上面的橡胶带本是为头围更小的孩子设计的。于是，她松开了带子，轻轻按了一下开关，夜空中闪起了一丝病态的黄光。每个女人都轮流试了试这副夜视镜。

"这就像通过尿样看世界一样。"艾米说。每一丛灌木、每一棵树

第十一章

都变得各具特色。

"我能试试吗?"娜迪亚伸出双手试探性地问,凯伦直接将另一副夜视镜戴在了小女孩的头上。"噢!"当黄灯打开,世界为她而亮时,娜迪亚大喊道,"哇噢!"

进入营地似乎有两个不同的入口,这几个女人随意选了一个。她们走啊走,走了大概五分钟,小路就到头了,她们发现自己走进一大片冷飕飕的树林里。她们穿过落叶和小树枝,在手电筒和夜视镜的帮助下摸索着快步往前走。她们凭直觉向一个特定的方向前进,从一棵树跑到另一棵树,从一个灌木丛跑到另一个灌木丛,找到另一条小路,随后又在接下来的岔路口作出选择,所有这一切仅仅是靠着手电筒和如尿液般的夜视光线摸黑完成的。

"如果我们遭遇大屠杀,或是被熊吃掉,没人知道我们来这儿干什么。这将是一个巨大的谜团:为什么我们会在'父子周末日'期间出现在树林里? 这将成为一个传奇,每年我们的丈夫都会告诉孩子们另一个在他们看来发生在我们身上的故事版本。"

"他们也会将此事告诉他们的第二任妻子。"吉尔说。

"什么第二任妻子?"凯伦问,疑惑不解。

"凯伦,这是个玩笑。"罗珀塔说。

"噢。"

"随后,我们的丈夫会说:'好吧,儿子,我开始相信,你们的亲生母亲和她的朋友们一路开车到露营地只是为了说一句"我爱你"。'"

"但不幸的是,孩子,"吉尔说,"你妈妈的一个朋友当时来了月经,结果引来了一只熊。"

"我确实是来月经了,"凯伦说,"量还很大。"

"噢,凯伦,"艾米说,"你所谓的'量很大',其实指的是一点点血,对吗?"

"不,实话实说,不是这样的。"凯伦说,好像受到了侮辱,但其他人似乎都在质疑,准确地说,她们不相信她那瘦削的小身子会经历像自己那样的月经量多的日子。

"我看到前面有灯。"吉尔说。

"我看见一个圆环。"艾米说。

"圆环? 哪里?"凯伦问。

"那是《海浪》的开篇,"艾米解释道,"弗吉尼亚·伍尔夫。我在宾大的毕业论文。我仍清晰地记得小说的开头。"随后,她开始背诵:

>"我看见一个圆环儿,"伯纳德说,"悬在我的头顶上。它浮在一圈光晕中,不停地颤动。"
>
>"我看见一片淡黄色,"苏珊说,"蔓延开来,最后跟一道紫色的纹带连在一起。"
>
>"我听见一个声音,"罗达说,"啾啾啾,唧唧唧;啾唧啾唧;一会儿升高,一会儿降低。"

她背完后,女人们沉默了一会儿。"写得很有趣,"凯伦说,"有些陌生。"她心里想的是:太陌生了。对我来说太陌生了。文字对于凯伦的感觉就像是数字对几乎所有人一样:让她感到困惑,就像是一枚近在咫尺却碰触不到的摇晃的戒指一样难以捉摸。

"这不是我最爱的小说,但很有魅力,"艾米说,"我曾经对着利奥念完了一整篇小说。"

"他让你念了?"凯伦问。

"是啊,他很喜欢。"

第十一章

"我无法想象,即使退回婴儿期,威尔逊也不会听别人念那么长的书,除非是纳斯达克综合指数。"

当女人们走近营地中心时,空气中弥漫着篝火的香味,火焰点亮天空。她们先闻到香味,随后看到亮光,紧接着听到歌声。歌声令她们停下脚步,一百个男性发出的声音令人震惊,以一种理想化的、充满雄性激素的嗓音完美地融合在一起。这是一个没有女性的世界,艾米后来说,就好像她们偶然发现了一个内战军队临时扎营过夜的地方。

"哇,快听。"凯伦说。

男人们在唱这首歌的时候声调升高了,如果没有别人,威尔逊自己肯定不会唱的,他对这首歌中描述的多愁善感是那么不屑一顾。他仍然喜欢大学时听的八十年代的朋克音乐,一些他在费马乐队演奏过的音乐。不过,随着时间的推移,他身上的朋克气质越来越少。在收到银行的第一笔奖金后,他买了一个昂贵的电贝斯作为送给自己三十岁的生日礼物,但他很少用。凯伦慢慢地意识到,在眼前不断飞来木屑、石头和少许煤渣,棉花糖叉在弯曲树枝上的此时此刻,威尔逊竟然和其他人一起唱起了琼·贝兹的老民歌《多娜,多娜》,这真的太不可思议了。然而,这就是他们正在做的事情。他们的歌声太优美了。

> 一辆颠簸赶集的马车上
> 一头小牛目露哀伤
> 在它头顶上方一只燕子
> 振翅高飞,穿越蓝天
> 风儿正自笑开怀

笑得真起劲

一天到晚笑不停

笑到夏日夜半冥……

"他们唱得不错，"吉尔说，"我被惊艳到了。"

他们如天使般的歌声，完全没有之前惯有的讽刺腔调。女人们围在营火旁，借助夜视镜和手电筒看着眼前的一切。有一两个父亲违反规定偷偷地对着手机在旁边激动地说着什么。但那只是少数，大多数人都愉快地参与到了今晚的活动中，将工作抛诸脑后。威尔逊和双胞胎在那里，他们三个的皮大衣侧面贴有反光条。就在几英尺外，高大的利奥·巴克纳和他的聪明儿子梅森坐在一起，虽然利奥不是很合群，但他俩的眼睛都在夜里闪闪发光，跟着旁边的人一起发自内心地唱着歌，既没有翻白眼，也没有表现出明显的讽刺。

凯伦很好奇，威尔逊怎么会知道这首歌的歌词呢？男人和男孩们一字一句地唱着整首歌，当歌声结束后，站在树丛后的女人们看到亚历克·吉芬突然在圆圈中央站了起来，他的儿子杰克对花生过敏。这位父亲跟今晚所有的父亲一样，一副伐木工人的装束。在白天的比赛中，他被选为领队，所以今晚他的任务是向全体观众致辞。"伙计们，"亚历克·吉芬说，"听好了！"他举起一只手，众人立即鸦雀无声。"你们唱得都很棒，"他说，"给你们自己一点热烈的掌声！"

全场响起一阵掌声，大家挥拳呐喊着。今天我们在树林里度过了漫长的一天，亚历克·吉芬说。他们徒步，爬山，两支不同颜色的队伍在寒冷的天气中打了一场"非常精彩"的战争，即使红队将蓝队打得片甲不留，但双方仍然非常享受，很开心，每个人的表现都令人钦佩。掌声更热烈了，他接下来说："现在，我想邀请一对父子上台朗

第十一章

诵奥本走读学校的校训。确切地说,是一支队伍,他们不论从合作精神还是技能来看,都极为出色。"

他环视着人群,一个一个地看过去,仿佛要从那些被火光点亮的脸庞中思索着决定,而实际上,这个人选可能一开始便内定了。凯伦希望威尔逊、卡莱布和琼诺被选中,但她知道这是不可能的,因为她两个儿子的双胞胎身份在某种程度上削弱了他们的竞争力,而且很可能永远都会如此,在各个方面。然而,这对双胞胎对彼此至关重要。他们要比同龄的孩子小得多。凯伦现在认为,他们的早产,以及在新生儿重症监护室所经受的困难,都足以让亚历克·吉芬选择他们。

那时候你用一只手便可以抱起他们俩了,她想穿过灌木丛提醒亚历克·吉芬。她和威尔逊夜复一夜地坐在病房的椅子上,看着保温箱里一排排生病的婴儿,听着监控器发出哔哔的声响,将他们戴着手套的手从洞里穿过去,用平滑、没有纹路的掌心抚摸双胞胎,鼓励他们要努力活下去,尽管当时双胞胎显得痛苦不堪,身上插满了像牙线一样细的管子,脚后跟像果酱一样呈现半透明的黑色,似乎情愿自己从来没有出生过。亚历克·吉芬还需要知道什么呢?

选双胞胎吧,叶凯伦全神贯注地期盼着,她可以想象两个男孩当选时那激动的表情。她甚至不知道这个特殊的荣誉会带来什么奖励。他们会获得一个奖杯、一块奖牌还是被一群人高高举起在半空中?不管是什么,她都希望获奖的是他们。亚历克·吉芬继续环视四周,打量着眼前这些急切的孩子和焦灼的父亲。凯伦想,肯定不是懒散的失业者伦恩·古德林和他的儿子菲利克斯。也不可能是慵懒的、喜欢独自沉思的纳撒尼尔和小哈里。每个男性都跟亚历克·吉芬进行眼神交流;要说看不到男孩们想要当选的急切,那是不可能的。凯伦看到可怜的卡莱布和琼诺腰板儿挺得比以前更直,试图表现出团队典范的模样,但她确信这样做毫无用处。

亚历克·吉芬是一家生产喷墨墨盒公司的首席财务官,他慢慢地转了一圈,看了一看。最后当他停下时,众人都看到了他停在了哪里。

"好吧,"站在凯伦身边的艾米阴郁地说,"谁又能猜到呢?"

"嘘。"凯伦说。

"霍尔顿·拉姆齐和他的爸爸格雷格,"亚历克清晰地宣布,"可以请你们二位上来吗?"

格雷格·拉姆齐个子不高,但又结实又强壮,个性好斗,是个大宗交易的经纪人。被叫到名字的格雷格和他的儿子霍尔顿,毫不惊讶地站起来,走到圆圈中心。男孩们发出愤怒的低语,亚历克马上制止了他们。凯伦早就对此有所耳闻,下午放学回家后,坐在桌子旁,儿子们向她倾诉内心的秘密和烦恼,抱怨着霍尔顿·拉姆齐总是能赢得一切。

"这太不公平了,"她记得有次卡莱布差点哭出来地说:"实际上,妈妈,我真的不觉得他在所有方面都比别人优秀。我只是觉得他更在乎输赢。"

只要是参加竞赛,不管体育竞技还是学术比赛,霍尔顿总是第一名。凯伦明白,他父亲也是如此。今年秋天,当艾米和佩妮突然成了好朋友,她明确表示格雷格根本不是她们的朋友。"我没有跟他们夫妻成为朋友,"艾米反驳说,"我跟他从来没有真正意义上的交流。除了这些年在参加期初家长会的晚上,或是早餐吃松饼时打个招呼。他估计根本不认识我。"

然而,再过几周,当学校放圣诞假,艾米和利奥与拉姆齐一家一

第十一章

起去圣多伊岛度假时,她将近距离接触他。此刻,凯伦发现艾米正紧盯着格雷格·拉姆齐,无法挪开自己的视线。格雷格穿着一件崭新的棕色羊皮大衣,儿子站在他身边。两人的下巴都微微向上昂起。

"你们懂的,是他让其他父亲选择他们的。"艾米小声说。

"你的意思是?"凯伦说,"他催眠了他们吗?"

"他想要什么,就能得到什么。佩妮说他可以为所欲为。"

"噢,我们都可以为所欲为。"吉尔说。

可是凯伦几乎听不进去。其他男人和男孩们只想讨好拉姆齐一家,这让她心烦意乱。但她对此也束手无策,也许拉姆齐父子今天确实展现了超强的团队合作精神。凯伦的儿子们都很谨慎,而威尔逊也从来没特别想赢。尽管如此,他依旧是个出色的成功人士,另外一种类型的成功:安静、专注结果的天才银行家。

但格雷格和霍尔顿·拉姆齐生来便是天选之子。世界就是这样运转的,尽管这个事实通常会被巧妙地隐藏起来,此刻的公然谈论令人吃惊,但也有些振奋人心。在短暂摆完姿势后,霍尔顿和他的父亲相互点了点头,承认彼此的成就,随后他们就像谈妥了一笔生意似的击掌庆祝,握拳互碰。最后霍尔顿将手背在身后,高昂着头,背诵起奥本走读学校校训的第一节:

> 我将在卓越中找寻我的家
> 我将在诚实中定位我的导引
> 我将在纯真中保持我的信任
> 我将在知识中保持我的步伐

他的父亲紧接着背起最后两个小节。其他男孩们动了动,傻傻地笑着，但没有人说话。他们似乎对学校的校训以及学校本身怀有某种敬意。尽管学校装模作样，有时还自命清高，但学校里大多数的老师都充满激情，身边经常吸引着不少学生。男孩们受教育的方式改变并且提升着他们的处事方式。他们将学习如何发表演讲、如何在交谈中直视大人的眼睛。他们将学习如何在社会上行为处事、如何做个文明人。他们的父亲在儿子这个年龄时，可能对这一切都一无所知。当然，凯伦想，威尔逊在十岁的时候只会畏缩不前，结结巴巴地想要躲回自己的世界里。

此刻，围成一圈的人群中，男孩和男人们对学校的敬爱远远超过他们对拉姆齐家族主导一切的怨恨情绪，很快这种负面情绪就消散了。随着仪式在一段印度圣歌中结束，他们所有人手挽手肩并肩，每个人都心满意足，一切都得到了宽恕。没有颁发奖杯或奖牌。显然，奖励就是站在圆圈中心，去静静地感受自己的主导地位以及感怀学校。随后，男人和他们的儿子散开了，离开已经熄灭的营火，走下山坡，朝着矗立在远处亮灯的小屋走去。

"快，赶紧把夜视镜给他们送过去，"艾米对凯伦说，"你的机会来了。我们不可能跟着他们去小屋。"

凯伦望着儿子们的后脑勺，看见他们像萤火虫一样在威尔逊身边飞舞。像萤火虫！一个独立的形象突然出现在她的脑海里，她被一种真实可见的画面深深吸引了。难道今晚在树林里，一切都将改变吗？是不是她的朋友们在少女时期，暑假参加夏令营也会有这种感觉呢？不管是什么原因，她现在都不想接近威尔逊和双胞胎，至少现在还不想。她不想打扰他们，因为这就像在森林里打扰进食的浣熊一家一样鲁莽。噢。另外一种画面。相反，她想默默地跟在他们身后，观察他们生活的区域。

第十一章

"你要去吗?"艾米问。

"还不到时候。"凯伦说。

于是,她们远远地跟在后面,保持在外围的树林里。男人们正在聚精会神地聊天,男孩们在他们前面跑着,在小路上来回跑着。凯伦注意到一个她很有可能会忽略的瞬间:双胞胎站在一群男孩中间,当他们从男人们身边跑过时,威尔逊弯腰一下子把两个儿子抱了起来,在空中晃来晃去。他们小小的,像虾一样,每个男孩只有60磅——加起来也才54.55公斤——所以对他来说并不难。

"爸爸!"卡莱布喊起来,好像在说,爸爸,我已经长大了,不适合做这个了,但他的笑声越来越响,凯伦看到男孩们玩得特别开心,威尔逊也是。

"跟你们说,"凯伦对其他女人说,"我不想打扰他们。我甚至不想让他们知道我们来过。"

"你确定吗?"吉尔说着,停下来转过身说。

"我突然觉得这样很唐突。"

"我明白你的意思,"吉尔说,"他们从某种意义上说都很可爱。唱着《多娜,多娜》。"

"除了格雷格·拉姆齐,"艾米说,"他可一点都不可爱。"

"话是没错。"凯伦说。但她知道,像格雷格·拉姆齐这样的人到处都是。威尔逊有时也对这类人稍有不屑。当然,大集团的金钱世界本质上是野蛮的、男性化的,吸引了一些像格雷格·拉姆齐这样好胜心特别强的男人。他们的存在一点儿都不奇怪,也没有那么令人讨厌。你不必喜欢他们,也更不必屈身嫁给他们,但你必须想办法跟他们在这个地球上共存。

就在那时,艾米突然开口说:"知道吗,连佩妮都受不了他。"

"谁?"罗珀塔问。

"格雷格。"

"她连自己的丈夫都受不了?"凯伦说,完全接受不了这个说法。怎么会有人这么说呢?威尔逊可是她的心肝宝贝。丈夫和妻子注定是彼此的保护者,否则结婚还有什么意义?

"对,她受不了。"

"他对她不忠吗?还是别的?"罗珀塔问,"我一点儿都不惊讶。"

艾米没有回答,于是吉尔说:"艾米?"这两个亲密的朋友盯着彼此看了很久。她们相识已久,比这里其他任何一个人的时间都要久。凯伦意识到,虽然在别人看来,她们什么都没说,但艾米和吉尔之间正在进行着一场完整的无声对话。凯伦看看艾米,又看看吉尔,来回观察着:艾米似乎很不安,吉尔看上去有些得意洋洋,虽然也有些不高兴。然后,这场无声的谈话终于结束了。吉尔点点头说:"事实是这样,对吧?不忠的那个人不是格雷格,而是佩妮。是妻子。你就说我说得对不对?"

"吉尔,我真的不能谈这个,"艾米说,"请不要逼我。我向佩妮发过誓,要保守秘密的。"

"嗯,这就是我要的回复,"吉尔说,"谢谢。"她沉默了一会儿,然后又说:"我想这就是你找她聊天的内容吧。这就是亲密关系的由来:她的外遇!她倾诉,你聆听。你一直都是个很好的倾听者,艾米。"

"别说了,吉尔,好吗?"艾米说,"不管你怎么想,佩妮和我确实是朋友。听着,我必须重申:你们谁都不能跟任何人提这件事,好吗?"

"所以谁是那个情人?"吉尔问。

"不重要,"艾米说,"你不认识。一个博物馆的人。"

第十一章

"我不明白的是,"凯伦突然开口说,因为她再也忍不下去了,"她怎么可以干出这种事。"

"她需要找个人说说话,"艾米解释道,"被达斯汀·卡瓦诺抢劫那会儿,我们在一起,当时简直是太紧张了。然后她就脱口而出跟我说了。"

"不,"凯伦说,"我指的是外遇。"不管什么时候,只要叶凯伦听到有人对婚姻不忠,一股厌恶之情便会油然而生。

"你真的要跟拉姆齐一家一起过圣诞节吗?"吉尔问道。

凯伦一脸厌恶之情,但跟她没有直接关系,但吉尔听起来对艾米很是生气。大家都知道,自从吉尔搬去郊区,艾米就开始忽略她,转而跟那个迷人的博物馆馆长,那个偷偷摸摸的婚姻出轨者,做起朋友。

"我都不太认识他。"艾米小声说。

"可你要一直跟他们坐在一起,"吉尔接着说,"想想,你知道的那些事儿,格雷格不知道。利奥也知道吗?"

"我说了,除了你们,没人知道。"

"妈咪,我要寥寥。"娜迪亚突然说。

"尿尿,"吉尔说,"噢,亲爱的,现在吗?"

"嗯。"

"好吧。"吉尔转向其他人说,"等我一下,好吗?"她跟着女儿走向树林,凯伦很感激这个小插曲,终于可以从艾米和吉尔那对直视彼此的好朋友的尴尬对话中脱身。凯伦从来没跟任何一个女性有过如此亲密的友谊,她也从没奢求过这样的关系。威尔逊已经给了她一切想要的,也就没有理由从其他人那里寻求了。

不一会儿,她们听到吉尔说:"我再走开一点吗? 好吧,你说你想让我去哪里,娜迪亚?"

"那儿。"

接着,她们听到脚步声和树枝被分开的声音,吉尔说:"好了,娜迪亚。我已经到了。你现在可以独处了。"

她们听到尿液滴落在落叶上的嘶嘶声。这是一个多么私人的时刻啊,这样倾听的行为似乎很奇怪,就像未经允许进入这片营地一样具有侵略性。双胞胎在没有母亲和夜视镜的情况下生活得很好。透过树枝和他们这周末用不上的设备射出的黄光中,双胞胎的脸庞没有表现出一丝悲伤。他们已经忘记了起初对夜视镜的渴望,完全适应了目前的情况,这一点任何人都看得出来。女人们打算像来时一样默默地开车回纽约,在那里等待男人的归来。

凯伦认识学校的一些母亲,她们说自己放弃工作是为了孩子。有时候她们也会说,这么做既是为了丈夫,也是为了孩子。"我只是喜欢在每天放学的时候出现在那里,"艾米最近在金角湾咖啡馆说,"我喜欢陪在他身边,至少现在是这样。虽然这种情况不会持续太久。"

但凯伦放弃工作并非是因为两个儿子或威尔逊。她很清楚自己到底是为了谁才辞去了工作:她的父亲、她的婆婆,以及生活在纽约或旧金山唐人街的亲戚们,他们住的街道散发着浓浓的鱼头和八角茴香的气味。凯伦的父母现在退休了,住在旧金山湾区的一个老年社区里。多亏威尔逊的慷慨,每当凯伦的父母看望她时,他们总对这套两层楼的公寓、双胞胎卧室里的嵌壁式书架以及那辆巨大的越野车赞叹不已。这车可能比很久以前唐家亲戚从中国江苏前往美国乘坐的那艘船还要大。凯伦的父母身材矮小,由于在餐馆厨房操劳了一辈子,看上去疲惫不堪,她的父亲不知道什么原因走路有点跛,她

第十一章

的母亲也有点蹒跚,他们在复式公寓的楼梯上上下下,很是满意。当拿到一个特别华丽的银盘时,凯伦的母亲哭着说:"这太漂亮了。像珍宝一样好看。"

男孩们早产时的情形非常混乱,每个人都很担心他们可能在智力上存在缺陷(但事实证明,这种想法可笑至极,因为他们俩是数学天才),凯伦明白,她可能在很长一段时间内不能回去做统计分析的工作了。她的父亲跟亲戚们说:"凯伦没必要回去工作,永远没必要,甚至等到外孙们康复了,长大了,也不会回去的。她的丈夫威尔逊在银行的工作能赚很多钱,他们现在住在纽约的一套两层楼公寓里,她这辈子也不需要工作了。"亲戚们对此印象深刻。

凯伦知道她应该阻止他们这样想。但每当看到父母乘坐威尔逊出钱为他们买的商务舱飞越整个国家过来,在公寓里一边晃一边瞪嚷眼前看到的那些昂贵的物品,赞赏凯伦的丈夫一个人能养活一家人时,她就满心欢喜,抵挡不住这种诱惑。

有一次,当双胞胎开始上幼儿园的时候,凯伦在给父母打电话时随口说了一句自己想回去工作,她的母亲用惊恐的声音说:"威尔逊失业了吗?"

"什么?"凯伦说,"你胡说什么呢,妈。当然没有。"

"那你为什么想回去工作?"她的母亲问,"工作让我的手看起来像一块块切好的姜根。"

"我又不用手干活。"凯伦说,她知道自己的用词很无礼,为此羞愧难当。也许她的大脑看起来像生姜根,被一直输入的数字扭曲得变了形。她不需要工作的事实是送给她的父母——是对之前在旧金山理想饺子宫工作过的打工族的一份大礼。虽然他们不够了解女儿的生活,但他们所掌握的信息足以令他们眼花缭乱。

这是送给他们的礼物,也是一个借口,但不管是什么,多年来凯伦想要工作的模糊愿望几乎从来没有实现过。她不常质疑自己的感觉,除了偶尔幻想一下自己接受一个来自最有声望的公司的工作邀请,去做一名统计分析师。但幻想只是幻想,虽然最近她参加了一些面试,但实际上她并不想再找工作。他们带她参观了公司的设施,向她展示了角落办公室的景色,描述了所有顶级分析师前往毛伊岛的企业之旅。

实际上,凯伦很享受自己现在的生活。她看过美丽的风景,她也有能力自行前往毛伊岛。她的生活中不乏艺术的美感,又没有什么让她担心的事情,她对此心满意足。她的生活既不紧张,也不残酷,更不像她小时候的家庭生活那么丑陋或疯狂。现在,她会在前厅的花瓶里放一束小苍兰,威尔逊很喜欢。她有时会去听早间音乐会,跟一群退休人员和其他妇女坐在一间房间里听室内乐。她可能很快将在某个语言学校中学会说意大利语,那可真是一门优美至极的语言啊!她每周会去几次卡马拉塔及贝罗美食广场,尽管她还忘不了羊水破了的悲惨遭遇,尽管大家都控诉那边的离谱物价,说那跟犯罪没什么区别。但当她买了一些点缀着醋栗和阿兹特克谷物的新鲜沙拉回家时,她会觉得这是多么不寻常的事情啊!生命正处于一个宁静的阶段,可以舒舒服服地过日子。她高兴,威尔逊也开心——他经常这样告诉她。她的幸福,他说,给了他灵感,她的颈背鼓舞了他,她养育儿子的方式启发了他,她在数学上的天赋也让他才思泉涌。

"我是不是很自私?"有一次她在床上问过他,"你一直在工作。"但威尔逊提醒她,他喜欢工作,停不下来。他在银行的工作待遇很好,并且无法想象如果不工作,他这一辈子还能做些什么,难道像一些人那样,靠着挣来的大笔钱早早退休?他本人对高尔夫、木工或环

第十一章

大不列颠哥伦比亚省的自行车旅行没有丝毫兴趣。他想永远当个银行家,身着妻子为他挑选的帅气西装,坐在宽阔的办公桌后面,对着桌上一堆呈几何形状的颇为诱人的文件。

凯伦真心感激他们所拥有的一切,她和威尔逊每年给慈善机构捐很多钱。他们的名字出现在各种慈善活动的捐款页面上,被列在"优秀捐赠者""基金会建设者""董事会"等类别下,旁边还有其他夫妇的名字,有时还会出现几家公司的名字。奇怪的是,人们称他们的捐赠为回馈。凯伦知道自己有多幸运。在得到威尔逊对困扰自己已久的问题的答复后,她不再怀疑自己是否自私,不再有矛盾心理,而是心安理得地待在一个地方,在一个天气好的日子里吃一份昂贵的小盒沙拉。她的生活只是缺少与数字和数字理论更直接的接触而已。

就在刚才,凯伦听到远处传来吉尔尖利的叫喊声。她在喊有关于娜迪亚的什么话,显然是娜迪亚为了找到更隐蔽的地方在林子深处走远了,吉尔没有马上找到她,瞬间陷入了歇斯底里的叫喊。于是,艾米和凯伦匆匆朝着传来吉尔叫喊声的方向走去,她们三个穿过树林,来到了刚刚被男人和男孩们占据的那片空地。月亮洒下微微的光线,通往小屋的路上也有一点光,但没有任何人的踪迹。

"娜迪亚!"她们喊,"娜迪亚!"她刚刚就在这儿的。

"我们两秒内就能找到她,吉尔。"凯伦说。

她们拿手电筒照着树林和漆黑的天黑,划出一圈圈越来越大的圆。"娜迪亚,娜迪亚!"她们叫喊道。

"她有点不对劲。"吉尔说。

"她只是有点恍惚,吉尔,"艾米说,"娜迪亚! 娜迪亚!"

"我觉得她根本不清楚自己身在何处,"吉尔继续说,既心疼又着急,"她又唱起了那首歌,来吧,忧伤,藏红花姐妹的树下。"

"噢,对。我们的瑜伽颂歌。"罗珀塔说,因为她们在瑜伽结束后唱诵了娜迪亚的那首歌。

"也许她的创伤还未恢复,"吉尔说,"娜迪亚!娜迪亚!我怎么才能了解她?娜迪亚!"

"我也不了解双胞胎,"凯伦安慰道,"你的孩子只是跟你住在一起。当我把哥俩从新生儿重症监护室带回家的时候,我就想:你们是谁?"

"我确定她就在那个树丛边。"艾米说。

"有时候我真觉得应该把她留在俄罗斯,"吉尔低声坦白道,"她本可以长大后在杂货店工作。她的名牌上写的也应该是西里尔语。她本可以成为马尼亚,而不是被迫背负着我愚蠢的幻想。就像是,"她用非常痛苦的声音说,"她真的可以成为像娜迪亚·科马内奇那样优雅、灵动的明星!"

其他女人看着她,吓了一跳。"谁知道她将变成什么样子?"艾米说,"我们现在哪个人过着本应该过的生活?看看我们。你还获了学校最有前途奖项呢。"

"对,维维安·斯沃普奖,"吉尔说,"谢谢你的提醒。"

"对不起,吉尔,我不是那个意思,"艾米说,"我并不是想说,'你还获了奖,瞧瞧你现在的样子'。我只是想说,你懂的,生活并非总是一帆风顺。"

"我明白你的意思。"吉尔过了一会儿说。就在那一刻,她们发现了坐在泥地里的娜迪亚,因为寒冷紧紧地缩成一团。她一看见她们,就一跃而起,扑向母亲,如释重负。

"亲爱的,谢天谢地,"吉尔说,女儿紧紧搂着她的腰,"你怎么迷路了呢?"

"这不是我的错,妈妈!"

"嗯,我知道,我没说是你的错。你没事就好,我担心极了!但你现在没事了,没事了。"

不管母亲如何安慰她没事了,一切都过去了,不用害怕,但娜迪亚还是哭个不停。难道吉尔就不能说点让小女儿心情好起来的事吗?就连凯伦,这个脑子里充满了数理逻辑、经常漏掉常人很容易发现的细枝末节的母亲,都能很快抚慰自己的孩子。母亲是不一样的,只有母亲,而且得是自己的母亲才能消除孩子内心的恐惧,但吉尔似乎找不到能真正安慰娜迪亚的那小秘方,那个可以改变一切的小秘方。

凯伦把她们带回停车场,并且将车开到马路上。她的朋友们经常互相抱怨自己没有方向感,当丈夫开车、自己坐在副驾驶看地图时,不得不将地图颠倒比较才能有一点相对位置的概念。凯伦根本听不懂她们在抱怨什么,为什么要把地图倒过来看呢?她打开车门让大家上车,然后直接开回城里。她们这次中途没有休息,她也没有在脑子里将英里换算成公里,她们很快就到家了。

第二天晚上,当男人和男孩们度完周末回家时,凯伦感到如释重负。这房子太安静了。威尔逊问她干了些什么,她敷衍着回答了几句。现在不是将她和朋友们带着夜视镜驱车前往营地的事情说出来的好时机。或许这周后几天,她会告诉他,因为她不喜欢对威尔逊隐瞒秘密,不管事情多单纯。她打算把她们的冒险经历告诉他,跟他说娜迪亚如何在森林里迷路,还会夸张地揭穿佩妮·拉姆齐如何对丈夫不忠的事实。没有理由向他隐瞒这些,他是自己所认识的最谨慎、最值得信赖的人了。

但此刻,她什么也没说。她将夜视镜放回前厅的桌子上,眼镜躺在盒子里,包装如初。

"爸爸忘记打包了。"其中一个双胞胎看到那边的盒子时气鼓鼓地说。

"我知道。但你玩得开心吗?"她问,两个男孩都说是的,他们玩得很开心。他们说,他们生了篝火,唱了民歌,在冷气逼人的树林里徒步旅行,早上起床后用一个大铁锅在柴火上煮燕麦粥。

上床后,威尔逊跟凯伦坦白说,自己昨晚累死了,骨头都散架了。她揉了揉帅气丈夫的后背和脖颈,关了灯。他们很快就会睡着——他们都是很容易入睡的人——但凯伦还是说了,因为如果错过了这个仪式,那么他们的夜晚就是不完整的。

"来点儿卢卡斯质数?"她提出。

"当然。你开始吧。"

"2207。"

"3571。"

"9349。"叶凯伦说。

他们轮流接下去,直到两人都进入了梦乡。

第十二章
旧金山,1975 年

当厨师在厨房被热得快要昏倒时,就该插上电扇了。但电扇没什么威力,很快,厨师队伍的战斗力越来越弱。站着的每个人都开始有点晃荡,但还没有人跌倒。唐楚华在火炉旁稳稳地站着,拿着钳子,从滚烫的开水里捞出一个个饺子。当她深夜离开厨房走上斯托克顿街时,一阵冷风像冰水一样浇在她的脸上。旧金山太冷了,无论室内还是室外,都不舒服。温度不适宜。但本来就没有人说未来的日子会好过。

她在成长的过程中,看着自己的哥哥们一个个地离开了这个世界。他们都患上了一种没有名字的疾病,至少她不记得那种疾病的中文名了。但在这里,每个人都靠维生素来维持健康。唐楚华相信维生素的力量,虽然她的孩子们只有在她的强迫下才肯吞下维生素。"快吃了!"她说着,将维生素递给男孩凯文和女孩凯伦。凯文一下子吞了下去。凯伦说:"妈,我讨厌那股味道。就跟落水狗一个味儿。

而且我不喜欢喉咙里卡着一颗大药丸。我会窒息的。"

"你不会窒息的,"楚华说,"快吃,吞下去!"棕色瓶子里的维生素确实有股臭味,但那气味正是效用的标志,能让她的孩子们变得强壮。这是在理想饺子宫斜对角的大药房买的。每个月发工资的那天,她都去买上一瓶维生素,付钱的手因为兴奋而颤抖不已。所以,她的女儿又有什么理由抱怨?她太自私了,一个自私的丫头片子。这让楚华怒不可遏。

她下班回家时总是怒气冲冲的。工作让每个人的心情都糟糕透顶。你应该在深夜离开闷热的厨房,走上寒冷的街道,回到自己的家人身边,仿佛只有这样,你们才能享受彼此在一起的时光。"你今天过得怎么样?"旧金山的每个人都像这样打招呼。或者,更糟的是,他们会喊:"祝你今天过得愉快!"

但每次她一回到家,她的儿子凯文总是站在门口说:"妈,五分钟之后我要跟克里斯和菲尔会合去玩《乒》①。"他把做邮差赚来的钱全花在了玩这个愚蠢的游戏上。他和他的朋友们站在一台机器前,把头伸进去。而凯伦总是关在房间里学习。楚华本应该喜欢女儿这样,为她感到骄傲,但她常常看到的却是这个女孩懒洋洋地躺在床上拿着一本数学书,张着嘴,打着呵欠,吐着舌头,就像美国人不时摆出的那副样子,毫无端庄可言。

"你可以帮忙摆碗筷,"楚华对凯伦说,"我每天下了班还得收拾家里的一切?就像在餐馆那样工作?"

凯伦那时候才八岁,只会遵从大人的指令帮忙做事。她终于放下书,说:"知道了,妈妈,知道了。"然后,她打着哈欠,好像她也工作

---

① 《乒》,是指美国雅达利公司于1972年制作的一款模拟两个人打乒乓球的游戏。

第十二章 旧金山，1975年

了一整天一样似的，摇摇晃晃地走进厨房，直截了当地问："你想让我做什么？"

她母亲却又将她赶出去，这个女孩根本不知道怎么帮忙。只有楚华一个人在出力。她是家里唯一一个拼命工作的人。就连她的丈夫，那个还留在餐馆打扫卫生的人，也是个不会变通的老古板。这姑娘当然也继承了这种特质。但楚华跟他们不一样。她吃苦耐劳，手脚麻利。她徒手将猪肉捏成一个粉色的大肉团，裹上面粉，想都没想就把它扔进锅里。有人在餐厅厨房里看到她的手"飞"了起来。如果我的手会飞，她用中文回答道，那么它们肯定飞得远远的。

虽然她讨厌旧金山的生活，但也不要紧。她不喜欢加州和斯托克顿街，更不喜欢理想饺子宫，但这都没有关系。而且，这根本不是什么宫，只是一间墙上挂着镜子的餐厅。由于某种原因，那些有镜子的餐厅都被称为"宫"。她不喜欢这里，但仍旧脚踏实地地努力工作。她不喜欢，也不在乎。她用自己赚的钱买了一大罐维生素，把塞在瓶口的棉花掏出来，逼孩子们把维生素吞下去。"不要吵我！我只想做我的数学题！"凯伦说，"我正拼命背圆周率呢！"

不，小姑娘，不，楚华应该说。你不能一辈子坐在那里做梦。你记不住圆周率。你必须吃维生素，强壮起来，出去工作。当然，除非你找到一个有钱人，一个富有的美国商人，那就万事大吉了。你可以住在真正的宫殿里，而不是餐馆。你客厅的墙上装着镜子。我将去拜访你，坐下来歇歇脚。然而，这一切可能都是一场梦。所以，我会继续包饺子，你也要继续摆碗筷，我们会在我们的小房间里干活，我们的双手会飞起来。

第十三章

圣多伊岛位于英属维尔京群岛的边缘。该岛链上的所有岛屿地形都十分相似,崎岖而壮丽,沐浴在同样的暖风中,覆盖着同样的白沙。但在其他更大、更受欢迎、更商业化的岛屿上,男人、女人带着孩子心甘情愿地花着钱,为能在每年的这个时候离开所在的城市或郊区,远离被汽车尾气、垃圾侵袭的结冰的街头而感到幸运不已。

几乎每个在圣多伊岛上的人都觉得自己是天底下最幸运、最开心的一个人。这是他们的秘密。这座岛对大多数人来说非常陌生,但那些有能力来度假的人除外。艾米·兰姆听说后,想方设法挤了进来,尽管连她的闺蜜都不同意这次旅途。此刻,她躺在遮阳伞下的亚麻躺椅上,像是一个入侵者似的看着眼前的太阳和树丛,以及天上偶尔飞过的滑翔伞。她努力地想要控制自己过度兴奋和担心的状态,好好享受眼前的美好时光。

她周围躺着的男男女女来自美国、法国和英国,还有一小部分是斯堪的纳维亚人。一群几乎清一色优雅白皙的丹麦女性占据了另一

第十三章

块沙滩的躺椅,读着名为《锡克·哈文与丹妮尔·斯蒂尔》这样的小说。几个欧洲女人揭开泳装上衣,暗色的乳头暴露在阳光下。一位中年法国女人正在往胸部涂抹乳液,乳房在手的按摩下微微晃动着,仿佛有生命似的。梅森和霍尔顿看了她一眼,便尖叫着跑开了。现在他们在几乎透明的齐腰深的海水中,脸上戴着潜水通气管。佩妮躺在艾米身旁,她戴着墨镜,不知道眼睛是睁是闭。女人们静静地躺着,不时聊上几句。如果开口的是佩妮,那谈话的内容肯定跟伊恩有关。

"我想他要挺一挺了。"她说。

"我猜得到。"

"他很依赖别人,"佩妮说,"他说他一直这样。他之前在伦敦有个女朋友叫杰迈玛,交往了几年。他会特意路过她的公寓,只是为了看看她的窗户,看看窗帘垂落的样子或别的什么,即使他知道她不在家。"

"太痴情了。他回英国后,你们有什么打算?"

"啊,真是件不能提及的大事情。我们还没好好聊过呢。"

她们的丈夫不在身边,但也没集体行动。因为佩妮一家两天前就到这儿了,所以格雷格·拉姆齐几乎消失了一整天,他有时候会一个人去做水上运动,但大多数时候还是去那个屹立在中央位置的商务中心小屋,或去旁边的那个健身中心小屋。他只在晚上出现在茅草屋顶的户外餐厅吃晚餐,那里有长长的火把、手鼓和一船船的海螯虾。佩妮的丈夫坐在餐桌旁,穿着一件熨烫过的白色棉质衬衫,头发刚洗过,还湿答答的,但艾米觉得,他身上仍摆脱不掉办公室的特质,那种隐隐的、散发着浓郁香味的做生意的感觉。

"别跟他聊政治,"艾米在旅行前警告过利奥,"他说话可不怎么中听。我们都得待在这座小岛上,而且是佩妮邀请我们加入的,我不想把气氛搞得紧张。"

利奥同意了。"当然,他又不是我朋友,"他说,"我有什么好在乎的?"

格雷格·拉姆齐待人接物十分讲究,与人保持着一定的距离。他跟人说话的时候并没有四目相对,而是泰然自若地陷入了沉思,仿佛自己是个诗人。艾米认为他并不是一个特别可恨的人,至少从他谈话的内容来看是这样的,尽管她很少遇到一个如此自满和不耐烦的男人。坐在餐桌旁的他从炸大蕉上舀起一大勺新鲜的牛油果酸橙泥,送入已经张大的嘴巴。

"——然后我们有一些来自冰岛的投资商,但我真的不需要新投资商。"他对利奥说,而此刻的利奥坐在那里看起来像个笨蛋,艾米想,他的脸甚至懒得换上作为倾听者的适当的表情。相反,他侧歪着头,噘着嘴巴,眼睛斜视着,好像一个字也听不懂。"不过我的搭档们喜欢,"格雷格继续说,"还把我给说服了。你去过冰岛吗?"

利奥眨了眨眼睛,瞥了艾米一眼,就像一个不知如何向大人回话的孩子似的。"没有。"利奥停了很久才说。

"一个神奇的地方。绝佳的伏特加。精彩的乐队。最棒的独立摇滚就在那里。"

"不要说'独立摇滚'。"佩妮轻声说。

"什么?"他转向自己的妻子。

"你听上去就像一个八十岁的老爷爷,格雷格,多点活力吧。就像出去跟那些白带选手共进晚餐一样。"听到她刻薄的笑话,大家有礼貌地笑了。

"我听上去很显老吗?"格雷格·拉姆齐问双胞胎。

第十三章

正在忙着掰手指的梅森和霍尔顿松开了双手,同时告诉霍尔顿的父亲,不,他听起来并不老。格雷格·拉姆齐似乎对两个十岁孩子给出的回复很满意,他看着妻子的样子就好像赢得了一场两人挣扎了很久的斗争。"孩子们觉得我听上去不老啊。"他说着,顺手又拿了一块卷起来的炸大蕉片,塞进满是牛油果的嘴里。

"但你看上去老。"霍尔顿说。格雷格假装满腔怒火地挥了一拳,霍尔顿笑着躲开了。梅森也笑了。艾米发现父子之间的争斗很有趣。有那么一会儿,她隐约感觉到了侵略性,那种金属般的血腥味,却没有真正的危险。

在他们身后的火把照耀着小岛,音乐响起。一名年轻的音乐家温柔地俯身,摆弄着他的木制乐器。这是一把叫作甘美兰的东印度打击乐器,他向中场休息期间走上舞台尝试弹奏的男孩们介绍道。远处的海水沉浸在黑夜之中。虽然遥远的地平线处有一艘亮着光的游船缓慢驶过,但整个小岛还是一片漆黑。船舱里的乘客们像是伴着一个看不见的管弦乐队所演奏的音乐起舞。

"我们在无人之境。"格雷格说。

"那是哪里?"艾米问。

他将他那个巨大的脑袋转向她。在那一瞬间,他似乎第一次意识到她的存在:噢,对了,那是我妻子的朋友。他不知道那个女人比他更了解自己的婚姻。他自己并不知情,所以对她一点儿兴趣都没有。她没有管理对冲基金,也没有工作。她不是一个潜在的投资者,也不漂亮,她不是谁的丈夫。她是谁?

"我说我们在一个无人之境。荒无人烟。信号很不稳定。"

"信号?"她问。

"手机信号。我今天接的三个电话全在中途掉线了。而且,直到最近,手机信号才覆盖到这边。当然,你必须得坐在他们所谓的商业中心小屋才能上网。但我们实际上是在一座火山里,所以我又能抱怨什么呢?"他朝佩妮的方向点了点头,"我妻子早就告诉我这些,好让我对马上要经历的原始环境做好准备。"

"是的,格雷格,"佩妮一边轻声说着,一边看过来,"这里床单的质地也很原始。"

"你懂我想表达什么,佩恩①。"

就在那一刻,利奥将一只胳膊搭在艾米的藤椅靠背上,她突然很感激这个小小的手势,尽管这可能是利奥不经意的动作,与其说是亲密关系,还不如算是一种团队合作。拉姆齐家的人彼此之间存在着些许敌意,但艾米和利奥之间没有。近距离观察另一个家庭总是让人心惊胆战。他们的生活方式似乎是部落式的、陌生的,甚至在某种程度上是不符合常规的。如果你更仔细地观察,或许能发现乱伦或其他异常的迹象。格雷格·拉姆齐被戴了绿帽子——这是伊恩·詹韦在大都会博物馆吃午餐时自己提到的说法,虽然他也是个混蛋,罗珀塔可能会说,他完全沉溺于自我,以及他的基金和投资者。艾米将这一切与伊恩·詹韦用长满雀斑的纤长的手握着玻璃杯的形象进行比较。她耳边响起了伊恩的英国口音,在他的口中你永远听不到钱这个字。当你嫁的人是格雷格·拉姆齐,那么伊恩·詹韦对你而言肯定像是一杯奎宁水,纯净清澈。

此刻,坐在餐桌旁的格雷格正跟妻子讨论着晚上的安排,以及后半周霍尔顿和梅森的冲浪课安排,他态度冷淡,有些漫不经心。每当他跟儿子说话时,似乎总想伸出手去拨弄霍尔顿的头发。他是一个

---

① 佩恩,佩妮的昵称。

第十三章

如此感性的父亲,这让艾米困惑不已,之前的形象似乎又发生了变化。他好像也很为自己那一双十几岁的女儿骄傲,他跟她们交谈的语气十分温柔。

艾米和利奥与圣多伊岛上的生活格格不入。整个小岛和度假村的布局让艾米不知所措,岛上人的挥霍无度震惊了她,而自己的小家庭此刻只能勉强在纽约生存并且为之奋斗。那些欧洲人只跟自己人交流。那些白天袒露着胸脯的优雅女性到了晚上则转过身去,只露出美丽的脖颈曲线,以及一串昂贵的项链。每年冬天,许多家庭从大苏尔和马里布①来到这里,其实在来的时候,他们的皮肤已经有点晒黑了。他们的孩子们一头扎进水里,没有任何仪式,仿佛每天洗澡一样,几乎没有注意到这片专门为了他们每年的假期量身打造的奢侈的岩壁造型。头顶上方的天空远处,绽放着光芒的滑翔伞运动员有时从伞上垂下来,就像随意挂在后院树枝上的孩子似的。

工作人员在阴凉处的长桌上摆上新鲜的异国水果,全天供应。你只需要动一动指头,不一会儿,削好皮切好块的水果盘就被端到你眼前。大家心知肚明,这里没有你得不到的东西。如果你想改变房间内的家具,只是小菜一碟。如果你想把一棵树连根拔起,在几英尺外重新栽上,这样就不会挡住视线(据佩妮说,这是不久前发生在一位电信巨头的客人身上的真事),也是可以办到的。这个故事本身就让人很满意;就像孩子一样,当你得知别人提出的要求往往比你自己的还糟糕时,你应该感到震惊和兴奋。圣诞节后的一天,从纽瓦克飞来的航班一降落在圣胡安,工作人员便殷勤地迎了上去。而此刻的

---

① 指大苏尔峡谷和马里布海滩,都是位于美国加州的度假胜地。

艾米、利奥和梅森还没从转机的疲惫中缓过神来,他们乘坐一架十分颠簸的小型飞机先去了托托拉岛,在那个散发着飞机和拥挤人群臭味的狭小机场里等了片刻之后,才见到赶来接他们的三名圣多伊岛的工作人员。

工作人员一身白衣,看上去像海军一样,其中一个是金发的澳大利亚白人,另外两个是当地的黑人岛民。他们都很帅气。在艾米的心目中,这样的阵势一般都是军队派人来通知你,你的儿子在战争中阵亡了。然而,今天他们来却是告诉你一件奇妙的事:你的儿子中了彩票,或你将长生不老。

"我是哈米什,"澳大利亚人说,"这两位是托马斯和皮埃尔。我想你们舟车劳顿肯定累坏了。从现在起,把一切交给我们吧。"

他们用强壮的臂膀拎起行李,同时递给梅森一包巧克力味的"叮咚",一家人坐着轮渡从机场来到码头,随后坐上一艘小船。他们跟着三位临时监控人走了。在浅绿色水面上航行的三十分钟旅途中,皮埃尔谈到了圣多伊岛前几天的天气。"万里无云,"他的法国口音很浓,"漂亮得让成年男人都忍不住流下了眼泪。"

每天早晨,在圣多伊岛上常常看到皮埃尔和托马斯在摆桌子、铺桌布。下午通常有一场烧烤,一只烤全猪,一场大都会鸡尾酒欢乐时光,提供炸海螺搭配四种蘸酱。工作人员不时发放着各种酒水饮料,配上一份份小碟装的精致点心——它们就像是受骗钻进酥皮的甲壳类动物。

当然,一天比一天紧张的艾米心想,她、利奥和梅森本不该来到这片火山岩上,也不用接触这里的甘美兰音乐、椭圆形的水果,还有室外银桌上由帅气的黑人男子精心准备的餐点。相反,这个假期他们应该留在城里,去参加艾米能在报纸上找到的、打着令人心生向往

第十三章

的"家庭娱乐"标题的各种廉价甚至免费的家庭类活动。他们之前就是如此度过假期的,跟一大群笨拙的人,包括罗珀塔、纳撒尼尔和他们的孩子待在一起——"我们都是宅家一族",罗珀塔曾在一个圣诞节时开玩笑说,尽管她从来没抱怨过自己的微薄收入。他们去了布朗克斯动物园的冬季仙境,参加了洛克菲勒中心的点亮圣诞树活动,观赏了公园里的圣诞颂歌现场表演——所有这些都是城市在节日期间举办的庆祝活动,缓解了大多数人内心的恐惧,唯恐哪天钱赚得不够被逼得打包离开,无法再在这个城市生活下去。在梅森小时候,他们偶尔会在周末去观看纳撒尼尔的木偶戏。但现在,长大的梅森早就过了那个年龄段,他的兴趣范围不断扩大,被周末早上的礼堂活动所束缚已经是不可能的事情了。

渐渐地,艾米越来越满足不了梅森的需求——他追求的是科技、自由和更广阔的世界。说实话,她也不确定他到底想要什么,尽管此刻,在圣多伊岛上的梅森跟那个优越的未来世界霸主霍尔顿·拉姆齐相处得还挺开心的。白天,两个男孩光着膀子在沙滩上你追我赶,你可以清楚地看到他们皱巴巴的湿透了的泳裤下面的小阴茎。尽管作为一个母亲,你不应该看,但你还是看到了,虽然距离上次看到你儿子的阴茎已经过去了很久很久。曾经,她可以光明正大地看。她为他换尿布,不止一次被儿子的尿喷到脸上,在那段时间,儿子的阴茎似乎也是属于她的。这个经历对双方来说都足够了,那是家庭排列中一个小小的、温柔的支柱。后来,随着梅森长大,他的身体已经可以占满整个浴池,当她走进浴室拿来他要求的塑料玩偶时,他会遮住自己的身体,并且警告她:"不要看。"她扑通一声将扎普曼或死亡骑士轻轻地扔进浴缸,然后转身离开。但即便她这么做,她还是在眼睛的余光中瞥到了什么东西,那个像小小的睡莲叶子一样浮上水面的东西。

几年后的今天,那东西的形状已经无法预测。或许已经长出了翅膀。她真的无从得知。他已经不再是她的附属物了。

在圣多伊岛的一天早上,佩妮陪艾米去礼品店为她的母亲安东尼娅挑选礼物。等到艾米一家旅途归来后,安东尼娅会来他们的公寓住上一阵子。礼品店是个小茅屋,里面摆满了贵重的玻璃制品、珠饰和丝绸制品。一个穿着蜡染衬衫的高个子黑人妇女站在擦得发亮的柜台后面,艾米和佩妮浏览着那些波纹状的长围巾、散发着热带气味的乳液、珠宝和其他可能被归为小杂货的商品。"真漂亮,"佩妮指着玻璃展示柜里的一个镇纸说,镇纸里嵌着淡蓝色和绿色的珊瑚树枝,还有一圈绿松石,"你母亲可以用这个压她的手稿。"

"可是……我母亲又不会坐在暴风中写作。"艾米说。但当柜台后的女人打开展示柜,取出沉重的镇纸,佩妮将其拿在手中左右端详,那种三百六十度无死角观赏的样子让艾米也发现了这块精美玻璃的价值所在。她觉得母亲会十分感激自己的。"确实很美。"她补充道。

"两百三十三。"那个女人说,似乎对这个价格一点也不吃惊。

这个价格贵得离谱,但艾米必须无时无刻不考虑价钱的高低吗?那是她唯一的主题,她那重复的咏叹调吗?天平在这里偏离了。你必须适应,就像你必须适应纽约的生活方式一样,如果你想在这个世界上生存的话,就不得不适应现代生活的模式。她朝那个女人笑着点点头,迅速完成了这笔交易。

那是六天假期中的第四天,男孩们正在跟男子气概十足且长相英俊的皮埃尔学习冲浪,很明显,皮埃尔无所不能。她看着他胳膊下夹着一块冲浪板,孩子们跟在后面。回忆起来,这应该是艾米记忆中

第十三章

代表着美丽和轻松的最后一刻了:男孩们跟着男人在轻缓的波浪中漫游。

当时利奥也在,他躺在艾米另一边的躺椅上,手里拿着托马斯·曼的《浮士德》,但他静不下心读书。每隔几分钟,他便起身喝杯饮料,调整一下阳伞的角度,或站在岸边观看冲浪课。他一向都是个优秀的读者,但现在似乎忘了怎么读书了。像大多数人一样,他最近对小说中慢慢展开的情节失去了耐心。作为读者,应该一点一点地读小说,才能知道最后发生了什么。她意识到,奇怪的是,反而是那些男孩们还有耐心阅读长篇小说,这是他们从父辈身上传承下来的唯一的品质,然而他们的父母却正在慢慢丧失这种能力。

"你还好吧?"艾米问利奥。

"没事啊。怎么了?"

"你不停地站起来,好像得了成人多动症似的。"

"我只是不习惯无所事事。太久没休息了。"他说。

坐在艾米另一边躺椅上的佩妮坐直了身子。"我要给孩子们拍几张照片,"她说,"我今天特意为冲浪课带了照相机。"艾米看着佩妮走到水边,开始帮霍尔顿和梅森拍照。利奥留在后面,一边吃着炸海螺,一边试着看书,但并没有真的看进去。几码外的地方,在一个竹制柜台旁,堆着一叠洗好的暖和的毛巾,一个法国人和他的女性朋友正在轻声交谈,似乎很热情。在这个宁静的早晨,甘美兰音乐像花粉一样渗透到每一个角落,侍者们将饮料端给那些主动放弃自主行动力的客人。艾米想了想,这就是生活。好像生活只有一种模式,好像你真的想永远这样待在岛上,懒洋洋地等待被照顾,被动地欣赏美景。

几分钟后,格雷格·拉姆齐从小屋慢吞吞地走下来。半边脸上还能看出睡痕。"佩妮,我的录音机的电池没了。"他说。

"我以为你自己带了。"

"用完了。不是你打包的吗?"

"我没想到你的小录音机,格雷格,"佩妮说,"我打包行李时根本没考虑到。你需要什么型号的电池?"

"7号。你不能从别的地方取几个出来吗?"

"我没有用7号电池的物品。对不起。"

"你的照相机呢?"

"我正在拍照呢。孩子们的冲浪课。"

"但我必须录音。"

他伸手去拿她的相机,佩妮将手从他身边抽开,他们争吵时用的是夫妻之间很丑陋的低级手段。艾米很好奇,在美国婚姻中,夫妻因电池而争吵的频率高不高。

"克洛伊,你看那边。"一个来自西海岸的丈夫带着他青春期的女儿走过时说。他指了指远处的天空,那边有两个人挂着滑翔伞在飞。

艾米很自然地被天上的人吸引了,她默默地盯着他们,全神贯注。他们滑翔伞的颜色很鲜艳,一个红,一个黄。冒险的过程中隐藏着无数危险的可能性。在外面冲浪的男孩们很可能天生喜欢冒险,也有可能是后天习得的。他们向海洋深处游远了一些,艾米情不自禁地攥紧了拳头,就像是手中有一根看不见的电子绳索一样,想把梅森拽回来。梅森没戴项圈,水已经升到他脖子的高度了。他和霍尔顿一次又一次地站起来,跪在他们小小的、光滑的初学者冲浪板上。

"秘诀在于,"今天早上,同样是冲浪新手的霍尔顿在吃早餐时教梅森说,"你要能站起来,并且保持一段时间。很多人都摔倒了。你得对自己有信心,要坚信自己可以做到,那你就肯定可以,这就是正面思考。"梅森认真听着朋友的话,仿佛霍尔顿·拉姆齐是个励志演说家。在艾米心目中,他终有一天将成为一名励志演说家。她想象在董事会会议室中,已成年的霍尔顿·拉姆齐用食指指向空中的样子,下面所有的商人,不论男女,全在做着笔记。

但现在,水里的霍尔顿几乎都无法起身跪在冲浪板上。世界上没有捷径可以走,看着冲浪课的艾米心里在想,尽管天空中两个滑翔伞运动员正在他们的伞篷下轻松地移动着。"真漂亮。"十几岁的克洛伊对父亲说。就在她说话的瞬间,那架黄色的滑翔伞突然以一个不自然的角度俯冲划过水面,朝着对角线的海滩飞速冲过去,就像被系在绳子上一样。

岸边的一些人注意到了,他们张开双手,无助地站在那里,看着他朝自己的方向俯冲而来。根本没有时间反应。艾米本能地伸手抱住头,就好像他会砸在自己身上似的。他下来了,那个头顶黄色伞篷的家伙,一开始他不停地拨弄着沙,然后砰的一声狠狠地背朝下摔在地上,砸在身上的挽具发出巨大的声响。他立即尖叫起来:"该死!"然后不停地重复着,"该死,该死!"

周围人根本来不及救他,因为风继续拖着他向前走。他的伞翼就像水母一样不停地内外吸呼,他被拽着前行。一排人大喊着,开始追着滑翔伞跑,只见他仰面朝着海岸一边猛撞一边滑行。当他最终停下来时,几个人包围了他,艾米什么也看不清,只是听到人们用两种不同的语言叫喊着。"别动他!"她听到。"别碰他!"还有,"他还活着吗?"以及"先生,你的胳膊和腿还能动吗?"另一个滑翔伞运动员在附近漂亮利落地着陆,用浓重的法国口音疯狂地解释他是受伤者的教练,他们正在上课,显然学生失控了。

艾米只是隐约意识到佩妮挤进了围观者的圈子,但她随即听到佩妮突然大叫一声后,转身退了出去。格雷格走到妻子面前说:"你之前又不是没见过这样的事故。"她只是摇了摇头,用手捂着嘴,转身朝平房跑去,格雷格紧跟其后。

于是,艾米也去看看佩妮到底看到了什么。她挤进那个对着彼此以及倒下的人发号施令的人群,一低头便看到了伊恩·詹韦那张长满雀斑苍白的脸。他紧闭双眼,没有看到她。一头鬈发被头盔遮住了,使他看上去像个外星人——一个降落到了错误地方的早期宇航员。他的嘴因为痛苦扭曲得无法辨识。正如艾米觉得自己不应该出现在这里一样,他也不应该出现在岛上。她不敢相信他来了,就像佩妮出于本能地叫喊,她也差一点儿大喊起来。

跟伊恩勇往直前出现在岛上的行为一样,佩妮的转身离开同样令人惊讶,且难以解释。她没有冲动地尖叫着跪倒在他身边。她没有这么做。相反,她早已在丈夫的陪伴下,快步流星地朝平房走去,根本顾不上再争论什么电池的事了。佩妮肯定是被眼前的一切震惊了,格雷格·拉姆齐猜道——妻子被发生在陌生人身上的意外伤害所吓倒,同时也由此得到了警告,每个人都需要保持警醒,我们最终还是凡人。他知道自己的妻子非常敏感,同时也很坚韧,善于处理收购,对受托人也有求必应。然而,他也并非十分了解自己的妻子,尤其是妻子作为女性的一面。格雷格·拉姆齐并不知道妻子的多面性,但他很欣赏妻子身上的多重气质,这也是在他在事业没有发达的年轻时代被妻子深深吸引的原因之一,当初的他们还不知道随着时间的迁移,他们之间的婚姻会变成什么样子。

艾米和利奥一直待在人群中,没有离开,就在那时,两名工作人员抬着担架和一个用来支撑伊恩·詹韦头颈部的奇怪东西跑了过来。两个男孩跟着皮埃尔从水里走到了岸边,跟他们一起来的还有

第十三章

数不清的游客,用自己的语言说着令人烦乱不安的话。

混乱之中,艾米·兰姆对在场的每个人说:"我认识他。"

"你认识?"利奥问道,但接着突然又说,"不,你不认识。"

"不,我认识他。"

由于艾米确实认识他,至少知道他是谁,所以被要求跟随那些把伊恩抬进去的人一起到医务室协助提供信息。在那个与度假酒店毗邻的小型医疗大楼里,人们忙得不可开交,不停地通过座机电话、手机、对讲机歇斯底里地用法语和英语交流着,仿佛存在一名同声传译员。他们已经安排将伤者从岛上送往圣胡安的迈斯特罗医院。岛上机构内部的医生和两名本是医生的客人站在帘子后面,匆忙地低声讨论着伊恩是否损伤了脊椎——这将是无法逆转的,或只是挫伤,或严重挫伤了椎骨。

一位客人在纸上画了些东西,向艾米解释道:"这是脊椎,"他用很浓重的法国口音说,"想象成装在她管子里的牙膏。"她记得"她管子",但记不得他到底说了些什么。她猜伊恩急需做核磁共振,或许得做手术,一旦他被空运到圣胡安的医院,手术就会马上开始。医生警告说,他可能还需要注射一种名为"美德罗"的类固醇药物,但必须在接下来的几小时内注射,否则也起不了多少效用。无论如何,如果他的脊椎损伤严重到完全断裂,那就没有复原的希望了;腰部的椎骨控制着双腿,他的腿也将永远动不了。听到这一切,艾米咬牙切齿,她真希望佩妮能到场,而她本就应该到场。

艾米被带到隔壁房间,按照要求尽快填了一份表格,填上她所知道的关于受伤男子的所有信息——姓名、年龄、职业。她对所有人说,自己几乎不认识他,不知道他的地址和电话号码,甚至不知道他的至亲的名字。事实上,她压根不认识伊恩·詹韦。

当医生试图给伊恩做检查时,她能听到伊恩时不时发出的短促哭喊。他将很快被注射麻醉剂以防乱动。他将很快陷入昏迷,其中一名工作人说如果"巴克纳太太"想看看她的朋友,现在是最好的时机。或许对他也是一种安慰。艾米知道伊恩来圣多伊岛纯粹出于对佩妮的思念,想给她个"惊喜"。她想到他那相思病的天性,并因此受了重伤,很久都复原不了,还可能终身瘫痪,甚至有死亡的危险。也许这就是那些愚蠢的休闲活动——跳伞或玩雪地车,又或是参加游乐园的厄运跳水活动——完全可以避免的无聊而且没有任何意义的活动所可能引发的死亡。

艾米根本不想进去看伊恩——在事故发生后,当她认出他那张苍白的脸时就已经被吓得魂飞魄散了,但医生硬是要求她进去,于是艾米走到帘子后,看到固定在担架上的伊恩,脖子被支撑着,身体裹在某种花边帆布里,脸色算是她见过的人中最苍白的一个了。

"伊恩,"她说,"我是艾米。"

他朝她翻了翻眼睛,问道:"佩妮呢?"

"我不知道。"

"该死。"

伊恩闭上了眼。嘴巴微微张开,像是吗啡中毒似的。

有人拍了拍艾米的肩膀,告诉她得离开了。

她绕着拉姆齐家的平房转了一圈,虽然隔着窗帘什么也看不见。在圣多伊岛上,人们从不敲门,约定俗成地保持着一定的距离。在白天,女仆蹑手蹑脚地进进出出,按摩师也是一样,他们小心谨慎地将按摩床夹在胳膊下。房间里没有一点儿动静。现在已经是傍晚,外面依然很热,一般在这个时候,人们以有点儿中暑的状态从海滩上归

第十三章

来,消失在黑暗的房间里,从这假期里特别的一天中调整过来。今天,几乎所有人都早早地进屋了。

艾米走上门廊,敲了敲门。不一会儿,加布里埃尔·拉姆齐开了门。她是一位美丽的十五岁少女,拥有和妈妈一样娇小的身材,但遗传了她父亲的大嘴巴。鼻子上穿了一个极小的银环。

"你好,巴克纳太太,"她说,"我想我妈妈正在睡觉。我的父母都躺下了。"

"噢。"

艾米脑海中出现了一张大床,一如她与利奥的床,床上挂着蚊帐,一对夫妇躺在床上,在闷热的天气中,盖着一张冰冷的白被褥。"跟你妈妈说我来过。"她说完便离开了。

利奥在自己家的平房里等艾米。当她走进客厅时,他说:"我觉得有点儿受伤,你竟然没告诉我。"

"你真的想听吗?"艾米问他。

他跟着她走进卧室。她沉沉地坐在床上,拨开蚊帐,仰面躺下来。在她的头顶上,柳条扇慢慢地旋转着。她躺着盯着电扇,头一动也不动,想象自己被固定成这样的姿势,被冻结住,全身瘫痪,会是什么感觉。

"你以前什么都跟我说的。"利奥说,仿佛这是他受委屈的证据。艾米瞟了他一眼,但只能看到他脸的边缘。她坐了起来。

"我知道,"艾米说,"我们以前都这样。"

"我从未向你隐瞒过什么。"他坚称道。

他们一般会在最快的时间里解决两人之间出现的任何分歧。而且,他们通常会简短地陈述自己的立场,就像法官要求律师做结案陈词一样。不,他们本来就是律师。她取得了法学学位以及纽约州的律师执照,执照被塞到了某个抽屉的角落里,与她一直保留着的纪念物在一起。他们一直争论着,当太阳在维尔京群岛落下时,也差不多争够了。不一会儿,他们听到直升机着陆的声音,但谁也没在意。艾米知道利奥有点心烦,甚至有些困惑,但到明天早上,他就会没事的。他们还要跟拉姆齐一家共处两天,在此期间,在公共场合,他们只能将伊恩·詹韦看成那个经历了滑翔伞事故的人,而不能提到任何别的事情。

那天晚饭前,当艾米在通往室外餐厅的台阶上单独跟佩妮相处时,连佩妮都不愿意提及这个话题。艾米像个阴谋家似的低声说:"我去看他了。"

"谢谢你。"佩妮环顾四周,确定没有人在听之后回答道,继续跟艾米肩并肩一起走上台阶。

"他很痛很痛,但他们给他打了东西。他要去做核磁共振检查,可能还得在圣胡安做手术。我之前想去你的小平房告诉你,但你在睡觉。"

"我很开心你去看了他。"

"几分钟前,"艾米接着说,"我问医务室的人,看看他们能否给医院打个电话。你明白的,看看他现在状况如何。他们说会打的,但还没消息。"

"我很感激,"佩妮说,"但我不能再谈这个了。"

"我知道。当然了,在这儿我肯定一个字都不提。我们一会儿可以去海滩散个步。"

"不。我是说我不能再说了。永远都不说了。"

"永远?"艾米笑了起来,因为她觉得这听上去很滑稽。她们要怎么做?永远对此保持沉默吗?或许,她想,伊恩和佩妮的话题将变成

第十三章

受伤的伊恩和佩妮,两个女人会相应地调整谈话内容。但佩妮连这个都不愿意谈。

佩妮摇了摇头。"恐怕是这样的。"

"我们怎么可能永远不谈?"艾米问道,"事情发生了,他一个人躺在陌生的医院,面临着瘫痪的风险。我知道这很复杂,"艾米接着说,"但你不应该再见他一面,或是给医院打个电话,让他们转告他你打过电话或是别的什么吗?"

"我要好好想想。我走进死胡同了。我困惑极了。"

"我不明白。"艾米轻声说,她感到困惑也是很自然的,她还保持着一颗纯洁的赤子之心。谁都不想看到极致美丽的事物身上出现任何瑕疵。这时,另一个侍者走过来为她们点单。佩妮仰头看着他,大舒了一口气,小声地描述自己喜欢的玛格丽特酒的调制方式。

过了一会儿,吃晚餐的时候,在火把的照耀下,格雷格·拉姆齐提到了这次事故,这时佩妮正坐在他身边,吃着一块烤白鱼。艾米差点儿忍不住想要逃离现场,然而他们还得这么忍受几顿饭,直到假期结束。她跟酒店前台打听着能不能早点儿离开——她会编个不得不离开的理由脱身——但前台告诉她,所有离开圣多伊岛的航班都订满了。所以他们只能继续待在这里。"我从来没觉得滑翔伞运动会这么危险,"格雷格说,"去年春假去特克斯和凯科斯群岛的时候我玩过,很简单啊。你可能会遇到热气流和风切变的麻烦,但你身边应该准备好一把钩刀。我认为那家伙根本不知道自己在做什么。"

"等我十二岁的时候,就可以玩滑翔伞了。"霍尔顿对着桌子说。

"我十二岁的时候能玩吗?"梅森向自己的父母询问道。

"不能。"艾米说。

"女人怕这个,"格雷格冷冷地说,"佩妮为这次事故神经兮兮了

十年一梦

一整天。"

当晚户外餐厅的饮酒量明显高于平时。来自这个孤独星球不同国家的家庭和恋人点了比以往更多的酒水。在今天亲眼目睹了一场令人不安的意外事件后,他们有点兴奋,同时也吃惊不已。那个耳垂上挂着天青石柱子的妇女来自加利福尼亚马林郡。"至少,"她说,"他还没死。有时度假确实能碰到一些反常的事故。"

"是啊,"她丈夫说,"还记得法国南部那对在孩子面前被直升机斩首的父母吗?"接着,大家开始谈论起一些奇怪的意外事故:汽车是怎么被一股妖风弄翻的,伞是怎么被吹起来的,人是怎么掉下来的。

第二天早上,佩妮走到海滩上,坐在艾米旁边的躺椅上。艾米等着,但佩妮并没有提起伊恩的话题。她什么也没说,所以艾米也没说。不管可怜的伊恩·詹韦现在怎么样了——康复了还是死于术后感染,又或是瘫痪了,这都是他的命。这次意外成为他们关系的终点,它向佩妮发出讯息,让她知道伊恩是个多么捉摸不定的人。想象一下,当她跟她的家人待在一起的时候,他却以那样的方式出现在圣多伊岛上!她将很快忘记他,和艾米聊一些别的话题。

或许这次换艾米倾诉,佩妮倾听了。利奥不想跟我做爱,躺在沙滩上时,她本可以悄悄地说。但事实上,艾米现在都不想看到佩妮,她们静静地并排躺了一上午。又是美好的一天,尽管对大多数人来说,假期即将结束,他们看上去都有些沮丧。那个每天早上往裸露的乳房上涂抹乳液的法国女人,现在动作更慢了,像一个孤独的手淫者,她的手似乎在传递着自己很快将要离开的悲伤。

那天晚上,有人往艾米和利奥家小屋的门缝里塞了一张纸条:"你的朋友在圣胡安的迈斯特罗医院休息,"上面的笔迹古老而优美,不是美国人写的,"腰椎骨折,非常严重,但脊椎没有损伤。已经做了

第十三章

外科手术。需要漫长的恢复期。"第二天早晨在海滩上,艾米偷偷地将这条信息转达给佩妮,佩妮马上点点头表示知道了,但出乎意料的是,她完全没有问接下来会怎样——伊恩有没有事,有没有人照顾他,他以后还能走路吗?

在圣多伊岛的最后一天,梅森和霍尔顿消失了很长一段时间,这让艾米又开始担心起来。"他们是男孩子,"利奥说,"随他们去吧。"

但她得知道梅森在哪儿。这是一种条件反射,在这样的时刻,你想将所有人聚集在一起,统计一下人数。昨晚她想给远在冬青山的吉尔打电话,告诉她这里发生的事,希望吉尔会同情自己,同时也表示害怕,说一些贴心的话。但电话信号一直很弱,不断地掉线。她两次短暂地听到娜迪亚那奇怪的小声音后,电话就断了。

"娜迪亚!我是艾米!你妈妈在吗?能把电话给她吗?"她在卧室里大声呼喊起来,好像她的朋友能救她似的。但随后那微弱的声音消失了,信号断了。艾米的朋友们似乎生活在一个遥远的世界:住在郊区的吉尔生活不幸;罗珀塔遭遇挫折,她发扬行动主义,并试图帮助一个南达科他州少女。这些故事,至少对于一个住在热带岛屿的人来说,看上去非常不真实,但艾米却希望它们能重新出现在自己的生活中。最重要的是,她想要她们回到自己的身边。

她现在出发去找儿子,沿着海岸快步走着,走过她和佩妮在事故发生前每天早上散步的地方,超过所有慢跑者、潜水者和乘坐尖皮艇的客人。她走了很远,走到海滩的另一个转弯处。小屋和平房从视线中消失了,风景与之前大不相同,甚至连海滩上的灌木<u>丛</u>也变得不那么美丽了,只是一味地浓密、多刺,给人一种阴森的感觉。有个警示牌上写着"**严禁任何客人入内**"。但艾米·兰姆头也不回地继续走着。

十年一梦

一大片低矮的建筑出现在眼前,如同棚户区,所有的建筑都由大块的波纹状锡板搭建,没有涂漆,简陋不堪,跟之前见过的用竹子和灯芯草编织而成的房子大相径庭。她看到一间又一间的棚屋,黑人通过敞开的门往外看。房间里空荡沉闷。她看到男人坐在肮脏的帆布床上抽烟。霎那间,艾米吃了一惊,同时也困惑不已。在美丽奢靡的圣多伊岛上,竟然藏了一个贫民窟?

她走过另一扇门,朝里面看了看,竟然看到了皮埃尔,那个可爱害羞的给孩子们上冲浪课的教练。皮埃尔只穿了条白内裤,没穿衬衫,正在抽烟。身后播放着轻柔的饶舌音乐。这不是贫民窟,这只是员工宿舍,他正在休息。皮埃尔很快走出了她的视野,她不知道他俩到底谁更尴尬。

回到城里后,他们发现安东尼娅·兰姆忘记了他们的嘱咐,没有给圣诞树浇水,导致大量松针落在客厅的木地板上,连波斯地毯上也弄得到处都是。"这会引起火灾的。"梅森看着那棵干枯的树说。他轻轻地碰了碰其中一个挂件,那是他几年前在学校制作的一个金色彩球,又一堆松脆的松针掉落了下来。他们不得不提早把这棵树搬走。"我很抱歉,"安东尼娅对他们说,"我想我的心思全扑在会议上了。孩子们,请原谅我。"

当他们在圣多伊岛度假期间,艾米的母亲按照计划住进了小书房。充气床垫充足了气,她的牙刷和有机向日葵牙膏放在客用浴室的小水槽边上。上次艾米见母亲还是六个月前。安东尼娅看起来气色不错,但老了不少。她的头发之前是星星点点的白,现在已经全白了。她的表情很夸张,出门喜欢穿斗篷。在她书封面的照片上,她看

第十三章

上去有点像威卡教徒。现在她住在他们的公寓里,这本就是一次愉快的探望,家人们见到她也很开心,除了圣多伊岛上发生的那件事,当然艾米并不打算告诉母亲。

佩妮和艾米两个家庭分别飞回家的第二天,佩妮给艾米的手机留言说:"艾米,是我。但愿你度过了一段愉快的旅途。呃,好像不止一段,因为还要转机。随便吧。我只是,你知道的,就是问候一下。给我回电话,好吗?"

每次艾米一想要给她回电话,总会回忆起佩妮从伊恩身边大步离开,以及第二天早上躺在沙滩上的情景,便失去了动力。在回到纽约三天之后,她才终于给佩妮回了电话。在事故发生后,她们之间的谈话方式变了,变得十分不自然。"那你知道伊恩病情的近况吗?"她问佩妮。

"不知道。"

"你没给医院打过电话吗?"

"我会打的,只是现在不行。我不知道该怎么处理。真的一团乱。这对我来说真的很难。"佩妮提出这周抽个时间一起喝杯咖啡,但事实上,艾米心里明白,这样做已经没有意义了。那对"情侣"已经消失了,所以她们之间的友谊也到此为止了。虽然这通电话并不是终点,不像佩妮·拉姆齐和伊恩·詹韦的爱情在伊恩扑通一声倒在沙滩上的瞬间就画上了句号。然而,她们之前维系友情的话题已经消失了,她们俩都不知所措。

那天晚上,在公寓吃晚饭时,安东尼娅说:"亲爱的,你为什么如此忧郁?你的眼神说明了一切。当你还是小女孩的时候,我就能看出来。"

"妈妈忧郁吗?"梅森饶有兴趣地问,"我们在词汇训练课上学过。'悲伤'和'忧伤'是它的同义词。"

"她并不是一直都这么忧郁。但她非常敏感。"

安东尼娅一直想为家人煮她非常拿手的素食千层面作为晚餐。继圣诞树上的疏忽之后,她竟然成为了一名很低调的房客,尽管这可能只是因为艾米还在为佩妮和伊恩的事绞尽脑汁,几乎没注意到母亲住在家里的关系。

"我没有忧郁,"她说,"我只是在想事情。"

"如果你想找人聊聊,可以找我,"安东尼娅说,"但明天白天不行,因为我要参加 NAFITAS。"

"这是个缩写,对吗?"梅森问。

"噢,是啊,我聪明的小外孙。它是'北美艺术科学女权主义者大会'的缩写。它基本上是一个老友聚会的场合。在过去,互相欣赏的女性为了特定的理由聚在一起。我们经常开会,先是反对可怕的越南战争,这跟可怕的伊拉克战争没什么区别。但后来,唤醒意识群体成立之后,我们转而关注的是自身的发展。"

艾米看出梅森对此很困惑,甚至觉得无聊,但他脸上仍摆出一副对祖母彬彬有礼的样子,他可不想伤害祖母的感情。

"娜奥米、詹妮弗和我一直很好奇,"艾米突然抬头看着母亲说,"你和其他女人到底在楼下客厅里做什么呢?有时我们以为你们在搞降神会①。"

"是啊,我想我们是在迎接苏珊·安东尼②的鬼魂吧。"安东尼娅

---

① 降神会,一种以鬼神附体者为中心人物,设法与鬼神通话的集会。
② 苏珊·安东尼(1820—1906),著名的美国民权运动领袖,在 19 世纪美国女性争取投票权的运动中扮演了关键角色。

第十三章

笑着说。

"我还有刻着她头像的硬币呢,"梅森说,"但大家都不喜欢它的形状和大小,外婆,它就被停止流通了。"

"我知道,而且我一点也不惊讶。"安东尼娅边说,边往自己的杯子里又倒了一些酒,"噢,艾米,利奥,我想在明天下午的会议结束后,能不能带几位女士来这里聚一聚。她们大多来自外地,住在旅馆里。"

"当然可以,"利奥说,"没问题。"

"谢谢。"然后,安东尼娅转过来问艾米:"我有个问题,你有没有考虑过成为一名公设辩护律师?"

"什么?"

"你知道的啊,我之前发给你的那些邮件。在我看来,你有法律学位,做公设辩护律师很不错。"

"不,我没考虑过,妈,"艾米一口回绝,"但我一直在考虑做一些真正的志愿者工作。或许去教别人识字什么的。"

利奥抬起头:"嗯,真的吗?什么时候开始的?"

"已经很久了,"她辩解道,"我跟你说过。"

"噢,好吧,很好。"

"我只是没有进一步行动。我也搞不懂为什么。或许是我重返工作前的一段漫长而缓慢的准备过程吧,"她有点自嘲地笑着说。

"你读过法学院,"安东尼娅边说边摇着杯子里的酒,"有时候我很想知道你当初为什么要去,你本可以在大学毕业后花更多的时间,弄清楚自己到底想做什么,而不是头也不回地去念书。"

"是,"艾米说,"我是可以那么做的。"

在桌上橘色烛光的映衬下,艾米母亲的头发像苏珊·安东尼硬币一样泛着银光,而梅森充满弹性的头发由于饱含蛋白质闪烁着棕色的光芒,总有一天,梅森将跟其他男人或女人一起走过有着美丽配色的走廊。利奥看了看妻子,又看了看岳母,随即低下头,将视线转回最安全的地方:他自己的盘子。他大口大口地扒饭,通过食物平静下来,他含着胸,集中全部注意力去吃完晚餐,显然不想参与两个女人之间的战斗。餐桌上的对话继续着,主要是祖母和孙子之间在交流。梅森得意地向这个疼爱他的女人炫耀自己的独特之处,没有人提出异议,即便那个默默在生气的成年女儿。

圣诞假期后返校的第一天早上,这个城市下了第一场雪。男人和女人从他们所在的金融和法律大厦的窗户向外凝视着这一自然现象。男人们想到了雪橇,想到了他们的孩子,想到了自己的孩童时光。在同样的高楼、公寓,或林荫道两旁小商店里温暖的灯光下,大多数女人想的却是她们孩子去年穿的那双靴子是否还合脚。男人的脑子里全是自由,女人心里只有必需品。第一场雪飘落的时候,城市里的每个人都立刻抬起头来,赞叹雪花自信而随意的旋转。他们全在期待同一件事情:也许明天学校要停课。也许还会停工!但工作没那么简单,每个人都知道,大多数办公室都将继续开工,生活也会一如既往地过下去。

回来后的第一天总是有种悲伤的投降感。早上七点,艾米的闹钟响了。梅森没有告诉她,他改变了设置,闹钟铃声已经从原来的鸽子咕咕叫变成了一种柔和的嘶鸣声,越来越响,仿佛马厩里着了火。嘶嘶嘶嘶,马儿们叫着,用鼻子狂嗅着,想要叫醒沉睡中的她。

艾米醒了,在床上大叫起来。"梅森!"她喊了一声,但没有听到任何回复。她吸了一口气:"**梅森!今天是开学的第一天!**"她叫喊

第十三章

道,"**赶紧的,兄弟!**"整个公寓一片寂静。利奥早就去健身房和办公室了,艾米的母亲还戴着耳塞在书房的气垫床上沉睡着,什么都听不见,梅森也没醒。"**我不想再说一遍!**"艾米喊道,"**我们必须早到去检查虱子!**"她很好奇今天佩妮会不会来送孩子,想象着她俩站在一起,尝试着闲聊。

当艾米和梅森到达体育馆时,里面已经热闹成一锅粥了。当分开两周之久的男孩们再次重逢时,他们快乐得像一只只小狗。母亲们和几个父亲站着聊天,交流着假期的经历,孩子则在他们身边转来转去。一位母亲谈到了家庭滑雪旅行。还有一位母亲说她只是躺着晒日光浴,一动不动。一位父亲说他们全家都没出城,每天晚上去公园的溜冰场。在墙边,弦理论学家伊莎贝尔·戈登正告诉另一位母亲,她和她的丈夫带着孩子们一起去了日内瓦附近的粒子物理实验室——欧洲核子研究中心,在那里,她看到了大型强子对撞机。"我对它充满一种无法形容的敬畏之情。"她说,另一位母亲只能摇着头微笑作答。

学校每年会进行两次虱子检查,母亲们总是担心自己的儿子是虱子的寄主,成为众人嫌弃的对象。今天,有人从挂着的网袋里拿出了几个篮球,这些篮球在假期里被人像储存椰子一样地装到网袋里。现在,许多穿着夹克、打着领带的男孩正在投篮,还有一些男孩瘫坐在折叠椅上,等待着被检查脑袋。

梅森一屁股坐在其中一把椅子上,旁边站着一个壮硕的黑人妇女,她穿着一件仿医疗外套,胸袋上绣着"灭虱公司"。她拿起一把金属制的理发师梳子,看起来像一个指甲锉,斜穿过他的头发,一小片一小片的头皮屑突然出现,随即又很快消失了。每次那女人撩起他的头发,艾米就想象在那黑色的头发下面,他的头皮是多么白啊!白色的头皮像白色的骨头一样,每次看到都会给人一种毛骨悚然的感觉。凯伦的双胞胎儿子凯莱布和琼诺并排坐在旁边的一排折叠椅上,好像快睡着了。两个无聊的女人正拿着梳子在他们光滑的头发间刷来刷去。

艾米不停地望向门口,等着佩妮和霍尔顿走进来的那一刻。但当霍尔顿·拉姆齐最终进入体育馆时,跟在后面的并非他的母亲,而是保姆克莱门汀。

"今天带霍尔顿来的不是佩妮啊?"凯伦一走到艾米身边便问道。

"不是。"

假期结束后,艾米在电话里将那个事故告诉了她的每一个朋友,描述了那天的坠落、突然看到的伊恩的脸,还有佩妮的冷漠。"我知道你生她的气,"在她们谈话时,凯伦说,"我认为对丈夫不忠是不道德的,你也知道。但当着格雷格的面直冲过去对她来说也不可能。"她们周围传来篮球的砰砰声,偶尔掺杂着清除虱子的银制工具的声音,"那你期待她还能怎么做呢?"

"我不知道,"艾米说,"伊恩躺在那里痛苦极了。你真该看看当时的情景,凯伦。嗯,是这样的,我想我由衷地希望她走过去陪在他身边。即使是出于某种本能。"

罗珀塔将哈里放在其中一把椅子上,直截了当地说:"你把她理想化了。别反驳我,你知道我说的是对的。我们都对佩妮·拉姆齐生了该死的感情。不管怎么说,我们已经很久没有将一个人理想⋯⋯我们被禁锢在一个小小的圈子里,只关心自己的日程安排和

⋯⋯米说,她的脑海中瞬间浮现出吉尔悲伤的身影,她⋯⋯驶在冬青山小学前缓慢的晨间车流中,"她

第十三章

可是我的大项目。但我觉得不值得花那么多时间在她身上。"

"我的天啊。"罗珀塔说。

"但我仍然认为,"过了一会儿,艾米说,"她本应该出于道德心去做的。"

"然后呢,失去一切吗?"罗珀塔说,"天啊,艾米,用你的脑子想想吧。"

"我正在想啊,我一直都在思考这件事。"

"她有了外遇,"罗珀塔说,"这是一件特别刺激的事,让她完全忘记了人到中年,进入人生的第二春。有人想要你,你也想要他,你们在一起创造只属于你们的神秘二人世界。"

"但她还是离不开真正的生活,"凯伦说,"她的婚姻生活。这正是拥有第二春的物质基础。是格雷格·拉姆齐让她一切皆有可能。"

"格雷格·拉姆齐太让人难受了,"艾米说,"你也看到了父子周末日那次他当选时的架势。他需要一种被众人仰视的架势。你真该听听他在度假时说话的口气。他说的那些事。独立摇滚。钱。全都是,钱。"

"格雷格·拉姆齐为她和孩子们提供了经济基础。如果他们的婚姻破裂,她现在所拥有的一切都将化为乌有。"

"实际上,佩妮·拉姆齐自己的工作也很重要,"艾米说,"就在我们被困在这里参加虱子检查的时候,她可能已经在办公室主持会议了。"

"艾米,"罗珀塔恼怒地说,"也许佩妮·拉姆齐身上有很多令人印象深刻的品质,就像我们认识的其他很多女性一样。但她在非营利性机构工作,几乎无法维持基本的家庭生活。你觉得她在博物馆能赚多少钱?"

"不知道。"

"不论她赚多少,要养活三个孩子,送他们上学,供他们吃穿,让他们出去度假,还要为他们找保姆,要拥有她那样自由的生活,她赚的那点钱是远远不够的。格雷格是那个跟投资者打交道的人——在一个大公司。他们必须维持现状,我知道这是个可怕的陷阱,但这是他们自己的选择,他们无处可去。"

艾米想到了住在 H 区 14 楼的那个意外身亡的年轻丈夫,大厅里的女人们曾说过,他的遗孀不可能在这栋楼里住太久。突然间,艾米迫切地想知道那个家庭的后续。他们已经离开了吗?他们被迫搬离"河畔大楼"了吗?她想象着衣衫不整的母亲带着两个孩子,被卷进伊莎贝尔·戈登口中那个可怕的、百分之九十六还处于未知的宇宙。

"我不确定你是对的。"艾米对罗珀塔说。体育馆的篮球声突然变得更加吵闹,她有点儿头晕。她觉得自己应该像男孩子那样坐在折叠椅上,低着头,让一名来自"灭虱公司"的妇女轻轻地抚摸着自己的头发。但她也想知道,来自"灭虱公司"的妇女的真实生活是什么样子的呢?每天一大早来到学校,摆好桌椅,开始帮那些享受特权的孩子梳头找虱子。谁心目中的完美的工作会是这样的?谁会想要这样的生活?也许工资还不错,福利也还过得去,你可以尽自己所能,依靠这份工作过日子。她发现自己对人们不同的生活方式一无所知。

梅森走到她跟前说:"妈妈,我要去打篮球。你可以走了。"

"我可以走了?噢,谢谢您,先生。"艾米故意开玩笑地说。

"什么?"

"没什么,没什么。过得开心噢,好吗?"

如果他能感受得到她有多难过该多好,她多期待跟他倾诉一切

第十三章

啊！等他被她的故事震惊后，能安慰她一次，就算只有一点点也好。当然，他完全没注意到她的难过，而且，估计还要再等上四十年，他才能担负起照顾她的责任。此刻的梅森，领带是歪的，上面还沾着早餐麦片碗里蹭到的牛奶，头发也被搞得乱糟糟的，像麦田怪圈似的。他的目光越过她，看向其他男孩和不断弹起的篮球。这是生活本身的样子，是你希望达到的状态。她的儿子自己行动完全没问题，没有她的陪伴，他还有很多要去尝试。

"那我们去不去金角湾咖啡馆？"罗珀塔说。

"去，走吧。"艾米说。

"瞧瞧你，看起来难过极了，"凯伦温柔地说，"感觉你去的不是圣多伊岛，而是古拉格集中营。"

"哈，真有趣，凯伦，"罗珀塔说，"非常有趣，你这笑话可真不错。"

"谢谢。"

正当她们要走出体育馆时，雪莱·哈比森突然走过来。"啊，你们要去金角湾咖啡馆，"她说，"我可以不请自来吗？"

当然了，好的，跟我们一起去吧，她们礼貌地回复她。但就在她们即将离开的时候，雪莱的儿子迪伦跑到母亲跟前，满脸羞愧地低声哭着说："我头上有虱子。"她们这才奇迹般地摆脱了她。

当天稍晚，艾米接梅森放学回家，正当她要插入钥匙开门的时候，听到了屋内传来的好几个女人的笑声。她顺着声音经过走廊，来到客厅，看到一群女人围成一圈坐在沙发和从餐厅拖来的椅子上。"艾米，"安东尼娅把她叫住，"过来打个招呼吧。"

参加 NAFITAS 的女性成员大多六七十岁，有几个人染了介于母亲和祖母之间的发色,有点杏黄,也带着点雪白,还有一些人的灰色头发乱糟糟的。几个人的背略有些驼,身体微微前倾,像在时间尽头赛马的骑手一样,另外几个身材高大的人坐姿笔直,在她们居住的不同城镇参加着串联瑜伽、阿斯汤伽瑜伽和热瑜伽的练习。

女人们认真地做了自我介绍。"你还记得玛莎·诺尔斯吗?"安东尼娅问自己的女儿,手指向一个身材娇小的活泼女性,她留着直直的银色刘海,像个老精灵,"你可能小时候在家里见过她。她是多伦多的一名健康教育家,好几个月前她开始参加我的唤醒意识团体,教我们不要过分担忧性方面的自我。"

玛莎·诺尔斯笑了:"噢,是的,我当时的座右铭是'窥镜在手,四方游走'。我还是不相信自己当时有那个胆量。但那时候我还年轻。人到暮年之后,我变得很谦虚了。"

"啊,你还是非常年轻啊,玛莎。"安东尼娅劝慰着,其他几个女性也温和地互相恭维着,这是女人间常见的事。她们从不吝啬说出善意的话。

艾米坐了下来,在自己家的客厅做客并受到礼待总觉得有点怪怪的,而且对方的人数还多过自己。"我们今天收获甚丰,"西达说,她是一个披着围巾的鸡胸女人,"我参加了一个很棒的研讨会,主题是关于我们这个年龄段的人应该降低还是提高期待值。"

"提高你对什么方面的期待值?"一名叫珍妮特的高个子女人说,"你的余生吗?实现目标的可能性?"

一个名叫李的纤弱的瘦小女性说:"关键在于,我做了自己想做的事,"她是房间里唯一的黑人女性,剃了个光头(安东尼娅后来告诉艾米,她最近正在接受乳腺癌治疗),"我知道如果我继续等下去,我将一事无成。"

第十三章

"及时行乐。①"玛莎·诺尔斯说。

"于是我去读了法学院,"李继续说,"我在国际贸易法领域工作了二十年。我爱我的职业!在此期间,我和我的前夫和平分手,我爱上了我的伴侣卡罗尔,她做了三十年的刑法教师,直到退休。"

"应该有人来写写我们的故事,"另一个女人说,"安东尼娅可以啊。我们这群人有很多段不同的婚姻,中年进行职业转行,有些人是同性恋,还有孙辈——"

"——也是同性恋。"另一个女人说。女人群中爆发出此起彼伏的固有笑声。

"抱歉,我只写小说,"安东尼娅说,"我唯一感兴趣的是那些不会在现实中发生的真相。"

"你的新小说写的是什么?"玛莎说,"能谈谈吗?"

"当然可以。这本书叫做《减罪的情节》,讲述了二战期间在荷兰为抵抗运动工作的三个女人的故事。"

"听起来很有趣,"西达说,"我的书友会将大量购买。"说完,她转向艾米:"你真好,允许我们使用你的公寓。"

"她已经习惯了,"安东尼娅说,"她从小就看着我的唤醒意识团体定期在楼下开会,还能听到女性的咆哮声。"

"再也没有人咆哮了,"珍妮特伤感地说,"其实还有很多值得大声抱怨的事。只不过主宰世界的都不是女性。"

"玛格丽特·撒切尔不是吗?"有人想了想说,"她曾经权力无限。"

"那是个例外。历史上一个反常的时刻,"珍妮特说,"而且她太

---

① 原文为拉丁语:Carpe diem。

保守了,再说,那都是多久之前的事了。对了,艾米,"她补充说,"你们这一代应该接管一切。无论是咆哮还是主宰世界。"

"这不是她们的义务。"另一个人挥着手说。

"这不是自然而然发生的,必须有人给她们施压。"

"没人给我们施过压,"李说,其他几个人也点头表示同意,"我母亲认为女人应该待在家里生孩子,"她继续说,"我希望得到她的认可,但结果却没有。所以,这必须来自你的内心。"

"什么来自内心?"安东尼娅说,"认可吗?"

"是的,还有那种你可以改变世界的自信。"

谈话期间,她们又倒了一轮酒,安东尼娅拿出一块布拉塔奶酪,这显然是她当天专门去卡马拉塔及贝罗美食广场买的,她打开包裹在外面的叶子,摊开放在一个盘子里,和饼干一起分发给大家。女人们像饿坏了似的吃着丝滑的白奶酪,喝了大量的酒。随着年纪的增大,她们可以做自己想做的事,对世界已经不再抱任何希望。

"年轻一代大踏步前进,决定社会的生活方式,我对此欣然接受,"坐在角落的一位名叫贝蒂·简的女人说,"我到现在还不能接受人必有一死的概念。尽管,作为一个政治进步派成员,我差不多已经适应了在几乎所有的战斗中失败的命运。"女人们同情地点点头。"我关注每一个我能找到的关于女性被不公平对待的遭遇,"贝蒂·简继续说道,"但是,由于宗教激进主义和恐怖主义的威胁,很难号召大家投入精力为之奋斗。大多数人把关注点放在不同的政治利益上。就像'石头剪刀布'的游戏一样,恐怖主义扮演的是'石头',而女权主义和其他主义都是'剪刀'。所以,获胜的是恐怖主义。"

每个人都认为要保持理想,持续愤怒,找到这项事业的追随者越来越难了。有太多新东西需要你的关注。"这不仅是指恐怖主义,"

第十三章

李说,"科技也难辞其咎,它吸引了人类太多注意力。我的儿子在佛罗里达州的坦帕市,一直给我发孙子的数码照片,但我不知道如何下载。我基本上放弃了。我真搞不定科技。"

"我明白你的意思,"西达说,"我完全没兴趣掌握互联网科技。我脑子里的东西已经够满了,我现在也学不了这个。这是一门全新的语言。这些年来我们学得还不够多吗?"

"够多了。有一件事让我非常困扰,"玛莎·诺尔斯说,"那就是我的孙辈以及他们的朋友们在网上与人交谈的方式。或者说是所谓的交谈。他们与虚拟的陌生人聊天,假装跟彼此很熟,用的全是那些肤浅的语言和一些缩写符号。这太低级了,而且不费吹灰之力!他们不认识对方,对彼此也没有感情。他们不像我们在他们这个年纪时那样说话。我们现在仍在采用的交谈方式。"

现场的气氛突然安静了下来,大家都在沉思,陷入遗憾之中。艾米也有点感受到异常,她觉得自己作为主人,对调节气氛多少负有责任,于是她想了想说:"如果你可以把孙子们的照片下载下来,那真不错。我也不是很懂电脑,虽然我确实在使用电脑和黑莓手机。我知道跟我儿子相比,我就是个门外汉。他无所不知。"接着,她喊道:"梅森!"没有任何回应这是当然的,因为他在房间里,门关着。"**梅森,你能过来一下吗?**"她又喊道,"**带上你的笔记本电脑!**"

不一会儿,她的儿子带着自己的笔记本电脑来到客厅,盘腿坐在咖啡桌旁的地板上。他温和地给她们简单讲解了所有的要点,虽然这些要点之前曾把她们中的一些人吓跑过,直到此刻,她们有时仍然觉得自己的脑子根本装不下此类知识点。不过这一回,她们发现自己似乎还能学到一点,尽管说实话,科技是属于新一代的,而不属于她们。

梅森在打算合上电脑回到自己的窝前说道:"我可以向你们展示个东西吗?有种声音——某种特定的频率——只有孩子能听到,实际上还很刺耳。但奇怪的是,三十岁以上的人都听不到。他们的听力已经不够敏感了。"他打开一个网站,点击了一下,女人们都认真地听着。

一点声音也没有。全场鸦雀无声,梅森却用手捂住耳朵,做了个鬼脸。所有的女人都面面相觑,耸了耸肩。"这是恶作剧吗,梅森?"安东尼娅问,"我们中没有一个人听得到。你在拿我们开玩笑吗?"

"没有,外婆,我发誓,真的有声音。瞧,就像我说的,这是一种高频声音,我能听见,但你们听不见。无意冒犯,你们只是太老了。"女人们开心地笑了起来,西达假装用枪指着自己的头。

"噢,是啊,说得没错,"玛莎·诺尔斯说,"我们太老了,几乎什么都做不了了。我们正在另起炉灶。"

艾米也没听到,她也失去了与高科技的尖叫和未来传令似的号角迸发出火花的幸运。她一路跌跌撞撞地走来,人生差不多已过半。接近傍晚时分,客厅里的阳光也渐渐消散,却让她的视野越来越清晰,她看到母亲和她的朋友们脸上的皱纹,以及使她们的面容显得柔和的灰白头发。简而言之,她明白了,不管你获得多少成就,世界几乎不会停下来向你致敬或给予你告诫。

那天晚上,在睡觉前,穿着白色睡衣的安东尼娅·兰姆像个幽灵似的站在厨房里打电话。艾米走进厨房,看见她站在那儿,脸上涂满了晚霜,在昏暗的厨房里闪闪发光,就像她身边的大理石台面一样。她头发披散下来,别在耳后,艾米透过睡衣可以看到母亲那小小的、低垂的乳房。她看上去确实像一个听不到尖锐哨声的人,一个在市

第十三章

政大楼里迷了路、满心困惑的老人。

"我问你,"安东尼娅对着电话讲,"你把猪里脊解冻了吗?真的吗?嗯,我确定放在那里了。你找找冰淇淋下面。对。对。我知道,时间太久了,肯定会有股难闻的冰箱味儿。还记得那年夏天我们吃的冰淇淋吗?奶油脆的?"她笑了笑说,"你要不要趁我还没挂电话去找一下猪里脊?不去?那好吧,我相信你会找到的。她很好。事实上,她正好刚走进来。你们打声招呼吧。"

安东尼娅转过身,对艾米说:"是你爸爸。"接着把听筒递给了艾米。

"你好啊,爸爸。"艾米说,电话那头传来了父亲的声音,询问她在纽约的生活。

"下次你母亲去时,我会和她一起。"他说。

她想象父亲跟母亲一起躺在气垫床上。母亲的体型随着年龄的增长而显得愈加壮硕,而他却像一条小猎犬一样越来越瘦小。他还在麦吉尔大学教授经济学,但已经在考虑即将退休的事了。"我祝你一切安好。"亨利·兰姆对女儿说。艾米也向他表示了祝福,随后将听筒还给了母亲,而母亲的手早就迫不及待地伸出去拿听筒了。话题又回到了冷冻猪肉上,安东尼娅真心希望亨利能找到它。他在通话期间成功找到了,随后将猪肉放在他们北边厨房的台子上,让它在未来的几个小时里慢慢解冻。等到妻子旅行回家后,便可以为她烧一顿饭了。

"好了,"安东尼娅挂断电话后对艾米说,"我想我该道晚安了。感谢你今天准许 NAFITAS 的参会女性到家里做客。谢谢你让我睡在你的地板上,让我和梅森度过了这么久的快乐时光。他真是个了不起的孩子。"

"这是我的荣幸,"艾米说,"你知道的,我从没想要成为一名公设辩护律师。那都是你的一厢情愿。"

"噢,嗯,我就是想想。"

"我没有足够的激情,"她试图解释道,"你对这份工作必须充满激情,否则你的委托人根本没有打赢官司的希望。"

"嗯,你说得有道理。"

"你总是那么有激情,"艾米补充道,"从一开始写作的时候就是。"

她母亲微微一笑:"原来你注意到了。你们三个姑娘的眼中似乎只有自己的生活。"

"我们确实注意到了,"艾米停顿了一下,"母亲突然有一天想要追求自己的梦想,而且还非常擅长,这真的很了不起。"

"我希望给你们三个树立个好榜样。"

"你做到了,"她感到喉咙发紧,为自己之前的任性感到惭愧,"虽然存在这种可能,"艾米说,"但并不意味着每个人都能找到自己擅长的东西。"

"噢,才不是呢,你很聪明,"她母亲说,"也很能干。你一直都非常优秀。"

"我也曾对自己抱有期望,"艾米说,"我从未想过这一切可能不会全部实现。然而,并非人人都有动力。也并非人人都有天赋。"她说,"有时真的很难做到。"

艾米回忆起自己和姐妹们站在母亲的门外,用拳头猛敲门,感觉自己没有受到母亲的照顾,但事实上,长久以来,她们聪慧、富有创造力、充满爱心的母亲一直精心照料着她们,并且一直会延续下去。

但她们只记得安东尼娅说"这是属于我自己的时间",随后便关

第十三章

上了门。这些年来,三个姑娘们偶尔会扮演《简·爱》里的角色。她们想象自己被伟大的母亲抛弃后,成为了孤儿,甚至,不知何故,在她们眼中,自己成为孤儿是因为女权主义——这个对她们毫无吸引力以及过于正式的词条。娜奥米曾在孩童时代说过,这个词听起来像是一个卫生巾的牌子。**女权主义**:在你真正需要额外保护的日子里。

"噢,亲爱的,我知道这很复杂,"安东尼娅马上说,"有些时候,你不得不东拼西凑。但你在近几年可以找点事情做,不是吗?"她温柔地问,"一些有意义的事情,可以让你感觉好点的事情?"

"我感觉很好,"艾米生硬地说,"没什么不好的,"她接着说,"我不知道为什么自己没有找到。我以为我可以的。"

"嗯,你会慢慢明白的,"母亲说,"我们行动了,至少我们尽力了。我们把经历一点点拼凑在一起,希望每个人至少都能得到一点她们需要的东西。那是一切的开始。我们是最早的一代。就像恐龙那样。我知道我们也会失误,但我们确实尽力为大家做了正确的事。现在我想,我们已经无能为力。"

第二天,在安东尼娅乘出租车去机场返回蒙特利尔后,艾米发现了收据。当时,她正在书房里给气垫床放气,听着释放空气时发出的嘶嘶声,由于房间太拥挤了,要想保持所有东西原封不动非常有难度,那堆文件就是被她母亲不小心翻出来的。那堆文件散落在"斯文"书桌上,显然是从其中的一个文件柜里掉出来的。艾米漫不经心地翻看着,有些是利奥出差时拿到的旅馆、饭店和商店的收据,显然是他正准备提交公司报销差旅费的。就在那时,她看到了一张很奇怪的收据,因为上面被人用修正液改动过,可能是要复印的吧,她猜测。在收据的上方,利奥用笔写着:"**客户礼物**"。

收据上标着"233 美元",一开始她不知道这是什么东西,但总觉得这个数字非常熟悉。突然,她想起了圣多伊岛上礼品店里的那个女人,就在艾米欣赏镶嵌着珊瑚和绿松石的镇纸时,那个女人用悦耳的声音说道:"两百三十三。"艾米为她母亲买下了镇纸,母亲也很喜欢,还说要用它来压未来所有的手稿。利奥从未去过那家礼品店,或者其他任何一家。他本能地避开了那种装满不必要装饰品的小房间。在他还是个孩子的时候,他不得不陪着自己的母亲去逛礼品店、女装店和裁缝店,那里有各种各样的花边、一卷卷的平纹细布和牛仔布。他很讨厌逛那些布满装饰品的地方,艾米确定自己的丈夫肯定没去过圣多伊岛上的礼品店,而是把给她母亲买的镇纸当作送给客户的礼物,指望公司报销。

她明白,如果继续翻找"斯文"书桌的文件柜——虽然自己从来不喜欢翻查这个地方,因为这对于她来说就像礼品店对利奥一样无聊,她至少还能找到几张类似的收据。上面标着"**与客户共进晚餐**",又或是"**与客户喝酒**"。当她想到这一点时,整个人变得惊恐不已。她不知道利奥这么做的动机何在,也不知道他现在真正关心的是什么。她明白,这座城市和周边城镇的那些压力过大的人的文件柜里肯定也少不了这样的收据,这个世界充斥着类似的收据,不管在哪里,都存在一些想让他人为自己买单的人。

第十四章
蒙特利尔,1973 年

他是个安静的人,用钥匙开门也是小心翼翼的,所以姑娘们都没听到他下班回家了。起初,他并不知道她们在客厅忙什么,于是停下来听了一会儿。这并不是偷听,而是想要多去了解一下与自己生活在一起的女儿们的情况,她们似乎让他感到困惑,就像他的妻子某些时候的行为一样。

"简,作为对你们罪孽的惩罚,你和海伦·彭斯必须去淋雨。"艾米假装用低沉的声音对娜奥米说,这在亨利·兰姆听来,女儿是在扮演一个男性的角色。

"请别让我们这么做,布洛克赫斯特先生,"詹妮弗说,"我求求你了。"

"恐怕,你们的行为已经让我别无选择了。你们这些可怕的孩子,你们必须学会谦卑。"

"詹妮弗,你甚至都不明白谦卑是什么意思。"娜奥米说。

"我的名字不叫詹妮弗,我是布洛克赫斯特先生。而且,我当然知道。谦卑是基督教殉道者所具备的品质。是他们的品德。你们也必须学会。"他最小的女儿伸出手,轻轻地推了大女儿一下,随后二女儿也加入了战斗,三个女儿假装打了起来,在她们看来,效果非常令人满意。她们在一起嬉戏打闹的时候,她们的父亲在一旁看着,没被发现。艾米撞倒了一盏落地灯,灯倒在地毯上,但没有摔碎。沙发稍稍有点移位,脚轮处发出吱呀吱呀的声音。

亨利今天胃有些不舒服,便早早回家了。傍晚的时候,这所房子似乎总能给人慰藉。他走进来,看到正在玩着复杂游戏的三个女儿,他真希望自己能和她们玩上一整天。自从在那些夜晚安东尼娅把他和姑娘们赶上楼,他已经习惯了和她们共度时光。他终于明白,自己有多喜欢这种被动的亲子时光。这比宏观经济理论更能安慰他。他在自己的研究领域,本就不是一个很有天赋的学者,但他仍然很勤奋,从小被灌输必将成功的观念,不断奋发上进。但说真的,如果自己不是生在这样的世界——如果生在一个更自由、更陌生的社会,他也许会对安东尼娅说:"你出去工作吧。我在家带孩子。"

这些话,即便是自言自语,听上去也有些伤感和奇怪,更像是一个遇到中年危机的男人的多愁善感。他将在秋天担任系主任一职。基于人员轮换制,主任一职终于轮到了亨利,但他很恐惧一个接一个的会议,也很害怕一刻不停地记录部门备忘录,他不知道如何管理这个被称为"小小领地"的经济系,他唯一想做的只是照顾好自己的小家庭。

如果他在家带孩子,那么下午四点半,屋子里就会像从前一样,弥漫着食物的香味,烤炉里也会烤着肥嫩相间的羊排,甚至还能闻到巧克力蛋糕的熟悉味道。孩子们喜欢待在烤制蛋糕的房子里,没有

第十四章 蒙特利尔,1973年

别的什么能让她们感到更安全满足了。然而他的三个女儿,却在一个上学日的傍晚扮演《简·爱》孤儿院中的场景。她们住的房间又乱又热闹,家具有点移位。地毯隆起,他猜很快有人将被它绊倒,但他又不想就这么进去铺平地毯,因为那样她们会被打断,停下表演,变得害羞起来。他多么希望能经常和女儿们在一起,看她们表演,她们可以无拘无束地表演下去。他真希望自己能多观察一下女儿们的真性情,这个被母亲忽略却至关重要的方面。

安东尼娅也曾在很长一段时间里非常享受自己作为母亲的角色,但后来她产生了新的欲望。结果,她的女儿们变得愈加独立。这不算坏事儿,但亨利·兰姆更希望自己可以弥补这个欠缺,帮她们烤羊排、铺平地毯,还有一些别的事情,至少再做上几年,直到女儿长大成人,不再需要他的照顾。

他很早便发觉了自己和安东尼娅与其他夫妇的不同之处。一九五八年夏天,从多伦多大学毕业的亨利去哈利法克斯看望他的表兄弟,认识了当地女孩安东尼娅,那时的她是一个性感的、有些高人一等的女孩,被亨利的书生气和瘦削形象所吸引。在岩石岸上,在他刚刚向她解释了自己所喜欢的约翰·斯图亚特·密尔后。"我认识的男人都是些粗人,"她说,"而你不是。"

一开始他以为她说的是"蠢人",之后才发现是自己听错了。他也许在她眼中真的挺"蠢",他有时觉得自己蠢到无可救药。当家里没人时,他们在父母海边的房子里做爱,晾晒在海边的被单上带着一股空气中的咸味,他不知道她是否喜欢,却没有开口询问的勇气。在床上,她确实发出很多噪音,不停地转头,脚趾死死地抠在一起,这让他有点尴尬。而且,不仅如此,之后发生的很多事也让他看不懂。

一九七三年,结婚长达十三个年头的他虽然不认为安东尼娅移情别恋了,但他觉得她对自己的兴趣也所剩无几。部分原因是他自己造成的。在一九六九年的圣诞派对上,他鬼使神差地吻了部门秘书金妮·福利,那纯属意外,是一种绝望的冲动。当时,他对闭塞的生活十分不满,正试图通过某种途径拯救自己,在经济系的世界中寻找人生的意义。

就在那时,小个子的红发金妮出现了。那天晚上,她像往常一样坚守在办公桌旁的岗位上。他好意朝她笑了笑,拿起她放在罐子里的一颗酸糖,说:"你好,金妮,我希望你可以离开你的桌子,去喝一杯蛋酒。"说完他继续往前走,在他还没反应过来,她已经跟着他来到他的办公室。她站在门口对他说:"兰姆教授,你是整个系里唯一一把我当人看的。"说完便搂着他的肩膀,踮起脚来吻他的嘴。

他震惊了。他当时正咂着从她那拿的酸糖,他的舌头和她的舌头交织在一起,像打乒乓似的绕着那颗酸糖,使得这个吻更加难能可贵,也更加淫荡。金妮·福利似乎是他在大学工作中失去的所有快乐和舒适的一个隐喻。这个吻让他察觉到,大多时候自己是多么不快乐。如果存在一个男人的唤醒意识团体的话,他会立即坐在其他丈夫的客厅里,告诉所有人:"我很不开心。我希望自己能待在家里陪女儿们长大,烤羊排、做蛋糕,看着我的妻子按照她的规划在文明社会奋斗,等着她在一天结束后回到家,跟我分享这一切。"

但按照常理,男人根本不需要这样的团体。他们对自己的命运感到满意。长达几个世纪以来,男人一直是掌权者,他们按照自己的意愿管理各个部门,定下世界运行的基调。虽然女性开始一点点地夺回掌控权,但在人们的意识里,男人仍是世界的先行者,在那里,他们留下了大大的、原始的足迹。

那天晚上在回家的车上,安东尼娅狠狠教训了他一顿。让他惊

第十四章 蒙特利尔,1973年

恐的是,她竟然在系里的走廊上目睹了自己亲吻金妮·福利,并且认为他很丢脸。她告诉他,在她的唤醒意识团体中,她们也讨论过婚姻不忠的话题,以及解决该问题的对策。不,不,他本想这么说。不是那样的。事情根本不是你看到的那样。但他找不到合适的词向她解释。所以,他和她坐在过于闷热的车里,一个劲儿地说他很抱歉,然后在蒙特利尔冬季结冰的道路上小心翼翼地将车开回家。

再也不会跟金妮·福利发生那样的甜蜜亲吻事件了,没过一年,她便嫁给了一个电工,搬到了萨斯卡通。亨利只顾埋头工作。他偶尔会提早从大学下班回家,就像今天一样,在短暂的时间里,他捕捉到了女儿们丰富而充满想象的内心生活的结尾。这给了他重新探视童年的机会,虽然他的童年早已不在。

"简·爱,教室有人找你,就现在。"他的一个女儿对另一个女儿说。这些姑娘可真漂亮,他从前厅望着她们,仿佛是第一次相遇。在她们小时候,他忙着委员会的事,被系里的政治斗争搞得身心俱疲,还要一刻不停地发表着一篇又一篇论文,为的就是终身教职这个至关重要的铁饭碗。他的女儿们跟他都不是很亲近。艾米有时候会去他的办公室,他坐在办公椅上,而她坐在他办公桌下面,一把抓住他的脚踝,紧紧抱着。他从不甩开她的手,只是坐在那里,坐得比他希望的更久。

世界在改变。或许在不久的将来,母亲可以出门写作一整天,换成父亲待在家里做烘焙,整个屋子散发着巧克力的芳香,还可以陪女儿们玩洋娃娃。但就目前而言,在他看来,这都是痴人说梦。这所房子的主人处于转折期,安东尼娅经常陷入困境,亨利经常感到无聊,时时伤感。然而,他们的三个女儿似乎从未注意到这一点。她们都是女孩子,沉浸在无忧无虑的童年梦幻中。他在前厅又站了好一会儿,看着她们玩耍。

第十五章

艾米从圣多伊岛回来的第一个星期,经常给吉尔打电话,就像她们俩在大学时代经常互相通话一样。她的声音由于不开心变得低沉。回想起来,就在二十岁那年,她们经常在宿舍里互通电话,还会在凌晨时分约在一家她们都很喜欢的校园酒吧喝啤酒。那里的墙都是毯子做的,你可以选一个角落坐下来,靠着脏兮兮的海绵墙体,说着一切想要倾诉的话。你可以大吐苦水——那个男孩不爱我了,我的母亲过世了,我没有时间复习《西方思想经典》,另一个人则摇摇头或拍拍你的肩膀,认同地说人生就是如此艰难。她们经常互换角色,一会儿是倾诉的人,一会儿是倾听者,两个人都是一样需要彼此。虽然当时距离吉尔母亲自杀没过几年,但她已经通过一种安静、有条不紊的方式慢慢走出了悲伤。虽然两人的背景完全不同,但她们一样谦虚和忠诚,经常聚在一起,形影不离。不论白天黑夜,她们总能找到机会见面,互诉衷肠,从未后悔说过的话。你可以是那痛哭流涕的女孩,抓着一个凹陷的塑料啤酒瓶,靠在软软的墙上。而现在,在你

第十五章

的不惑之年,你最亲密的朋友也不会让你为之前的言行负责。

此刻,艾米·兰姆让吉尔想起很久以前的自己。最近,艾米看上去像是一个试图转型却失败了的人。她被佩妮·拉姆齐搞得心烦意乱。后来,在她走出来的过程中,又因为利奥变得非常不开心,对他大发雷霆。显然,利奥为了赚点外快伪造了一些收据。也许艾米很天真,还不知道如今这种现象非常普遍。虽然伪造票据是小事一桩,但依旧算欺诈。她告诉吉尔,这种随意的态度使她大为震惊。她说,她一直认为利奥是个好人,跟格雷格·拉姆齐以及其他那些高大鲁莽的海盗式丈夫不一样。她曾以为自己的丈夫与其他人的丈夫是完全不同的,而且总为他们之间存在的区别感到安心。

艾米发现收据的那天深夜,立即接通了吉尔的电话。电话响起的时候已经是凌晨时分了,但吉尔没有像大多数人那样,听到铃声便吓得魂飞魄散,这是因为她的父母都已过世。早在多年前,她就接到了父母过世的电话。先是在庞西学校的那个下午,接到她母亲过世的通知;再是在几年后,收到有关父亲的电话,当时她的父亲罹患胰腺癌,去世也是意料之中的事,但仍然令人惊讶。所以,真的,当她躺在家里的床上,唐纳德躺在身边,娜迪亚睡在隔壁,即使电话在不该响的时候响起时,她也没什么好害怕的。

"吉尔吗?我知道已经很晚了。我真的很抱歉。"

"发生什么了?"

艾米将利奥伪造收据的事告诉了吉尔,并表示他似乎已经做了一段时间了。"我找到了三份还未上交的收据,"她说,"客户礼物、岛上的酒水账单,还有所谓的客户晚宴,其实是我们上个月去托斯卡纳餐厅的消费。"

唐纳德强撑着睁开了一只眼,看起来很生气,他极度渴望每晚八小时的睡眠。于是吉尔拿着无绳电话走下宽敞昏暗的楼梯,一个人坐在黑暗的小房间里。她躺在灯芯绒沙发上,装修精美的房间配丝绸的墙,像是包起来的一件礼物。虽然艾米现在很不高兴,但吉尔松了一口气,她们又可以在深夜聊天了,而且谈的并不是佩妮·拉姆齐。她们谈论婚姻、生活,好像又回到了从前吉尔还没搬家时的日子。"噢,艾米,别这样,"她最后说,"不要夸大其词,千万不要小题大做。"

"我没有小题大做。我就是这么认为的。这让我觉得自己的婚姻很糟糕。"

"那你要怎么处理?"吉尔问。

"收据吗?我没管。"

"我不想让你感觉我对此无动于衷,"吉尔小心地说,"但这种事情在公司司空见惯,不是吗?"

"我猜是的吧。但利奥不一样啊。请不要告诉我,你觉得道德是个弹性准则,吉尔。"

"我没打算说这个,我根本没这么想过。但既然你提到了,我想这话说得也没错。要视情况而定。"

"但为什么他会悄无声息地变成一个欺诈者,甚至以一种很微不足道、很可悲的方式,还瞒着我?"艾米问。

"或许就是因为这种方式太微不足道、太可悲了。"

"我真的不知道他最近在想什么。我们最近都没怎么交流。但他不一定意识到这一点。"

"你得和他谈谈。"

"我不能。"

"好吧,那我不知道还能给你什么建议了。"她们沉默了一会儿,

第十五章

"有佩妮的消息吗?"最终,吉尔开口问道。

"没。"

"一点儿也没有?"

"我不想理她了。"

"她男朋友怎么样了?"

"据说他很幸运。我给大都会博物馆的裱框部打了几次电话,他们跟我说了最新进展。他应该要去伦敦郊外的康复中心。很显然,他会没事的,只不过需要很长时间才能恢复。他的阿姨正在照顾他。我给他寄了一些巧克力和一封信,但我真的不知道要写些什么。我根本不认识他。我只是告诉他,我很抱歉发生了这样的事,希望他能快快好起来。诸如此类的话。一个只有开始没有结局的故事,这真的太奇怪了。"

"这就是结局。一个欠佳的结局,仅此而已。不像人们期待的那种'落幕'。"

吉尔意识到,自己很享受佩妮·拉姆齐的威望正在慢慢消失的过程以及艾米需要同情的现状。艾米就像个孩子,不顾父母恳求,执意离家,却在被伤透了心后回来,因为她发现父母的告诫都是真的。在你四十岁的时候,吉尔心想,你并不需要交新朋友——显然,你不应该拥有新朋友,因为他们只会带来失望。

"我想你该睡觉了,"吉尔说,"明天找利奥谈谈收据的事吧。"

"你也该睡觉了,"艾米停顿了一下,擤了擤鼻子,"你还在吃诺克特姆吗?我也应该买点。"

"是的,每晚都吃。真的管用。我给你拿点吧。"

"谢啦。你可以帮我代购。"

她们突然不讲话了。吉尔本可以趁机向艾米吐露心声,跟她从一个母亲的角度更全面地谈谈娜迪亚的事,谈谈自己如何担忧女儿的智力发展,但她就是开不了口。

"我知道,"艾米说,"我挺讨厌佩妮那档子事的。我知道你一个人在郊区很孤单。我不想让你觉得——被我抛弃了。"

"我没事。"吉尔说。

"我也为其他事情向你道歉,"艾米说,"因为你一直都是我最好的朋友——"

"艾米。"

"我知道你一生经历了太多太多。你的母亲。还有生育的问题——"

"艾米。都过去了。"

"你确定吗?"

"是的,我十分确定。"

她们又聊了几分钟,话题转到了轻松、熟悉的日常生活上。她们俩有可能聊着聊着便睡着了,一边打电话,一边聊天,慢慢地语速下降直到沉默。她似乎记得,在大学时代,她们曾经就这么干过。在清晨醒来后,吉尔发现电话听筒压在早已滚烫的耳朵上,还能听到电话那端传来艾米均匀的呼吸声。

在她们最终挂断电话后,吉尔想到,艾米现在的状态非常不好,待在"河畔大楼"的公寓里郁郁寡欢,与伴侣也渐渐疏离,婚姻摇摇欲坠。而吉尔自己也一样,虽然她不能跟艾米好好聊一聊娜迪亚的事,但艾米仍是她心目中的闺蜜。吉尔经常对自己说,不要交新朋友。在搬到冬青山郊区后的第一个冬天,她一直这么告诫自己。在艾米打来电话的第二天早上,吉尔·哈姆林开车穿过郊区中心,沿着两旁是商店和树林的宽阔大街,去接娜迪亚,她刚参加了一个名叫

第十五章

利亚姆·罗斯托尔的男孩的生日聚会。尽管已经过了圣诞和新年，街上仍然保留着拱形的圣诞彩灯和电线装饰。显然，镇上的灯将一直亮到一月中旬——直到冬季的最后一丝气息消失，那时，所有喜庆的迹象将戛然而止，工人们站在梯子上，摘除代表着欢乐气氛的饰品。

吉尔把车停在购物中心陶器工作室前面的一个空位上，派对就在里面举行。她走进"制作陶器吧"店铺，门厅里挤满了人，几位母亲一边拿着孩子刚上光的花瓶或糖果盘一边打电话。"制作陶器吧"承办生日派对，参加派对的孩子们可以在四件不同的普通陶瓷中选择其一进行粉刷、点画、撒上闪光粉，然后放入后面房间里一个轰鸣作响的工业窑炉里。在派对结束时，有人负责分发装在纸盘里的生日蛋糕，并以加快的节拍速度唱完生日歌，孩子们将拿到自己上釉烧制的作品，各回各家。

要想在"制作陶器吧"中失败，那还是很罕见的。你不需要具备很强的艺术功底，就能带回家一个还过得去的已经预制成型的黏土作品。然而，娜迪亚制作的陶器一边塌陷了，无法立起来，而且在娜迪亚用手把它压平后，瓶口小得估计只能容纳一根小草，或是一根头发？

"制作陶器吧"店里，孩子们围绕在家长的身边，在拨弄过彼此花哨的小作品后，交给各自的母亲。吉尔看着其他打扮得漂漂亮亮的孩子上交手上的作品后，三两成群地聚在一起，头靠头，倾诉着无尽的悄悄话。娜迪亚是唯一沉默的孩子，她站在一旁，没有特别不高兴，只是安安静静地独自待着，这种情形让吉尔十分不安。她拉着女儿的手，领着她穿过叽叽喳喳的孩子群。没人注意到娜迪亚——这个学校今年新来的女孩——要离开派对。她在不在对大家都没有什

289

么影响。

那天晚上,娜迪亚的小花瓶被放在了餐桌上,靠在椰浆饭容器上,吉尔、娜迪亚和唐纳德正在吃从"曼谷之家"打包回来的泰式外卖,那是唐纳德从火车站回家时顺路买的。娜迪亚正拿着筷子挣扎着,她一手一支筷子,试图夹起一根泰式炒面。她的脸上油光闪闪。唐纳德注意到了那个小陶器,拿在手上慢慢地转动着,然后说:"你在哪里买的,吉尔?看上去不便宜啊。"

娜迪亚盯着父亲,以为他在说谎,但他丝毫没有开玩笑的意思。唐纳德是个善良的父亲,他一次又一次地用有趣的方式表达自己对娜迪亚的爱,这是吉尔做不到的。"那不是妈妈买的,爸爸。"娜迪亚终于开口说道。

"噢,不是吗?你的意思是?"

"那是我自己做的,在利亚姆·罗斯托尔的生日派对上。"

"什么?"唐纳德一边说,一边擦了擦嘴,然后放下了餐巾,"真不敢相信,这竟然是你的作品?"

"是的,爸爸,"娜迪亚说,"是我做的。妈妈,你告诉他。"

于是吉尔不情愿地加入游戏,像完成任务似的向唐纳德承认说,是的,是娜迪亚亲手做的这只花瓶。可是她为什么不能很自然地加入他们呢?为什么在她眼里娜迪亚已经超龄了,不再适合玩这个游戏了呢?为什么她就不能好好享受女儿单纯的快乐呢?为什么吉尔不能发自内心地跟女儿开一些类似的玩笑呢?

几天后,吉尔去当地公立学校接娜迪亚。她穿过一群孩子,看到自己孤独的女儿站在暖气管道旁。她身旁站着两个女孩,一边惊呼一边阅读着一本巨大的奇幻小说,书名好像叫《盲人与荒野猎人》,或是《荒野杀手》,或是《荒野猎人》。一年级学生竟然看得懂这么高级

第十五章

的书,吉尔对此惊讶不已,而且她们讨论书时持有的独特见解也同样让吉尔的心吊了起来。

"我喜欢荒野猎人斩获金条那部分,"一个女孩对另一个女孩说,"我哥哥说结局很意外。"

"我打算通宵读,"另一个女孩说,"我喜欢意外的结局。这个周末你能来我家过夜吗?"

"我要查一下日程表。"

她们之间的对话并无任何过分的内容,但吉尔却忍不住了。在没有大人注意的情况下,她弯下腰对两个女孩说:"你们不觉得这本书对你们来说有点深奥吗?你们才上一年级。有很多别的孩子还看不懂这本书,你们对此不会感到有些过意不去吗?"

其中一个女孩看上去被吓到了,转身跑开了。但另一个女孩仍然站在原地不动。"你是娜迪亚·哈姆林的妈妈吧?"她说,吉尔从她的红头发和微微凸出的眼睛中认出她是朱丽安娜·格雷戈里乌斯,"耐你贺卡"创始人莎伦·格雷戈里乌斯的女儿。虽然大家都穿着随意的校服,但你还是能够一眼看到朱丽安娜,她跟她母亲一样时髦、稳重,而今天吉尔挑了这个孩子与之对话,是犯了一个战术错误。

"是的,我是。"吉尔说,有点吃惊。

"无意冒犯,但她永远都看不懂这本书。"朱丽安娜·格雷戈里乌斯说完便转身走开了。

没人听到她俩的对话,无论是吉尔对孩子咄咄逼人的质问方式,还是孩子给予的毁灭性回复。当然,吉尔是不合规矩的那一方,但她可能会逃脱惩罚。当一个六岁的孩子控诉一个非常体面的母亲靠近自己,警告自己不要读一本深奥的书,因为这可能让其他孩子感到难过,又有谁会相信她呢?这里面肯定存在误会。站在学校接送区的吉尔感到有点抓狂,但她还没有彻底败下阵来。

当她走向娜迪亚的一年级老师时,眼神可能看起来有些激动。凯莱赫夫人,一位六十多岁的老教师,头发像发黄的羊毛,阅人无数。她看分数,当然了,像大多数老师一样,她更喜欢那些有潜力的女孩。吉尔现在也认清了这一点,因为凯莱赫夫人,这个体形壮硕的胖女人,正站在那里跟几个母亲聊天。

只有在小学封闭的小世界里,一个相貌平平、内向的女人才会受人欢迎。只有在这里,她才能成为所有母亲力图讨好的对象。吉尔看得出凯莱赫夫人是多么容易被那些较早熟孩子的母亲所吸引,因为当她走近时,凯莱赫夫人对她的反应明显十分疲惫,二者的反差相当强烈。无论吉尔怎么努力,她都无法劝服凯莱赫夫人对自己的女儿多一些关爱。

但无论如何,她得打听一下关于娜迪亚的事,而她现在正处于一种非常罕见的对峙状态,所以要问的话,最好马上去问。她没机会跟艾米事先演习,也没人安抚她的情绪,她只能继续前进。"凯莱赫太太,"她说着,挤到一群母亲中,"你好。"

凯莱赫夫人的目光明显更加渴求跟其他母亲进行交流。"你好。"老师说,她虽然是个老教师,吉尔心里想,但也像个混蛋。

"我就想问问娜迪亚在上课时候的表现。"吉尔说。

凯莱赫夫人跟吉尔对视着走向她,带着她往前走了几步,远离那几位母亲,然后窃窃私语道:"哈姆林太太,我本来打算给你打电话的。娜迪亚开始让我担心了。我曾经以为她只是需要时间适应新学校和新环境。但如今,学期已经过半。你考虑过带她去做个评估吗?"

今天下午的谈话非常直接,令人震惊,这正是吉尔想要的,甚至

第十五章

给她带来了些许放松,一扫平常的虚伪和紧张感。"是的,我考虑过。"吉尔说。

"如果你需要的话,我可以向你推荐一个城里的医生,"老师说,"我今晚给你发邮件。"

就是这么简单。凯莱赫夫人对她微微一笑后,便重新加入了与其他母亲的谈话。吉尔听到她提到利亚姆·罗斯托尔是怎么知道即将到来的土拨鼠节的起源的。"在分享交流会上,利亚姆告诉同学们,这个传统可能始于五世纪,当时欧洲的凯尔特人相信动物拥有超自然的力量。他真是个专家。"所有的母亲都咯咯地笑了起来,像土拨鼠一样围在老师身边。

过了一会儿,吉尔和娜迪亚坐在餐桌旁,吉尔看着女儿一边吃零食,一边费力地做作业。娜迪亚一只手握着一个粉红色的纸杯蛋糕,快把蛋糕捏扁了,另一只手使劲儿握着一支铅笔。吉尔瞥了一眼练习本,看到了书上一段密密麻麻的文字,后面跟着各种各样的问题,需要仔细阅读后进行回答:

1) 为什么农夫要卖掉那匹老马吉卜赛?
2) 你认为这公平吗?
3) 如果换作你,你会怎么对待吉卜赛呢?

吉尔清楚地知道娜迪亚读不懂几个字,她需要母亲站在她身边,一个音节一个音节地把文章读出来,这样她们俩都会感到安心,还能带来娜迪亚独自读书的错觉。她盯着娜迪亚挣扎了一会儿,厨房窗外的夜色更深了,路灯也自动亮了起来。黑夜降临,很快,唐纳德将和其他男人一起坐火车回家。她们将听到他走进前厅的脚步声,以及他在前厅桌子旁翻看报纸发出的沙沙声。出于礼节,娜迪亚会给父亲几秒钟的缓冲时间,随后便放下手头正在干的任何事,肆无忌惮地扑向父亲。身上散发着办公室、火车和报纸味道的唐纳德,也会欣然接受这个扑过来的甜蜜。

不过,在那之前,娜迪亚只能跟吉尔一起坐在餐桌旁,盯着她看也看不懂的农夫牵着老马穿越草地的故事。掉落在练习本上的星星点点的纸杯蛋糕屑似乎比文章本身更具吸引力。娜迪亚用自己湿漉漉的食指粘起一粒粒的碎屑,放进嘴里,迷惘地回忆着消逝的快乐。但那一粒粒的蛋糕屑最终总是指向农夫和那匹老马的故事,娜迪亚·哈姆林将被迫盯着这则故事,或许就这么一直盯下去。

天色渐渐黑了,农夫和那匹老马仍在田里等待。吉尔看着女儿困惑的表情和疲惫的眼神,最后说:"亲爱的,我想今天就到此为止,好吗? 你已经用功学习很长时间了。不看了,好吗?"

"可我还有题目要做。"

"没关系。"吉尔说。

娜迪亚问:"你小时候做作业时,妈妈也经常陪在身边吗?"

"有时会。"

她们沉默了一会儿后,娜迪亚说:"你妈妈在哪里来着?"

"她去世了,记得吗?"吉尔说着,嗓子突然哽住了,即便过了这么久,她一想到自己那绝望的、已经不在人世的母亲,也还是很难过。她将自己的感受隐藏起来,但每每碰到这样的时刻,还是控制不了自己的情绪,可又必须表现得很坚强,而不是处于失控的状态。她想起人们曾经提到的那句话:"当父母有人自杀,你的孩子之后也可能会面临同样的困境。"记忆回溯到二十世纪八十年代,她看到自己漂亮的金发母亲彬彬有礼地站在费城郊外的大房子里,为她打开门。"那

第十五章

是很久之前的事情了,"吉尔跟女儿说,"我们已经谈过了。"

"对,"娜迪亚说,"我曾经也有过另一个妈妈。"

"是的,你有。"

"但她没法照顾我,所以只能由你来照顾我。"

"我是想这么做。我一直都想照顾你。"

娜迪亚一直一本正经地看着吉尔,过了一会儿,她伸出一只手拍了拍吉尔的手。然后说:"妈妈,你确定我们现在可以不用学习了吗?"

"没错。"

吉尔承认自己的女儿非常勇敢,明白女儿具备着她那个年龄所不应该具备的勇气——每天都得打扮齐整上学去面对那群小孩,她们胳膊下夹着长篇大论般的小说《荒野猎人》,还要去应付那个根本不喜欢给自己上课的老师,一个人孤零零地坐在长桌的尽头,啃着一块软三明治,熬过近一个钟头的时间。当独自一人坐着吃午餐时,她会用美丽的童声唱着属于自己的民歌:"来吧,忧伤,藏红花姐妹的树下。"眼神有些迷离。

接下来的周一,吉尔带娜迪亚去做了评估。她没有哭,只想知道真相,于是她带女儿去了位于冬青山市中心一幢小办公楼里的测试中心。在那里,娜迪亚将和一位名叫詹森夫人的热情女士待在同一间房间里接受评估。几个小时后,娜迪亚出来了,看上去很疲倦,就连詹森夫人也显得疲惫不堪。测试项目太多了,学校事务也太多了,各种事情加在一起的压力太大,让你不可能无视。然而,在此之前,吉尔却错过了。她没有不做,只是认为评估没那么重要而已,因为如果你能巧妙地隐藏一些短处,也不会显得有多么与众不同。

虽然娜迪亚的测试结果给父母的自恋心理带来了沉重的打击,

但也在意料之中。吉尔和唐纳德坐在一个小房间里,听着詹森夫人一一解释娜迪亚在哪些方面表现出了明显的认知滞后。她说这些话的时候没有任何责备或尴尬之意,她已经习惯了向父母们传达此类消息的工作。娜迪亚对她来说,并没有特别不寻常,也不像"你们认为的那么糟糕",詹森夫人说。

詹森夫人递给吉尔一盒纸巾,桌上还放着一个镇纸,上面写着"雪花般的孩童",另外还有一个便签上面贴着一个定时投放的治疗儿童多动症的药物广告。吉尔抽了几张纸巾,擤了擤鼻涕,擦着眼泪,努力打起精神听着詹森夫人的解释。她说如果娜迪亚能够有一位伴随在旁的"影子教师"在白天帮助她,密切关注她的一举一动,给予娜迪亚凯莱赫夫人所不能提供的帮助,那么她或许会有改善。"而且,好消息是,政府将为此买单。"詹森夫人说。

"这算是好消息吗?"唐纳德说,"太好了,我就在等好消息呢。"

"但你必须申请,"詹森夫人若无其事地继续说,"甚至可能要起诉学区,但你最终能得到你想要的。虽然很伤脑筋,抱歉我这么描述,但事实如此。"

"你的意思是我们必须这么做吗?"唐纳德问,"我们必须让她从现在的学校退学吗?"

詹森夫人摇了摇头。"不,哈姆林先生,"她说,"有些父母更喜欢让他们的孩子从公立学校转到一所特殊学校。这是每个家庭基于现实的选择。但无论如何,你告诉我她现在过得不好。而且当我看到测试结果后,也不得不同意。为什么娜迪亚要过得如此痛苦呢?我觉得这很不人道。"

在回家的车上,他们沉默不语。两个人都有点震惊,但至少对吉尔来说,还算不上真正的震惊。这让她回想起几年前他们多次去看生育专家的经历,以及他们是如何带着类似心碎的感觉离开那些办公室的。你随时随地感到心碎:失去母亲、思念密友、想要一个孩子以及抚养一个孩子。但唐纳德每天忙于工作,基本忽略了女儿的不足。当他晚上从城里下班回家后,娜迪亚可爱的天性在他面前是如此具有吸引力,她可能是地球上最善于表达、最不寻常的孩子了。也许在他的心目中,她亲手做的花瓶确实很美。也许他太疼爱自己的小女儿了,以至于她闪烁着了不起的光芒,蒙蔽了他的双眼。吉尔觉得这种蒙蔽是件好事,但现在却起不了任何作用。此刻,唐纳德坐在车里,把手伸进西装外套按着心脏,好像中了一枪似的。

那天晚上,他像往常一样陪娜迪亚玩耍。他带着她在客厅里翩翩起舞,睡觉前陪她坐在床上,读着一堆图画书。吉尔朝屋里望去,看见他们在翻看几本她三岁时读过的书,一些大多数孩子早就抛诸脑后的书。对娜迪亚来说,这些书不仅仅是怀旧,它们就是生命本身。娜迪亚跟着父亲一起读,她读得很慢、很笨拙,但还是慢慢地读下去。看到这样的场景,吉尔心如刀割。她不得不转过身去,仿佛看得眼睛很疼似的。

吉尔去给艾米打了个电话。"是我。"吉尔对她说。

"怎么了?"

她停顿了一下。"没事。"她最后说。因为如果此刻在电话里谈起娜迪亚,她肯定会哭,所以她忍住了。她要跟艾米当面谈谈,虽然也没有什么帮助,因为艾米只知道抚养一个思想开阔、头脑丰富的男孩是什么感觉。在她儿子的脑子里,凡事皆有可能。"这周我要找一天,在娜迪亚放学后带她进城,"吉尔说,"我得给她买件春装。我们能见面吗?"艾米说自己依然很难过。自从她发现利奥篡改度假收据以来,已经过去一个星期,她还是没跟他谈过任何事情。"哎呀,好啦,艾米,只是跟我碰面啊。"吉尔说。艾米心软了下来。

她们约好在周四下午碰头。梅森那天要上钢琴课,艾米说如果吉尔愿意过来陪她,她们可以聊聊。于是,吉尔带着娜迪亚坐火车进了城,买了她所需要的春装,又去卡内基山音乐学校跟艾米见面。那是一幢建于十九世纪九十年代的东方建筑,校史长达一个世纪之久,当地的孩子在那里学习钢琴、长笛和声乐。

两个女人和一个小女孩坐在通风的前厅里,四周回荡着此起彼伏的音阶、《献给爱丽丝》的开场曲以及《史努比的圣诞节》的主旋律,这一切似乎都是童年的象征,如此熟悉。但大多数情况下,到这里来的孩子都是基于父母的欲望,并非出于自身对音乐的喜爱。艾米可能从没想过梅森根本不需要学习钢琴。她是否想过这个脚踏实地、善于收集信息的男孩长大后将成为诺埃尔·考沃德[1],在派对上被一群青年才俊环绕,与大家共同唱起最爱的老歌呢?现在,大多数美国的男孩女孩如同公司高管一样日程繁忙,奔波于一个又一个的课程之间。母亲们则担任孩子们的私人秘书一职,记录的日程表,追在后面参加钢琴课、击剑课、造纸课和武术课,再去其他孩子家里互动。直到天色渐黑后,才得以脱身。吉尔绝不会让娜迪亚的生活如此紧凑。她不会参与这种美国人特有的疯狂行为,此刻的她更加坚定了自己的想法。

"我们带娜迪亚去评估了。"她开口说道。听着吉尔的诉说,很快,艾米似乎暂时放下了不开心和自我纠结。娜迪亚坐在一旁,膝盖上放着合起来的课本。她没有做功课,而是在梳理一个普通的玩具小马的毛发,这匹马长着长长的金发和假睫毛,还有四条腿、鬃毛和

---

[1] 诺埃尔·考沃德(1899—1973),英国著名剧作家、演员、流行音乐作曲家,以风趣幽默闻名,1943 年获得奥斯卡终身成就奖,1969 年封爵。

第十五章

尾巴。吉尔为这个玩具想了一句广告语:当你的小女孩梦想着骑马的同时,是否也想成为一名荡妇?

"你和唐纳德一定很难过吧?"艾米说,"我真希望你能早点告诉我你一直以来的担忧。真的很抱歉,但你现在必须积极主动,不是吗?"

"我不懂那是什么意思。当我在几年前一开始觉得不对劲儿时,就该积极主动。现在有点晚了。"

两个女人坐在一起,周围响起音乐声。吉尔看到娜迪亚正趴在地上梳理着那个马/女人玩偶的头发,同时哼着歌。一开始,她唱了儿童电视节目《嘿,伙计们》中那首幸运的陆地水手的歌,接着又唱了学校里教的关于季节变化的歌,最后,她唱起了自己的保留曲目:"来吧,忧伤,藏红花姐妹的树下……"

后来,当吉尔试图向唐纳德讲述当时的场景时,她无法找到确切的词语重现自己当时的震撼。娜迪亚一边把玩着她的洋娃娃,一边对自己哼着歌。突然,练习室此起彼伏的音乐声戛然而止,似乎所有教室的老师们都选择在同一时间点结束课程,让学生们休息。走廊里回荡着竖琴孤零零的演奏,在几下得意洋洋的琴声后,也停了下来。在卡内基山音乐学校的走廊里,除了娜迪亚哼唱着一首关于藏红花姐妹的民歌外,一片寂静。就在娜迪亚唱歌的时候,艾米和吉尔坐在那里思索这一周来分别困扰着自己的每一件事。突然,一个头上挽着黑发髻的高个子女人飞快地走了过来。她是一名来自俄罗斯的难民,名叫安娜·米洛夫斯基,今年五十二岁,是一位受人尊敬的声乐老师。作为对学校的馈赠,她每周都来卡内基山音乐学校教一下午的课。其余时间她任教于茱莉亚音乐学院。

但当时吉尔对此还一无所知,她都是后来才知道的。此刻,安娜·米洛夫斯基正慢慢地走过狭长的大厅,手里拿着乐谱。在练习室安静下来的那段时间里,她停下了脚步。

吉尔好奇地看着她,疑惑不解,但艾米明白了。"吉尔,"她低声说,"她在听娜迪亚唱歌。"

"啊,别瞎说。"吉尔小声回答,但奇怪的是,这好像是真的。安娜·米洛夫斯基正在听娜迪亚哼着她的小曲。娜迪亚唱道:"来吧,忧伤,藏红花姐妹的树下。"

"打扰一下,这个女孩是谁?"女人问。

"是我女儿娜迪亚。"吉尔说。

"她唱得很好。她把这首歌改成了小调,做了一些调整。"

"对不起,我听不懂你在讲什么。"吉尔说着,从长凳上站了起来。安娜·米洛夫斯基和她一样高,而通常吉尔是女人群里最高的那一个。

安娜·米洛夫斯基说:"她的乐感很特别。她多大了?八岁?九岁?"

"六岁,"吉尔说,"她比同龄人长得高。"当你比别人个头高时,人们对你的期望也就更高,可娜迪亚永远都满足不了那些人的期待。

"她可太机智了,真有意思。"安娜·米洛夫斯基说。

"你说什么?"

"她唱的歌。她做了改变。她在原版的基础上做了一些改动,所以听上去很特别。"

"我们真的听不明白,"艾米说,"我朋友的女儿经常唱歌,特别是这首民歌。"

"她是我们在西伯利亚附近的一家孤儿院领养的,"吉尔解释说,"我丈夫和我都认为她是在那里学的,在我们收养她之前。"

第十五章

直到现在,娜迪亚才意识到周围人的对话。她抬起头,带着些许惊恐地看了看她的母亲和艾米,又看了看这个女人,她看上去像一只温顺的大鸟,长着一双柔软的黑色翅膀。

"这不是民歌,"那位声乐老师说,"你们都以为它是一首民歌?"两个女人点了点头。"噢,亲爱的,"她对娜迪亚说,"我想你是在别的地方听到的这首歌。你还记得是在哪里听到的吗,宝贝?"娜迪亚摇摇头说不,但她高兴得脸都红了。"让我来唱一下这首歌原来的版本吧,那首你巧妙转调的歌。你不懂转调是什么意思,对吗?没关系。"

声乐老师的歌声响起。她唱着娜迪亚的歌曲,只不过歌词重心进行了重新排列,一个音节的结束变成了另一个音节的开始。此刻,根据安娜·米洛夫斯基的演唱,很容易辨认出,之前听过娜迪亚·哈姆林歌声的人,一直都听错了歌词。

娜迪亚的版本是这样的:

"来吧,忧伤,藏红花姐妹的树下。"

而安娜·米洛夫斯基的版本——原来的版本——是这样唱的:

"来吃米饭,圣弗朗西斯科的美食①。"

所以,不存在什么藏红花姐妹树,也没有让忧伤来的命令。娜迪亚多年来哼唱着安慰自己的那首忧郁、平静的歌,那首女人们在瑜伽结束时唱起来的颂歌,只不过是一首随时可以听到的普通歌曲而已。吉尔的血一下子冲了上来,满脸通红,她发出一种低沉的呻吟声。同时她又不合时宜地笑了一下,笑自己将害羞迟疑的娜迪亚和神话般的未知性联系在了一起,那个想象中的传说,到头来只不过是梦醒之后的平凡,实在是荒唐。那个被吉尔包裹在手心里的想象,不过是泡

---

① 这是一句金麦罗尼大米(Rice-a-Roni)的广告词。

沫幻影。凯伦曾说过,你永远都不了解孩子。他们时而熟悉,时而陌生。当你以为自己终于理解了他们后,现实会给你重重的一击,让你发现你其实什么都不懂。吉尔吓了一跳,脸都红了。

娜迪亚跟着安娜·米洛夫斯基走过大厅,来到喷泉旁,聊起音乐。此刻的艾米也终于绽放笑颜,挽起吉尔的胳膊。"我们都觉得那首歌的歌词好听又神秘,"艾米说,"但是,你看!其实歌词不是那样,对吗?她也不是你之前想的那样。"吉尔一句话也没说。"别只凭评估结果给她下定论,吉尔。别这样做。"然而吉尔还是说不出话来。"还记得那天在金角湾咖啡馆的事吗?"艾米说,"那时候她还是小婴儿,你问我喜不喜欢她?"

"嗯。"吉尔惭愧地点点头。

"她肯定有自己擅长的东西,"艾米说,"你看,现在我们不是找到了吗?她多有音乐天赋啊!不要一口断定每件事都很糟糕。别每次都这么想。听着,我很少给人提建议。我不是最称职的律师;我本人也不是什么专家。但我知道我这次是对的。"

练习室的音乐又响了起来。梅森继续兢兢业业地演奏着贝多芬的作品,但他的演奏中没有任何感情。那个竖琴师又在大厅里忘我地拨着那一根弦。快下课了,时间已经很晚了,音乐老师们很可能在辅导学生时也忍不住打起了呵欠。

娜迪亚的歌曲只是一个电视广告的背景音乐,非常美式的音乐。在娜迪亚很小的时候,吉尔绝望地将她放在餐椅上面对着电视,试图找到一种可以取悦这个陌生孩子的方式。所以,娜迪亚之前经常在公寓里听到这首歌。娜迪亚的日子也不好过,但显然她的乐感很出众。她的歌不再是忧郁的,也从来不忧郁。

第十五章

每当唐纳德·哈姆林认真思考妻子没有朋友这件事的时候,内心满是深深的忧虑。"我并不是没朋友。"吉尔坚持说,但这没有安慰到他。她提到了艾米、罗珀塔和凯伦,他只是挥了挥手,不当回事。他的意思是吉尔在镇上没朋友,虽然她本来就不想交朋友,但很明显,她需要朋友,立即马上。城市离她似乎太遥远了,而她的朋友们全在城里生活。虽然在她来看,她们的生活仍然丰富多彩,但精心描述中充满了戏剧性——佩妮·拉姆齐的外遇以及紧接着发生的抛弃受伤情人的轶事;罗珀塔通过电子邮件联系自己决心帮助的那个南达科他州的少女;利奥·巴克纳在公司日常的低级欺骗伎俩——都跟吉尔没有任何关系。艾米和其他人生活在别的地方,而吉尔却一个人在这里,生活在一个听上去很像脱衣舞娘名字的小镇,正如唐纳德曾经提到的,这里对人也有着类似的诱惑:有很多间房间和前后院的宽敞热情的大房子、宽阔诱人的草坪、要多少有多少的停车位,然而却找不到你想要的物质或精神实质。

或者至少这么说,如果你不想找,那你就永远也找不到。吉尔明白这里或许不缺让她欣赏的女性,但她还是不打算去寻觅。正如唐纳德所言,人到中年的她有些病态性的内向发展倾向。

"在这里,你没有朋友。"他坚持说。

"你就是我的朋友。"她辩解说,"而且你就住在这里。"

"这是一个非常可悲的现实,你明白我的意思。"

"你也没有什么朋友,唐纳德。在冬青山你谁也不认识。"

"话是没错,但我是个男人。我们有场面上的朋友,我们像考拉一样紧紧地抓住妻子不放。另外,我每周只有周末白天在家。我该怎么交朋友呢?去百吉饼店门口找其他爸爸们聊一聊吗?你拿的是罂粟籽的吗,兄弟?我的是芝麻的,对了,你知道吗?还是温的呢。"

男人们在周日早上会不约而同地来到百吉饼店。他们开车带着孩子一起去,随后在人潮拥挤的小店门口排队,店里散发着一股奇妙的洋葱味。他们指着不同的金属篮,带着满满一袋热气腾腾的百吉饼走出来,身后跟着孩子,随后开车回家。这就是他们的旅行线路。

"不,我认为你不会在百吉饼店里跟人家搭讪的。"吉尔说着,又笑了起来,看着她那冷漠、滑稽、忧心忡忡到令人惊讶地步的丈夫。

"我们之间的主要区别在于,"唐纳德说,"我在这儿挺开心的,我在任何地方都能过得挺开心的,真的,但你却不是。"

吉尔·哈姆林时不时地想,这就是母亲自杀和没自杀的人之间的主要区别吧。然而,这种区别,就像其他许多区别一样,已经被视而不见了。一旦过了四十岁,在别人眼中,你个人的痛苦史就像一件自然而然存在的东西,几乎不需要指出了。

当吉尔终于在冬青山郊区交了一个朋友时,她觉得这种行为几乎违背了她的初心,影响了她更好地去判断。她像是梦游似的,偷偷摸摸地在半夜交了个新朋友。现在回想起来,真是件离奇的事。她并非想要找一个能够取代艾米·兰姆的人,因为后者的地位永远都不能被取代。但即便如此,吉尔·哈姆林还是需要一个在身边陪伴的朋友。她一开始还不相信,直到现实给她上了一节课。

一天晚上,她又和往常一样失眠了。在服用了通常剂量的诺克特姆后,她又额外加了五毫克。她在房子里走来走去,检查门和灯。已经是凌晨了,一切都井然有序。她看了看沉睡的女儿。娜迪亚已经开始有"影子教师"了——多可怕的一个词,就好像她被一个恋童癖者跟踪一样。通过过去一周在学校的学习,结果很喜人。凯莱赫夫人说,这是娜迪亚一年来头一回跟上功课的进度。她听上去也很开心,或许她本质上也不是什么坏人,只是比较现实而已。现在她得

第十五章

到了她想要的协助后,便开始关注娜迪亚了。吉尔也开始扮演起一个如影随行的母亲的角色,因为娜迪亚需要她时刻陪在身边保护着自己。这个星期,娜迪亚去城里上了第一堂声乐课,安娜·米洛夫斯基邀请她参加一对一的单独授课,她学得很开心。尽管娜迪亚颇具天赋,却依然不像那个同名的明星娜迪亚·科马内奇。她缺乏另一个娜迪亚负责任的态度,也没有她极端的自决权和惊人的成熟技巧。她只是一个女孩,一个专注于练习的小女孩。

"我们唱了音阶,"课后娜迪亚说,"我打算每天在房间里看着煮蛋计时器练习唱音阶。我们有煮蛋计时器的吧,妈妈?米洛夫斯基小姐说我们应该弄一个。"

娜迪亚的情况正在好转!吉尔想,她觉得这个想法应该足以让一个焦虑的母亲晚上睡个好觉了,但事实并非如此。

吉尔回到卧室,躺在丈夫身边。"你来了,"唐纳德感激地说,"我患有社交冷淡症的妻子。快!快跟我一起钻进被子里。"她照做了,他们互相碰了一下,他的条纹睡衣碰到她的女士睡衣,尽管隔着睡衣,而且她还服用了加倍分量的不含苯二氮的催眠药,他们的性欲还是被唤醒了。在黑暗寂静的屋子里做爱后,她很快就在他身边睡着了。

接下来发生的事情她怎么也回想不起来,就像是侦探小说中的情节一样,需要仔细拼凑才能还原真相。在她的记忆里,自己睡着了。她是这么以为的,就像那个乘坐跨大西洋航班、服用了诺克特姆的女人一样,她本以为自己是在玩报纸上神秘的英国字谜,但实际上只是不停地用一支魔法钢笔在衣服上画圈圈而已。吉尔正处于诺克特姆药效发挥作用后的朦胧状态,实际上,她凌晨两点就起床了,身上还穿着睡衣的她弯腰套上一双跑鞋,从床头柜上拿了钥匙,走下楼。她一定是睁着眼睛的,因为在楼梯上并没有踩空。她关了警报器,这样打开前门的时候不会触发警报。随后,吉尔·哈姆林走到了雅各布路上。

她甚至从来没有在半夜里见过郊区的街道,但那真的太美了,刻着花纹的铁制街灯照亮路面,美得令人窒息。房屋一片漆黑,几乎被树木和灌木的剪影完全遮住。偶尔有一两幢房子的窗口透着亮光,那种不寻常又很精致的光线,可能是一直亮着的金色炉灶灯,也可能是客房浴室里那只平板小夜灯发出的浅绿色光,守护着小肥皂、手巾和百花香,没有什么特定用途。屋里的灯光给人一种生活的真实感。即使灯亮时你一直在睡觉,你也还是喜欢在沉睡中知道屋里的灯是亮着的。

吉尔一直不明白自己为何选择雅各布路 21 号那家。如果她当时选了别家,例如雅各布路 23 号,就可能撞上格莱瑟一家,他们家可不怎么友好,很可能会报警。后来,据叶凯伦推测,吉尔选 21 号可能是因为这是个斐波那契数。"凯伦,说实话,我压根不懂什么是斐波那契,"吉尔说,"我的意思是,我听说过,但仅此而已。"凯伦告诉她,斐波那契是一个数列,其中包含的每个数字相当于前面两个数字的总和:0,1,1,2,3,5,8,13,21……以此类推,是自然界出了名的自然数列,是数学家眼中的奇迹,也是那些追求所谓智能设计的人眼中的宝贝。也许,她说,吉尔只是单纯地被 21 这个数字吸引了。但吉尔自己却有另一个更合理的解释,那就是不同于雅各布路上的其他房屋,这幢房子的前窗在半夜里还有动静,也许被吉尔看到了。

吉尔·哈姆林穿着睡衣和跑鞋,按响了 21 号的门铃。无人应声,于是她又按了几次。门铃声深沉悦耳。终于,一位女士开了门,她的年龄比吉尔稍大一点,一头柔顺的棕色头发,穿着一件 T 恤和一条绿色的手术裤。她和吉尔在街上开车的时候擦身而过一两次,只

第十五章

是点头之交,并未停下来作自我介绍。邻居们很少看到爱丽丝·艾廷格,因为她的工作时间太不固定了。

"你好。"吉尔站在门口说。那个女人只是盯着她看。"我想我们没见过面吧,"吉尔继续说,"我们住在街那头。"她的话干净利落,那个女人考虑了下当时的状况,试图搞明白吉尔的意思。

"那个,我不确定你是不是知道,现在已经凌晨两点了。"爱丽丝·艾廷格终于开口说,面对突如其来的陌生人,她的脸色也稍微舒缓了下来,因为她显然认为吉尔·哈姆林有精神病或是大脑受过创伤。"我想你该回家了。你家里还有别人吗?"她缓慢而温柔地问,"有人跟你一起住吗?"

"我有家人。"

"那就好。我陪你回去找他们。他们肯定担心极了。等一下,我去拿外套。先等我一下,好吗?"

就在那一刻,她似乎醒过来了。或许是"家人"这个词敲醒了她,让她从强效药诺克特姆那不可预知、十分罕见的副作用中解脱了出来。所以,等那个女人拿了外套回来的时候,吉尔差不多已经完全清醒了。她头还很晕,揉着眼睛,惊恐地发现自己大半夜正穿着睡衣站在雅各布路 21 号门前的台阶上。"噢,我的天,"吉尔说,"噢,我的天。我真不敢相信。"

"没事的,"爱丽丝·艾廷格说着,套上外套走了出来,"你现在安全了。"她用安抚的语气说。

"不,不,你没听懂。我醒了。我现在清醒了。"

"什么?"

"我也碰上那种事了,我想。诺克特姆的副作用!"

"诺克特姆? 副作用? 你是指那个以为自己的上衣是填字游戏

的女人?"

"没错!"

"还有那个因为小时候在商店偷过东西而报警的女人?我看过那篇文章。"

"对,就是那个!"

"我的天啊!"

她们俩同时放声大笑。爱丽丝·艾廷格是一名产科护士,她已离婚十年,孩子们都已经上大学。此刻,她刚刚结束当地医院的工作,疲惫地回到家还不过半小时。她让吉尔·哈姆林进了屋。她们坐在书房里,吉尔刚刚从短暂的化学药物昏迷中清醒过来,一再道歉,表示她很害怕,也很尴尬,因为她竟然在大半夜按响一个陌生人家的门铃。真是疯了!

她们在一起聊各种话题,在经历了漫长的冬天后,终于来到初春。二月底,当天气变得足够暖和时,爱丽丝和吉尔开车去了镇上的公园和游乐场。她们带着爱丽丝的《野外指南》,钻进灌木丛,蹲在那里用手抚摸着绿色植物,就像其他女人在超市里挑选蔬果一样。

"按照目前的条件来看,冬青山郊区不算个养男孩的坏地方,"爱丽丝说,"实际上,这里比大多数人想象中的还漂亮。当然了,开发商最终将砍掉大部分绿色植物,但在他们动手之前,我觉得这些植物属于我。"

这里到处长满了生机勃勃的绿植,然而,大多数忙于工作或照顾孩子的居民并没有时间关注它们。但爱丽丝是个例外,每当她从医院下班后,确实会享受绿植带来的快乐。吉尔并没有因为跟爱丽丝·艾廷格成为朋友而爱上冬青山小镇。她没有忘记空旷的镇中心以及亟须人们付诸行动去改变这一切:在商场停车场举办工艺品展

第十五章

览会、令人钦佩的当地歌剧团精心排练并上演的今年度大戏本杰明·布里顿的《比利·巴德》。世界上没有世外桃源,但吉尔也不喜欢那个遥远的熠熠生辉的城市,它那沾沾自喜的高傲气质。现在,她生活在这里,交了一个睿智、可爱的朋友,她们俩一起聊天,令她感到生命没有蹉跎。

吉尔告诉爱丽丝,自己原本打算进入学术界,但不知怎么的,并未如愿。"噢,有意思。我的父母,"在她们一起散步的时候,爱丽丝说,"可以这么说吧,他俩都算学术界的,虽然只是教高中。他们是英语老师。他们就是现实中的奇普斯夫妇①。他们总是告诉我们,如果有可能,我们应该试着找到自己喜欢的事情,而且越早越好。"

"他们太有先见之明了。"

"对啊,是这样的。因为如果你不趁早找到,以后便很难了。世界上的垃圾工作那么多。但一份好的工作可以做一辈子。我的意思是,我不知道有哪个天体物理学家愿意放弃自己的工作。"

"你找到了自己心仪的工作,是吗?"

"总体来说,医院的工作对我而言很好。我们全家最终都做了自己喜欢的工作。"

"我妈妈曾经的工作也是她所钟爱的,"吉尔说,"那时的她是名演员,甚至参加了百老汇音乐剧的演出。"

她在脑海里幻想着母亲年轻时的模样,一个只在照片中看过的形象,回到在时代广场剧院里上演经典音乐剧的时代,母亲也曾站在百老汇的舞台上。在灯光闪耀的大街上,成双成对的情侣,或是闺蜜们,手挽手漫步走过,根本没有想过自己将来会是什么样。

---

① 奇普斯夫妇,詹姆斯·希尔顿的小说《再见,奇普斯先生》中的角色,这是一部有关教师生活的中篇小说。

第十六章

罗马尼亚,奥内斯蒂,1976年

那天,天朗气清,寒风凛冽。她站在领奖台上,面对整个国家,等着被授予社会主义劳模的殊荣。领导人将奖牌挂在她的脖子上,现在的她没有了最初的激动,因为她已经参加了蒙特利尔的夏季奥运会,这也是她今天出现在这里接受荣誉的原因。她站在家乡的土地上,享受着同胞们给自己的喝彩。当然,她的母亲还是哭了,在风中用手帕捂着脸。领导人发表了演讲,讲述娜迪亚·科马内奇如何奋发图强,为整个罗马尼亚争取荣誉的故事。

"这个孩子是英雄。她是社会主义的英雄,也是劳动人民的英雄,二者合一。她为生活在我们伟大土地上的人民创造了一种愿景,一个奋斗的目标。在这个年轻女孩的身上,存在着值得我们尊敬的品质,也是其他年轻人学习的榜样。无论在什么领域,青年一代必须牢记:要为社会主义事业奋斗终身。我有这个能力,我的身体、我的精神都很强大。我也可以完成她所能完成的事业,为我自己、我的家

第十六章　罗马尼亚，奥内斯蒂，1976 年

庭和我的社会主义国家赢得荣誉。"

现场观众群情激扬。她看到他们穿着厚厚的黑色外套，向她招手，挥舞着小小的罗马尼亚国旗和奥林匹克旗帜，举着印有她头像的海报。她是劳动人民的象征，这太有趣了。

后来，他们搭乘贝拉的车从一个新闻发布会赶去另一个发布会现场，她累极了，把头靠在教练宽大的肩膀上。"休息下吧，"他对她说，"你是社会主义英雄，"他笑着提醒她，"英雄们工作太卖力了，需要休息。"

她被认为是全国工作最努力的人。她全力配合他为自己安排的比赛活动，一周六天，每天训练四小时。当她不能完成他提出的要求时，也会默默忍受他对自己的责难。是的，她比任何人都要努力工作。这个国家的每一位父母都跟孩子说着同样的话："如果你像娜迪亚·科马内奇一样努力，那么你也有可能摘得金牌。而且，你还将像娜迪亚一样，成为社会主义劳模。"

孩子们从热气腾腾的白菜卷①盘子里抬起头来，盯着他们的父母。白菜卷太油腻了，必须在吃完后躺上几小时才能缓过来。娜迪亚肯定是靠吃空气积蓄能量的吧！不然她是怎么保持轻盈的体态，保持完美的呢？但如果不吃，她又没法做到工作这么多，还能表现优异。她在参加夏季奥运会时，体重只有八十六磅，可以连续几小时不间断地练习体操。他们不明白她是如何做到的。

但在十四岁那年，当她跟教练一起坐车旅行时，她就已经明白了。所有的母亲和父亲们都告诉自己的孩子，他们必须工作、工作、努力工作。这让他们的孩子感到困惑和绝望，因为他们不可能那么

---

① 一种罗马尼亚传统菜肴，以白菜叶包裹各种馅料。

拼命地工作，光想想就筋疲力尽了。但说真的，如果她能够告诉他们真相，那么真相就是：这对她来说不是一份工作。那些躺在汽车下面、整理文件或戴着发网的父母们做的事情才叫工作。工作意味着你拖着疲惫的身体回到家，满身散发着机油或肉的气味，又或是死气沉沉、杂乱的办公室的陈腐味道。你们的身体被最恶劣的环境所摧残，而她的身体却享受着最好的熏陶。

也许，她想，自己能够自由地在空中跳跃翻转，未来可以凭借这项本领摆脱像父母和亲戚那样拼命工作的命运。也可以避免最后被迫沦落到汽车修理厂或档案室，逃脱既定的命运。作为一名体操运动员，她的生命没有设限。抬头是无垠的天空，她要做的只是在几个特定的松木点着地而已。她的未来有无限种可能。

娜迪亚的天赋是上天所赐，却不是为了工作，这份天赋最重要的一面应该是她的聪明才智。她竭尽全力地保持一个少女的体态。现在他们将她称为社会主义劳模，但他们谁也猜不透她真实的想法。她的聪明才智在今后的生活中会起到作用，也许，她已经不满足于所有观众屏住呼吸看她在巨大的竞赛场地的阴影中腾空飞跃之后落地——你或因摔倒在垫子上脸部痛苦而自责，或如观众所期待的那样，双脚稳稳落地，双手高举，接受人们的喜爱。

以后，她想要的东西会更多。贝拉早就跟她提过，如果在美国，他和妻子将有截然不同的生活。"如果我住在那里，我的工作会受到百分之分的肯定，"他充满激情地说，"你也能获得奖励。"

但这不是工作！为什么每个人都这么说？

她知道，总有一天自己也要去工作的，获得的奖牌并不能让她避免重蹈父母的覆辙。他们才应该被授予社会主义劳动英雄勋章，而不是她。她知道自己最终将长大，身体发福，如麻雀般轻盈的体态会

第十六章 罗马尼亚,奥内斯蒂,1976年

变形,豁免金牌也会被收回。到那时,她肯定也会注意到世界上的其他地方,并渴望参与其中。她看见自己在黑暗中穿越边境进入另一个国家。但那还要过很久很久。她才十四岁,不用去担心温饱问题,或新生活的样子。因为她现在是社会主义劳模和夏季奥运会的金牌得主。她的工作就是娱乐,这就是她将悄悄告诉那些暗自纳闷她是如何做到的孩子的秘密。工作即娱乐,换句话说,所有有价值的工作等同于娱乐。那些令人感到愉快的工作确实伴随着玩乐的开心。

"我让娜迪亚非常、非常努力地工作,"她曾听见贝拉在工作室跟人打电话时这么说,"我让她一周工作六天。她是最听话的学生。她从不抱怨。"

这不是工作,她应该解释一下的。这是另一番事业。但她没有告诉他,也没有跟任何人说,因为假如他们知道了,可能会把挂在丝带上沉甸甸的奖牌收回去的。

第十七章

收信人：罗珀塔·索科洛夫 sokpuppet@earthlink.net
寄信人：布兰迪·吉洛普 Brandyg2311@aol.com

亲爱的罗珀塔：

　　嘿，你最近怎么样？我让那个有相机的朋友克丽茜来帮我拍的画作的幻灯片，你可以在附件中看到。我觉得拍得还不错，但也不是很确定，因为我之前从来没制作过艺术幻灯片。要知道克丽茜不是专业的。（我也不是。）

　　希望幻灯片符合你的要求。我知道单从上面也看不出太多内容。但好消息就是，我今年要从洛顿中学毕业了，你猜怎么着？他们将完全去除课程表中的艺术课，取而代之的是职业商业技能培训。你能帮忙看一下幻灯片，我真的是太太太感激了。

非常爱你
你的朋友
布兰迪·吉

第十七章

收信人:布兰迪·吉洛普 Brandyg2311@aol.com
寄信人:罗珀塔·索科洛夫 sokpuppet@earthlink.net

亲爱的布兰迪:

收到你的来信真是太棒了。我觉得你的幻灯片拍得不错。但我觉得其中一幅画,画的是一个坐在摇椅上的老妇人,看上去有些俗气。如果你不介意,这幅画我就帮你先拿掉了。现在我得看看应该联系谁。因为我之前想联系帮忙看照片的那个朋友的朋友,就是那个在城里开了一家小博物馆的人,已经联系不上了。(说来话长……)所以我得重新筹划一下。但我会四处打听,下周左右肯定能找到合适的人选。请记住,布兰迪,你还年轻,虽然他们不会给你开画展的机会,但也许可以提供一份实习机会。如果那样的话,我还得问问周围人能不能帮你在布鲁克林合租一间便宜的公寓,那里住的都是像你这么大的孩子,你可能会找到一份侍应生的工作,或者别的什么。保持联系。

与此同时,我一切都好。日常生活就是跟丈夫、儿子在一起,混乱得很,但我向你保证,一旦找到画廊的人看你的画,我就会回复你。注意保暖,替我向你妈妈打个招呼,离泰勒·帕维尔远点(哈哈,我知道你会的),还有继续你的艺术创作。

爱你

罗珀塔

一天下午,纳撒尼尔·格林纳克从电视台打电话给妻子,说他要早点下班回家,因为他有话要告诉她。她回忆起多年来一直萦绕在她脑海的所有可怕想法:他不再爱她了。他要离开了。他就要死了。

罗珀塔看见他死了,他那瘦长的身体躺在一个简朴的、没有涂漆的棺材里。他可能想要双手套着木偶下葬。她想象木偶的样子,然后大口吸了一口气。"不,不,是好消息,宝贝。"纳撒尼尔说,坚持当面告诉妻子这个好消息。在她的记忆中,自从结婚以来,他从没有过如此戏剧性的举动。纳撒尼尔是个一板一眼的规矩人,做事一向低调而简洁。

等到他乘地铁回到公寓时,她正准备出发去学校接哈里和格蕾丝放学,于是他陪她一起去,这是从未发生过的事。"你快点告诉我吧,"她跟丈夫并排走在寒冷的阳光下说,"别卖关子了。我都快紧张死了。"

纳撒尼尔在街上停下脚步,将她转过来面对自己,双手握住她的手腕:"成真了。"

"什么?"

"我们正准备做一个远程直播,突然发生了停机故障,因为其中一个主播因为渡轮上的火灾失去了联系。"

"什么火灾?"

"突发新闻。已经没事了,没人死亡。于是我们坐在摄影棚里,我拿出了木偶。"

"什么木偶?"

"当然是'呼呼'和'啾啾'啦。我正在逗大家开心呢,将我给孩子设计的表演改编成稍微成人化的内容。我们坐在那里,其他几个摄影师,他们一直鼓励我表演,我都没有注意到谁进来了。"

"我的天。"

"你为什么说'我的天'?你知道我说的是谁吗?"

"我不知道。但听上去好像挺重要的。"

第十七章

"确实是。走进来的是欧文·梅斯特。"

"集团的老总吗?"

"对。他站在那里看着我表演,没人提醒我他来了,也没人叫停,我当时正在模仿那些声音。所有人都笑个不停,当然也包括欧文·梅斯特。这时我注意到他,我从来没见过他,但我一直在墙上看到他的照片:亲爱的老板,所以我认出了他。他说我的表演很有趣,还问我之前是不是专业演员。专业演员!我克制住自己,没有脱口说出:'噢,过去三十年,我每个周末都演出。'随后,他问我是否有兴趣跟儿童节目的工作人员谈一谈。显然,他们已经讨论了好几个星期,试图跨界寻找具有吸引力的新节目,但毫无进展。在他看来,这或许就是转机。于是,他带我下楼去见儿童节目的主管。是欧文·梅斯特亲自带我去的!他带我走进他们的套间,打断正在进行中的会议。他们震惊了。他还让我为他们表演'呼呼'和'啾啾'。有点像在做梦。他们围坐在一起喝着小瓶水,而我站在那里,拿着木偶模仿着各种声音表演!他们开始哈哈大笑。噢,罗珀塔,我们谈了很多,他们说我要演出了!"

纳撒尼尔在街上哭了起来。他们站在那,她把他拉到自己身边,亲了亲他。路人看到了这一幕,笑了笑,并没有停下脚步。这是在日常生活中突然迸发的激动脆弱的情绪,渺小而私密,很感人。

"这太不可思议了。"罗珀塔说。

纳撒尼尔将自己描述为娱乐史上从失败到成功花费时间最久的一个人。他得到这个机会的时候已经五十二岁了。事情本不该如此。多年来,他一直没有成功,也从没想过自己能获得机会。他曾经是个失败的人;他们早就停止了幻想,也停止了奋斗。当初纳撒尼尔接受这份摄影师工作的时候,他们就知道他为自己的木偶梦画上了句号。所以很长时间以来,梦想和现实互不干涉。这是一场势均力敌的较量,虽然过程不算很不愉快。然而现在,转机出现了。

"一到家,我就给沃尔夫打电话,"纳撒尼尔说,此时他们快走到奥本学校了,"他肯定会惊讶得说不出话来。我要告诉他,最好少抽点大麻,开始练习。"

"你是什么意思?他要跟你一起上节目吗?"

"当然了,他是'啾啾'啊。"

"我以前也演过'啾啾'。"罗珀塔突然严肃起来。

"但那是十多年前的事了。"

"是的,哈里一出生,我就不演了。"

"我知道,孩子长大后,你说你再也不想演了,你讨厌它,那不是你。不过那没关系,宝贝。沃尔夫,他就是我的'啾啾'。他依然不介意在任何地方演出,他一直在等今天这句话,他要赚大钱了。我们也是。如果按计划进行,我们能赚很多很多钱。那时候我要辞了白天的工作。当然,我也可以继续去电视台上班,但至少,我的办公室会搬到楼下。再见了,那些毁掉我肩膀的重型摄像机。他们想尽快录制节目。他们将招一批作家,再请一位节目主持人,就是那个主持《嘿,伙计们》的家伙。天啊,我想我终于需要一个经纪人了。"

"我觉得'啾啾'应该由我来演,"罗珀塔坚持说,"第一个演'啾啾'的人是我,纳撒尼尔。作为夫妻,难道我不应该更占优势吗?还有,"她无力地补了一句,"沃尔夫还没生孩子呢。"

"这不是必要条件。"

"他是个瘾君子。"她不放弃。

"那我也是,宝贝,"纳撒尼尔说,"听着,这个角色非他莫属。他差不多一辈子都在演。"

第十七章

他是铁了心。沃尔夫·珀迪已经被社会边缘化,但他是纳撒尼尔的哥们儿。在过去十年中的周末时间,他一直在图书馆和基督教青年会的礼堂里断断续续地表演着"啾啾一号"和"啾啾二号"。他付出了很多。如果纳撒尼尔得到奖赏,那么沃尔夫也应该如此。现在表演"啾啾"的回报十分确定,而罗珀塔想成为那个表演者,她也知道故事大纲的发展。她在心里默念:

"谁来割麦子?"小红母鸡说。

"我不要。"鸭子说。

"我不要。"猫咪说。

"我不要。"狗说。

"我不要。"罗珀塔·索科洛夫说。

纳撒尼尔在家几乎都不打电话的,但他今晚却独占了电话,给所有他认识的人一一拨通了电话。木偶表演界的一员突然获得事业的巨大转机,这个事实振奋了整个业界。无疑会有些冷嘲热讽,来自一些住在小公寓和小房子里的木偶表演者——他们在有限的空间里将动物的空心皮套在手上,或者拿着牵线木偶的 T 形轻木不断练习。当一向忧郁寡言的纳撒尼尔·格林纳克打电话告知大家这个消息后,几乎可以清楚地听到一个木偶表演者说了一句:"妈的。"

"妈的。"听到远处的纳撒尼尔兴奋地在电话里惊叫时,罗珀塔一边自言自语道,一边帮女儿格蕾丝在窄小浴室里的四脚浴缸里洗头发。

"什么?"格蕾丝说着,转过身来,溅起了水花,"妈妈,你说什么?"

"我说'闷死了',这是一个词,形容空气不好。"

"我以为你在骂人呢。我以为你在骂爸爸。"

"我不会的。"罗珀塔说。她将一个塑料量杯里的温水浇在格蕾丝的头上,水顺着头发一圈滴滴答答地流下来。就在那一瞬间,罗珀塔怀着歉疚的心情俯下身,亲了亲女儿的头,闻了闻那正在萌芽的青春花香,在此之后,她便要进入缓慢的青春凋谢期了。罗珀塔曾带着孩子做了多少艺术品啊!花那么多时间在手工上,而不是艺术创作上!她曾经非常享受这一切,这是一种幸福,也值得她付出,但她现在却再一次痛苦地感到,她应该去外面的世界搞艺术的。八十年代末以及九十年代的男性艺术大师们并没有花时间和孩子们一起将高乐氏的瓶子剪成猪的形状,也没有把生的通心粉串成项链。这些事都是他们的妻子、保姆或工作室的助理来完成的。

此刻,她听到哈里在客厅里玩电子游戏《绝对埋伏》。噗,噗,噗,外面传来他用音速空气步枪把小行星砸得粉碎的声音。而旁边的纳撒尼尔完全不在意噪声,不停地讲电话,无论对方是谁,他都事无巨细地解释自己从天而降的新财富,一个连他自己也无法相信的奇迹。他夸张地讲述这件奇妙的经历,因为他为这一刻已经等了很久很久。

罗珀塔想,也许美国人的生命中没有第二春,但说真的,步入中晚年,人生还能出现别的转机吗?这个五十多岁、面带皱纹,留着长头发的父亲性格随和,一直默默无闻,他凭借自己的才华终于得到了翻身的机会,可大家对此并没感到特别兴奋。通常,人一旦上了年纪,唯一的发财机会恐怕只有中彩票了。于是,人们喜欢看到一个从未想过被幸运女神眷顾的普通人中了大奖:那个做看门人的移民跟妻子站在一起,面对镜头,手里拿着六英尺长的支票,泪如雨下。天

第十七章

降横财使人兴奋。然而,你在步入知天命的年纪,获得一个千载难逢的上镜机会,想起来却毫无浪漫情怀。罗珀塔,跟其他人一样,冷冷地看着丈夫,出奇地镇定。

当然了,他当晚想跟她做爱。她意识到,在接下来的五年里,或等到"呼呼"和"啾啾"受欢迎之前,他都会心怀这个愚蠢的想法一直走下去,可能还会努力拼搏,去更多的电视台表演节目。"不,"她躺在床上说,这时孩子们已经在他们的小房间盖好被子睡下了,水槽里的碗碟也洗干净了,罗珀塔的手上还散发着柠檬马鞭草清洁剂的味道,"不行,纳撒尼尔,今天是个重要的日子。"

"我知道啊,亲爱的,正因为如此,我才开心啊。我们可以找找乐子嘛。"他握住她的手,轻轻地放在自己的阴茎上,就像一个十几岁的男孩对待一个有点害怕又迟疑的女孩那样。

"纳撒尼尔,不行。"她说,故意没有将手立即抽走,还是多停留了一秒,表现出十足的冷漠,似乎是为了强调自己对他不感兴趣,好让异常兴奋的他平静下来。突然,她觉得自己对他太刻薄了。他只是一个兴奋得飞起的人,像一直默默等待、终于得到奖赏的小孩一样,开心得无所适从。

我的回报又在哪里?罗珀塔没好气地想着,几乎要哭了。在哪里,什么时候轮到我?

"对不起,"她一边对纳撒尼尔说着,一边抽走了自己的手,"我知道今天是你的大日子。我真为你感到高兴,为这一切感到开心。"

"这对你也有好处啊,"他说,"如果一切顺利,我们就能搬出去了。"

"什么?我们不能放弃这个公寓,"她说,"又不要钱。"

"但我们可以,我们可以卖了它。跟你爸妈说,我们在这里住得很好,但如果他们同意的话,我们还是想把房子卖了,用这笔钱去哈莱姆区买一栋老房子,那里更有烟火气,更真实。你不是一直喜欢那种历史悠久的褐砂石房子吗?你还可以在那里建一个真正属于你自己的画室,而不是像现在一样只能窝在一个小小的黑暗角落里。一切都会好起来的。"他说。

"画室?我已经不是艺术家了,纳撒尼尔。"她一口水吐出来。

"你一直在休整啊。我也一样,瞧,现在发生的好事。"

"不,你没有在休整。你虽然没有成功,但你一直在坚持。你白天工作供应家里的日常开销,每个周末还要带着木偶去各大图书馆、学校和礼堂表演。你去表演了,你一直在努力,但我没有。我没跟你一起去,我也没有继续画画。我没有按照既定的目标努力。我是想说,我确实有天赋,但我无法坚持到底。我本来要创作《老小孩》系列的,你还记得吗?就是安妮·弗兰克和那些英年早逝的人。我不知道为什么会这样,或许是因为我父母送了房子给我们吧。"

"你这话是什么意思?"

"当时我们只能接受这房子,有了它我们才能在这里生活。但是,我们跟这里格格不入。每样东西都贵得离谱,生活一板一眼,没有波澜,甚至有点乏味。"她一下子说了这么多,有点上气不接下气,于是她停顿了一下,"我没把艺术创作看成一件生死攸关的事情。我又不像南达科他州小镇上的人一样需要靠画画才能走出那个小地方。"

"搞艺术并非总是为了生存,"纳撒尼尔说,"它也可以像其他中产阶级捣鼓的玩意儿一样奢侈。但有时候,它又只是一份工作而已。"

"我不知道。我现在已经不跟艺术家打交道了。我爱我的朋友

第十七章

们,但是我们在咖啡店里耽搁太久了。"她停顿了下,"我们就像霍普的画《夜鹰》里的人物,只不过我们是'日鹰'而已。"

"你对自己太苛刻了。"他抚摸着她的发尾说。

纳撒尼尔对自己的温柔,以及他此刻想要让自己幸福的愿望,罗珀塔不是没有感觉到,她心软了。这是丈夫人生中升起的第一缕幸福的曙光,也许是他失望的前半生中第一次拨得云开见月明。"我不觉得搬到生活更有趣、更多样化的地方能激发我的灵感。"她轻声说道。

"我们得试试看才知道。"他说。

日复一日的生活令她浑浑噩噩,她确实很想摆脱。他们将离开这里。丈夫令人震惊的升迁对她来说是一种侮辱,在很长时间里她都会为此愤愤不平,但她不会向他和其他人展现自己的嫉妒之情,因为这让她看上去像个坏人,而她本性并非如此。"幸灾乐祸①"是个更贴切的形容,但你怎么能对自己的丈夫有这样的想法呢?他本应该跟你形影不离,而你们俩注定要以双面兽的身份在这个世界上闯出一片天地。她想起了叶凯伦,她是这群人中对丈夫最热情、保护欲最强的一个。当听说佩妮·拉姆齐的外遇时,凯伦极其反感。像佩妮·拉姆齐这样的女人,嫁给了满嘴说大话的粗人,有理由对自己的丈夫心怀怨恨;但像罗珀塔这样的女人,是不应该有这种感觉的,因为她的丈夫正直、忠诚,有自己的见解。

纳撒尼尔应该让她再次登台出演"啾啾"一角的,他应该这么做的,然而,古板的他不愿意把角色给她。他对她有所保留。让她的人生变得有意义并非他的职责。相反,他将在哈莱姆区为她购置一所

---

① 原文为德语:schadenfreude。

漂亮的房子,打造一间采光很好的画室,使她有可能结交更多有着更广泛背景、文化和兴趣的新朋友,而不是像现在这个狭窄的迷你特权阶层,她只能通过儿子学校才能接触到。

一想到这些,罗珀塔感到十分内疚。她马上给艾米和凯伦打了电话,约了明早在金角湾咖啡店吃早餐。在那里,她将与姐妹们分享纳撒尼尔的消息,她们将大吃一惊,但也很高兴,甚至流下泪水。如果雪莱·哈比森碰巧坐在那儿,她可能会叫出声来。

一年之后,纳撒尼尔应该会和因嗑药而精神恍惚的沃尔夫凭借"呼呼"和"啾啾"一炮而红,而罗珀塔将在哈莱姆区房子的画室里一同见证丈夫的成功。那时的她站在一个画架前,举着一支画笔,停留在画布上方几英尺的高度,仍未做好下笔的准备。

收信人:罗珀塔·索科洛夫 sokpuppet@earthlink.net
寄信人:布兰迪·吉洛普 Brandyg2311@aol.com

罗珀塔,你好!

就是跟你打个招呼!我知道距离上次通信才过去两三个星期,但你说当你决定要把幻灯片发给谁后,会告诉我。所以我不想打扰你,但如果你方便告诉我的话,那就太棒了。我最近正在创作一组名为《火车轨道背后》的新画作。对了,泰勒·帕维尔因为贩卖冰毒被学校开除了。我绝对不会想他的。但我真的很想你。

爱你

布兰迪

第十七章

一月下旬的一个晚上,所有奥本走读学校四年级学生的家长都必须到校参加第二学期的开放参观日。这是一年中,所有家长,包括父母两方,都要出席的两个活动之一。身着盛装的家长们在大厅里走来走去。没有了跑来跑去的男孩,学校在晚上看起来很美,大厅的地板闪闪发光,墙上贴满了厚厚的绘画和海报,一块巨大的手写橡木标签上注明了本次海报的主题是"史前人"。父母们在大厅里走来走去,寻找自己儿子的参展作品,这是一个按照时间顺序讲述的故事:沉默的人类试图在一片浑沌的新生世界黑暗中找寻自己的立足点。

所有的父母都带着一种深沉而自私的爱和骄傲,研究自己儿子的绘画和文字。每一幅穴居人的插图,每一行文字,都伴随着一阵低声称赞。几分钟后,一位年轻的男老师在教室里对课程做了一些评价,当大家起身准备去欢迎下一位老师时,教室的另一端出现了一阵骚动。罗珀塔转过头看到那个患有厌食症的母亲杰拉琳·弗洛伊德跌落在凳子上,脸色如僵尸般苍白。

"躺着别动。"一位父亲说,他是一名整形外科医生。

"我很抱歉,"杰拉琳·弗洛伊德说,"我晕倒了。我想我起身起猛了。"

"你上次吃饭是什么时候?"

"我想我吃了午饭吧。"

"你吃了什么呢?"

"我不记得了。"

"躺下。"他又说了一遍,这次她照做了。其他父母不确定地在周围转来转去,但躺着的杰拉琳·弗洛伊德一再声称自己没事,大家太小题大做了,可以走了。那位外科医生父亲和其他几位父母留了下来,剩下的人都拖着脚步走出教室,小声地讨论着,对她表示担心,一致同意应该由哪位父母打个电话,但又不知道要打给谁。有他们能联系上的朋友吗?打给她的医生?不,她说,她很好,真的,她很快站了起来,把裤腿前面弄弄平,微微一笑,跟着其他人一起离开了房间。

课间,佩妮和格雷格·拉姆齐突然出现在走廊上。他们一如既往,还是罗珀塔之前偶尔看到的样子。两个人站在一起,和谐且亲密。他们跟其他那些穿着得体的父母没什么两样。在走廊的另一头,罗珀塔注意到艾米也看到了他们。罗珀塔看到艾米瞥了他们一眼,然后悄悄地对利奥说了些什么。如果佩妮意识到所有妻子甚至是她们的丈夫都已经知道自己的那场外遇和不堪结局的话,不知会作何反应。不过,她好像并不知情。"嗨,"她对罗珀塔说,"很高兴见到你。"

格雷格·拉姆齐微微一笑,这是对所有家长礼貌性的问候。"嘿,最近怎么样?"他说。他的衣领笔挺,银白色的领带很正。他昂首挺胸地跟佩妮走向科学教室。他可能从来没有听说过妻子的情人;他们依旧是夫妻。也可能他对一切早已心知肚明,但他们已经达成了协议。然而,他肯定不知道那些在他身边转来转去的女人也知道了一切。站在他身边的佩妮保持沉默。拉姆齐夫妇步伐一致的沉静几乎令人震惊。

所以,大多数人都得到了各自想要的东西,罗珀塔想。很多人默默地拿到了他们需要的东西。我要扮演"啾啾",愤怒的绝望再次敲醒了她。我才不要做那个被惩罚的人。至少"啾啾"这个角色应该给我,我要成为那档畅销节目中的一员,得到那份可以每天做得很棒的工作,感受工作带来的成就感。我甚至可以扮演一些不重要的配角:"沙沙"或"刺刺"。纳撒尼尔不应该把我拒之门外。但他当然会拒绝她;这是属于他的时刻,这是属于他的表演,他也礼貌地告知了她。

第十七章

他不想她参与自己的节目。他们在婚姻中是一个团队,但除此之外就需要分头行事了。罗珀塔看着拉姆齐夫妇走进大厅尽头的一间教室。格雷格为他的妻子开门,当她走进去的时候,他的手放在她的腰部。她抬起头来,露出喜悦的表情,准备迎接下一位老师。

学校的展示结束后,索科洛夫-格林纳克夫妇、兰姆-巴克纳夫妇以及叶氏夫妇在学校拐角处的一家名叫"真宗"的日料店共进晚餐。他们坐在前门橱窗旁的一张圆桌旁,桌子中央的圆球上点着一根蜡烛。每个人都心不在焉,一会儿看看时钟,一会儿又担心在家里那些同样盯着时钟的保姆。毕竟,这是一个正常的上学日、工作日的晚上。女人们暂时离席,用手机给家里打了个电话。她们的对话都差不多:"嗨,亲爱的……""不,我说过是九点半,所以不能打电子游戏了。""好吧,你可以吃一个,但只能吃一个……对,让她接电话。嗨,米拉!"

"对了,你们的圣诞假期过得怎么样?"叶威尔逊问大家,"你们去了什么好地方吗?"

"圣诞节感觉像是几个世纪前的事了。我们哪儿也没去,"纳撒尼尔说,"这不是我们的风格。我们喜欢待在家里。"

"但我敢说,你很快就不得不出门应酬了。"凯伦插嘴说,随后,纳撒尼尔谈到自己最近的好消息以及即将播出的电视节目的进展,显得格外开心,毫不掩饰。罗珀塔看着他骄傲地宣布自己的成功。也许其他人不会选择木偶表演作为职业,但他们绝对能够理解那份渴望成功并且最终成功的心情。

大家举起装着三得利啤酒的酒杯向纳撒尼尔表示祝贺,庆祝"呼呼"和"啾啾"崭露头角,纳撒尼尔夸张地张大嘴,一字一句地向他们宣布好消息,大家热情讨论两个木偶剧角色。这可是从未发生过的事情。他喝着啤酒,违心地表示说自己还不知道能不能通过试播,即便通过了,节目受不受欢迎也是个未知数。随后他加入利奥发起的关于木偶角色知识产权的讨论中,他们在讨论纳撒尼尔是否有足够的法律保障。

"你应该给塞尔克迪安的内德·贝尔图奇打个电话,"利奥说,"这属于《娱乐法》。我可以把他的邮箱给你。"

如果纳撒尼尔没有成功,罗珀塔知道,他只会独自坐在桌旁,喝着啤酒,一声不吭地渴望着回家,抽上一口大麻烟,那是他最喜欢的一种麻醉剂。但现在,她的丈夫不知怎么混入了成功职业人士的私人俱乐部;他对上了口令,那扇厚重的门向他打开了,欢迎他进来。他来到一间凉爽的橡木房间里,呆呆地坐在俱乐部的椅子上,却信心十足。

他们谈论那周报道的几个新闻,又聊到了美国的"现状"。突然,话题一转,大家都变得有些绝望和忧郁。就像那晚在树林里偷偷地看到男人们唱起《多娜,多娜》那首民谣一样,他们眼中充满悲伤,用虔诚的声音祭拜死去的可怜的小牛。

"最近我经常觉得,这个国家的一切都已经失控了。"纳撒尼尔有点喝醉了。

"我知道,事实如此,"艾米赞同地说,"但很难承认,因为你一旦承认,就不得不面对已经发生的一切。这里所遭遇的一切。"

"我从小就是个爱国主义者,"利奥说,"每当唱起国歌的时候,我都会非常激动。但现在我觉得国歌太讽刺了。"

"但如果你能勇敢地面对眼前的一切,"威尔逊说,"就像是从一场噩梦中惊醒一样——"

"——而噩梦一个接着一个,"罗珀塔说,"你是不是想说这个?"

第十七章

"对。"威尔逊说。

"好吧,那只能再喝一杯三得利了,"纳撒尼尔说,"除了一醉方休,别无他法。噢,小姐!"他假装呼叫女侍应生。

他们低声笑了起来,确实有人需要续杯。他们现在分成两组,男人跟男人讨论,女人和女人聊天。这种情况在聚会时很普遍;大家突然按照性别进行分组交谈。男人们聊到财务的话题上去了,而女人们则有一搭没一搭地谈论着各种花边新闻:达斯汀·卡瓦诺是如何在本周向他的父母公开自己是同性恋的,他宣称早在十二岁的时候,他就确定自己的性格取向了——他的母亲海伦,一个强大而无私的慈善家,是如何拥抱他,又是如何承诺如果他愿意,她将带头创建一个同性恋慈善机构,与此同时,她和他的父亲会一直爱他,支持他;"手拉手节"从学校校历上删除,或许永远也不再举办了;在一次去植物园的实地考察中,杰克·吉芬必须使用肾上腺素笔,因为他的邻座吃了一袋用花生油炸的手工切片面包;某种害虫——有人说是一只巨大的硬壳蟑螂,也有人说是象鼻虫——晚上出现在卡马拉塔及贝罗美食广场的芒果酸辣酱鸡肉沙拉和藜麦的盆里,美食广场因此被卫生局勒令关门,这引起了很多消费者的不满,但也有很多人暗自窃喜,因为他们一方面渴望那里的美食,另一方面又觉得那该死的价格贵得离谱;杰克逊·潘兴做债券交易员的父亲在世贸中心意外中丧生后,他可爱年轻的母亲几个月后将与儿子非常善良和蔼的科学老师布雷格曼先生再婚,他们邀请了儿子整个年级的同学参加婚礼。

叶威尔逊一听到杰克逊·潘兴的名字,立即转头加入了女人们的谈话。其他男人也凑了过来。晚餐的对话中会出现一些看不见的线索,你得抓住这些机会,并且靠上去。"劳拉·潘兴能再婚真是个天大的喜讯,"威尔逊说,"我认识她的丈夫。他人很好。也很有趣。"

罗珀塔记得在双子塔遇袭后的头一天里,城里所有的餐馆都挤满了人。谁都不愿一个人待在家里。她和她的朋友们以及各自的丈夫和孩子在餐厅里碰头吃饭。孩子们吃着鸡柳,从带盖的杯子里用吸管喝牛奶,而家长们则大多喝着烈性饮料,说个不停。他们蜷缩在自己的餐桌旁,所有头顶的电视机都在大声播放受害者痛苦呻吟的画面,大家一起共同面对新的突发状况。我们在沉沦,罗珀塔曾这么想,我们都很恐惧。

她心想,那些有工作的人,可以在9·11事件后,通过重回办公室来舒缓压力——熟悉的日常工作,井然有序而又忙碌,可以给人带来一种舒适感:让你埋头苦干。如果不去上班,你可能会感到迷茫,被更大的恐惧所笼罩。当然了,讽刺的是,如果你去上班,又可能会被困在楼梯井里;你可能将和同事死在一起,而非在家里,在你爱的人的陪伴下。想到这里,罗珀塔为自己赋闲在家松了一口气,她可以把哈里和格蕾丝从学校接回来,陪他们一起坐在自己的公寓里,等待着有关世界命运的消息。

9·11事件发生的时候,她的女儿只有一岁,太小了,根本不了解具体发生了什么,而她三岁的儿子十分害怕,或许是母亲的恐惧多多少少影响了他的感受。那天下午在家里,由于没有更好的打发时间的主意,罗珀塔便从装珠子和扭扭棒的桶里找到了一切可以利用上的工具,带着哈里坐在桌子旁,准备开始做一个巨大的手工作品。"让我们挖空心思做一个最伟大的作品吧,"她说,"一个不可思议的东西!"

最后,他们决定搭建一个完整的游乐园,哈里经过深思熟虑后将其命名为"趣味乐园"。在此后的很长一段时间里,他们一有空就去搭建"趣味乐园",罗珀塔发挥自己的想象力,在审美和感官体验上将

第十七章

其建成了现代曼哈顿市中心藏尸房的对立参照物。在接下来的几天、几个星期里,他们不断丰富游乐园的内容,直到"趣味乐园"中出现了摩天轮、旋转木马和棉花糖架,乐高玩偶的手中拿的是真正的绒毛锥。甚至连格蕾丝也贡献了一份力量。等到有一天,他们不愿意再玩了,厌倦了,或是不再需要它了,就停止了搭建。被闲置在一旁的"趣味乐园",开始进入典型的分解没落期。但在事故发生后最初令人忐忑不安的几周里,他们正是依靠这手工制作,才平稳度过。

此刻的餐厅里,一盘盘寿司被端了上来,每个人默默地欣赏着戏剧性的摆盘艺术。"那个,"艾米说,显然她一直在等待合适的时机,"你们今晚看到拉姆齐一家了吗?"

"嗯,匆匆看了一眼。他们在一起看上去很不错。"凯伦说。

"幸福的一对。"罗珀塔说。

"等等,发生什么了吗?"纳撒尼尔问妻子道。

"我回去告诉你。"

"我不知道佩妮脑子里在想什么,"艾米说,"我觉得每个人的婚姻都是个谜,奇怪得很,像是某种秘密交易。而且说到底,不可知。"

"你说得很深奥。"纳撒尼尔说。

"我是认真的,"艾米继续说,"所有的婚姻都是这样。"

"我们除外,"叶威尔逊说,"我们没有不可告人的秘密。"

"我可以作证。"凯伦说着拉起了他的手。

这时,罗珀塔抬头看向窗外,雪花开始轻轻飘落,她看到外面有个人影停住脚步。那是杰拉琳·弗洛伊德,穿着她那件肥大的黑羊毛大衣。她凝视着餐厅里,就像一个渴望与朋友一起相约烛光晚餐的人。突然,她注意到了罗珀塔,就像看到了一只野兽;两个人都变得有些焦虑。罗珀塔朝她挥了挥筷子,但杰拉琳只是简单地笑了笑,便转身走开了。

"等等,那不是今晚那位母亲吗?"利奥说,"那位晕倒的母亲。"

"对,"艾米说,"杰拉琳·弗洛伊德。你知道的啊,我跟你提起过她。"

"不,你没有。"

"我有,我确实跟你提起过。还不止一次!"艾米听上去很生气,几乎是怒不可遏,餐桌上的每个人都注意到了。

"对不起。我忘记了。"

"你当然不会记得。"

利奥没有理她,一下子站了起来。"我们应该邀请她加入我们的。"他说。

没有征求任何人的意见,他径直走过去打开前门,夜风一下子吹进又小又黑的餐厅,所有餐桌上的蜡烛就像生日蜡烛一样被一下子吹歪了,但没熄灭。桌上的每个人都目瞪口呆地看着外面下雪的街道,身材庞大的利奥和娇小的杰拉琳仿佛在上演一场默剧。艾米看着自己的丈夫不停地比画,但杰拉琳遗憾地摇了摇头。他始终不放弃,终于,他们看到杰拉琳耸了耸肩,利奥打开门,带她走了进来。

有人搬来一把椅子,杰拉琳略带羞涩地坐在一对对夫妻之间。她只点了味噌汤,而且她一口也没喝那个小漆碗里的汤,仿佛只是用它暖手而已。他们谈论学校,谈论自己的孩子,还有刚刚上映就广受好评的电影,但餐桌上看过电影的人一再坚持不能剧透,怕扰了大家的惊喜。随后,罗珀塔在适当的时机礼貌地跟杰拉琳说:"对了,你最近怎么样?"

杰拉琳放下碗,看起来有些忧郁。"实际上,"她说,"我最近很忙。"

第十七章

"忙什么呢?"艾米问。

"嗯,是这样子的,我过去常在健身房碰到你们其中的一些人。"杰拉琳说。女人们尽量表现出不知情的样子,就好像她们并不确定是否在那里遇到过她。"但出于个人原因,我后来再也没去过。"她又接着说道。同样,大家都努力表现出一副自然又有礼貌的样子。"然后我就想啊,"杰拉琳继续说,"你们也明白,我们需要一个特殊的健身房,面向有着不同饮食习惯的健身者,他们在那里不会感到难为情,也不需要一直向所有人解释自己的选择。"她耸了耸肩,"所以我创办了一个。我在索霍区租了一个地方,有了一些投资者,还有一张客户名单,店铺将在三个月后开张。等到我最开始做调研的时候,才发现这个饮食习惯不同的客户群体根本没有被开发,人数还挺多。我们健身房的名字叫做'斯利姆健身'。"她拘谨地笑了笑,"我只希望那些牛肉干爱好者①不会起诉我们。"

女人们惊叹不已,同时还有点困惑。她们向杰拉琳表示祝贺,并告诉她这真是个好消息。她透露了更多的细节:伦恩·古德林,那个全职父亲,是她的主要投资人之一。他们就在有天下午在学校接孩子,站在那人群中等着孩子放学的时候,达成了一致。那天,他们聊了很多,伦恩在几年前通过脐带血储存技术大赚了一笔,这使得他有能力提前退休。现在,他想投资一些新事物,同时也想亲自参与一些。

晚饭过后,当罗珀塔和纳撒尼尔爬上四层楼返回公寓时,罗珀塔一直纠结于杰拉琳提到"不同饮食习惯"时的随意态度。她知道杰拉琳属于冥顽不灵的那批人,她本身拒绝被治愈,这点让她感到不安;而且她似乎也是能够做出登录厌食症网站并且发布自以为是信息的

---

① 健身房名字为 Slim Gym,而美国有款牛肉干名叫 Slim Jim。

女性之一。或许这真的会成为一个所谓推行厌食症的健身房,会员们都希望自己的身体最终成为细长的牛肉干那样。不管怎样,杰拉琳似乎是负责人,而且奇怪的是,她似乎很有主见。

在继续爬楼梯的过程中,罗珀塔和纳撒尼尔看到了一套盒装磁带,上面写着"跟玛丽亚·芭各奈提学意大利语",还看到了一个大本钟的拼图,很明显缺了关键的几块——也许是伦敦天空的那块,就好像被戳了一个洞的皮肤一样。在她看来,这相当于像杰拉琳·弗洛伊德这样的厌食症患者努力要摆脱那些本属于身体一部分但不完美的细节。她现在能够理解了,或许在那个自我蜕变的体内,你将再次获得新生。在过去很长一段时间里,罗珀塔和朋友们聚在一起谈论自己的生活,跟孩子们坐在一起,是的,这很美好,也十分必要,但现在的她想要找回一些属于自己的时间。她希望拥有一整间屋子的画作去展览,哪怕是像出自布兰迪·吉洛普笔下的那些略显稚嫩和笨拙的画作。她想要布兰迪那种朝前冲的劲儿,这正是她所欠缺的。

她一想到自己对布兰迪做过和没做过的事情,就觉得害怕。那个住在南达科他州洛顿镇的女孩每周都会发给她几封电邮。"就是打个招呼",她写道,或"想知道事情进展如何"。罗珀塔本来的计划是要将她的幻灯片转给佩妮·拉姆齐的,但后来,在圣多伊岛的意外发生后,那个著名的佩妮·拉姆齐就已不再是艾米的朋友了,所以这事也不了了之了。而罗珀塔接下来应该要做的是四处打听,找到另一个能够过目布兰迪幻灯片的人,但不凑巧的是,就在这时,纳撒尼尔的事业取得了重大突破。罗珀塔被纳撒尼尔搞得心烦意乱,心生怨恨,无心帮助布兰迪·吉洛普。她已经越来越少地想到帮助那个女孩的事了,即便真的想起来,也只是平添一丝烦恼。所以,她至今还未对女孩的幻灯片采取任何举措,它们依然静静地躺在电脑桌面

第十七章

的文件夹里。在亲口向布兰迪·吉洛普承诺了一切之后,她竟然什么都没为她做,甚至连邮件都懒得回了,更别提向布兰迪坦白"我搞砸了"或"是我的疏忽"。"为什么每个人都可以打起精神进行艺术创作并且成功,不管他们的处境如何,就我不行?"或只是说一句:"我没有任何借口,我立马着手处理这件事。"一切的一切,都让她觉得很屈辱。

许多人都忙着为自己的未来做打算。就连杰拉琳·弗洛伊德显然也有大计划——真令人不安。纳撒尼尔和他的经纪人一直在通电话,他像商人一样带着无绳电话在公寓里走来走去,一边做笔记一边提问,比如:"所以他们还价多少?我们能不能在后面再多弄点?"罗珀塔那已认命的丈夫此刻充满了干劲儿,发表着演说,雄心勃勃地准备大干一场。他一往无前,证明了工作可以让你的整个人生变得有意义。罗珀塔脑海中浮现出"呼呼"和"啾啾"一代和二代,她渴望将它们从她丈夫以及沃尔夫·珀迪的手中夺下来。当她举起一把粉红色的大剪刀把木偶剪开时,男人们茫然地站在一起,尽管这些木偶可能很快就能让她和家人住进哈莱姆区的漂亮房子。如果搬过去之后,她还没有成为艺术家,那就只能归咎于她自身了。

在接下来的六个星期里,一直憧憬着未来的布兰迪·吉洛普每隔几天就给罗珀塔写一封电子邮件,询问她是否已经将幻灯片寄出去,以及罗珀塔是否因为某些问题生自己的气。最终,她不得不问:罗珀塔还活着吗?为什么这个来自纽约的女人曾对帮助自己表示出如此大的兴趣,之后却突然变得冷漠,甚至消失了?嗨?布兰迪对着空气问道。嗨?你在吗?这是你正确的地址吗?罗珀塔,你在吗?嗨?

第十八章
洛顿镇,南达科他州,2007年

赌场里不分昼夜,乔·吉洛普似乎感觉不到任何疲累。正因为如此,她惊讶地发现自己可以在大部分时间保持警觉,情绪也挺好。许多女孩不喜欢赌场,她们在休息室里说自己宁愿去任何别的地方,也不愿意待在这里。一个女孩声称,她宁愿站在烈日下加油,也不愿意站在凉爽的空调房里分发筹码,这想法太疯狂了。的确,那些系着领带和提着装满硬币小桶的老妇人跟提着大马哈鱼的渔民一样糟糕。一天二十四小时灯火通明的赌场里,欢呼声四起,当你在这里的时候,很容易忘记生活另外的样子。

此刻,当班的乔·吉洛普坐在柜台窗口后的凳子上,忘记了她那可怕的前夫,他从没付过孩子的赡养费,也不打算付。过去十年里,布兰迪是乔一人抚养长大的。她跟坐在隔壁柜台窗口的朋友里基说:"她就像一个独臂强盗。"乔忘记了还得付汽车贷款,忘记了她母亲因老年痴呆症而日渐恶化的身体状况,她即将被送进佛米利恩市

第十八章　洛顿镇,南达科他州,2007 年

的一家福利院,那费用又是谁来支付呢？乔也忘记了布兰迪是如何被当初那个信誓旦旦要帮忙的纽约女人爽约的现实。她忘记了这一切,也忘记了世界上的东西正在变得越来越昂贵,更别提越来越动荡的趋势了。晚上,她从员工入口走进忽必烈汗赌场上班,穿上自己的红色衬衫,戴上名牌,坐在柜台后,大舒了一口气,她又有了期待。

其他女孩都很友善,聊着各自的恋爱生活。年轻的姑娘们讲述网上约会、性和坏男人的故事；而年长的女人们,比如乔和里基,会提供一些实用的建议。乔已经厌倦了男人。她再也不想跟他们交往了,太可惜了,她恨自己不是同性恋。她说的话让其他女孩一愣,随即哈哈大笑起来,不过对她而言,一切都无所谓了。乔对赌场里跟自己调情的男人并不感兴趣；她已经四十岁了,不再需要那样的生活。她眼中的生活就是眼前这一切,忽必烈汗赌场就像一个社会。而且,布兰迪就在隔壁的窗口做兼职。

布兰迪不喜欢这个地方,这不是她想要待的地方,也肯定待不了多久。她讨厌赌场,她总是说:"妈妈,你怎么受得了这儿的？看看这些人。就像一个行走的墓地似的。"有时,乔不得不劝告女儿不要带着优越感看人,但这似乎是年轻人的通病。吉洛普母女并排坐在凳子上找零钱,这是份很简单的活儿,因为新一代的收银机就像电脑一样,如果你愿意,你几乎可以一边工作一边睡觉。

可乔·吉洛普不想睡觉。她的一生过得一团糟:高中毕业后怀孕,嫁给了"孩子的父亲"罗伊·吉洛普,一个完全没有父亲担当的男人。从那之后,她的人生走上了下坡路。所以当布兰迪怀上了那个狡猾愚蠢的男孩泰勒·帕维尔的孩子时,乔哭着求她去苏福尔斯做堕胎手术,即便她本人非常厌恶这个方案。乔·吉洛普的日子很艰难,但也勉强过得下去,每天来赌场工作无疑是她人生中最精彩的部

分。在这个明亮而不安的世界里,你永远不会无聊:男人们仰慕你,其他人与你做伴,身边总是播放着欢快的音乐,耳畔传来分发筹码的哗啦哗啦声,每隔一段时间,就会听到远处有人中了头奖时,硬币之间突然相互撞击所发出的那种兴奋之情。

第十九章

二月初的一个早晨,八点差一刻,搬家的货车停在"河畔大楼"门前的街道上,车上挤满了穿着同样红色 T 恤的男人;一眼看上去,分不清是要搬家具进去还是出来,但之后便明白了。一位三十出头的年轻母亲裹着一件羊毛衫站在附近的车道上,旁边还有几个小孩,她试图指挥着家具的去向。"搬出去吗?"艾米下意识地问。那个女人点点头。艾米认识那个女人,她就是 H 区 14 号楼的那个寡妇,长得普普通通,脸色苍白,一头灰金色头发,发根是黑色的。艾米之前曾这么想过:几个月后,那个女人穿着一身黑衣服,头上裹着一个头巾,所有人都可以凭借这公开表露的悲伤一眼认出她,是这样吧?

公寓楼里其他母亲的预测是对的:她没办法继续待在这里,现在可能得搬到一个小一点、便宜一些的地方,去郊区或镇上,甚至会搬去跟姐姐或父母暂住一段时间。H 区 14 楼的寡妇在搬家那天充当了通常是丈夫所担任的角色,站在公寓楼前面,试图跟那些只懂得希伯来语、忙碌而冷漠的搬家工人打交道。"那个箱子倒了。"她跟他们说,可似乎没人理会。"约书亚,"她向一个孩子喊道,"离开那边。等我们到那儿后,你会看到你所有的东西的。"

"祝你们一切顺利,"艾米对她说,"不管搬去哪里。"那个女人心不在焉地笑着点了点头,然后转过身看向那辆巨型卡车的大车门。

"是她的丈夫死了,对吧?"当梅森和艾米转过街角,走到大街上时,梅森问道。

"我想是的。"

"这幢楼,"上周她在电梯里听另一位母亲说,"现在配上了除颤器,当然了,这意味着租金会上涨。"她补充道。

"或许她再婚了。就像杰克逊·潘兴的母亲。"

"我不太相信,亲爱的。这太快了。"

"你永远不会再婚的,对吗?"他问。在他心里,艾米和利奥会永远永远在一起,他们是一辈子的夫妻和家人,直到老去。然而,她没有回答。他有些不肯定地说:"我知道你不会的。"

自从艾米发现利奥作假的收据以来,已经过去了一个月,但她还是没有告诉他自己已经发现的事实。他们这次的冷战比以前都要久,虽然她不清楚他是否明白这一点。晚上,她看着利奥拿起她放在椅子上洗好的衣服,朝卧室走去。他甚至没有想过是谁将自己要穿的衣服放在椅子上的。格雷格·拉姆齐是那种看到什么就想据为己有的人,这点让艾米很反感,但确实正如凯伦曾经暗示的,格雷格这样的男人只会随心所欲。不过,利奥似乎从来没有那种嚣张的气焰;他是个正派的人,踏实努力地工作,为家庭付出所有。然而,她却在一个偶然的时机在书房里找到了他贪婪的痕迹,这是一个她在丈夫身上从未发现过的一种与生俱来的性格特征。

不过,今晚,艾米必须和利奥在一起,因为今晚肯利·舒伯律师

第十九章

事务所将在华尔道夫-阿斯托利亚酒店举行一年一度的晚宴舞会。当她和利奥一开始在律师事务所共事时,她曾很热衷于参加这项活动,他们可以穿上晚礼服,品尝比平时更上档次的葡萄酒。晚宴结束回到家后,她和利奥一丝不挂地躺在床上,揣度其他律师说过的话以及每个人的装扮。他们取笑那几个公然拍马屁的同事,艾米,还会从一个快三十岁的女性的角度,批评那几个看上去很友好但却十分无趣的妻子。

艾米记得,在某一年的鸡尾酒会上,她跟一位合伙人的妻子丽塔·普法雷尔简单地聊了聊,丽塔当时滔滔不绝地谈论自己和丈夫去爱尔兰一座城堡打高尔夫球的旅行。艾米将目光从这位妻子身上抽离,看向远处那几个迷人的律师。艾米一摆脱丽塔,就走到朋友丽莎·西尔维斯特利身边,一起喝下盛在大马提尼杯里冰凉的"大都会"鸡尾酒,随后又跟着丽莎、利奥以及她喜欢的同事们聚集在一群人中央。

丽塔·普法雷尔死于结肠癌,早已不在人世,斯图尔特·普法雷尔也退休了。老一辈的人差不多走光了,取而代之的新一代,包括像利奥和他的朋友科琳娜以及其他一些按月领薪水的高级助手,开始占据优势。丽莎·西尔维斯特利还在工作,只不过不同于利奥,她已经晋升到合伙人的职位了。她终生未嫁,也没有孩子。她做了一系列的决定,或许工作占据了她所有的时间,迈入四十岁的她孑然一身,偶尔会在周末或是上学日的晚上,打电话给自己的已婚朋友艾米想要聊一聊,似乎完全没有意识到已婚人士的家庭生活有多么紧张和忙碌。

今晚,当和利奥走进宴会厅时,艾米第一眼看到的就是她。身着黑色晚礼服的丽莎身材高大,胸部丰满,令人敬畏。她跟其他几个合伙人及其伴侣站在一起。利奥带着艾米走过去,很快她也融入了大家,虽然她并不想待在那儿。此刻的男人和女人们俯身凑近彼此聊着天,三句话不离本行。舞场灯光昏暗,抛光的地板闪着亮光,乐队演奏着一些她大学时期跳过的曲目,没什么激情,却能引起共鸣:《九十九只气球》《你令我头晕目眩》。律师们和各自的伴侣找到自己的名牌,坐了下来。大圆桌营造出一种婚礼的气氛,艾米发现自己被夹在了两位律师中间,她以前在肯利·舒伯律师事务所的宴会上跟他们打过照面,但从未说过话。一个叫罗恩·戴文尼斯,四十多岁,身材矮胖,早已谢顶,心不在焉;另一个年轻有风度的律师叫马克·坎特堡,至少在开胃菜环节很绅士,菜品是一小碗奶油南瓜泥。

  房间里充斥着嘈杂的谈话声、勺子瓷器的碰撞声,还有试探热汤的吮吸声。艾米留意到一位少妇坐在隔开几个座位的地方,她的丈夫是那些最年轻的律师里的一个,她家里肯定有个小婴儿,她看上去没有任何不开心或不舒服的表情。她大概在想,今晚要为丈夫做足面子。噢,是的,今晚可太无聊了——也许是人类打发夜晚时光最无聊的方式之一,但今晚的宴会不是为了她自己,而是为了他。这位年轻的妻子无所事事,她喝了一大口酒,用一把钝刀将一片冰黄油压在面前的酵母面包卷上,安安静静地靠在椅背上吃吃喝喝,环顾四周。在桌子的另一端,利奥的一边坐着一位最资深的合伙人,眉毛杂乱,疏于修理,另一边则坐着他的朋友兼同事科琳娜·贝里,年轻漂亮,一身黝黑的皮肤,身体就像一把插在黑色鞘里的利刃。利奥的脑袋前后晃动着,仿佛在向每一位律师索取不同方面的需求。他时而转向那位资深合伙人,表现得像个懵懂无知的少年,时而又去跟科琳娜·贝里交谈,表现得无比开心。即使隔着摆满了枝条、卷茎和超大花朵的中心装饰物,艾米仍能看出丈夫在此刻是非常享受的。

第十九章

但是在这边,在花束的另外一端,艾米坐在两位律师中间,有点害怕。戴文尼斯主动挑起了话题。在确认了她是利奥的妻子后,他开始滔滔不绝地聊起最近诉讼案件的进展,谈到罗伯逊肉食品沙门氏菌案的辩护情况,话题沉重。随后,当他得知艾米也曾在肯利·舒伯律师事务所任职时,这位律师突然对她产生了一丝兴趣。

"那你现在在哪里高就?"戴文尼斯问。

"不工作。"她说。

"啊。"他说着,目光从她身边掠过,然后又迅速看向她,好像意识到自己刚才的本能反应很粗鲁,并试图掩盖。但她已经注意到了他忽然跳走的目光,在这个城市,类似的局面她早已经历了无数次,见怪不怪了。如果你在这里有一份工作,那么你就有机会为自己辩护。当你能够说我也在做事时,人们都会大松一口气。没有工作这件外衣,别人便无法判断你,无法草率地对你作出判断。如果你说你什么也没做,那个人的视线便从你身上挪开,转向另一个有事儿干的人,因为他可以更容易地对后者进行评估,以此展开交流。在这里,在洛杉矶,或许还包括伦敦以及世界上任何一个经济发达的地方,工作占据着重要地位,而在交朋友的时候,实用主义往往起到潜移默化的作用,你需要快速评估另一个人是否会对你有帮助,即便是在遥远的将来。

此刻,晚宴已经开始。坎特堡没有听到戴文尼斯之前跟艾米的对话,所以过了一会儿,在戴文尼斯埋头喝汤后,坎特堡又开始询问:"对了,艾米,你是做什么的?"他热情地问,仿佛这是个新奇的事。

"我整天都在吃'叮咚'。"她说。

坎特堡定定地看了她很久。"噢,天啊,"他说,"我一会儿也来一个。"

"你会吗?"她被他的话弄糊涂了,从来没有人跟她表达过这样的愿望。

"噢,我会的,"他说,"你不知道我有多累。"

"我开玩笑呢。"

"我知道,"他说,"但我没有。"他热情地笑了,她愣了一下后,也跟着笑了起来,然后他们开始聊天。当艾米抬起头时,突然看到科琳娜·贝里抓着利奥的手,正带他步入舞池。他似乎无法拒绝她,只能无助地望着艾米,耸了耸肩。

她冷静地看着利奥和这个苗条的年轻女子跳舞。他舞技很差,这一点艾米在最初几次约会便深有体会,而且一直原地踏步,所以他们日常也不太跳舞。她今晚是绝对不会试图邀请他跟自己共舞的;她不想跟他站得太近,也不想跟他说太多话。但她观察到,当他像一只熊一样挟持着一个年轻女人在舞池里挪来挪去的时候,没有任何不开心。他看上去虽然有点尴尬,但心满意足,和科琳娜依偎在一起,笑着窃窃私语。丽莎·西尔维斯特利也在看着他们,艾米知道她的老朋友肯定为她感到难过。

等肋排的盘子被收走后,坎特堡和戴文尼斯将椅子稍稍向后挪了挪,绕到她的身后交谈。邻桌的一个女人加入了他们的谈话。艾米听了一会儿,几乎听懂了他们聊天的全部内容,也慢慢地意识到,尽管有时候谈话似乎恢复了常态,变得活跃起来,但聊的大多数还是那些令人疲惫的、工作日结束后的日常话题。坐在一起的三位律师一会儿激动地聊着,一会儿又无聊地坐着。大多数时候,他们基本不会谈论法律的微妙之处、法律语言的美丽和独特性,也不会说起让他们夜不能寐的复杂案件。他们聊着即将到来的周末静修活动以及客户账单。这名女律师说,她已经变成一台计费机器了,她恨不得将周末陪孩子一起玩棋盘游戏的项目也列入计费清单。

第十九章

艾米回想起之前的一次求职面试,当面试官问她一款叫做"并速查"的法律软件的时候,她发现自己对此一无所知,真的很绝望。她最初所拥有的辩论家的冒险精神荡然无存,再也找不回那种感觉。而且,像她认识的大多数人一样,她喜欢在边缘寻求满足感。时间飞逝而过,直到最近,她几乎很少闲着,实际上,她忙到停不下来。当然,那些事情也会跟工作一样变得很无聊。此刻,当她环顾四周,这个站满律师及其伴侣的大型宴会现场,让她觉得工作并不能让你变得有趣,只有有趣的工作才会令你趣味十足。她意识到自己可能是主动想要脱离此类无趣现场的人。

那天晚上,艾米和利奥卸下盛装,穿着睡衣,并排躺在床上。他打了个小嗝,摸了摸肚子。"上等的牛排还梗在这儿呢,"他说,"我觉得我喝多了。"

她对他正有点反感。"你可以告诉他们不要再给你续杯。"她说。

利奥已经转过身去了。他可能跟戴文尼斯一样,她想,对她漠不关心,因为他在这个世界上占据着一个固定的位置,当别人询问起他的工作时,他可以坦然面对。但这并非意味着他更优越。他其实比自己恶劣得多。她的能力或许有限,但他,连带着那些令人发狂的、习以为常的小动作,都是不道德的。艾米本没打算提,但还是用手指戳了戳他的肩膀:"我有件事要问问你。"

利奥在床上转过身来。她停顿了一会儿,便开口说道:"那些收据是怎么回事?"

"什么?"利奥问。

"桌子上放的那些上个月的收据。圣多伊岛的那些——我帮我母亲买的镇纸,你却称之为'客户礼物',还有一张岛上酒吧的账单,以及我们去的托斯卡纳餐厅的账单。"

她的语气很冷漠,但利奥并没有显得特别惊讶。"艾米,"他说,"你真的很久都没有工作了,所以你不懂。"

"那就告诉我。"

"这没什么大不了的。那份'客户礼物'——只不过两三百美金而已。"

"对。'两百三十三'。"

"你在说什么?"

"在我们认识的所有人当中,"她说,"你是最有道德感的。在学校参观日那晚,是你主动邀请杰拉琳·弗洛伊德加入我们的。做了这么多善事的你,竟然也做出这种事,你让我怎么评价你?"

"每个人都在做自己该做的事,"利奥说,"我已经是最后一个明白的人了。否则,我真的撑不下去了。我们负债累累,而你想要的东西又那么多。"

"我想要?"

"没错!你想要的!周末跟吉尔做水疗。送梅森去私立学校。当然了,还有那次荒谬的圣多伊岛之行,你花了我们几千块!"

"是你说我们可以负担的。我们用了里程和信用卡积分。"艾米说。

"里程,是的。信用积分,用不了。我查了一下,事实证明,那边不接受。"

"那你为什么不告诉我?"

"因为我知道你很想去。而且,除了工作以外,我们家里里外外都是你一手打理,我很过意不去,也很想让你去。你期待我同意。你已经摊牌了,好让我答应你。我真的很努力在工作了,但我永远也赚不到足够的钱。"

第十九章

"你已经把收据交上去了吗?"她问。他点了点头。"会有人发现吗?会不会?"

利奥耸了耸肩。"或许吧,但也不太可能。这种收据到处都是,他们心照不宣。但是,其他公司发生过问题,有时候他们会清理调查。"

"所以那些收据只是随便地收在某个文件夹里?这是第一次吗?"利奥没说什么,随后艾米又说:"你怎么回事?"

"你怎么回事?"他说,"你想继续这段婚姻,但又一直想做那个长不大的孩子。除了偶尔不得不作出决定的时候,你才会去了解现状。"他先看向远方,又突然将锐利的目光对准她,"我们没钱去旅行!"利奥说,"我们真的快负担不起了。那些收据也无济于事,你明白吗?我真的是没有办法了才出此下策,但这根本没有用,我们没钱了。"利奥的嘴抖了一下,又努力抿成一条狰狞的线,"我只能勉强养活你和梅森,"他说,"我做的事都不是我应该做的。"

"我们可以把梅森转去公立学校,"她说,"这也不是什么最糟糕的事情。这样做能在经济上缓解很多,对吗?"利奥一言未发,只是一直盯着她看。"那好吧,我去找工作,"艾米最终说道,"不是我之前计划的志愿者工作。一份法律方面的工作。如果可以,我去找一份信托房产领域的活儿干。"

利奥点点头,好像知道她会这么说。"情况还没差到那个地步,"他温柔地说,"你一直都想工作。你觉得在家也不是一个长久之计,不是吗?你总是光说不干,但我想总有一天你会迈出这一步的。"

"是,"她说话的声音开始有些颤抖,"但跟我想的不一样。这次是被迫的。"

"生活中充满了被迫。"

"我不知道该如何重新开始,"艾米说,"我连'并速查'都不会用!"

利奥有些困惑地说:"你为什么要用?去年就停了。我们现在用的是'企业诉讼程序',CCL。"

距离上次面试又过去了很长一段时间,连那个令人眼花缭乱的新软件都已经过时了。她自己也老了,老得无法立即回归工作,但她又必须这么做。坐在迷你小书房里的"斯文"办公桌前,利奥正在教她如何使用"企业诉讼程序",以及如何计算那堆像勒索信一样被粗鲁地塞进邮箱的月度账单。她一行一行地读着信用卡账单,包括逾期还款罚金,发现他们早已负债累累。她明白了他们是如何逆流而上继续生存着的。她看着账单底端的数字,意识到那并不是一个抽象的概念,而是真实存在,并且难以负担的。艾米心想,工作并非总为带来满足。通常,我们工作只是为了谋生。

艾米将在那间书房——终于,"书房"变得名副其实——开始学习自己之前的法律教科书,以及利奥分批收集摆放在书柜上的一些法律期刊。很快她将回忆起自己之前作为一名律师的生活,虽然她不用去追赶其他人,但她不得不跟大家一起努力奋斗,在上下班高峰期赶地铁,晚上躺在床上的时候想客户,他们像一群在脑子里疯狂转圈跳舞的小人,将她折磨得夜夜失眠。天啊,她每天又得套上连裤袜了,想到这里,她难过极了。

"你觉得会有人雇用我吗?"她小声地问。

"啊,几率很大。当然工资不会很高,也不会是大家认为的好公司。但公司还是不少的。"

她点点头,认同利奥的说法。"在今天的晚宴上,"艾米说,"当你和科琳娜·贝里跳舞的时候,我不得不说我感到很沮丧。"她接着说,"你为什么不想跟我做爱了?我在性方面对你毫无吸引力吗?我

第十九章

像个老太太吗？一头母牛？因为我是你孩子的母亲，所以我连女人都不配做了？"

"天啊，这太不可理喻了，"利奥说，"这不是你的问题。我们就是有点喝多了。"他温柔地试着解释道。

"那不是理由。"

他沉默了一会儿。"这么说吧，没错，太多因素了，我觉得。这是常有的事，很普遍。就跟那些收据一样，"他认为自己必须再多说几句，"但还有一点：我不知道你发现没有，艾米，我今年胖了二十一磅，跟鲸鱼没什么区别了。"他说。

"你才不是呢。"但她想起来他每晚睡前都要吃饼干。最近，他从一个同事女儿那里买了一盒女童子军兜售的椰子味饼干。她还记得他从圣多伊岛带回家一盒小丑形状的"叮咚"饼干，前一晚放在了床边的盘子里，还有他们办公室每天早上的点心果盘。

"我是的，"他说，"一想到做爱时，你会看到我的大肚子像太阳一样鼓起来，哎，我真想去死。我变得跟我父亲一样了，"他说，"我是一个中年男人，长得像在斯特罗德大厦经营杂志摊的穆雷·巴克纳。我是怎么变成这样的？"

"这种事谁都会碰到。"

"你就没碰到，"他心酸地说，"你待在家里料理一切，包括你自己。你保持了青春。"

"噢，我做的就是这些吗？"她说，"我可不这么认为。"

这是艾米和利奥一段时间以来谈得最久的一次。他们还将有讨论很多类似话题的机会，在接下来的几个星期，甚至几个月里都绕不开这些话题。他们的谈话内容大多是重复的。有些利奥很感兴趣，但通常他只是参与而已。当她谈到儿子的学校，谈到她多么想念吉尔,聊到如果罗珀塔未来搬到哈莱姆区之后,她们见面的次数肯定变得少之又少的时候,她观察到他确实在听,只不过得费一番功夫。他不得不承认,在过去的十年里,他在某种程度上被迫参与到了她为自己打造的世界中。这个世界可能很具吸引力,但过程中不乏单调枯燥的一面,而且这是众人皆知的事实。

在那个世界,大家几乎全围绕着孩子转——他们是最吸引人的群体,但大多只是对各自的父母充满魅力,甚至有时候,只有他们的母亲,或父亲觉得孩子有吸引力。你会尽可能地陪伴孩子,度过花一样的童年期,你一直陪到他们终将要踏入社会的最后一刻,满怀期待地憧憬你陪伴他们的一分一秒、给予他们的爱和为他们树立的榜样,足以帮助他们在将来克服孤独、害怕和绝望。但效果究竟如何,很长一段时间内你都无从知晓。

"我现在得睡觉了,"利奥终于说道,"如果我能整天待在家里,肯定能减肥成功的。"

"但你会疯掉的。"

"或许吧。"他承认说。接着他又说:"我真的不介意自己的工作,你也知道。其实我比你想象中更喜欢我的工作。我喜欢上法庭的日子。我喜欢和法官交谈。那里总是那么有趣。"

"我知道。"她说。

"如果我待在家里,我会读很多托马斯·曼的书。我会读那些从来没机会读的书。大部头那本。"

"他的书都很长。"

"托马斯·曼是怎么抽出时间写这么长的书的?"利奥问,"现在谁还有那么多的时间?整个世界都在骚动。"

他朝她那边挪了挪,她能感觉到他凸出来的肚子。他说得对,是

第十九章

比以前大了。"我可以帮你减肥。"艾米主动提出。

"谢谢你,"他吻了吻她的头,"如果奏效,"利奥说,"那我就不会那么讨厌自己的身体,我们完全可以按计划回到原来了。"

"所以你没想过跟科琳娜·贝里搞外遇?"

"科琳娜·贝里跟你的朋友丽莎·西尔维斯特利搞在一起。"

"丽莎?真的吗?"突如其来的转折,让她大吃一惊。利奥点了点头。但随后艾米意识到自己最近没有接到丽莎的电话,她还回忆起今晚丽莎是怎么坐在那里盯着利奥跟科琳娜共舞的。她现在明白了,丽莎看的根本就不是利奥。

"但即使不是这样,"利奥说,"我也肯定不会跟她上床的。怎么了,你想搞外遇吗?跟佩妮·拉姆齐一样?"

"不,"艾米愤怒地说,"我不会。"

"很好。"利奥说着,将她拉过来压在自己的身上,就像以前他偶尔那样。起初,她像纸飞机一样轻盈而有弹性,随后慢慢变得有力,一点一点地压下去。

他们要做点什么,现在必须做,哪怕只划分是否需要做爱的界限。他们酒足饭饱,屋子像厨房一样,太闷热了。她能闻到他身上的酒味,随后从他身上爬了下来,略带颓废又饱胀的俩人似乎是天生一对。在艾米十几岁的时候,她很喜欢与自己类似的男孩:不具威胁性,瘦弱且轻盈,她能想象自己永远亲吻他们。她最终将失去一切,不过她从未想到自己用这一切换来的却是一个无助地躺在那里的中年男人,他的身体有点像熊,有点像男人,又有点像气垫。她温柔地躺在他身上,他全心全意地吻着她,就像他们年轻共事时那样。他聚精会神地亲吻她,就怕她认为自己有半点分心。这就是中年人的性爱,已婚人士的性爱。也许这不是身体的最后一次狂欢。他们之间还会有很多类似的性爱，但他们之前错误地以为自己还会享受很多年轻人的性爱。

人到中年，艾米·兰姆明白一个道理，那就是尽情做爱，及时行乐，不要等待。这种突发状况实质上成为了一种奢侈品。利奥加快了速度，不停地亲吻她，发出一种狼叫声，犹如在睡梦中的梦游声。她将嘴巴埋到他的腋下，毛发间散发的费洛蒙莫名其妙地令她沉醉。

爱的力量让你不再迟疑，至少你可以保持爱的能量。你需要竭尽所能，让丈夫对妻子百般呵护，让妻子对丈夫温柔以待。他把她拉到自己身上，她的双嘴微张。门上了锁，孩子睡在门的另一边。这无关乎年轻人热恋的冲动，也不是为组建家庭而上床。实际上，这是约会之夜，他们没有沉默很久。利奥做了她期待已久的事情，他将头垂在她的双腿之间，丈夫想起妻子喜欢这样，他照做无误，送她鲜花，或是某个牌子的巧克力。她用胳膊肘支起身子，望向他。他的头向前倾，于是她后仰。

他们曾经放弃性爱，一如放弃婚姻的某一部分。然而此刻，他们的重心和偏好又发生了转换。多年来，她一直喜欢在过程中抓他的头发。"我得用生发剂了。"一开始他曾说。当时她拉得太用力，他感到头发像被连根拔起的草，一阵令人作呕的晕眩感迎面袭来。但他的头发完好无损。就连他退休的老父亲也是一头浓密的头发，虽然早已从黑发褪成了灰色。艾米紧紧地抓着利奥的头发，想着那父子俩同样固执的个性。"我要来了！"她像歌剧演员一样地小声呻吟道，好像他不知情似的。他一直都知道，就像她知道他过一会儿也会高潮一样。这就好像他们在做爱时总是向一个看不见或感觉不到任何东西的第三方描述所有的行为。由于某种未知的——也许是进化的——原因，他们经常以这种原始而又伴随着警醒的方式进行自我

第十九章

宣告。

结束之后,他们都口渴了。他蹑手蹑脚地出去取水,早已熟悉了屋内的路线,在黑暗中也走得游刃有余。他端来给她喝水的杯子是梅森多年前用过的一个旧塑料杯。艾米看到了杯子上的字——"嘿,伙计们"——已经磨掉了一半,就像褪掉的文身。这就是婚姻中的性爱,结束之后用小儿子的一个褪了色的旧圣餐杯喝水,而这个男孩子的各个方面即使在睡眠中也在发生变化,一天一个样。妈妈为什么哭呢?梅森在很小的时候这么问过她。妈妈为什么哭呢?

午夜时分,这对夫妻躺在"河畔大楼"的公寓床上,他们参加派对的礼服还像蜘蛛网一样缠在房间里的两把椅子上。这是一个普通工作日的夜晚,已经太晚了,他们早应该睡了,但此刻却依旧醒着。从洗碗机里拿出来的塑料杯仍是温的,但他们喝的水是清凉美味的。

春天来了,尽管地上的积雪还没融化,城市的街道上布满水坑和水沟。男孩们跳进水里,惹恼了他们的母亲。"河畔大楼"的一位老妇人在大楼外的路沿上打了个滑,把臀部摔骨折了。慢慢地,白天开始变长,天亮得越来越早。

在冬青山郊区,小镇迎来了新的季节。吉尔·哈姆林因为去年春天还没有搬过来,所以从没亲眼见过这个时节花团锦簇的小镇。空气中飘着大量的花粉,母亲们泪眼婆娑地看着她们的孩子在后院和宽阔的街道上跑来跑去。雅各布路展示出它独特的美丽,房地产经纪人带着潜在的买家在附近闲逛,边走边指指点点。所有的草坪都被修剪好了,灌木丛也整了形,唐纳德带着娜迪亚在房子周围转了一圈,手里拿着一把电动剪刀,他让女儿自己试试。"她会把自己的手剪下来的,"吉尔看到后说,"她不能用电动剪刀。"

十年一梦

"她不会有事的。"唐纳德肯定地说,连头也没回一下。娜迪亚跑到他前面的草地上。

今年五月,娜迪亚跟安娜·米洛夫斯基的声乐学生们一同参与演出了在该市举行的一场小型演唱会。那是个星期六,演唱会在茱莉亚音乐学院一间借来的教室举行。其他学生都是十几岁的孩子,男生穿着夹克打着领带,皮肤因痤疮和痤疮膏变得粗糙,女生大多穿着无肩带的连衣裙,头发梳到后面,她们的面容已经有了年轻女子的模样。娜迪亚穿了一件绿色天鹅绒连衣裙,这是她自己在冬青山购物广场的一家儿童商店挑选的,尽管她的母亲还一直纳闷女儿为什么执意选绿色,直到她听到女儿突然唱起两首歌中的第二首:

> 啊,我的爱人,你错待了我,
> 抛弃了我你无义又无情,
> 我已经爱上你,啊,这么久,
> 有你陪伴多高兴。
> 绿袖子是我快乐的全部,
> 绿袖子是我全部的欢乐。
> 绿袖子是我金子般的心,
> 只有她才是我的心爱人,
> 绿袖子。①

教室的门开着,风声吹过,她的声音有点颤抖,音量很低,但在座的每个听众听得出来她唱歌的时候很快乐,这显然是送孩子上课最

---

① 《绿袖子》,英国民谣,在伊丽莎白女王时代就已经广为流传,相传是英王亨利八世所作,他是位长笛演奏家。

第十九章

具说服力的理由。唐纳德放下相机,忘了拍照,他和吉尔在女儿面前不得不屈服。

当天晚些时候,他们去平时喜欢光顾的那家西边的四川餐馆吃庆祝晚餐。吃完后,坐上面包车,踏上回家的路。娜迪亚由于过度紧张和疲劳已经沉沉睡去,头耷拉在车座上,手里仍然握着已经卷曲的演唱会节目单。在黑暗中,一家人离开这座曾经属于他们的城市,公路上的建筑物像被丢弃的垃圾一样,一个接一个地离开他们的视线。再见了,克莱斯勒大厦,吉尔·哈姆林心想。再见了,花旗集团中心;再见了,帝国大厦;再见了,那些曾经不受欢迎的公司大厦里难以言喻的幽灵们,失去之后才发现了它们的美。

当初他们刚搬到冬青山郊区时,吉尔唯恐自己做错了。艾米曾对她说:"把这当作你生命中特别的时刻吧。又不是永远。再说了,谁又能预测一辈子的事呢?想象一下,这只是你人生传记的其中一章而已:第八章、《吉尔·哈姆林:郊区岁月》。"此刻坐在车里的吉尔就是这么想的,现在的日子就是那所谓的郊区岁月。城市灯光如昼,光影交错;冬青山即使在圣诞节期间,也达不到如此震撼的效果。但这座城市很矛盾,在看上去生机勃勃的背后隐藏着残酷。人们怎么能那样生活呢,一个架在另一个人身上,不停地奔跑,争强好胜,永不停歇地为下一件事做着准备?人们又是如何适应其他生活方式的呢?各自待在家里,住在令他们自豪的土地上,独立而孤独?似乎无论你走到哪里,都能很快适应当下的环境,并说"这就是生活"。

就在最近,吉尔的邻居爱丽丝·艾廷格邀请她前往当地医院观摩分娩的过程,虽然对分娩现场的鲜血、疼痛和戏剧性的经历感到不安,但吉尔还是接受了邀请,因为她从未进过产房。面前这个躺在半升起床上的年轻产妇,身着一套印有泰迪熊图案的长袍,浑身发抖,吓坏了。她惨白的脊背上插着无痛麻醉的管子，为不可能完成的任务做着准备。吉尔看着她，想到了自己。这是我从来没机会做的事，吉尔想着，紧张地看着产妇用力，再用力，直到将婴儿推了出来。婴儿来到了这个郊区，来到了外面的大千世界。

冬青山，吉尔有一天对唐纳德说，不是地狱。这里虽然没有冬青，也没有很多山，但不管怎么说，冬青山不是地狱。加快速度说五遍。随着娜迪亚更多地参与学校活动，吉尔开始认识了一些当地的母亲。她们给家里打电话，吉尔慢慢地敞开了心扉。她再也没有联系过莎伦·格雷戈里乌斯，还有那些创办"耐你贺卡"的女人们，尽管奇怪的是，她们的生意最终竟然取得了巨大的反响。六个月后，参加了第一次紧张气氛的午餐会的四位母亲，举着她们设计的贺卡出现在家庭购物网，出人意料的是，订单接踵而来。

在这儿生活所带来的最大改变，是吉尔不再像以前那样经常把这里和城市生活进行比较。城市似乎不再需要她，而在她往昔傲慢的岁月中，她一度认为城市缺了她便停止运转。老天保佑，那些建筑物将一直屹立不倒。灯光交错，渐渐模糊，下方地铁的运转下它们像货架上的玻璃器皿一样颤抖。吉尔和她的家人要离开很长一段时间，或许永远不回来了，不过他们会经常回来看看。参加瑜伽课，与艾米共进午餐。但她明白，除非等到上了年纪，丈夫去世了，她和艾米才有机会在海边的某个地方合住一间小屋，在此之前，她们可能再也不能住在同一个地方了。现在，每周有一天，吉尔会在娜迪亚放学后带她去坐火车，来到卡内基山音乐学校的一个教室，跟着安娜·米洛夫斯基学习音乐。和其他母亲一样，吉尔坐在外面的走廊里。

她有时翻看历史书，有时审阅女儿的家庭作业，还有时用黑莓手机的笔记功能记下自己为娜迪亚新找的一位语言治疗师，或是她听说

第十九章

的一位很棒的数学老师。她有时忙得不可开交,有时累得倒头就睡。

一次,吉尔在娜迪亚上课期间小睡了十五分钟。她做了个梦,梦到自己又变成了个小女孩,在庞西学校的操场玩曲棍球,她手里拿着球棒在操场上空飞翔,朝着一个自己不知道目的地的远方飞去。

吉尔某天收到庞西学校寄来的一封信,邀请她参加第75届维维安·斯沃普奖历届获奖者的聚会。她接受了邀请,尽管唐纳德认为这将是一次很棒的全家周末旅行,但她却说她只想独自前往。

六月初的一个星期六下午,所有最有前途的女孩们——她们早已是成熟女性——聚集在新罕布什尔的草坪上。午后天气晴朗,校园一如她们印象中的那样,只是当下空气中弥漫着一股沃土的气味,几乎带有粪便臭,这跟她们的记忆大相径庭。记忆是势利的,像一块磁铁,只吸取了最精致的片段:阳光、微风、古老的建筑、洁净且爬满常春藤的砖块。天气很好,但空气中弥漫的气味还是有些令人尴尬,好像是她们自身散发出来的。事实上,那股气味来自附近的一辆装满化肥的手推车。陌生人不会知道,也可能不会在意:很久以前,这些女人就已经踏遍这片草坪的角角落落。

那时候她们的脚步轻盈多了,脚又小又窄,还未遭受年复一年不合适的坏鞋子的折磨,也没有经历过孕期的肿胀,很多女性的鞋码在生育之后都加大了一码。随着时间的推移,她们穿的鞋子也发生了变化:乐福鞋、细高跟鞋、帕帕加洛斯鞋、水牛凉鞋以及那些被称为"地球鞋"的铁锹形的粗笨玩意儿,然后,又回到乐福鞋,因为世界上大多数东西都是个圈,鞋子的变化也一样。

要是青春也可以循环就好了。一个女孩,带着梦想在坎坷中成长,拥有了属于自己的生活,感到快乐,同时也有小失望。她觉得这次人生似乎过得没有价值,于是凭借顽强的生存意识,她重焕青春。

奇迹般地，她又成为了当初那个纯净、充满希望的年轻女孩，一如她一开始塞进鞋槽里的硬币一样①。

坐在草坪上的女人们已不再年轻，但她们对少女时代的感觉，至少在此刻，在六月的第一个周末，在新罕布什尔州韦伯恩的庞西学校的当下，是鲜活的、充实的。她们从全国各地齐聚于此，有人搭乘小型飞机到机场，有人开车，有人乘坐沉闷的公共汽车从各自生活的城市、郊区和极个别的农村城镇来到这里。

几个月前，她们在日历上把这一天圈了出来，尽管每个人都有紧迫的日程。"乳房X光检测：10：15（不要涂除臭剂或婴儿爽身粉）"，或"读书小组：7：30，《斯万之路》的前320页（天啊）"。然而，她们要等待一整个春天，才能迎来庞西学校的周末聚首。全国各地均有降雨。夫妻争吵。孩子们将视线转回电子游戏《绝地伏击》，或是电视荧幕上闪烁的任何诱人的节目，在美国各地，诱人总是惊人地相似。

她们满怀期待地等待回到自己曾经年轻奋发的地方，在那里，她们接受了无止境的教育，内容丰富多样，老师说，她们将有精彩的人生。她们从未听说过乳房X光检查，在她们看来，那可能跟电报是一个性质？她们的身体苗条，皮下极少堆积脂肪，却几乎裹住了那些悬挂着的袋子，它们是你的器官，像派对上的气球一样惊人地粉嫩、发光，但永远不会被人看见。

六月三日，吉尔开车向北行驶了六个小时，她将车停在位于新体操馆旁边的教职工和访客区停车场，她隐约记得那是几年前一次积极融资活动的产物。早在八十年代，在吉尔·哈姆林的学生时代，女孩们在一个铺着深色木地板的小体操馆上芭蕾舞课。如果天气好，

---

① 20世纪30年代，在美国公用电话亭每拨打一次电话需要投入2个硬币，于是有些人会将硬币塞进乐福鞋的鞋槽中，以备不时之需。

第十九章

她们还在这片草坪上打曲棍球。总是有人往草地上喷涂橙色的球门线,而此刻的草坪也证明了这个事实。

维维安·斯沃普奖的获奖者们欢聚一堂,但她们年龄相差很大,并没有给人留下什么特别的印象。年龄大一些的看起来都长得差不多:发福的腰身,不再有光泽的头发,如果她们去个好的发廊,应该会染成金色。年轻的获奖者们毕业于九十年代末期甚至更晚,她们看上去格外时髦,很容易被误认为是来自比利时或迪拜的在读学生,远渡重洋,被父母送到庞西学校学习。她们彼此交换名片,或许是在拉关系,这是非常有用的,尽管当她们交换信息时,心里很明白,男人们在别的地方也在做同样的事情,而他们之间的社交圈能带来更多的钱、更广的渠道。

"我是玛吉·艾伦伯格,63届,来自佛罗里达州那不勒斯。"一个皮肤晒得黝黑、纤瘦的女人说着伸出一只手,径直走向吉尔。不同届的毕业生们交换姓名和住址,并且很自然地开始询问起彼此的"工作",她们都做了些什么,这些最具前途的女学生毕业后都取得了什么成就。一位是负责连锁酒店营销的副总裁,一位是美国海军医生,还有一位在密歇根大学教授人类学,另外几个年长女性说她们是退休教师或图书管理员,以及家庭主妇。92届的一位女性说她是个施虐狂,随后尖声大笑起来,解释说自己在开玩笑,她实际上是一名纺织品设计师。与吉尔年纪相仿的一位女性说她在做兼职,另一个说自己正在换工作。千奇百怪,跟什么都沾点边儿,无法具体说是什么。

当吉尔被一位女性问到时,她说:"其实,我是一位影子母亲。"

"什么?"

"我女儿在学习上有些吃力。我们不得不在学校为她雇一名'影子老师'，但我想我应该是一名影子母亲。我大部分时间陪在她身边，安排日程，确保她不掉队。她现在需要我，所以，你懂的，我得在她身边。"

吉尔拿出娜迪亚的一张照片，那女人欣赏地看着，说她真漂亮。吉尔知道在未来几年里，她还要继续做一个影子母亲。虽然最终她和娜迪亚都得向前看，走自己的路，但在那之前，还需要一段时间。

吉尔想象自己很快能回到他们家装修好的地下室储藏区，打开那个标着"学期论文，纽约大学"的储藏箱，时隔多年，再次考虑要不要重新撰写自己的论文。不知道那堆东拼西凑的材料还在吗？论文本身是否已经被腐蚀成碎末，或是类似人类遗骸的东西？很可能，它依旧躺在那里，完好无损。她将翻看着那几页又旧又硬的论文，惊叹于自己曾经的艰苦探究，以及那些很明显的漏洞，后者导致她不得不推迟论文答辩的日期。

吉尔没费什么周折就放弃了那些学术研讨会，一开始——只是短暂地——去了大回旋电影公司，然后便进入了很长一段稳定期。对任何人来说，要保持稳定不变的生活和初心极其困难。这么多年过去了，很多人离开了原来你认为他会坚守的岗位。塞尔比·罗斯伯格，大回旋电影公司的前负责人，去好莱坞经营一家电影工作室，制作了好几部夏季热门大片，直到在一夜之间被迫离职。二〇〇二年八月，他们解雇了她，并迫使她清空了办公室。她大喊着被专人请出大楼。但有人说，这不仅仅是性别歧视在作祟，现在还涉及年龄歧视。塞尔比·罗斯伯格已经被淘汰了，取而代之的是一个笑容满面的、作风很酷的年轻女孩，凯特琳·维斯塔潘，她负责工作室母公司日本股东的投标项目。似乎没人知道塞尔比·罗斯伯格后来怎么样了。有人听说她正在写一本讽刺好莱坞的回忆录，但很久以前就出

第十九章

现过类似的主题书籍了,当时人们还有空闲去关心八卦,现在大概没有多少人会感兴趣了。也有人听说塞尔比靠积蓄住在马里布悬崖边一座摇摇欲坠的房子里,还有人听说她参与了动物权益保护活动。不时地有很多女性声称她是自己的导师,连塞尔比本人都不知情。

吉尔的导师迈克尔·迪尔伯恩博士很早就在纽约大学取得了教职,但在九十年代中期,在蛋白酶抑制剂还未被广泛使用之前,他死于艾滋病相关的并发症。啊,她那个长着胡子的英俊导师,和一群可怕的强壮、阳刚的年轻男子一起从这个世界上消失了。虽然没能顺利毕业,吉尔每个月还是能收到校友会发来的公告。当她得知这个消息时,忍不住哭了。多年来,无论谁的生活都可以让你大吃一惊、无从逃脱,以及带来预想不到的悲痛。

"你知道吗?"吉尔最近跟艾米说,"我在想我当年写不出论文,可能是患上了抑郁症,只不过我不知道。"

"家里人有的话?家族遗传?"

"嗯。你听过的吧,人们常说,当一方父母自杀时,孩子有可能也会面对相同的困境?永远存在这个风险,对吗?"

"对你来说,没有这个风险,"艾米说,"砰,我刚把这扇风险之门给你关上了。"

"不,"吉尔说,"是娜迪亚关的。你有没有想过,如果当时我拿到了博士学位,现在可能已经在大学里任教长达十五年之久了?那将是我的一辈子。'教授,我们现在能看一下我的论文吗?''好的,莎莉,请进。'"

此刻,在庞西学校的草坪上,当女人们完成了信息交换后,有人问道:"那么你们认为她会成为一个什么样的人呢?"

"谁?"

十年一梦

"维维安·斯沃普。"

所有人花了几分钟的时间仔细考虑,如果那个系着丝带、前途无量的女孩没有在一九三五年的学校郊游中丧生,她将会成为一个什么样的人。一个女人猜测她可能成为飞行员,据说她很爱冒险,虽然有些笨手笨脚。生物学家,另一个人说。诗人。服装设计师。家庭主妇。修女。她们一边聊着天,一边往西威餐厅走去,她们过去常去那里点炸比目鱼和各种布丁。过不了多久,她们便在那里坐下来,吃吃喝喝,不停地说话,直到厨房员工告诉她们餐厅要打烊了。

当罗珀塔·索科洛夫宣布他们全家将搬到哈莱姆区时,大家并没有表现得十分惊讶。通常,一提到哈莱姆区,人们不是觉得那里不安全,就是认为你怎么搬到了一个根本不适合你的地区。但事实上,这两种猜测似乎都没有依据。她的朋友为她在金角湾咖啡馆办了告别早餐,送给她乔迁之喜的礼物,她哭了一会儿,说:"我真的会非常想念跟大家在一起的时光,这么多年一起分享做母亲的心得。"可没过多久,她似乎已经摆脱了忧郁的心情,一扫多愁善感的情绪,她在跟女性朋友告别的时候也没有特别多的遗憾。她的孩子们将从私立学校退学,送到离新家不远的一所特许学校上课。这所学校虽然只有一年的历史,但名声很好。她知道这很讽刺,早在她和纳撒尼尔手头拮据的时候,他们的孩子上私立学校,但现在他们有钱了,却将孩子送到了公立学校。

在搬家前的几个星期里,罗珀塔仔细地收拾了一下自己的东西,把不想要的物品捡了出来,拎到走廊,放在了楼梯井的窗台上,这栋楼其他的房客经常这么干。她丢掉了那些自己买来但从来没翻过的书,或是已经读过但不会重读的书。还有一瓶非常昂贵的润肤露,是

第十九章

叶凯伦之前送给她的生日礼物,还没开封;以及属于罗珀塔父母的一件旧的圣帕特里克节的餐桌装饰品,埋在绿色纸巾碎中间的三叶草和一群小矮精灵糖制品已经变得跟石头一样硬了。罗珀塔曾因内疚和情感因素而不舍得,也不敢扔掉它。但她现在突然有了勇气。在搬家之前,她扔掉了一切无关紧要的东西。

最后,这家人在哈莱姆区历史悠久的街区奋斗者街安了家。新房子很美,虽然很多地方还需要装修,但她喜欢那里。她的孩子们拥有了属于自己的卧室,罗珀塔也有了专属的艺术工作室,就像纳撒尼尔当初许诺的那样。但这对她来说算不上一个真正的惊喜,更多的是一种预料中的悲伤,她并未如设想中那样在艺术创作上大展拳脚。起初,在哈里和格蕾丝去特许学校上课后,罗珀塔尝试过画画。但经过几周的犹豫和有一搭没一搭的创作之后,她想着*去他妈的*,便放下了画笔。

罗珀塔在新社区闲逛,想找一家药店和一个早上可以喝咖啡的地方,这时她看到了贴在路灯上的一张传单,上面写着位于一二八街的一家名为"基本保健"的妇女健康服务机构正在招募志愿者。她打电话过去,他们立刻聘用了她,给了她一份接电话的工作。这个地方人手不足,据主管说,随时都可能有关门的危险。

"基本保健"的工作人员——全部都是女性——经常不厌其烦地抱怨工资低,工作毫无价值。她们的工作不是试图劝服患有性病的少女,就是上了年纪的老妇人去做第一次的妇科检查。

罗珀塔并没有特别喜欢"基本保健"过于沉闷的办公室,她对办公室其他工作人员也没有特别的好感。她们都有点爱发号施令的毛病。也许,这是针对医疗办公场所的日常情况做出的回应:等候区人头攒动,每个人都急着办事,他们试图把头伸进办事的小窗口里,那里面坐着小心翼翼的接待员。

　　罗珀塔一开始以志愿者的身份在那里工作，后来终于有了工资。最初她做的是兼职，后来——尽管不在她的计划之内——转成了全职。很快，她接手了"基本保健"的所有工作：接电话、提建议、转诊，有时候显得有点官僚主义，但更多时候是出于善意和疲惫。她偶尔意识到自己会对进门来的惊恐的妇女说："去做个乳房X光检查吧。知道总比不知道好，对吗？"

　　不知道为什么，工作一下子堆积如山，她的艺术创作只能推迟再推迟。除了偶尔在周末，罗珀塔会到她的工作室，拿起一支炭笔或细毛笔和一杯混浊的水彩颜料随便画画。她的两个孩子从未问过他们是否可以将自行车放在工作室里，或者在里面过夜，虽然他们也曾质疑过母亲是否真的需要一间工作室，因为罗珀塔很明显没怎么使用，但他们从未提出。或许纳撒尼尔曾警告哈里和格蕾丝，不要当着母亲的面提这些问题，这会让她难过，因为自从搬家后，母亲的绘画创作并不顺利，一如当初在那间小公寓，几乎毫无进展。

　　她被家人对自己的体贴所感动，尽管这一切可能只是来源于她自己的臆想。毕竟，孩子这种自恋生物，沉浸在自己的世界里。也许她的两个孩子从没想到过她的艺术工作室，也并不为他们的母亲很少出现在里面而感到好奇。或许他们从未意识到一个人如果把艺术当成全职工作，是一件多么幸运的事；毕竟，作为一名艺术家，要出人头地是很困难的，世界上几乎没有人能靠艺术谋生。

　　最近，她很少在家。随着纳撒尼尔电视节目的成功，哈里和格蕾丝留在他们那个混乱不堪、多种族但还不错的特许学校上课外课，而罗珀塔在"基本保健"的全职工作也需要她在人手不足的情况下加班。所以每天下午，整幢房子静悄悄的，沐浴在阳光下，新近粉刷的

第十九章

房子外墙,保存完好的轮廓以及那些绿色和紫罗兰色的长方形小琉璃,或是高高的天花板以及微微弯曲的栏杆,多么美的一幅画,却没人来欣赏。它就像一个工艺项目,随着时间的推移,会慢慢开始摇晃,直到彻底崩塌,不过这也是多年后的事情。晚上,全家聚在一起,每个人都把自己的东西扔在地上,四处跺脚,疲惫不堪,因为加班过度满腹牢骚,不停地嘀咕着,他们围坐在装修华丽的餐厅餐桌旁,吃着某人带回家的外卖,相互交流着彼此的一天。

在美国的另一边,南达科他州的洛顿,布兰迪·吉洛普从赌场回到家,在公寓的小客厅里踱来踱去,审视着自己画架上的最新画作,像个评论家似的冷静地评判着。她认为这幅画不错,但称不上优秀,虽然她并不擅长评判一幅画作的好坏。那个纽约女人把她耍得团团转,这是典型的人性。人们总让你失望——这是一个真理,你应该牢记于心。罗珀塔·索科洛夫一直是个大笑柄,纽约的梦想现在也成了个笑话。

罗珀塔曾经告诉布兰迪,自己一直希望创作一组同类题材的肖像画,她记得主题是关于孩子的成长。现在,布兰迪本人也想画一组肖像,可以称之为"失望系列"。她刚想到这一点,但马上又有了一个更好的主意:《那些年骗了我的人》。她会采用肮脏的色系和愤怒的笔触来完成这系列画作。她要画泰勒·帕维尔、她的叔叔罗伊、她的父亲,当然还有罗珀塔,她要把他们画得既恶心又难看。她需要一支比现有的更粗的画笔。她记了下来,晚点出去买一支。

同年六月,叶凯伦的父母唐骏和唐楚华从旧金山乘飞机来到这里,待了足足一个星期。他们再次感叹女儿和女婿的奢侈生活,并给双胞胎带来了几袋中国荔枝软糖。没人能给出充实生活的定义,每个人的标准都不一样。凯伦继续参加工作面试,并且每一次都非常重视,她很享受在面试当天特意挑选的漂亮西装,倾听公司目前的工作进展,以及她融入工作环境的可能性。她在统计分析方面有着非凡的天赋,虽然自从双胞胎出生后她便没工作过,但每个面试官都不约而同地向她发出了工作邀请。

"我们非常期待你的加入,"面试官说,"我们认为这是个双赢的局面。"

他们在纸上写下一个数字,然后将纸条放在桌面上推到对面给她,她喜欢那个性感的、戏剧性的时刻,还有纸张滑动发出的沙沙声。那个数字总是令人惊叹:即使这几年失业在家,她的市场价值依旧居高不下。但当然,她还是拒绝了,这份工作不适合她,她觉得它不够完美。威尔逊根本不在乎她是否工作。他喜欢听她讲述面试的事情,听她讲那些工作机会,还有公司的规模情况,但是否回去工作,完全取决于她个人。有一天,她想自己也许能找到一份工作,一份足够诱人的工作,可以令她心甘情愿地放弃目前日常生活的自由。即便从统计学上来看,这也是完全有可能发生的。但她没这个必要。她对目前的生活挺满意的,而且他们足够富裕,她也不在乎别人是如何看待她的生活方式的。

此刻,在晚上,她的父母睡在楼下的客房,双胞胎儿子睡在走廊对面,丈夫威尔逊也已经在自己身边沉沉睡去了,凯伦任由自己被一大堆数字包围着,这些数字层层叠叠,不断累积。

两个穿着配套橙色背心的幼儿园孩子的父亲在社区街道上走来走去。"我们到底在找什么?"一个问。

"不知道,"另一个人说,"骚乱,我猜。"

第十九章

他们笑了笑,相互交流了几句,安全巡逻在理论上是有用的,但可能毫无意义。这两位父亲今年三十二岁。其中一位父亲家里还有一个小婴儿,但他为了参加大儿子学校的安全巡逻,不得不把小的托付给邻居照顾。他的妻子是一名精神药理学家,刚执业便取得了成功。城里人的烦恼越来越多,究竟是因为焦虑的生活环境呢,还是因为他的妻子的医术真的非常精湛呢?他无从得知。

在第一个孩子出生之前,他曾是一家新闻杂志社的专题编辑。后来,在跟妻子商量之后,他决定休假两年,留在家里照顾孩子。两年后,他们有了足够的积蓄,应该可以送孩子去日托班了。有时,他回想起办公室——那特有的干净的金属气味,是一种家里没有的味道。有一次,当小婴儿将刚喝的一大杯牛奶和软烂的红薯吐到他的袖子上时,他充满渴望地回忆起来,噢,那是回形针的气味。

但大多数时间,他明白,如果你一直渴望自己没有的东西,那么你将变成那种随处可见的不快乐的人之一。那些人只盯着别人碗里的东西,从来不珍惜眼下自己拥有的一切。他想象妻子坐在办公室里,身体前倾,手边放着处方笺,对面椅子上的人在抽泣。他的妻子分担病人的痛苦,尽管他很钦佩妻子的职业,但他也非常庆幸,这负担没有落在他身上。他再也不用担心杂志社的截稿日期,也不用费心去跟艺术指导打交道了。他此刻想到的是自己的小女儿,真希望她今天能睡个好觉啊。如果她不午睡,整个白天和晚上的安排就会被打乱。他还想到了儿子,此时此刻,他正在参加放学后的空手道课,一边踢腿一边挥拳,对着另一个小男孩大喊着:"嗨——啊——啊!"而对方也在大声回喊。

两位父亲朝着从这条美丽、平静的街道上走过的母亲们打招呼。这样一个午后,对他们来说曾经是一个普通的工作日,虽然现在已经

十年一梦

换了一番景象。

到了晚上,在位于市中心的一家由欧洲企业集团资助的科研机构里,一间办公室的灯还亮着,尽管几乎所有科学家都已经回家了。弦理论学家伊莎贝尔·戈登正站在一块绿色黑板前,和她的朋友,同样是弦理论学家的玛莎·斯卡皮诺交谈。在伊莎贝尔写等式的时候,她们不停地交流。等式太长了,以至于拿在手里的黄色粉笔差点儿都快磨没了。她正写在兴头上,完全没有停下来的意思,她不停地写啊写,指尖停留在黑板上方,她继续为玛莎分析方程式,玛莎跟上她的思路,快速地点着头。

她们俩都不能像关闭电灯开关那样简单地停止思考——这是她们的相似点。她们拥有一样的信念,那也是她们的共同兴趣——超弦理论,终有一天,将被证明为一个通用的理论,就像 26 维玻色子理论一样被物理学家普遍接受。在那之前的研究过程非常漫长,她们不停地收集数据,出席会议证明自己的观点,站在讲台上用细小而坚定的声音论述自己的论文,在晚上站在黑板前不停地写方程式,直到粉笔化成碎末。伊莎贝尔·戈登不介意自己就像一支黄色粉笔被磨成粉尘,大脑不停运转,喜欢设计师品牌鞋,疯狂地爱着她的孩子和丈夫,疯狂到有一次,在儿子泰上床前,她告诉他自己有多么喜欢 D 膜、规范玻色子和比丘集合管。是的,她连那些都说,但他们明白,这对她来说意义重大。

但你不必爱上它。并非每个人都能把爱好转成工作,也并非一开始必须朝那个方向努力。艾米在新工作刚开始时便明白了这个道理。她成为一名普通执业律师已经五个多月了。她花了很久才找到

第十九章

这份合适的工作。她在网上看到一家女性律师事务所的招聘广告，一开始还挺顺利的，但当她去面试的时候，她很快发现，桌子后面的那位年轻女性认为艾米太老了，不适合这里的工作。这是一个极大的侮辱。虽然她参加了几次面试，但实际上，艾米最后还是通过丽莎·西尔维斯特利的关系才找到了一份工作，在市中心一个叫作"斯特兰·弗兰克尔·伯尔尼"的普通律师事务所里做事。除她之外，还有另外三名律师，两女一男，都快三十岁了，性格开朗，在工作之外，有很多别的爱好。她经手的案件大多涉及信托和房地产业务，艾米永远不会满怀期待地工作，也没有特别大的兴趣。是的，真可惜，她现在想着，默默地在心中对母亲说，她还没有找到自己真正钟爱的事业，也无法全力以赴。然而，她发现，这么多年过去了，自己仍然记得绝大多数的法律术语，保持着很高的敏感度，这真是令人惊喜。另外，她也觉得很奇怪，自己只要工作就会快乐，充满荣誉感。星期一早上，律师们在彼此的小隔间里短暂逗留，询问周末的生活，磨蹭一会儿后，开始新一周的工作。

艾米和利奥现在早晨轮流送梅森去学校。利奥因此只能隔天去健身房，他不喜欢这样，也担心自己上班迟到，但他觉得这也算不上坏事儿，而且如果他把客户约到一个更合理的时间，客户也会尽力配合。艾米仍然盼着送梅森上学的日子。她过去每天都送，这已经变成她生活中的期待了。虽然有几个早晨非常慌乱，也不太愉快。她没法把梅森叫醒，而她还急着赶去见一个客户，不能迟到。

"你知不知道，你现在起床有多重要？"她朝他吼叫，但令她恼火的是，他丝毫没有醒来的迹象。

有时，他就是找不到正在读的书。显然他已经不看《盲人》系列了，雷切尔·代尔夫特的长篇小说终于被搁置了，取而代之的是英国作家塞巴斯蒂安·桑德兰创作的一个名叫《海星岛三部曲》的系列，书中描写了一个水下洞穴世界，住在里面的生物具有神奇的再生能力，可以随时在断肢处长出新的肢体，还能在寂静的海洋深处完美地呼吸。《盲人与荒野猎人3》被放在他房间里的一个书架高层。他可能永远不会再看了，直到有一天，等他做了父亲，给孩子再次读起。

一天早晨，当他们准备离开公寓，先去学校，再去上班时，艾米找不到自己的公文包了。"噢天啊，在哪儿呢？"她重复着，跑来跑去，"我放哪儿了呢？天啊，糟糕了。"

"会怎么样？别人觉得你毫无准备吗？"梅森说。

"我是认真的，这很重要。"

梅森拿出他的电子寻物器，直到此刻她才知道，自从她重返工作后，他便悄悄将她最重要的物品也设置进去了。他在这个塑料设备上输入了密码后，跟母亲一起等着。突然，远处传来了一个像机器人般的回应声。你的——公文——包——在——这——里，它说。艾米叫了出来："哦！"随即和梅森朝着声音传来的方向跑去。

卧室里堆着一叠她昨天穿过的丝质衣服，她累得忘记了收拾，就在那下方，躺着她棕色皮革的公文包，陷在金属扣凹槽里的小播放器正在发出可喜的噪声。

你的——公文——包——在——这——里，电子寻物器重复着。她拿起公文包后打开检查了一下里面的东西，发现所有的文件都在那儿，今天的工作算是有保证了。你的——生命——是——有——限的，电子寻物器对她说，没——人——知道——会——发生什么。但——不——要——停下脚步。不——要——犹——豫。不——要——等待。现——在——已——经——很——晚——了——但——我——想——或许——还——有——时间。

第十九章

那天下午,艾米将她领到的第一笔相当可观的薪水存到了银行,随后去办公室附近的一家小书店,给利奥买了一本《魔山》。慢慢地,几个星期后,她开始注意到红缎子书签从上一页移到下一页,就像时钟上的指针一样,前面累积得越来越多。晚上,利奥的状态一般十分疲倦,但她看着他一页页地读着她给他买的那本书。他的体重减轻了一些,似乎不太需要在睡前吃饼干了,但架在鼻梁上的那副老花镜,让他看起来确实很像他的父亲。而她也长得像自己的母亲,当然了,他们已经比一般人过得要舒服多了。

如今,他们几乎很少见到佩妮·拉姆齐。艾米偶尔会在街上碰到佩妮,陪伴在身边的不是霍尔顿,就是那对十几岁的女儿,还有一次是格雷格。艾米当时跟梅森在一起,两个女人相视一笑,说些无关紧要的话:"嗨,还好吗?孩子怎么样?上学还顺利吗?博物馆怎么样?我听说你又开始在律师事务所工作了———一切顺利吗?"其实两个人并不在意对方的回答。艾米总是憧憬着有一天她可以单独跟佩妮碰面,跟她说些有意义的话。一年过去了,她还是没找到这样的机会。

"麻烦请你告诉我好吗?"她会这样问,"我们曾经的友谊是真实存在的吗?你真的喜欢过我吗?你爱过伊恩吗?你爱你的丈夫吗?你现在还爱他吗?这是一件从头到尾很疯狂的事,不是吗?你知道伊恩最后怎么样了吗?"

艾米已经跟伊恩·詹韦失去了联系。他从未给她回过信,这也在她意料之中。有时,她会想象他在伦敦的情景:他非常虚弱,身体正在恢复,精神紧张,很绝望,迷失了方向,他在两根金属手杖的帮助下,吃力地爬上国家美术馆的石阶,每走一步,他的三十三节脊椎骨便传来一阵阵钻心的疼痛。

然而,就在那年春天步入尾声的某天,艾米·兰姆见到了独自一人的佩妮·拉姆齐。当时正值晚高峰时段,下了班的艾米像往常一样,在人群中快步走向宾夕法尼亚站的地铁。途中,她瞥了一眼那些灯火通明的脱脂冷冻甜品店,女人们喜欢在下班的时候买上一点,为一天的辛劳增添一丝甜蜜。佩妮·拉姆齐坐在狭小空间里的一张凳子上,匆匆地从杯子里舀了几勺牛奶、糖、化学剂和空气的混合物。她的脚边放着一只公文包和一个漂亮的糖果样的皮夹子,左手拿着一叠幻灯片,对着灯光。

艾米可以去找她聊聊。那件事情已经过去很久,她们俩也差不多该忘了,她也不再生佩妮的气了,那本来就不是什么大不了的事。但她看得出来,佩妮正在工作。即使这么晚了,离下班时间早过去几个小时,她仍然在冷冻甜品店里工作着,因为工作在不停地累积、增加,占据生活的二十四小时。佩妮正在考虑的事情跟艾米、伊恩无关,也不是朋友或者恋爱,她没有在想离开自己受伤的、激动的爱人。事实上,她正在思考十九世纪中期的溴银版照相法的展览,她要围绕这个主题在博物馆办一个完整的展览,艾米觉得最好不要打扰她。她看着佩妮·拉姆齐全神贯注地盯着手上的幻灯片。过了一会儿,佩妮将杯子扔进垃圾桶,拎起公文包和皮夹,加入来来往往的人群。人们各自奔向从这个车站出发的不同地铁,就像是车站分出去的支流。

在学年即将结束的一个周一早晨,在金角湾咖啡馆里,店主阿德南·韦塞尔问侍应生:"之前坐在后面卡座的女士们去哪儿了?很久没看到她们了。"年轻的侍者对此没什么兴趣,耸了耸肩,将瓶子里的蓝色液体喷到一张桌子上,擦了擦,又在桌上放上了新的餐巾和

第十九章

银器。

"也许她们去了别的地方。"店主自问自答道。因为他已经注意到，在上学的早晨，咖啡馆后方卡座的上座率不高，至少最近光顾的女人们已经不再是他多年来招待的那群顾客了，而是一些年轻女人，带着婴儿座椅和推车。她们的声音听起来很兴奋，她们随身携带的东西几乎放满了整个卡座。他可能用不了多久便会忘了之前那群常客，而眼前的陌生群体又将成为新的常客。

但此刻，他脑子里想着的还是最近才消失的那群女性常客。他并不知道她们的名字，只是在她们进门的时候打个照面，随后便远远地看着。只有咖啡馆忙不过来，他才会帮忙端茶倒水，帮她们点单。他回忆着，当时他站在她们旁边，低头的时候可以看到她们的头顶和发饰。在他的印象中，她们长相平平，头发是棕色的，始终微笑着看他。那个高高的很漂亮的金发姑娘很早就不来了，但他依旧记得另一个女人，她身材稍胖，鼻子很高，还有一个总是算账的亚洲女人。时不时也有别的女人加入她们，但原来的四人组已经不太出现了。

他有时能看到其中一个女人，或者另一个，但她们不常出现，也不会结伴而来。过去，她们总在早餐高峰过后迟迟不走。他注意到，她们每次会多付小费，留下的钱远远高于她们实际上的点餐总额。

所以，他现在根本不相信她们新换了一个店，这似乎不符合她们的风格。他认为她们对金角湾咖啡馆有一种忠诚度，就好像是对待自己的学校或教堂一样，这种忠诚度让她们在过去的很长一段时间里都待在同一家店。从自身角度来看，他很开心为她们提供了一个避难所。但现在，他转念一想，她们也会随波逐流。他明白这种突然的改变。有一天，你刚醒来，就有个地方需要你。